짐승의 여왕

Aileen

에일린

짐승의 여왕

에일린 II
Aileen

초판 1쇄 인쇄일 2017년 01월 19일
초판 1쇄 발행일 2017년 01월 25일

지은이 | 이지혜
펴낸이 | 김기선

편집장 | 김은지
편집부 | 임종성, 박지은, 김지현, 정미정

펴낸곳 | 와이엠북스(YMBOOKS)
출판등록 | 2012년 7월 17일 (제382-2012-000021호.)
주소 | 서울시 도봉구 노해로 379, 1005호.(창동, 대성빌딩)
전화 | 02)906-7768 / **팩스 |** 02)906-7769
E-mail | ymbooks@nate.com

ISBN 979-11-322-4028-0 04810
ISBN 979-11-322-4026-6 (set)

값 9,000원

짐승의 여왕

Aileen

에일린

이지혜 장편소설

Ⅱ

YMBOOKS
ROMANCE STORY

ym
BOOKS

차 례

10. 마음의 틈

여느 때처럼 첸은 야영지의 불을 지폈고, 카잔은 저녁거리를 찾으러 숲으로 들어갔다. 야영지에 남아 카잔을 기다리던 에일린은 순간 재미있는 생각이 떠올랐다.

"첸, 나 카잔 좀 찾아올게요."

"알아서 올 텐데 위험하게 어디 가려고."

"괜찮아요. 안 위험해요."

숲으로 들어가는 발소리가 경쾌했다. 한 5분쯤 걸었을까, 저 멀리 가느다란 물줄기 옆으로 그녀가 찾고 있던 사내가 보였다. 발소리를 죽여 천천히 그에게 다가가던 에일린은 그 자리에 우뚝 선 채 카잔을 멍하니 바라보기만 했다.

"……."

붉게 물든 땅거미 속의 사내는 태양의 일부처럼 거대하고 웅장

해 보였다. 숨이 끊어진 짐승을 발아래에 두고 저무는 해를 무심히 바라보는 카잔의 뒷모습. 에일린은 알 수 없는 황홀경에 사로잡히고 말았다. 그는 그녀를 보고 아름답다 말해주었지만 아름다운 것은 그였다. 그는 마치 이 광활한 숲과 태양을 침묵하게 만드는 힘을 가지고 있는 듯했다.

그렇게 에일린이 멍하니 카잔을 바라보고 있을 때였다. 멈춰 있던 카잔이 순간적으로 빠르게 움직였다.

"어!"

눈 깜짝할 만큼 순식간이었다. 그 찰나의 시간에 카잔이 사라졌다. 깜짝 놀란 에일린이 그가 있던 서둘러 주변을 둘러보았지만 그의 모습은 감쪽같이 사라져 있었다.

'어, 어디로 간 거지?'

노을에 물든 빨간 강가는 텅 비어 있었고, 그녀가 숨어 있던 숲속은 흔들리는 풀소리만 무성했다. 주춤주춤 나와서 이리저리 밖을 살피던 중이었다.

"꺄앗!"

언제 다가온 건지 단단한 팔 하나가 그녀의 허리를 낚아채 들어올렸다. 허공 위로 붕 뜬다 싶더니 순식간에 숲 안쪽으로 끌려온 에일린이 저를 납치한 이를 확인하고 까르르 웃음을 터트렸다.

"놀랐잖아요, 카잔!"

"살금살금 나타나 숨어서 훔쳐보고 있기에 내가 선수를 쳤지."

장난스럽게 대꾸한 카잔은 거대한 플라타너스 아래로 그녀를 내려놓았다. 숲은 어두웠고, 젖은 흙냄새가 코끝을 간질였다. 고요한 그 공간 속에서 그녀를 옭아매는 것은 깊고 어두운 카잔의 눈빛이었다. 그는 눈동자로 그녀를 어루만지듯 바라보았다. 곧 그의 얼굴이 점점 가까워졌고 에일린은 당연한 수순인 듯 눈을 감았다.

젠틀했던 시작과는 다르게 그의 입맞춤은 폭풍처럼 거셌다. 먹어치우듯 게걸스럽게 그녀를 탐하는 그의 입술로 인해 혀가 얼얼했고, 온몸에선 힘이 죽 빠져나갔다.

"계속 이렇게 하고 싶어 죽는 줄 알았어."

나도요. 에일린은 대답을 삼키며 그의 입술을 적극적으로 받아들였다. 서툰 그녀가 할 수 있는 거라곤 입을 벌려 그가 편하게 그녀를 먹어치우도록 하는 것밖에 없었지만 그것만으로도 카잔은 충분해 보였다.

그와의 입맞춤은 여전히 에일린을 숨 쉬기 어렵게 만들었다. 가쁜 숨을 몰아쉴 때면 카잔은 그녀의 등을 달래듯 쓰다듬었다. 물론 슬금슬금 내려가는 손길이 엉덩이를 스쳐 치마 아래를 들치고 들곤 했지만 말이다.

입술을 물어뜯고 들큰한 숨이 오가고 혀가 뒤엉켰다. 카잔은 한 치의 틈도 없을 만큼 바짝 밀착하고 선 채 치마 아래 탐스러운 살결을 쓰다듬었다. 잘록한 허리, 통통한 엉덩이 그리고 양 허벅지 사이의 뜨겁고 연약한 허벅지 살과 살이 오른 가슴 둔덕까지.

귓가가 멍해질 만큼 강렬한 입맞춤에 빠져들 무렵 굵직한 물방울이 툭툭 하늘 아래로 떨어져 내렸다. 쏴아아아- 한두 방울 떨어지던 빗줄기는 순식간에 숲 전체를 적실 만큼 웅장하게 쏟아져 내렸다. 한창 달궈진 두 사람 사이로 차가운 빗물은 오히려 시원하게 느껴졌다. 하지만 그 시원함을 오롯이 즐기기엔 빗줄기가 너무도 거셌다. 굳게 닫혀 있던 눈을 뜬 카잔이 아쉬운 듯 에일린의 아랫입술을 빨아들이며 멀어졌다.

"다 젖고 말았어."

"카잔도요."

에일린이 이 상태가 나쁘지 않았다. 오히려 비를 맞고 있는 이 상태가 즐겁기까지 했다. 키득키득 웃는 에일린의 모습이 어여뻐 보여 카잔은 그대로 그녀를 꽉 끌어안았다.

"춥지 않아?"

"네, 하나도요. 카잔이 뜨거운걸요."

그렇게 말하며 에일린은 카잔의 품에 더욱 깊이 파고들었다. 하지만 이대로 둔다면 에일린이 감기에 걸릴 게 분명했다. 카잔은 에일린을 끌어당겨 그 자리를 벗어났다. 주춤주춤 그를 따라가던 에일린은 불현듯 그 자리에 멈춰 선 채 하늘을 바라봤다.

"왜 그래?"

"그냥, 갑자기 이 순간이 너무 좋아서요."

에일린은 싱긋 웃음을 보였다. 빗물에 흠뻑 젖어 하늘을 우러러보고 있는 그녀의 모습은 마치 한 송이의 꽃처럼 생기로 가득해 보였다. 카잔의 눈에 에일린은 점점 빛을 더해갔다. 그를 자극하는 향기와 빛이 에일린에게 가득했다.

이토록 사랑스러운 그녀에게 입을 맞추지 않을 수 없었다. 카잔은 그녀의 턱을 들어 올렸다. 그리고 아까와는 다르게 조금 더 소중하게, 조금 더 부드럽게 그 입술을 빨아들였다. 입술을 뗀 카잔은 에일린을 바라보며 속삭였다.

"우리 조금 이따 돌아가자."

에일린은 웃으며 고개를 끄덕였다.

이미 누군가 다녀간 것인지 부드러운 풀이 소복이 쌓여 있는 동굴이었다. 그렇게 크진 않았지만 볕이 잘 들었고, 비가 잘 들어오지 않았다. 동굴에 남아 있던 풀과 나뭇가지로 순식간에 불을 피운 카잔은 옷을 벗어 그 곁에 걸어두었다. 에일린도 수줍게 옷을 벗어 그 물기를 말렸다.

"이리 와."

카잔은 품을 벌려 에일린을 불렀다. 에일린은 망설임 없이 그의 품 안으로 뛰어들었다. 그의 눈을 똑바로 바라보던 에일린은 과감히 손을 들어 카잔의 뺨을 어루만졌다.

"카잔이 너무 좋아요."

에일린의 말에 카잔은 가슴 한쪽이 욱신하고 아파오는 것을 느꼈다. 그 통증의 이유는 알 수 없었다. 그래서 에일린에게 그 어떤 말도 해줄 수가 없었다. 다만, 그의 눈에 에일린이 이제껏 보았던, 겪었던 그 어떤 것보다 사랑스럽게 느껴진다는 것만이 그가 알 수 있는 전부였다.

카잔은 제 얼굴을 만지는 에일린의 손을 붙잡아 입 맞췄다. 상처가 많은 그녀의 손가락 하나하나에 모두 입 맞췄고 어루만졌다.

문득 분노가 끓어 올랐다. 지금이라도 다시 에일린을 처음 만났던 그곳으로 돌아가 계부란 그 인간을 갈기갈기 찢어발기고 싶었다.

"그 누구도 이제부터 널 상처 입히지 못해."

"……그 누구도?"

"그 누구도."

카잔은 힘주어 말했고 에일린은 세상에서 가장 예쁜 미소로 그를 바라봤다.

나의 카잔, 나의 구원.

또다시 입맞춤이 시작되었다. 이번엔 그녀를 눕히고서 천천히, 아주 정중히 시작된 입맞춤이었다. 뭔가 다른 일이 벌어질 것만 같아 에일린은 어쩐지 부르르 몸이 떨렸다.

그 은밀한 긴장감을 눈치챈 듯 카잔은 에일린의 턱과 귓불을 간질이며 그녀를 안심시켰다. 둥그런 어깨와 도드라진 빗장뼈에 쉴 틈 없이 키스하던 그가 손을 들어 그녀의 가슴을 둥글게 어루만졌다.

"아!"

저절로 입이 열리고 신음이 터졌다. 손바닥으로 젖꼭지 가운데를 누른 채 둥글게 애무하는 그의 손길에 에일린은 편안함을 느꼈다. 하지만 곧 그 편안함은 격정으로 바뀌었다. 그가 도드라져 올라온 그녀의 유두를 한입 가득 베어 물었기 때문이었다.

"흐읏!"

축축한 그의 입김과 혀에 에일린은 민감하게 반응했다. 허리가 튕겨져 올라갔고, 숨이 거칠어졌다. 마치 사탕을 가지고 놀듯 젖꼭지를 입안에서 가지고 놀고 있었다. 그와 동시에 반대쪽 가슴은 그의 손가락에 희롱당하고 있었고, 또 다른 한 손은 그녀의 허리와 엉덩이 골을 빈틈없이 쓰다듬었다.

머리가 점점 하얗게 변해갔다. 아무것도 생각할 수 없는 상태로 에일린은 그가 주는 쾌락에 그저 몸을 떨고 있었다. 쭙쭙, 물고 빠는 소리가 들렸다. 질끈 눈을 감고 있었지만 그가 입을 벌려 혀로 크게 그녀의 젖가슴을 핥고 있는 것을 느낄 수 있었다. 가슴이 찌릿찌릿했다. 그는 다른 손가락으로 희롱하고 있던 반대쪽 가슴으로 입을 옮겨갔다. 이미 손가락으로 한껏 딱딱해진 그것을 혀끝으로 살살 돌려가며 가지고 놀았다.

"하웅. 아, 카, 카잔."

에일린은 몸을 비틀었다. 벗어나고 싶은 마음과 더 만져줬으면 하는 마음이 동시에 그녀를 괴롭혔다. 그를 아는 듯 카잔은 도망치려는 그녀의 허리를 단단히 들어 안고 더욱 집요하게 괴롭혔다. 그러던 순간이었다. 어느새 아래로 접근한 손가락이 그녀의 은밀한 부위를 툭툭 건드리기 시작했다.

"……!"

얌전히 입을 다물고 있는 그곳을 손끝으로 자극하는 그 느낌에 에일린의 눈이 번쩍 떠졌다. 카잔의 어깨를 잡아챈 그녀가 두려운 눈빛으로 카잔을 올려 봤다. 고개를 든 카잔은 드물게 미소 띤 얼굴로 에일린의 뺨과 턱에 자잘한 입맞춤을 퍼부었다.

"괜찮아. 최대한 아프지 않게 해줄게."

"……아픈 거예요?"

"응, 조금은 아플 거야. 하지만 그 뒤로는 아픔 따윈 하나도 느끼지 못할 만큼 기쁘게 해줄 수도 있어."

그의 말을 믿었다. 긴장감에 마른 입술을 축이던 에일린이 그를 끌어안으며 고개를 끄덕이더니 그의 귓가에 속삭였다.

"난 카잔의 것인걸요. 카잔을 믿어요."

아, 에일린. 나의 에일린. 나의 작은 아가씨. 그녀의 사랑스러움에 카잔은 함몰될 것 같았다. 그녀가 보여주는 믿음에 카잔이 오히려 압도당할 것만 같았다. 에일린의 모든 것이 사랑스러웠다.

"너는 누구 거라고? 다시 말해줘, 에일린."

"나는, 카잔…… 웃."

에일린은 더 말을 이을 수가 없었다. 갈라진 그곳을 중심으로 슬금슬금 포위망을 좁혀오더니 이슬에 젖어 촉촉해진 그 안으로 손끝으로 가르고 들어섰기 때문이다. 에일린은 수줍게 오물거렸다.

"나, 나…… 젖었어요. 뭐가 자꾸 나와요."

"응, 하지만 아직 충분히 젖지 않았어."

카잔은 손가락으로 수줍게 다물어진 그곳을 진단했다. 젖긴 했지만 아직 어림도 없었다. 더군다나 에일린에겐 이것이 처음임이 분명할 텐데, 이런 상태로 그를 받아들이기엔 터무니없이 부족하리라.

카잔은 두 손으로 에일린을 위로 밀어 올렸고, 제 몸은 그 아래로 미끄러트리며 내려갔다. 가는 길에 봉긋 솟아오른 가슴도 다시한 번 맛보고 가는 것을 잊지 않았다.

"카, 카잔!"

가슴을 지나, 평평한 배로 그리고 수줍게 수풀이 우거진 그녀의 샘으로 얼굴을 내리니 에일린이 화들짝 놀라 허벅지를 오므리려고 들었다.

하지만 어림도 없는 소리. 그는 양어깨에 그녀의 허벅지를 고정시키고 곧바로 신선한 샘이 흐르고 있는 그곳에 얼굴을 묻었다.

"으읏!"

에일린은 뜨겁게 휘몰아쳐 들어오는 생소한 감각에 두 눈을 질끈 감아버렸다. 난생처음 겪어보는 감각이었다. 그의 혀는 마치 입맞춤을 할 때처럼 그녀의 샘 곳곳을 농락하며 돌아다녔고 그럴 때마다 에일린은 비명을 질러야 했다.

"흐윽! 윽!"

부끄러웠고 당황스러웠다. 이건 말도 안 됐다. 이런 곳에 얼굴을 묻다니, 상상조차 해본 적 없었다. 하지만 그와 동시에 허리를 타고 젖어 있는 그곳에 몰리는 쾌락에 정신이 까마득해졌다.

"하, 웃! 으읏! 훗! 카, 카잔! 아, 안 돼요. 안 돼."

카잔은 혀와 입술을 이용해 능숙하게 그녀의 클리토리스를 찾아냈다. 그녀를 닮아 작고 귀여운 그곳을 혀끝으로 살살 돌려가며 자극하니 곧 에일린이 울음 섞인 목소리가 터져 나왔다. 감추지 못한 쾌락에 온몸을 바들바들 떨어가며 그의 어깨를 붙잡고 애원했다.

본디 카잔은 여자에게 봉사하는 타입이 아니었다. 그저 힘껏 그녀들을 안는 것만으로도 그녀들은 대부분 만족했기에 그는 그저 자신의 욕심만을 채웠다. 하지만 에일린은 달랐다. 오직 그녀를 기쁘게 하고 싶었고, 더 많은 환희를 일깨워주고 싶었다. 귀여운 에일린, 사랑스러운 에일린. 그는 그녀의 정점을 힘껏 빨아들였다. 그러자 반응은 즉각적이었다.

"하, 하악! 으흣!"

에일린은 도무지 정신을 차릴 수가 없었다. 온몸에 전기가 흐르는 것만 같았다. 그와 동시에 허리 아래가 완전히 제 것이 아닌 듯한 감각에 춤을 추기 시작했다. 뜨거운 것이 그녀 밖으로 울컥 흘러내렸다.

'아, 안 돼!'

막을 새도 없이 물이 흘러나왔다. 그와 동시에 그녀를 지탱하고 있던 힘이 쭉 빠져버렸다.

'뭐가 뭔지 하나도 모르겠어……'

에일린은 축 처진 상태로 제 위로 올라오고 있는 카잔을 올려다봤다. 손가락 하나 까딱할 힘도 없었다. 하지만 카잔의 얼굴을 본 순간 눈빛이 흔들리고 말았다. 고개를 든 그의 입가가 그녀가 흘린 것이 틀림없는 물기로 젖어 있었던 것이다. 그것으로도 모자라 카잔은 혀로 제 입술 주위에 묻어 있는 그것을 날름 핥아 먹었다.

"……달군."

에일린은 당황한 얼굴이었지만 카잔은 아랑곳하지 않았다. 그는 별거 아니라는 듯 싱긋 웃으며 그녀의 몸 위에 제 몸을 덮었다. 곧 그의 손가락이 흠뻑 젖어 움찔거리고 있는 그녀의 샘 속으로 수월하게 침입했다.

"아, 윽!"

손가락 하나 까딱할 힘도 없다 생각했는데, 에일린의 몸은 곧바로 반응했다. 낯선 이물감이 그녀를 충격으로 몰고 갔고, 에일린은 팔딱거리며 제 안으로 밀어닥치는 그의 손가락에 저항했다.

"아, 아, 아!"

그의 손가락은 인정사정 봐주지 않고 힘차게 안으로 밀고 들어왔다. 손가락의 뿌리까지 안으로 깊이 박혀 들어갔을 때 에일린은 카잔의 어깨를 잡고 애원했다.

"그만, 그만요."

"쉬이, 조금만…… 조금만 참아. 에일린."

곧 그의 손가락이 에일린의 안에서 살아 움직이기 시작했다. 천천히 원을 그리듯 제 영역을 넓혀가더니 이내 그것을 넣었다 뺐다 하며 그녀가 움직임에 익숙해지도록 유도했다.

"아! 윽, 흐……!"

에일린은 카잔을 힘껏 끌어안으며 버텼다. 손가락이 움직일 때마다 허리가 튕겨져 올라갔지만 카잔이 단단히 잡고 놓아주질 않았다. 그렇게 몇 번이나 흘렀을까. 그저 아프기 만하던 그것이 조금씩 익숙해졌고 흐느낌이 멈춰들었다. 카잔은 그때를 놓치지 않고 제 거대한 남근을 꺼내 들었다. 손가락은 빠져나갔고, 잔뜩 성이나 하늘로 꼿꼿하게 서 있는 그것이 에일린의 샘 근처를 맴돌았.

가쁜 숨을 몰아쉬던 에일린은 카잔의 그것을 보자마자 저도 모르게 잔뜩 움츠러들었다. 본능적으로 알 수 있었다. 저것이 제 안으로 들어올 것이었다. 그리고 그녀의 예상대로 샘 주변을 빙글빙글 맴돌던 뜨거운 그것이 살그머니 그 안으로 머리를 들이밀었다.

"아, 아아!"

에일린은 비명을 내질렀다. 쏴아아 내리는 빗소리에 묻혀 곧 없어졌지만 그녀의 울음 섞인 애원은 계속 이어졌다. 하지만 그녀만큼이나 카잔 또한 힘이 들었다. 이제 겨우 반이 들어갔을 뿐이었다. 여기서 멈춘다면 모든 것이 말짱 도루묵이었다.

"아, 아파요. 카잔! 아파요…… 흐!"

"미안해. 큭, 미안해, 에일린."

그녀의 뺨과 정수리에 입 맞추며 카잔은 에일린을 달랬다. 하지만 밀고 들어가는 그것을 빼지는 않았다. 오히려 조금씩, 조금씩 멈추지 않고 전진했다.

"카잔!"

애원하는 그녀의 목소리에 카잔이 멈춰 섰다. 울리고 싶지는 않았다. 그토록 고통스럽다면 여기에서 멈출 수 있었다.

"에일린, 에일린…… 그만할까? 네가 그만하라고 하면 멈출게."

품에 끌어안은 채 카잔은 다정하게 속삭였다. 질끈 눈을 감은 채 바들바들 떨고 있던 에일린은 눈물 젖은 눈꺼풀을 들어 올려 그를 바라봤다. 짙은 진회색의 눈이 그녀를 걱정스럽게 바라보고 있었다.

그녀가 알고 있는 바로 그 다정한 눈동자였다. 아무리 짓궂은 장난을 쳐도, 아무리 무뚝뚝한 말을 하더라도 마지막엔 그녀를 챙겨주는 이 다정하고 착한 눈동자. 입술을 깨문 채 에일린은 고개를 저었다.

"아니요, 계속해요. 카잔을…… 믿는걸요."

괜찮아요, 카잔. 나는 당신의 것이니까요.

그녀의 말에 카잔은 머뭇거리다 다시 천천히 몸을 움직였다. 이번엔 깊은 입맞춤과 함께 몸이 움직였다. 저항감에 카잔은 이를 악물며 앞으로 나아갔다. 곧 뿌리 끝까지는 아니었지만 그녀의 질이 그의 것을 완전히 집어삼켰다.

"꺄악!"

에일린의 허리가 활처럼 휘면서 숨이 헉 하고 멈췄다. 그녀의 안을 벅차게 차지하고 있는 그의 것이 움직이자 눈앞이 새하얗게 흐려지면서 의식이 멀어지기 시작했다. 참아보려 했지만 이미 그녀는 기절하고 말았다.

문득 하늘을 올려다봤을 때, 눈부신 빛이 눈자위를 간질이며 쏟아지는 것을 느꼈다. 에일린은 오랜만에 꿈속을 헤매고 있다는 것을 알아챘다. 오늘은 종종 보이던 거대한 검은 늑대가 보이지 않았다. 그저 바람이 스치는 푸른 들판만이 끝도 없이 펼쳐져 있었다.

그리고 그 들판 한가운데 서 있는 사내 하나. 가장 먼저 보이는 것은 새하얀 햇살에 어우러지는 눈부신 금발이었다. 부드럽게 굽이쳐 흐르는 머리카락 아래로 조각처럼 섬세한 이목구비가 있었고 그 안에는 일렁이는 황혼을 닮은 눈동자가 있었다.

에일린과 그 남자는 들판에 서서 서로를 마주 보았다. 말없이 그녀를 바라보고만 있던 사내는 다소 느린 걸음으로 그녀를 향해 다가왔다.

'누구죠?'

처음 보는 남자였지만 이상하게 낯설지가 않았다. 그 묘한 익숙함에 에일린의 가슴이 덜컹거렸다. 사내는 대답 없이 그녀를 향해 다가왔지만 에일린은 그를 피하진 않았다. 아름다운 이 사내가 그녀를 공격할 것 같은 기분은 들지 않았다. 왜냐면 그녀를 보는 사내의 눈빛 때문이었다.

"내가 먼저였어."

그 눈빛이.

"……내가 먼저 널 사랑했어."

너무도 구슬프고 애절했기에…….

'나도 널, 구해주고 싶었어. 에일린, 내가, 내가 널 얼마나…….'

사내는 슬퍼 보였다. 얼마나 슬퍼 보였냐 하면 차마 울지도 못한 채 흐느끼는 것이 느껴질 정도였다. 그래서 에일린은 지척으로 다가온 사내가 그녀를 향해 손을 뻗쳐 와도 가만히 서 있을 수밖에 없었다. 그가 가진 슬픔이 어쩐지 저로 인한 것같이 느껴졌다.

사내의 손이 에일린의 뺨 앞에 멈춰 섰다. 닿을 듯 말 듯 가까워진 손끝이 파르르 떨렸다. 차마 더 이상 뻗지 못하고 그 앞에서 멈춰 선 손.

'누구세요?'

에일린은 다시 한 번 사내를 향해 물었다. 가만히 그녀를 내려다보던 사내가 입꼬리를 말아 올려 힘없이 웃었다. 동시에 멈춰 있던 사내의 손이 움직여 그녀의 뺨을 감쌌다. 한층 더 가까워진 그의 얼굴이 에일린의 얼굴 바로 앞에 멈춰 섰다.

'……뮤엘.'

에일린의 입술에 제 입술을 맞댄 채 나지막하게 말했다. 이름인 것 같았지만 안타깝게도 완전히 알아듣지는 못했다.

'내가 먼저 널 사랑했다는 것.'

이상한 것은, 입술 위에 사내의 입술이 전혀 느껴지지 않았다는 것이다. 뒤늦게 깨달았지만 마찬가지로 뺨을 쓰다듬는 손길 또한 느껴지지 않았다. 마치 허상처럼.

'그것만 알아줘.'

그리고 역시나 허상처럼, 눈앞에서 그가 사라졌다.

자르디오는 수도 그라시아스를 제외하면 가장 크고 번화한 항구 도시였다. 바다로 돌출되어 있는 도시의 특성상 바다를 정면으로 가로질러가다 보면 수도까지는 5일밖에 걸리지 않는 최단 루트였다. 말을 이용하거나 도보로 간다면 보름은 족히 걸릴 거리를 3분의 1로줄여주니 수도에 가려는 많은 이가 자르디오항을 이용했다. 또한 외국과의 물자 거래가 활발해 활기차고 화려한 도시로 손꼽혔다.

"사람들이 엄청 많아요."

도시 안으로 들어가려는 사람과 나오려는 사람들의 줄이 교차되어 길게 늘어서 있었다. 들어가려는 줄 끄트머리에 서 있던 에일린이 얼떨떨한 얼굴로 카잔을 올려 봤다. 이렇게 화려한 도시는 처음이었다.

"저 안에 들어가면 뭐가 있는 거예요?"

"기회를 찾아오는 사람들이지."

"기회요? 무슨 기회요?"

"성공을 찾아서 오기도 하고, 모험을 찾아서 오기도 하고. 이런저런 기회들."

"그게 저 안에 있는 거예요?"

"음……."

파고드는 에일린의 질문에 카잔이 뭐라고 대답을 해줘야 하나 잠시 망설이는 틈에 설명하기 좋아하는 첸이 끼어들었다.

"성공과 기회가 저 안에 있다기보단 잡을 수 있는 확률이 큰 거지. 만약 우리가 들판에서만 사냥을 한다면 토끼나 뱀밖에 못 잡겠지. 하지만 고기를 좋아하는 널 위해서 카잔이 종종 숲 깊은 곳으로 들어가거나, 산을 오르잖아. 그거랑 같은 이치야. 숲 안쪽이나 산 위쪽에는 더 크고, 맛있는 짐승이 있고 그것을 잡기 위해 그 안으로 들어가는 거지."

"그럼 성공이란 것을 사냥하기 위해 사람들이 몰려드는 건가요?"

"그렇지. 더 많은 먹이가 안에 있으니까."

"그럼 저 안은 사냥터인 거네요?"

"빙고! 똑똑하구먼."

잘 알아들은 에일린이 기특하다는 듯 첸이 그녀의 머리를 쓰다듬었다. 그러자 첸이 잽싸게 첸의 손을 에일린의 머리 위에서 털어낸다. 거참, 머리 한번 쓰다듬은 것 가지고 되게 유난스럽네.

"잘 이해가 안 가요. 뭐가 먹이고, 뭐가 성공이에요?"

"학구열이 높은 학생이네. 좋아."

소리 없이 아웅다웅하는 카잔과 첸 곁에서 에일린은 재차 질문했다. 잽싸게 첸이 대답했다.

"성공이란 것은 굉장히 주관적인 개념인데 일단 개인이 뭔가를 이루고 싶은 욕망에서 발현되지. 이를테면 좋은 집을 사고 싶고, 수백 명의 하인을 거느리고 싶고, 멋진 배우자를 만나고 싶고…….한마디로 말하면 잘 살고 싶다, 이거야."

"……잘 살고 싶다?"

"그래. 남부럽지 않게, 혹은 편안하고 안락하게. 그런데 이 성공이란 게 뭐가 무섭냐면 한번 욕심을 내기 시작하면 끝이 없다는 거야. 차를 사면 집을 사고 싶고, 100평짜리 집을 사면 200평짜리 집이 탐나고. 그렇게 욕심은 더 큰 욕심을 낳는 경향이 있거든."

"카잔, 카잔도 그래요?"

불쑥 묻는 에일린의 말에 카잔은 어깨를 으쓱했다.

"난 재물에는 별로 욕심이 없어. 번쩍번쩍한 것들은 그다지 취향에 맞지 않아서. 남들과 비교하면서 뭘 가지는 것도 별로 관심 없고. 난, 내가 제일 중요하거든."

"……이런 사람도 있지만 대부분은 그 번쩍번쩍한 것들을 좋아하고, 남들에 비해 뒤처지는 것도 싫어해. 다시 말하지만, 난 일반적인 현상을 설명해주는 거야."

"하지만 욕심은 더 큰 욕심을 낳는다는 말은 나도 동의하는 말이지."

그렇게 말한 카잔이 에일린의 허리를 끌어당겨 첸이 듣지 못할 정도의 낮은 목소리로 속삭였다. 그의 입김이 뜨겁게 그녀의 귓불을 스쳤다.

"그래서 지금 이 순간도 나는 널 무지하게 안고 싶어."

카잔의 귓속말에 에일린은 숲속에서의 일이 떠올라 얼굴이 붉어졌다. 그 일로 인해 아래가 조금 화끈거리긴 했지만 죽을 정도로 아프지 않았다. 오히려 그날은 그녀에게 새로운 환희를 일깨워준 날로 기억되어 있었다.

중간에 기절한 그녀가 깨어날 때까지 카잔은 그녀를 끌어안고 쉼 없이 쓰다듬어주고 있었다. 일어난 그녀의 이마에 자잘하게 키스하며 미안하다는 말을 되새겼다. 미안하다니! 카잔에게 그런 말을 들을 줄은 상상도 하지 못했기에 더욱 묘한 기분이 들었다. 그리고 그날 이후, 카잔의 과보호는 조금 더 심해졌다.

"어이, 그렇게 둘만의 세계에 빠져 있지 말라고. 짝 없는 사람은 서러워서 살겠어?"

또다시 새까맣게 잊힌 첸이 한숨을 푸욱 내쉬며 신발로 바닥을 긁어댔다. 이래서 사람은 홀수로 다니면 안 된다는 거였다. 시무룩하니 축 처진 첸을 향해 얼굴을 붉힌 에일린이 눈치 빠르게 다른 질문을 이었다.

"그래서 안에서 뭘 사냥하는 거라고요, 첸?"

"흥. 말 안 해줄 거야."

첸이 토라졌다는 듯 휙 고개를 돌리며 까칠하게 대답햇다.

"아, 네."

"……말 안 해줄 거라니까?"

"알았다니까요, 첸."

포기가 빠른 에일린이었다. 그녀는 정말 더 이상 묻지 않았고, 조용히 입을 다문 채 앞선 행렬을 바라봤다. 당황한 것은 첸이었다. 그렇게 너무 빨리 포기하지 말아줘!

"……그러니까 재화라는 것은 한정되어 있는데 그것을 축적하기 위해선 타인이 쌓은 재물을 내 것으로 돌려야만 하는 거지."

"말 안 해줄 거라고 했으면서."

"나 지금 혼잣말하는 거야. 혼잣말이라고."

뚱해서 중얼거리는 첸의 말에 카잔과 눈을 마주친 채 에일린은 웃었다.

"어디까지 말했더라? 아, 그래. 재물, 즉 부를 쌓으려면 결국 남의 것을 내 것으로 만들어야 해. 장사를 해서 돈을 버는 것도 마찬가지야. 남의 주머니를 털기 위해 하는 거야. 돈은 곧 권력이 되고, 더 많은 재화와 하인을 두는 거니까."

"그럼 사람들이 사냥한다는 것이……."

에일린은 말을 멈추고 길게 늘어선 줄을 돌아봤다.

"결국 다른 사람들인 거네요."

짐승은 굶주리지 않기 위해 사냥을 한다. 그들은 먹이를 축적하거나, 축적한 것을 가지고 권력을 휘두르지도 않는다. 혹독한 겨울을 나기 위해, 살기 위해 다른 짐승의 목숨을 끊는다. 하지만 인간은 살기 위해서가 아니라, '더' 잘 살기 위해서 아무렇지 않게 타인의 목숨을 잡아 쥔다.

어쩌면 짐승보다 잔인한 것이 인간일지도 모른다. 아니, 인간이 더 잔인한 게 틀림없다고 에일린은 생각했다.

"아니, 이게 누구야!"

가게 안으로 들어서자마자 주인으로 보이는 사내가 반갑게 카잔을 맞이하며 호탕하게 웃었다.

"잘 지내셨습니까?"

카잔 또한 오랜만에 보는 사내가 반가운지 드물게 웃는 빛을 보였다. 둘은 꽤 오래전부터 알고 지낸 사이였고, 카잔이 자르디오에 올 때마다 들리는 곳이 이곳이었다.

"나야 뭐, 여전하지! 여전히 늙은 홀아비 신세! 하하하! 아, 근데 뒤에 이분들은 누구시지?"

"첸이라고 합니다. 카잔에게 신세를 지고 있는 중입니다."

넉살 좋은 첸이 먼저 손을 내밀며 인사를 건넸다.

"오? 미남끼리 몰려다니는 건가? 이쪽도 아주 예쁘장한 얼굴이야! 아, 기분 나쁘게 듣지 마오. 난 카잔을 보고도 처음에 이리 말했다오. 그렇지?"

"……대뜸 예쁘장한 낯짝이라고 하긴 했죠."

"이것 봐, 이것 봐. 아 참! 난 제이슨이오. 이곳의 주인이지."

"아, 역시 주인장님이셨군요. 반갑습니다."

첸은 제이슨의 말이 그다지 불쾌하지 않았다. 덩치는 크지만 인상이 순하고 표정에 감정이 잘 드러나는 순박한 사내 같았다.

"그리고 이쪽은?"

제이슨의 시선이 에일린에게 돌아갔다. 낯가림이 심한 편이라 잠시 주춤했던 에일린은 이내 용기를 내 자기소개를 했다.

"안녕하세요, 에일린이라고 합니다."

위축됨 없이 낭랑하게 울려 퍼지는 그녀의 목소리에 카잔의 입가에 보일 듯 말 듯 한 미소가 번졌다.

"그래, 에일린! 반가워요. 그리고……?"

"네?"

그게 무슨 말이냐는 듯 빤히 저를 올려다보는 자그마한 아가씨를 향해 제이슨이 짓궂은 미소를 보였다.

"이 두 남자 중 누가 아가씨의 남잔 거지?"

하아……. 이 홀아비가 또 시작이군. 카잔은 절레절레 고개를 내저으며 에일린과 제이슨의 앞을 가로막았다. 그리고 서슬 퍼렇게 내놓는 으름장.

"제이슨, 그만해요. 제이슨의 음탕한 입담을 받아들일 수 있는 아이가 아니라고요."

튀어나와 저를 가로막는 카잔의 모습에 제이슨은 요거 봐라? 하는 눈빛으로 그를 바라봤다.

"세상에……! 네 여자였다는 거야? 이거 정말 놀랄 노 자군! 푸하하하!"

"제이슨!"

"오, 미안, 미안. 근데 정말 네 일행이야? 이 작고 연약하고 귀여워 보이는 이 아가씨가 너랑 같이 다니고 있다는 말이지?"

"······대체 무슨 말이 하고 싶으신 겁니까?"

놀라움에 입을 쩍 벌리던 제이슨이 곧 음흉한 눈빛을 빛내며 카잔의 옆구리를 찔러댔다.

"네놈이 이제까지 일행이라고 데려온 적은 처음 봐서 놀라서 그러지, 이놈아. 그래, 단순한 일행은 아닌 것 같은데. 그치? 아니지?"

이 늙은 홀아비가 갈수록 홀아비 티를 낸다. 더 틈을 내줬다간 온갖 음담패설과 놀림을 폭격하듯 내뱉을 걸 알았기에 카잔은 한숨을 쉬며 딱 잘라 말했다.

"그, 뿐, 입, 니, 다."

"에이. 아닌 것 같은데?

"됐고. 그런 음흉한 눈 하지 말고 맥주나 한잔 주시죠."

제이슨이 말할 틈을 주지 않기 위해 카잔은 재빨리 바 의자에 자리를 잡고 앉았다. 그 뒤를 따라 들어가던 첸은 멀뚱히 서서 카잔을 바라보고 있는 에일린을 돌아봤다.

"뭐 해? 안 들어가고."

"······아뇨. 그냥."

"얼른 와. 멍 때리지 말고. 그러다 넘어진다."

잡아끄는 첸의 손길에 이끌려 들어가는 길, 에일린은 여전히 제이슨과 회포를 풀고 있는 카잔을 뚫어져라 바라봤다.

'그뿐입니다.'

그 말의 여운이 이상하게 가슴을 긁었다. 마치 그 언젠가 가슴이 수박만 했던 여자에게 '알 필요 없다'는 말을 했던 그때처럼.

'······그뿐입니다.'

아니, 그때보다 더 큰 불편함과 따끔거림에 에일린은 가만히 가
슴을 움켜쥐어야 했다.

세 사람은 제이슨의 가게에서 여장을 풀기로 했다. 자르디오는
큰 도시라서 이렇게 안으로 들어와도 항구까지는 또 반나절 이상
을 가야 했기 때문이었다. 저녁 식사를 하기 전, 카잔은 제이슨에
게 할 말이 있다며 먼저 아래로 내려왔다. 에일린은 씻고 옷을 갈
아입고 내려오기로 되어 있었다.

"망조가 틀림없다니까? 쯧쯧, 나라 꼴이 아주 말이 아니야! 수도
는 매일매일 줄초상이고, 바다는 노해서 어부들이 나가질 못하고,
여기저기 아주 곡소리가, 어후!"

"그러니까 말이야. 하루라도 빨리 수신제라도 열어야지, 원."

술집은 밤이 더욱 시끄러운 법이었다. 저마다 목소리를 높이는
사람들로 가게 안이 떠들썩했다. 제이슨은 바 안쪽에서 그들의 이
야기에 적당히 맞장구도 쳐주며 가게를 보고 있었다. 제이슨에게
다가간 카잔이 들고 온 것을 불쑥 내밀었다.

"이거 받으십시오."

"이게 뭐냐?"

뭔가 묵직한 것이 들어 있는 천 주머니였다. 제이슨이 의아한
얼굴로 안을 살피자 카잔이 심드렁하게 설명했다.

"머랭의 쓸개입니다."

머랭의 쓸개라니. 제이슨은 황당함을 감추지 못한 얼굴로 카잔
을 쳐다봤다. 그는 마치 오다가 주운 돌이라도 던져주듯 말했지만
머랭의 쓸개는 한 움큼에 100골드를 호가하는 매우 비싼 약재였

다. 그런 귀한 것을 이렇게 툭- 던져주는 카잔이 제이슨을 황당하게 했다.

"이걸 왜 주는 거냐?"

"오늘 방값이랑 술값입니다."

"그건 다 합쳐봤자 10골드도 안 되는데?"

"나머진 팁이라 생각하십시오."

거참, 후해도 너무 후한 팁이 아닌가. 제이슨은 너털웃음을 지으며 맥주를 홀짝이는 카잔을 쳐다봤다. 이 남자의 속내를 모를 제이슨이 아니었다. 제이슨에겐 아들이 둘 있었다. 큰아들은 그를 도와 가게를 보고 있었고 둘째는 폐병이 심해 몇 해 전부터 방에 누워 하늘만 올려다보고 있었다. 폐병에 좋은 약재는 거의 모두 써봤지만 소용없었다. 그런데 구하고 싶어도 구하지 못했던 머랭의 쓸개를 카잔이 오다 주운 돌 던져주듯 툭 던져준 것이었다. 하여튼 착한 놈인지, 나쁜 놈인지 구분이 안 되는 놈이었다.

"이런, 팁이 너무 많이 남는데……. 오늘 네놈이 우리 가게 골든 벨 울려주는 거냐?"

"아, 됐습니다. 그럼 너무 귀찮아지……."

질색하며 됐다 말하는 카잔을 비웃듯이 제이슨의 손이 카운터 위의 종을 쳤다. 뎅뎅뎅! 또렷한 종소리가 가게 안에 울려 퍼졌고 모두의 시선이 제이슨과 카잔에게 쏠렸다.

아, 이런. 카잔은 곤란한 신음을 삼키며 지끈거리기 시작하는 이마를 짚었다. 짓궂은 미소를 씨익 흘린 제이슨이 흥분을 감추지 못한 목소리로 외쳤다.

"여기 주목! 내 오래된 친구가 오늘 골든벨을 울렸다! 다들 마시고 싶은 만큼 마셔! 맥주 무제한 제공이다!"

"우아아아아아!"

가게 안에 북적거리던 사람들이 일제히 함성을 내질렀다. 노랫소리는 더욱 커졌고, 어우러져 춤을 추던 무리도 많아졌다. 카잔을 향한 휘파람 소리 또한 커졌다. 일면식도 없는 남자들이 다가와 어깨동무하려고 하자 카잔은 특유의 차가운 시선을 쏴대며 물리쳤다.

제 곁으로 1미터도 접근하지 말라는 냉랭한 시선을 쏘아대는 카잔 뒤로 제이슨이 킬킬 웃음을 터트렸다. 카잔은 머리가 아프다는 듯 절레절레 고개를 내젓다가 가까워지는 익숙한 향기에 고개를 돌렸다.

"카잔."

그리고 환하게 웃으며 다가오는 에일린을 본 순간 그대로 돌이 되어 굳어버렸다.

'왜 그러지?'

에일린은 아무 말도 없이 저를 뚫어져라 보는 카잔의 시선에 머쓱하게 자리에서 멈췄다. 이상한가? 모처럼 짐 가방 아래에서 가장 예쁜 살구색 원피스를 꺼내 입었는데 반응이 영 시원찮았다.

"저기, 나 이상해요?"

얼굴을 붉힌 에일린이 제 모습을 어색하게 내려 보며 물었다. 어느새 살이 찐 건지 드레스는 에일린의 몸에 완벽하게 들어맞았다. 마른 것치곤 봉긋한 가슴라인이라든지 한 손에 감기고도 남는 잘록한 허리선, 그리고 그 아래로 풍성한 치맛단이 감싸고 있는 엉덩이까지. 여성으로서 완벽하게 아름다운 굴곡이었다. 그것을 증명하듯 술에 취한 사내들이 지나가는 에일린을 힐끗힐끗 돌아보며 시선을 떼지 못했다.

하지만 바로 그 점이 지금 카잔을 몹시도 짜증나게 했다. 에일린이 예쁜 것을 아는 사람은 오직 저만이었으면 했다. 그냥 포대자루를 입혀놔도 누가 데려갈까 무섭도록 사랑스러운 에일린인데, 저렇게 말짱한 드레스를 입혀놓으니 여러 사내의 눈길을 훔치고 있었다. 더군다나 에일린 특유의 몽롱한 분위기는 사내들을 홀리기에 충분했다.

그때 누군가 낮게 휘파람을 불었다. 그 소리에 결국 카잔이 벌떡 자리에서 일어나 당황해 서 있는 에일린의 손목을 잡아끌고 나섰다.

"카잔? 왜 그러는 거예요?"

질질 끌려 다시 위로 올라온 에일린은 카잔의 굳어 있는 얼굴을 보며 조심스럽게 물었다. 몇 차례 깊은 한숨을 내쉰 카잔이 덥석 그녀를 끌어안으며 불만 섞인 목소리로 중얼거렸다.

"버려."

"네? 뭘요?"

"이 옷 말이야. 당장 버려. 그리고 다신 입지 마."

아, 역시 옷이 문제였나? 예쁜 옷을 버린다는 게 아쉬웠지만 카잔이 싫다면 저도 싫었다.

"응, 알겠어요. 그럴게요."

에일린은 더 묻지 않고 그저 카잔을 마주 끌어안으며 고개를 끄덕였다. 그녀의 순종적인 대답에 카잔은 잠시 대답을 보류하다 또다시 길고 진득한 한숨을 내쉬었다.

"……아니야, 옷이 문제가 아니야."

"네?"

"내가 이상한 거야. 예뻐, 에일린. 지금 너무 예쁘다, 너."

그녀를 번쩍 안아 올린 카잔이 동그란 눈으로 저를 바라보고 있는 에일린에게 입을 맞췄다. 뜨겁게 겹쳐진 입술로 에일린의 입술을 몇 번이나 베어 물던 카잔은 빙글 몸을 돌려 침대 위로 걸터앉았다.

"정말 이상하지."

잔뜩 쉬어 있는 목소리. 낮게 울리는 사내의 목소리는 소름 끼칠 만큼 관능적이었다.

"이상하다고요?"

"응."

무슨 말이냐는 듯 말갛게 올려다보는 눈동자 위로 카잔이 다시 입을 맞췄다.

"……난 나 말고 이렇게 다른 사람을 신경 써본 적이 없거든. 그래서 너를 보고 있는 내가 이상하다는 거였어. 네가 이상한 게 아니라, 너로 인해 내가 이상해진다는…… 그런 말."

"카잔이 이상해져요? 어떻게요?"

카잔은 제 옷깃을 쥐고 있는 에일린의 손을 겹쳐 잡고 제 심장 위로 이끌었다. 강하게 요동치는 심장이 옷을 뚫고 에일린의 손바닥 위로 고스란히 전해졌다. 강인한 생명력이 느껴지는 박동이었다.

"여기가 뜨거워져. 감당이 되지 않을 만큼."

"……"

그렇게 말하는 그의 눈은 그녀를 녹일 것처럼 뜨겁고 짙게 빛나고 있었다. 어둠 속에서 형형하게 빛나는 잿빛 눈동자 속에 사그라지지 않은 열기가 숨어 있었다.

에일린은 뭐라 말을 해야 할지 몰라 입만 달싹거렸다.

'카잔이 나 때문에 이상해진다고? 나로 인해서?'

썩 싫은 기분은 아니었다. 오히려 기분이 들뜨면서 가슴이 묘하게 둥둥거렸다. 뭐랄까, 왜 그런지는 모르겠지만 그의 마음 한 자락을 움켜쥔 기분이었다. 빤히 에일린을 바라보던 카잔이 그녀의 뺨을 쓰다듬으며 불만스럽게 중얼거렸다.

"그리고 지금 입고 있는 옷은 기가 막히게 잘 어울리니까 그런 실망스러운 표정 짓지 마. 너무 잘 어울려서 기분이 나쁠 정도야. 옷 좀 갈아입었다고 갑자기 사람이 확 달라 보이면 어쩌자는 거지? 여자들은 정말 이상하다니까. 한순간에 휙휙 바뀐다고."

"잘 어울려요?"

"응. 지금 당장 벗기고 싶을 만큼."

잘 어울린다면 왜 벗기고 싶다는 건지 에일린은 이해할 수 없었다. 어리둥절한 그녀의 표정이 더더욱 사랑스러워 카잔은 그녀의 양 볼을 잡고 다시 한 번 깊게 키스했다. 살며시 입술을 벌려 혀를 집어넣더니 몰아치듯 거칠게 그녀의 숨을 삼킨다. 에일린이 헐떡거리는 틈을 타 양 허벅지를 벌려 제 위에 앉아 있는 에일린의 치마를 들췄다. 매끈한 허벅지가 아찔하게 그를 유혹했다.

"너무 예뻐서, 당장 안아버리고 싶거든."

에일린이 힘들게 올린 드레스의 지퍼를 카잔은 너무나 쉽게 내려버렸다. 헐렁해진 드레스 상의를 획 잡아 내리니 얇은 천에 가려져 있는 통통한 가슴이 훌렁 드러났다. 갑작스러운 찬바람에 젖꼭지가 귀엽게 솟아올랐다.

"아, 저기……."

당황한 에일린이 두 손으로 가슴을 가리려 들자 카잔이 그녀의 양쪽 손목을 뒤로 돌려 한 손으로 제압했다. 본의 아니게 그에게 가슴을 내민 자세가 된 에일린이 양 볼을 빨갛게 물들며 반항했지만 그럴 때마다 통통한 가슴이 더욱 먹음직스럽게 요동칠 뿐이었다.

"앗!"

카잔은 망설이지 않고 그것을 맛있게 베어 물었다. 입안 가득 들어차는 부드러운 살덩이가 감미로웠다. 혀끝을 이용해 돌기를 빙글빙글 돌리니 바로 예민하게 반응이 왔다. 바르르 떨다가 움찔거리며 헉헉 숨을 들이켜는 것이 그렇게 사랑스러울 수가 없었다.

카잔은 빠른 몸놀림으로 에일린을 침대 위로 눕혔다. 살구색 원피스가 퍼지면서 에일린을 꽃처럼 감쌌다. 발그레하게 물든 뺨, 잔뜩 흐트러진 자세로 그를 올려다보는 에일은 아찔할 만큼 유혹적이었다.

"또 기절하면 어떡해요?"

"날 믿어, 에일린."

"……믿어요."

카잔은 단숨에 에일린의 드레스를 벗겼다. 뽀얀 살결이 환한 조명 아래 드러났다. 생크림처럼 부드럽고 꽃처럼 향기로운 에일린. 그는 에일린의 모든 것을 신중하게 맛보기 시작했다.

"아, 응."

귓불을 깨무니 허리를 튕긴다. 그 허리를 쓰다듬으니 다리를 오므렸다. 오므린 다리 사이를 파고들어 가니 헉 하고 숨을 들이켜며 질끈 눈을 감았다.

어쩜 이렇게 맛있을까. 카잔은 에일린이 주는 풍미에 감탄하며 그녀의 살결을 깨물고, 핥으며 맛봤다. 뜨겁게 솟아오른 남근은 당장이라도 그녀 안으로 들어가고 싶다 성을 내고 있었지만 그렇게 할 수는 없었다.

"으음."

작은 턱을 깨물며 올라가선 입속을 깊숙이 탐험했다. 혀가 뒤엉키고 숨이 격해질 때쯤 그의 손가락이 부드러운 털 사이에 숨어 있는 클리토리스를 점령하고 들었다. 원을 그리듯 살살 돌리다가, 빠르게 문지르기를 반복하니 에일린이 작게 비명을 터트리며 울먹거렸다. 그 때를 놓치지 않고 에일린의 양 허벅지를 들어 올려 제 어깨 위로 올렸다.

"이 자세 너무, 부, 부끄러워요."

아직 부끄러울 틈이 남아 있는 모양이었다. 카잔은 빙긋 웃으며 뜨거워진 제 물건을 흠뻑 젖어 있는 그녀의 입구에 비볐다. 곧 작게 입을 연 그것이 꼴딱꼴딱 카잔의 것을 잡아당기듯 유혹했다.

"들어간다."

뭐라 대답할 틈도 주지 않고 카잔이 힘차게 제 물건을 안으로 집어넣었다. 순간 감았던 에일린의 눈이 번쩍 떠졌다. 숨도 쉬어지지 않을 만큼 거세게 몰아쳐 들어오는 이물감에 온몸이 찌릿했다.

"아! 으으! 하웃!"

그는 작고 연약한 에일린에게 너무도 버거웠다. 에일린은 그가 흔드는 대로 속절없이 흔들릴 수밖에 없었다. 아픔과 쾌락이 오갔다. 그가 빠져나갈 때면 진한 아쉬움, 그리고 다시 들어올 때면 눈앞이 번쩍하는 짜릿함이 오갔다. 그것은 카잔 또한 마찬가지였다.

'젠장, 젠장, 젠장!'

에일린의 안은 그에게 완벽했다. 완벽하게 그의 것을 빨아들였고, 절대 놓아주지 않을 것처럼 붙잡았다. 그럴 때면 능숙한 카잔이라도 숨이 넘어갈 것 같이 열락에 들떴다. 숨이 넘어갈 것처럼 저항하는 에일린에게 미안할 정도로 카잔은 그녀가 주는 감각에 완벽히 굴복하고 말았다.

흔들리는 에일린의 가슴을 한 손으로 움켜 쥔 카잔이 파정할 것 같은 제 욕구를 억제시키며 그녀를 돌려 눕혔다. 그리고 잠시 꺼내 두었던 제 성난 남근을 마르지 않는 샘물처럼 흥건히 젖어 있는 에일린의 그것에 힘차게 밀어 넣었다.

"꺄악!"

아까보다 더 강한 자극에 에일린은 베개에 얼굴을 묻은 채 소리 죽인 비명을 내질렀다. 부드럽게 시작했다가도 어느 순간 퍽퍽 소리가 날 만큼 강하게 굽이쳐 들어오는 카잔 때문에 또다시 기절 직전이었다. 쉴 틈 없이 매만지고 주무르는 손길에 가슴과 엉덩이, 허리는 이미 욱신거릴 지경이었다.

"윽, 윽! 아! 카, 카잔! 천천히, 조금만 천천히요."

기어이 에일린을 다시 애원하게 만들었지만 카잔은 멈추지 않았다. 그 대신 그는 그녀의 비명이 신음으로 바뀔 때까지 허리를 능숙하게 휘두르는 것을 택했다. 까무라칠 지경이었다. 그녀가 애원할 때면 입술을 찾아 그 애원마저도 먹어치웠다. 감각의 홍수 속에서 버티고 있던 에일린은 그날도 결국 반기절의 상태로 까무룩 잠이 들고 말았다.

　새액새액. 지쳐 잠이 든 에일린은 고운 숨소리를 내며 잠이 들었다. 카잔은 제 한 품에 딱 들어맞는 작은 몸을 그러안으며 아직까지 열이 올라 있는 선홍빛 뺨을 조심스럽게 쓰다듬었다. 한숨도 자지 못했지만 하나도 피곤하지가 않았다. 잠든 에일린의 얼굴을 빤히 바라보는 것뿐인데 시간 가는 줄도 모르고 있었다.

　카잔은 관계가 끝난 후 한 번도 누군가를 이렇게 바라본 적이 없었다. 심지어 그 어떤 여자의 얼굴도 이렇듯 만지면 깨질까 조심스럽게 쓰다듬은 적도 없었다. 그런데 에일린 앞에서 그는 그가 아닌 것 같은 행동들이 나왔다. 생소하고 낯설었지만 싫은 건 아니었다.

　"너를 가진 건 난데, 왜 내가 너에게 잡혀 있는 것 같은지 모르겠다."

　아침이 밝은 방 안에 그의 목소리가 그윽하게 울렸다. 제가 말해놓고도 뭔가 머쓱하고 이상한 마음에 카잔은 피식 웃고 말았다.

　에일린에게서 떨어지지 않는 몸을 간신히 일으켜 세웠다. 온기가 없어진 것을 느꼈는지 에일린이 부르르 몸을 떨다가 졸린 눈을 비비며 떴다. 더 자라 말하려 했던 카잔은 순간 햇살 속에 비치는 에일린의 눈동자에 흠칫 몸을 떨고 말았다.

　'……붉은색?'

　눈동자 색이 바뀐 듯 보였다. 눈을 비비던 에일린이 다시 그를 봤을 때는 여느 때와 다름없는 따뜻한 갈색빛이었다.

　'잘못 본 건가.'

잠이 부족한가 보다. 헛것을 다 보다니. 카잔은 애써 잘못 본 거라고 생각하며 다시 눈을 붙였다. 잠이 들면서도 카잔은 제 품 안에 안겨 있는 에일린의 몸을 더욱 힘주어 끌어안았다. 이토록 소중한 그녀가 어디에도 갈 수 없도록, 꽉.

타닥. 밤의 도시를 향해 밖으로 나서는 첸의 발걸음이 가벼웠다. 몰래 나와 본 항구도시의 밤은 다른 도시와는 조금 달랐다. 조금 더 활기가 넘쳤고, 조금 더 야생적이었으며, 조금 더 자유로웠다. 밤이 늦었음에도 거리를 돌아다니는 사람들의 얼굴에 졸린 기색은 전혀 보이지 않았다.

"거기 잘생긴 귀족 나리, 이쪽으로 와서 함께 놀아요!"

"아니, 그러지 말고 여기, 여기 좀 봐줘요, 도련님!"

적당히 흥이 오르고 술이 오른 여자들이 눈이 돌아갈 만큼 아름다운 미남자를 가만히 둘 리 없었다. 그녀들은 한껏 가량맞은 태도로 첸을 유혹했지만 야속하게도 첸은 그녀들에게 눈길 한번 주지 않았다.

"흐음, 여기 어디쯤이라고 했는데."

멀리 보이는 시계탑을 중심으로 이리저리 고개를 돌리던 첸이 저 구석 한 귀퉁이에서 찾던 간판을 발견했다.

"오, 저기 있군."

[고어웨이 Go away]라니. 참으로 의미심장한 이름이었다.

24시간 문을 닫지 않는 가게였던지라 환하게 불이 밝았다. 위압감 넘치는 육중한 철문 옆에는 거대한 덩치의 용병 둘이 지키고 서 있었다.

준비된 신분증을 가지고 무난히 입구를 통과하니 무장을 한 또다른 용병이 나와 그를 안내데스크로 안내했다. 안내데스크에는 깐깐하게 생긴 곱슬머리 여성이 앉아서 그를 빤히 올려다봤다. 그녀를 향해 첸은 근사한 미소로 말했다.

"맡긴 물건을 찾으러 왔습니다."

섭섭해하는 제이슨을 뒤로하고 아침 일찍부터 여장을 챙겨 밖으로 나왔다. 아무래도 아침에 봤던 붉은 눈이 신경 쓰였던 것이다. 카잔은 원래 에일린을 데리고 타르카지오로 돌아가려 했다. 예전에 그에게 '붉게 변하는 운명'을 이야기해줬던 할멈을 찾아가려 했던 것이다. 살아 있을지는 모르지만 그 할멈이 유일한 단서였으니까. 하지만 첸은 자신을 믿고 수도로 가자고 했다. 아쉴에 대한 모든 것은 왕궁과 관련이 있다는 말과 함께 말이다. 고민하던 카잔은 최종 행선지를 수도로 정했다.

"몸은 괜찮아?"

카잔은 제 옆에서 얌전히 총총총 걷고 있는 에일린에게 물었다. 아무래도 지난밤 욕심을 너무 부린 것 같아 뒤늦게 양심이 찔려왔던 것이다. 에일린은 홍조를 띤 채 괜찮다고 대답했지만 걷는 속도가 빠르진 않았다.

차라리 안고 갈까 생각하던 카잔은 공기 중에 희미하게 섞여 있는 약초 냄새를 맡고 주변을 둘러봤다. 마침 50여 미터쯤 떨어진 곳에 약재상이 보였다.

"잠깐. 저기 좀 들르지."

"응? 아, 그래. 마침 나도 사야 할 게 있었는데."

마침 필요한 것이 있던 첸도 반색하며 약재상을 향해 발걸음을 옮겼다. 제법 크고 오래되어 보이는 약재상이었다. 안으로 들어가자마자 갖가지 약재료가 뿜어대는 고약한 냄새로 숨을 쉴 수 없을 정도였다.

콜록, 콜록. 에일린은 가게로 들어서자마자 기침을 쏟아냈다. 얼마나 코가 매운지 온몸에 퍼져 있던 잠기운이 화악 깨질 정도였다. 카잔은 후각이 예민한데 어떻게 이 냄새를 아무렇지 않게 참고 있는지 신기했다.

"힘들면 밖에 있어. 곧 나갈 테니까."

"네."

걱정스러운 카잔의 말이 떨어지기 무섭게 에일린은 서둘러 밖으로 나왔다. 퀴퀴한 냄새를 가두고 있는 가게 안과는 달리 가게 밖은 갖가지 식물로 제법 큰 화단이 꾸며져 있었다.

안도의 한숨을 몰아쉰 에일린이 화단에 코를 박고 자극받은 후각을 정화했다. 잘 꾸며진 화단에서는 향기로운 풀냄새가 가득했다. 특히 길쭉하게 키가 크고 하얀 꽃을 피운 풀에서 달콤한 냄새가 진동했다. 킁킁, 코를 벌렁거리던 에일린은 기어이 꽃 속으로 코를 파묻고 말았다. 기분이 좋아지는 달콤한 냄새였다. 풀꽃의 향기에 푹 빠진 에일린은 지나가는 사람들이 그런 저를 보며 쿡쿡 웃음을 터트리는 것도 눈치채지 못했다. 화단에 코를 박고 향기를 맡는 모습은 천진했다.

안에서 그 모습을 바라보고 있던 카잔도 못 살겠다는 듯 절레절레 고개를 내저었다. 물론 입가엔 미소가 걸려 있었다. 약재상 주인도 허허 웃음을 보였다.

"말린 라일락 뿌리와 카르코 열매 씨 좀 사려고 왔습니다."

"으흠. 라일락 뿌리는 넉넉하게 있는데 카르코 열매는 몇 개 없습니다. 얼마나 필요하신지요?"

"2개 다 반 망씩만 있으면 됩니다."

"아, 그거면 충분하죠. 그쪽 손님은……?"

마찬가지로 후각이 예민한 첸이 손수건에 얼굴을 반 이상 가린 모습으로 대답했다.

"쿤드라 붕대 한 말 사려고 왔습니다."

"알겠습니다. 바로 가져다드리겠습니다. 라오! 라일락 뿌리 반 망 가져오너라!"

안채를 향해 소리친 주인이 이것저것 분주하게 물건들 사이를 뒤적거렸다. 그러는 동안 카잔이 밖에 있을 에일린을 확인했다.

"어?"

그때였다. 어떤 남자 하나가 에일린의 곁에 다가왔다. 카잔의 얼굴에 삽시간에 웃음이 지워졌다. 곁에서 보고 있던 첸이 흥미롭다는 듯 흐응흐응, 묘한 콧소리를 냈지만 카잔의 귀에 들리지 않았다.

'……웃어?'

뭐라 말을 한 건지 웃는 게 서툰 에일린이 웃음을 터트렸다. 이상한 일이지만 카잔의 심장 한구석에 얼음 하나가 철렁하고 떨어졌다. 서늘하고 무거운 그것이 그의 가슴 한구석을 짓눌러왔다.

"어? 뭔가를 주는데? 오, 지금 에일린 남자한테 대시받고 있는 건가? 하긴 요즘 부쩍 예뻐지긴 했지."

남자를 향해 웃는 것도 모자라 그가 주는 것을 에일린이 받아

들었다. 그 광경까지 보고 나자 카잔은 가만히 있을 수가 없었다. 부글부글 속이 끓었다. 그는 더 생각할 것도 없이 긴 다리로 성큼 밖으로 나왔다.

"정말 귀엽네요. 독성이 있는지도 모르고 그렇게 향기를 맡고 있다니. 후후."

에일린을 바라보고 있는 사내의 눈빛도, 그 사내의 눈을 보며 수줍게 웃는 그녀의 모습도 마음에 들지 않았다.

"……감사합니다."

자신 말고 다른 사람을 바라보는 에일린을 보는 것은 더더욱 끔찍했다. 에일린의 미소는, 저 시선은 모두 카잔의 것이었다. 오직, 오롯이 그만의 것이었다.

"뭘요. 모르는 분들은 종종 그래요. 저기 그런데 여기 혼자……."

뭐지, 대체 뭐 때문에 이렇게 거슬리는 거지. 왜 이러는 거냐, 나는. 하지만 답을 내리기도 전에 카잔의 손이 성급하게 그녀를 향해 뻗쳐 나왔다.

"무슨 일입니까."

그의 손이 부러질 듯 가녀린 허리에 단단히 둘러졌다. 그녀를 바짝 제 옆에 붙인 카잔의 고개가 비뚤어졌다. 놀라 동그래진 눈으로 그를 올려다보는 에일린의 눈꺼풀 위에 짧게 입을 맞추며 느른한 눈으로 반대편에 굳은 채로 서 있는 남자를 바라봤다.

"이쪽에."

차가운 시선이 말하고 있었다. 꺼지라고. 무슨 일인지 모르겠지만, 당장 이 자리에서 사라지라고. 잿빛 눈동자에 담겨 있는 태연자약한 소유욕이 적나라하게 드러났다.

"무슨 볼일이라도……."

볼일이 있으면 죽여버릴 것 같은 눈빛이었다.

"아, 아닙니다. 아무것도……."

있던 볼일도 없다고 대답해야 할 것 같은 그 서슬 퍼런 눈빛 앞에 남자는 주춤주춤 뒷걸음치며 서둘러 자리를 벗어났다.

"나 말고 다른 남자는 뭐다?"

"적이다."

"다른 사람이 호의를 베푸는 것은?"

"사기다."

"누가 사탕을 주면?"

"뱉는다."

한 치의 망설임도 없이 잘 교육된 에일린의 대답에 카잔은 만족스럽게 고개를 끄덕였다. 그의 투박한 손이 동그란 에일린의 머리통 위를 칭찬하듯 스윽스윽 쓰다듬었다. 사탕수수 주스를 쪽쪽 빨아 마시며 걷고 있던 에일린이 그의 손길 아래 배시시 웃음을 보였다.

그들의 곁에서 질린다는 듯 절레절레 고개를 내젓고 있던 첸이 불현듯 떠오른 질문을 던졌다.

"그럼 난 뭐야? 내가 호의를 베풀면? 내가 주는 사탕은?"

생각지도 못했던 심화문제였다. 어떻게 대답해야 하나 에일린이 고민하자 카잔이 친절하게 가이드라인을 제시해주었다.

"멀리 있든 가까이 있든 적은 적. 그러니까 만약 첸이 사탕을 줘도 어떻게 해야 한다?"

"······뱉는다."

에일린의 모범 답안에 카잔은 빙긋 웃음을 보였다. 순진하게 같이 고개를 끄덕이는 에일린의 관자놀이에 입을 맞추니 특유의 싱그러운 향기가 코끝을 감돌았다. 간지럽다는 듯 한쪽 눈을 찡긋거리는 그 표정을 보고 있자니 한입에 꿀꺽 삼켜버리고 싶은 허기짐이 들었다.

"와, 진짜 심하네. 그렇게 여자한테 집착하는 남자는 매력 없다고. 에일린, 너도 카잔이 좀 심하다고 생각하지 않아? 그렇지? 자, 나한테 솔직하게 말해봐."

"난 괜찮은데요."

"괜찮기는! 네가 아직 순진하고 어려서 모르는 것 같은데, 좀만 더 만나봐. 이 남자가 널 숨 막혀 죽게 할걸? 남자라곤 쳐다도 못 보게 하잖아. 잘 생각해봐, 이런 남자 아주 별로라고. 아직 늦지 않았으니까 차버려."

첸의 호들갑을 듣고 있던 카잔이 발걸음을 우뚝 멈춰 세운 채 첸을 향해 돌아섰다. 그러곤 첸이 미처 피할 틈도 없이 발길질로 그의 정강이를 후려쳤다. 으악! 비명을 내지른 첸이 아픈 정강이를 문지르며 팔짝팔짝 날뛰었다.

"차버리라는 소리를 들어서 나도 모르게 발길질이 나갔군. 그러기에 말을 할 땐 조심하라는 거야. 알겠나?"

심술궂게 중얼거린 카잔이 키득키득 웃고 있는 에일린의 허리를 끌어당겨 걸었다. 주저앉은 첸을 힐끔 쳐다보던 에일린이 걱정스럽다는 듯 중얼거렸다.

"첸이 많이 아픈 것 같은데요, 카잔."

"아프라고 한 거니까."

심드렁한 카잔의 말에 절뚝거리며 뒤쫓아오던 첸이 발끈하며 중얼거렸다.

"저런 폭력적인 남자가 도대체 뭐가 좋다는 건지 이해를 할 수가 없네."

"반대편도 차줘? 진짜 폭력적인 게 뭔지 알려줄까?"

"……와, 협박까지? 폭력 반대! 폭력 반대!"

몸서리치는 첸의 난리에 에일린이 그를 돌아보며 까르르 웃었다. 듣기 좋은 그녀의 웃음소리에 카잔은 마음이 또 싱숭생숭해졌다. 욕심 같아서는 어디 가서 함부로 웃지도 말라 하고 싶었다. 그러나 이제 겨우 웃는 법을 배운 에일린에게 웃음을 빼앗을 수는 없었다. 아이러니하게도 에일린이 웃는 모습이 좋았지만 자주 웃지는 않았으면 했다. 에일린이 웃거나 눈을 반짝일 때마다 그녀를 돌아보는 눈길이 싫었기 때문이었다. 에일린은 신기하게도 날이 갈수록 어여뻐지고 있었고, 이젠 지나갈 때마다 힐끔대며 쳐다보는 사내들의 시선이 제법 있을 정도였다.

'이걸 어쩌면 좋지.'

카잔은 한숨이 절로 나왔다. 저가 생각해도 조금 과하다 싶을 정도로 초조해했다. 하지만 어쩔 수 없었다. 세상 모든 남자는 늑대였고 에일린은 순진하기만 하니 그가 없이 어딘가를 다닌다면 누군가 틀림없이 꾀어갈 것 같았다.

'은인이죠, 소중한.'

더군다나 에일린은 저를 좋아하는 마음이 확실치 않았다. 지금은 세상에 오직 저밖에 없다는 듯 그를 보고 있지만 만약 그때 그가 아닌 다른 사람이 그녀를 구해주었다면, 어쩌면 지금 에일린은 그의 곁에 없었을지도 몰랐다.

카잔은 에일린을 내려다봤다. 그의 시선을 의식한 에일린도 그를 올려다봤다. 언제나처럼 온순하고 아름다운 눈빛이었다. 이 눈이 다른 이에게 향했을지도 모른다고 생각하니 뒷목이 쭈뼛 섰다.

'안 돼. 그런 일은 절대 있을 수 없어. 절대.'

카잔은 매섭게 마음을 다잡았다. 쓸데없는 생각이라며 고개를 털었다. 일어나지 않은 일에 초조해하는 것은 그답지 않았다. 이런 나약한 마음이 드는 이유를 모르겠다. 자꾸 에일린만 관련이 되어 있으면 생소한 모습이 나오는지…….

"어? 저기 매표소……."

매표소를 향해 걷고 있던 세 사람 중, 첸이 가장 먼저 그것을 발견하고 소리쳤다. 그 소리에 상념에서 깨어난 카잔이 첸이 가리키고 있는 방향을 바라봤다. 곧 그의 미간이 찌푸려졌다.

"닫혀 있잖아?"

"……내일까지 항만 점검이라고?"

"출항사고 때문에 그런다고 하는 걸 보니, 무슨 일이 있었나 보군."

"에? 그럼 오늘 출발은 못 하겠는데? 다시 숙소를 잡아야겠는걸."

첸의 말이 맞았다. 카잔은 선뜻 고개를 끄덕이며 뒤로 돌아섰다.

"돌아가자. 제이슨의 가게로."

그 순간 첸이 두 팔을 벌려 그를 막아 세웠다.

"잠깐, 여기서 제이슨의 가게까지는 두 시간이나 걸리잖아. 우리 그러지 말고 이 근처에서 숙소를 다시 잡자고. 그리고 내일 매표소가 열린다고 해도 분위기를 보니 바로 출발하는 배를 탈 수 있을지도 잘 모르고. 근처에서 좀 지켜봐야 하지 않겠어?"

일리 있는 말이었다. 출항사고로 며칠이나 매표소가 문이 닫혀 있다는 것도 마음에 걸렸다. 카잔은 납득하고 주변을 둘러봤다.

"근처에 잘 만한 곳이 있는지 모르겠군."

"왜 없겠어. 저거 안 보여, 저거? 저기로 가자고!"

첸은 항만에서 조금 떨어진 언덕 위의 거대한 성을 가리켰다. 그것이 뭔지 알고 있는 카잔으로서는 얼굴을 찌푸릴 수밖에 없었다.

타르페 호텔. 엑시움에서 가장 쓸데없이 비싼 호텔이었다. 가격이 부담스러운 것은 아니었지만 굳이 저기를 갈 필요가 있나 싶어 망설이는 그때. 꾸르륵! 두 남자 사이에 끼여 있던 에일린이 새빨개진 얼굴로 큰 소리가 난 배를 가렸다. 카잔은 웃으며 에일린의 손을 잡으며 말했다.

"일단 밥부터 먹으러 가지."

식당 화장실로 도망 온 에일린은 부끄러워 빨개진 얼굴을 찬물로 식혀냈다. 때가 돼도 밥이 들어오지 않으면 뱃고동 소리가 남부끄러운 줄 모르고 요란하게 울려댔다. 언제까지 이럴 건지 정말 저도 제 자신이 창피해서 죽을 맛이었다.

"못 살아, 내가 정말."

나직하게 한숨을 내쉰 그녀가 아릿한 아랫배를 살살 쓰다듬었다. 이상한 것은 평소랑 느낌이 다른 것이었다. 배가 고픈 듯도 하고 배가 아픈 듯도 했다. 꾸륵거리기는 했지만 그렇게까지 배가 고픈 게 아니었기 때문에 더 이상하게 느껴졌다. 거기다 허리도 조금 아픈 것 같기도 하고. 허리는 아마 어젯밤 카잔과의 일 때문에 그럴 것이라 생각했다.

다시 또 발그레 볼을 붉힌 에일린이 절레절레 고개를 내저으며 서둘러 밖으로 나왔다. 식당 안, 멀지 않은 창가에 근사한 남자 둘이 나란히 앉아 있는 게 보였다.

반가운 마음에 한달음에 다가가던 에일린은 누군가 그녀의 어깨를 툭 치며 앞서 가는 걸음에 멈춰 서야 했다. 늘씬한 웨이트리스 한 명이 서둘러 앞서 간다 싶더니 카잔과 첸이 앉아 있는 테이블 옆에서 과장된 몸짓으로 비틀거리기 시작했다.

"어머, 어머어머!"

비명이 들린다 싶더니 나무 식기가 우당탕 요란한 소리와 함께 바닥으로 쏟아졌다. 그리고 에일린을 치고 나갔던 웨이트리스는 어느새 카잔의 무릎 위에 자연스럽게 안착한 채 그의 품에 파고들었다.

"……어머, 손님 괜찮으세요? 죄송해요. 제가 발목이 얇아서 이렇게 자주 넘어지거든요."

간드러지는 목소리로 웨이트리스가 카잔에게 매달렸다. 미안해서 어쩔 줄 모르겠다는 얼굴이었지만, 그의 품에서는 절대 떨어지지 않았다. 카잔은 짜증이 일었지만 최대한 정중한 목소리로 그녀를 밀어냈다.

"괜찮습니다."

"이를 어째, 옷에 제 화장품이 묻었네요? 변상해드릴 테니까……."

"괜찮으니 일어나십시오."

"아니, 그러지 말고 요 앞이 우리 집인데……."

"……."

카잔의 무릎에서 궁둥이를 떼지 않은 채 여자는 교태스럽게 눈을 찡긋거렸지만 그런 여자를 바라보는 카잔의 눈동자는 얼음처럼 시리기만 했다. 대꾸도 없었고, 표정도 없이 빤히 바라보니 여자의 얼굴이 붉으락푸르락해지고 만다.

"치! 재수 없어."

콧방귀 한번 거하게 뀐 여자는 언제 비틀거렸냐는 듯 벌떡 일어나 주방으로 쏙 사라졌다.

"푸하하하! 항구 여자들이 화끈하다더니, 그 소문이 진짜였구먼! 큭큭, 일단 돌격이라니."

"성가셔."

"한두 번이 아닌가 봐? 떨쳐내는 속도가 칼바람이야, 아주?"

"닥쳐주시지?"

피곤하다는 듯 고개를 털던 카잔은 조금 떨어진 곳에 그들을 보며 서 있는 에일린을 발견했다.

'설마, 다 봤나?'

에일린의 눈빛이 예사롭지 않았다. 빤히 그를 쳐다보던 에일린이 곧 카잔에게 다가왔다. 본 건지, 안 본 건지 알 수가 없는 무표정이었다. 그는 그게 신경이 쓰여 가까이 다가온 에일린을 제 품에 가두며 달래듯 말을 이었다.

"신경 쓰지 마. 가끔 있는 일이니까."

그의 말에 에일린은 다시 한 번 멈칫하고 말았다.

'가끔.'

그럼 이런 일이 이전에도 몇 번이나 더 있었다는 말이었다. 카잔에게 몸을 밀착하고, 농밀한 눈빛을 보내며 유혹하는 여자들. 그것을 눈앞에서 목격하니 기분이 묘했다. 그러고 보니 이런 장면을 보는 게 처음은 아니었다. 일전에 호페에서도 가슴에 얼굴 2개는 달고 다니는 듯한 그 빨간 드레스의 여자도 카잔을 끌어안고 입을 맞췄었다. 까맣게 잊고 있었는데, 다시 기억이 났다. 그걸 처음 목격한 그때도 기분이 나빴지만, 지금 불쾌한 것과는 비교도 할 수 없었다. 그때는 입맞춤의 의미를 몰랐지만 지금은 너무나도 잘 알고 있기 때문이었다.

'좋아하는 사람에게만 하는 거라면서요. 그럼 카잔은…… 그 여자를 좋아했나요? 두 사람은 서로 좋아한 거예요? 근데 왜 그 여자는 여기 없어요? 왜 나한테 입을 맞춘 거예요? 나한테는 카잔에게만 하라고 했으면서…… 카잔은 다른 사람하고도 하는 건가요?'

쉴 새 없이 많은 질문이 머릿속에서 터져 나왔지만 단 한마디도 입 밖으로 꺼낼 수가 없었다.

'첫째, 내 사생활에 대하여 일체의 말도 꺼내지 말 것. 참견도, 걱정도 하지 말고. 나에게도 개인적인 용무라는 게 있으니까.'

'셋째, 떼쓰지 말 것. 고집부리지 말 것.'

그 언젠가 카잔이 그녀에게 걸어놓았던 제약이었다. 함께하고 싶으면 세 가지를 지켜달라고 했었던 그의 말을 에일린은 아직도 고이 기억하고 있었다.

그가 그녀에게 다정하다는 것을 알고 있었다. 하지만 그것에 어디까지 기대도 되는 건지, 아직 에일린은 가늠이 되지 않았다.

"자, 먹자. 먹어! 얼른 먹고 모처럼 이 지친 몸뚱이 좀 근사한 곳에 가서 누이자고."

모처럼 맛보는 요리의 형태를 갖춘 음식 앞에서 첸이 소리쳤다.

"에일린. 뭐 해, 배 안 고파?"

입을 꾹 다문 채 음식만 노려보고 있던 에일린은 가늘게 눈을 떠 카잔을 흘겨보다가 획 고개를 돌렸다.

"……응?"

난데없는 에일린의 반응에 카잔이 당황한 채 그녀를 내려다봤지만 그녀는 끝까지 고개를 들지 않았다. 기분이 싱숭생숭해서 참을 수가 없었다.

11. 흔들리는 밤

쨍- 하도록 맑은 하늘 아래 푸른 초원이 드넓게 펼쳐져 있었다. 파란 하늘과 선명한 녹색 평원의 경계선 사이로 몇 마리의 말이 힘차게 서로를 앞다투어 가며 달리고 있었다. 그리고 그들의 너머에는 수도 그라시아스의 상징 순백의 왕궁이 우아한 자태를 그리며 서 있었다.

"이랴!"

"거기 서라고!"

"지는 사람이 다음 연회를 여는 거야!"

"그거 좋지!"

젊은 사내들은 말과 바람이 주는 환희와 쾌락에 취해 근심 걱정을 잊었고, 덩굴 아래 마련된 피크닉 장소에 모여 있는 젊은 아가씨들은 그런 사내들을 훔쳐보며 키득키득 수다를 떠는 것에 한창이었다.

"……머나, 세상에!"

"호호호……."

서로 얼마나 더 웃을 수 있는지를 경합하듯 아가씨들은 한참을 웃고 떠들어댔다. 맛있는 간식도 슬슬 동이 날 무렵, 그들 사이로 재미난 가십거리가 던져졌다.

"아 참, 그 소식 들으셨어요?"

"네? 소식이요? 무슨 소식?"

"해협에서 일어나고 있는 무시무시한 일이요. 모르세요?"

"네에? 해협이요?"

모자를 고쳐 쓰고 있던 여자가 슬그머니 던진 화두에 모여앉아 있는 여자들의 눈이 금세 돌아갔다. 여자는 새침하게 주변을 훑어보더니 희극배우처럼 과장된 얼굴과 손짓으로 소곤거렸다.

"오는 길에 남편이 하는 얘기를 슬쩍 들었는데, 세상에! 지금 자르디오 해협에 인간을 먹는 바다 괴물이 등장했다네요! 크기가 성 하나만큼이나 크고, 이빨은 용처럼 날카롭고, 문어 같은 촉수를 가진 엄청난 괴물인데, 세상에, 이것이 사람을 수백 명 잡아먹었다더라고요!"

여자의 말에 모여 있던 귀족 아가씨들의 얼굴이 새파랗게 질렸다.

"어머나, 세상에! 끔찍하네요! 해군에 복무 중인 사촌 동생을 빼와야겠어요!"

"당장 빼 오세요! 그러다가 그놈 잡아 오라고 파견이라도 보내면 큰일이잖아요."

"바다는 정말 무섭네요. 괴물이라니. 어머어머!"

무섭다는 듯 부르르 어깨를 떨었지만 그녀들의 눈에 비치는 것은 두려움보단 호기심 더 컸다.

"괴물은 어떻게 생겼을까요?"

"아아! 걱정 마세요! 용맹한 기사님들이 모두 물리쳐줄 테니까요."

"어떤 기사님이 나를 구해줄까요? 루드비히 경이면 더없이 좋으련만."

"어머어머, 루드비히 경이라니. 생각만 해도 얼굴이 붉어지네요."

바다의 괴수는 그녀들을 아름다운 기사에게 인도해주는 쓰러트릴 수 있는 방해물, 그 이상도 아니었다. 수백 명이 바다에서 아까운 목숨을 잃었고 생업을 위해 두려움을 떨치고 무덤으로 뛰어들게 만드는 괴수가 이 귀한 아가씨들에게는 고작 그 정도일 뿐.

그것보다 그녀들을 더욱 깜짝 놀라게 해줄 소식은 다른 것이었다.

"바다괴수보다 나한테 더 놀라운 소식이 있어요."

사교계에서 알아주는 소식통이자 마당발인 미쉘 부인이 흩어졌던 여자들의 시선을 끌며 말문을 열었다. 아가씨들의 눈에 다시 한번 이채가 돌기 시작했다.

"무슨 소식이요?"

"귀족들이 죽고 있다는 소문, 모르시나요?"

"귀, 귀족들이 죽어요?"

"무슨 이야기예요? 난 여행 갔다가 엊그제 와서 아무것도 몰라요! 말해주세요, 미쉘 부인!"

여자들은 미셸이 던져주는 미끼를 덥석 물며 호들갑을 떨어댔다.

"흐음, 그게 말이죠."

뜸을 들이듯 챙이 넓은 모자를 만지작거리던 미셸이 이리저리 주변을 살피며 조심스럽게 입을 열었다.

"몇 년 전에 몽쉐르에서 올라온 후트 백작, 아세요?"

"후트 백작이라면…… 아아! 알죠. 알아요! 왕비님이 아끼시는 분이시잖아요. 근래에도 엄청난 땅과 보물을 하사받으셨다고……. 아, 근데 후트 백작이 왜요?"

"그러고 보니 후트 백작이 요즈음은 통 안 보이긴 하던데."

여자들의 호들갑에 미셸의 목소리가 더욱 은밀해진다. 그녀는 맛있는 생선을 발견한 고양이처럼 눈을 반짝이며 오늘 아침 그녀의 남편에게 들은 이야기를 조잘거렸다.

"어머어머, 역시 아무도 몰랐구나! 후트 백작이 죽은 거, 그것도 아주 끔찍하게 죽은 거!"

"주, 죽어요?"

"어머나!"

여자들의 눈에 조금 전 바다 괴물 이야기를 들을 때와는 전혀 다른 두려움이 올라왔다. 생각지도 못한 갑작스런 부고 소식에 서로 얼굴을 보며 수군수군 말이 많아졌다.

"아니, 대체 어쩌다요? 무슨 병이라도 있었던 거예요?"

"사고사?"

"죽은 연유가 기가 막혀요. 나도 듣고도 믿기지가 않았답니다!"

"뭔데 그래요. 얼른 말 좀 해줘요."

여자들의 재촉에 미쉘은 약이라도 올리는 듯 몇 번이나 입을 벙긋거리며 애를 태우다가 느지막이 입을 열었다.

"놀라지 마세요. 세상에……. 키우던 개한테 목이 물어 뜯겨 죽었답니다!"

"네에? 개한테요?"

"말도 안 돼! 그렇게 무섭고 훈련이 안 된 개를 키웠단 말이에요?"

"글쎄요. 평소엔 굉장히 순하고 착한 개였다고 하는데…… 그날 밤은 후작이 자는 방에 들어와서 목을 물어뜯었다네요. 세상에, 그게 믿겨요? 개가 방에 들어와 목을 물어뜯다니요!"

"어머, 어머어머. 말도 안 돼."

미쉘의 설명에 여자들은 새파랗게 질린 안색으로 고개를 내저었다. 사람도 아니고, 개가 한밤중에 방으로 들어와 주인을 물어 죽였다니……. 어떻게 그게 가능하단 말인가?

"10년을 넘게 키운 개였는데…… 이상하죠? 마치 그날은 개가 유령에라도 쓰인 듯이 새벽에 스윽 하고 찾아와서……."

"꺄악! 그만해요! 무섭잖아요. 우, 우리 저택에도 경비견이 많아서……."

으스스한 미쉘의 설명에 여자들은 잘게 몸을 떨어가며 반응했다. 그런 여자들을 보며 까르르 웃던 미쉘이 다가오는 자신의 사촌 동생을 향해 손을 흔들며 자리에서 일어났다.

"후후, 다들 개 조심하세요. 붉은 달이 뜨는 날이면 혹시 알아요? 키우던 개가 늑대인간이 되어 우리를 덮쳐올지! 후트 백작이 죽은 날도 매우 크고 아름다운 보름달이 뜬 날이었대요. 아! 그리고 후트 백작 말고도 요즘 곳곳에서 부고 소식이 올라온다고 하던데. 귀를 열어보세요, 여러분. 슬퍼해야 할 일이 아주 많아졌답니다."

창백해진 여자들 사이로 짓궂은 농담을 던진 미쉘이 사촌 동생을 향해 사뿐사뿐 발을 옮겼다.

"어머어머, 세상에…… 어떻게 그렇게 죽지?"

"왕비님께서 꽤나 아끼시던 분이신 것 같던데…… 상심이 크시겠네요."

"하, 한둘이 아니라면…… 이거 연쇄살인 아닌가요? 어딘가에서 또 더러운 반귀족 세력이 나타난 건지도 몰라요."

"어머나, 세상에……. 그것들이 분수도 모르고 또 그럴까요?"

남겨진 여자들은 미쉘이 사라지고 난 후에도 개에게 물려 죽은 후트 백작 이야기, 그리고 요즈음 통 보이지 않는 다른 귀족들의 이야기로 한동안 그곳을 뜨겁게 달구고 있었다.

테라스 너머의 광활한 바다의 전경에 에일린은 입을 다물지 못한 채 멍하니 서 있었다. 할 말을 잃은 듯 활기와 생명력이 가득 찬 눈으로 테라스 너머의 광경을 바라보고 있는 에일린을 보고 있자니 카잔은 이 호텔을 이용하기로 한 것이 썩 나쁜 결정은 아니라는 생각이 아주 조금 들었다.

"저게 바다군요."

떨리는 그녀의 목소리에 카잔은 살며시 웃으며 물었다.

"바다를 처음 보나?"

풍경에 눈을 떼지 못한 채 에일린은 그저 살짝 고개를 끄덕여 대답했다. 눈이 부시도록 드넓게 펼쳐진 파란 세상 앞에 그녀는 지금 아무 생각도 할 수 없었다. 하늘 위의 하늘, 하늘 아래 하늘. 데칼코마니처럼 똑 닮아 있는 2개의 하늘이 보였다. 짙은 어둠으로만 가득했던 그녀의 세상에 놀라운 색채가 더해졌다. 물기가 느껴지는 짭쪼름한 바람이 에일린의 얇은 머리카락을 헝클어트리며 그녀를 반겨왔다.

'바람에도 맛이 느껴지다니⋯⋯!'

에일린은 놀라움을 감추지 못한 채 흥분 섞인 목소리로 외쳤다. 얼마나 놀랐는지 목소리가 다 떨려왔다.

"바, 바람이 짜요!"

"바다에서 부는 바람이니까."

"바닷바람은 짠 거예요, 원래?"

"음, 넌 정말 바다에 대해서 아무것도 모르는구나."

호기심으로 반짝이는 에일린의 눈을 보자 카잔은 슬그머니 장난기가 올라왔다. 그는 성큼 그녀에게 다가와 보드라운 에일린의 뺨을 쓰다듬으며 사뭇 진지한 목소리로 말했다.

"혹시 저 바다 아래 성이 있다고 하면 믿을 수 있겠어?"

"바다 아래에 성이 있다고요?"

카잔의 말에 깜짝 놀란 에일린의 눈이 방울처럼 동그랗게 변했다.

"응, 더 놀라운 건 그 안에 갇혀 있는 공주의 이야기지."

카잔의 이야기가 더해지면 더해질수록 에일린의 입술이 먹이를 조르는 새의 부리처럼 귀엽게 벌어지고 있었다. 그 입술을 손끝으로 쓰다듬으며 카잔이 옛날 동화를 꺼내 그녀를 홀리기 시작했다.

"먼 옛날에 바다를 사랑한 공주가 있었다고 해. 그녀는 이 광활한 바다를 훔쳐 저 혼자만 사랑하려다가 하늘의 노여움을 받았다더군. 그 뒤로 바다 아래에서 소금으로 성을 만드는 벌을 받았는데, 바다가 자꾸 소금을 녹이니 공주는 평생 바다를 나올 수 없다고 하는 전설이 있지. 그 공주의 소금성 때문에 바다가 짜다고도 하고 그 공주가 흘리는 눈물 때문에 바다가 짜다는 설도 있고."

"세상에……! 설마 아직까지 갇혀 있는 건 아니겠죠? 그렇다면 너무 불쌍하잖아요. 그 공주님."

순진하기 짝이 없는 에일린의 반응에 카잔은 하마터면 웃음이 터질 뻔했다. 그랬다간 저를 또 놀린 거냐고 에일린이 정말 단단히 삐질 수도 있기에 그는 웃음을 꾹 참아야만 했다. 학대로 인해 어쩔 수 없이 지켜진 그녀의 순수함이 안타까웠지만, 한편으로 때 묻지 않은 그녀의 맑음으로 인해 카잔까지도 정화 받는 느낌을 받았다.

"우리가 구하러 갈까?"

"네?"

"그 공주, 우리가 구하러 갈까?"

"갈 수 있어요?"

더 커질 수 없을 것 같던 에일린의 눈이 한층 더 동그래졌다. 잘 익은 복숭앗빛으로 뺨을 물들인 에일린이 카잔의 가슴에 매달리며 물었다.

"어떻게요? 공주는 아직 살아 있을까요? 만약 죽었으면……. 아! 근데 그러다가 우리도 바다에 갇히면 어떡해요?"

아, 이걸 어쩌면 좋지? 한입에 꿀꺽 삼켜버릴까? 아니면 탐스러운 뺨, 앵두 같은 입술, 떨리는 손가락 하나하나를 모두 음미하듯 빨아들일까? 방법이야 어떻든 카잔은 이 사랑스러운 에일린을 꼭 잡아먹어야겠단 생각이 들었다.

"공주를 구할 방법은 조금 이따 생각하기로 하고."

"아?"

기꺼이 제 탐욕에 몸을 맡기기로 결정한 카잔이 품을 크게 벌려 덥석 그녀를 안아 올렸다. 일단 딱 보기 좋을 만큼 통통하게 살이 오른 에일린의 뺨에 입을 맞추고 가느다란 목덜미도 맛보자니 더 이상 참을 수가 없어졌다. 그는 에일린을 안아 들고 성큼성큼 침대로 다가갔다.

"카, 카잔?"

당황한 에일린이 이게 무슨 일이냐는 듯 그를 올려 봤다.

"공주는 다음에 구하러 가고. 일단 허기부터 좀 채워야 할 것 같아서."

"배가 고프면 식당으로 가야……."

"아냐, 그런 허기가 아니야."

허스키하게 낮아진 목소리로 중얼거리며 카잔은 다시 그녀의 목덜미에 이를 박아 넣었다. 마치 목덜미를 물어 뜯기듯 따끔한 통증에 에일린이 몸을 바르작거리며 반응했다. 저가 만들어놓은 빨간 인장이 썩 마음에 든 카잔은 그곳에 재차 부드럽게 입을 맞추며 거치적거리는 에일린의 옷을 하나하나 풀어 헤쳤다.

"잠, 잠깐만요, 카잔."

평소 같지 않게 에일린은 유달리 그의 손을 저지했다. 하지만 이미 그녀의 달짝지근한 살결에 취해 있던 카잔은 그녀의 저항을 눈치채지 못했다. 그녀를 안고 있는 카잔의 힘이 더욱 거세졌고, 그만큼 그의 체온, 체향이 더욱 강렬하게 그녀를 덮쳐왔다. 입을 맞추는 카잔의 입술이 달콤할수록, 그녀를 어루만지는 카잔의 손길이 부드러울수록 에일린은 점점 기분이 이상해졌다.

"읏⋯⋯!"

그는 마치 그녀밖에 모른다는 듯 열중했고, 친절했지만 이 입술은 에일린 말고도 다른 이들을 품어왔을 테니까.

'나 말고도⋯⋯ 이 온기를 알고 있는 사람이 많을까?'

그래, 적어도 그녀 말고도 하나 이상은 있었다. 일전에 호페에서 만났던 가슴이 수박만 했던 여자가 있으니까. 그렇다면 이 품이 주는 안락함을 알고 있는 여자가 훨씬 더 많을 게 틀림없었다.

'⋯⋯내 것이 아니야.'

단숨에 입이 써졌다. 가슴 한쪽은 떨어질 듯 욱신거렸고 손 마디마디마다 찌릿한 고통이 스며들었다.

'나는 카잔에게 내어줬지만 카잔은 내 것이 아니야. 그저 나를 품어주고 있을 뿐이야.'

심장으로 전해져 오는 고통에 에일린은 몸을 움츠리며 카잔을 힘껏 밀어냈다. 그 강렬한 저항에 가느다란 빗장뼈에 입을 맞추고 있던 카잔이 놀라 고개를 들었다.

"왜 그래?"

"⋯⋯싫어요."

"뭐?"

"지금은 싫어요."

싫다는 말에 카잔은 다소 충격을 받았다. 아니, 사실은 엄청나게 충격적이었다. 에일린의 입에서 그를 거부하는 말이 나오다니. 처음 있는 일이었다.

"아, 어디…… 아파? 혹시 어제 무리해서?"

당황한 그가 에일린의 안색을 살피며 물었다. 그래, 에일린이 불편한지도 모른 채 밀어붙였던 것일 수도 있었다. 어지간해서는 아프다는 내색조차 없는 에일린이었으니 이런 반응을 보일 정도면 혹 어딘가가 굉장히 아픈 것일 수도 있었다. 하지만 카잔의 그런 간절한 믿음을 에일린이 단박에 부숴버렸다.

"아뇨. 아픈 게 아니라…… 그냥, 그냥 지금은 싫어요."

그냥 싫다니. 카잔은 당황해서 할 말을 잃고 말았다. 그는 잠깐 심호흡을 하며 밑에 누워 있는 에일린의 얼굴을 가만히 내려다봤다. 그와 눈을 마주 보고 있던 에일린이 슬그머니 시선을 돌렸다. 눈을 피하는 에일린을 보자 카잔은 알 수 있었다. 지금 에일린은 뭔가에 기분이 상해 있는 것이었다.

"무슨 일이지? 말해봐."

짧게 숨을 삼킨 카잔은 천천히 에일린에게서 몸을 떼어내며 침착한 목소리로 물었다. 하지만 에일린은 그게 무슨 말이냐는 듯 말간 눈으로 그를 올려다볼 뿐이었다. 몸을 일으킨 카잔은 에일린 또한 일으켜 앉혔다. 그리고 그를 피하려는 에일린의 눈을 끈질기게 쫓으며 되물었다.

"생각해보니 아까 식당에서부터 조금 이상하다 싶긴 했어. 아까 그 웨이트리스 때문에 그러는 거면……."

"아니에요, 그런 거."

에일린은 단호하게 고개를 저었지만 여전히 그의 눈을 피해 다른 곳을 바라보고 있었다. 카잔은 조금 수상하다는 듯 에일린의 반듯한 정수리를 내려다봤다. 따끔따끔한 그의 시선이 느껴졌지만 에일린은 애써 모른 척하며 그의 시선을 피했다.

잠시간 둘 사이에 어색한 침묵의 시간이 흘렀다. 결국 카잔이 참지 못하겠다는 듯 에일린의 턱을 들어 올려 저를 보게끔 했다. 에일린의 눈이 불안하게 흔들렸다.

"잘 웃다가 갑자기 웃지도 않고."

"전 원래 잘 안 웃는걸요."

"그래도 너한테 표정이 없는 건 아니라고. 표정이 굳어 있잖아. 입은 왜 또 꾹 다물고 있는 거지?"

"전 원래 말도······."

"에일린."

앵무새처럼 같은 말을 반복하려는 에일린을 노려보며 카잔이 에일린의 이름을 힘주어 불렀다. 말이 끊긴 에일린은 다시 입을 꾹 다물고 그를 올려다봤다. 다시 또 불편한 침묵이 이어졌다. 카잔은 답답해지려고 하는 마음을 애써 진정시키며 그녀가 입을 열 때까지 기다렸다.

노려보는 그녀의 눈을 응시하며 한참을 그렇게 기다리고 있으니, 조가비처럼 꽉 닫혀 있던 에일린의 입술이 열리며 전혀 생각지도 못한 말이 튀어나왔다.

"내가 물어보면 대답해줄 것도 아니잖아요. 내가 떼쓰면 받아줄 것도 아니면서 왜 물어보는 거예요?"

"뭐? 그게 갑자기 무슨 말이야?"

놀라 되묻는 카잔의 말에 에일린도 뒤늦게 다시 입을 꾹 다물었다. 동그란 눈에 당황한 기색이 역력했지만 이내 아무것도 아니라는 듯 고개를 도리도리 내젓고는 슬쩍 눈을 돌려버린다.

"미안해요, 카잔. 아무것도 아니에요. 내가…… 실수했어요."

에일린의 갑작스러운 일침에 카잔은 몹시 당황하고 말았다. 그러는 사이 에일린이 그를 밀어내고 자리에 앉아 옷매무새를 바르게 매만졌다. 아주 약간 몸을 틀어 흐트러진 옷을 여미는 그 모습이 마치 그에게서 등을 돌린 것처럼 차갑고 어색했다. 당황한 카잔이 그녀의 어깨를 잡아 돌려세웠다.

"……왜 그러는 거야? 도대체 뭐 때문에 그렇게 화가 난 거지?"

그의 말에 에일린은 당황하고 있었다. 화? 내가? 카잔한테? 에일린은 질투라는 감정을 처음 맛보았고 그것에 정체를 알 수 없었으니, 그저 기분이 좋지 않다는 생각만 했다.

"화 안 났어요."

"에일린. 말을 해야 내가 알아."

하지만 에일린은 그에게 해줄 말이 없었다. 당신의 손길이 다른 여자에게 닿아 있는 게 상상되어서 기분이 나빠졌다는 말은 너무 억지이지 않은가. 거기다가 그가 여자와 있는 것을 보는 게 처음도 아니었고.

그리고 보니 그 여자는 어떻게 됐을까? 그녀는 그를 잘 알고 있다는 듯이 반가운 얼굴을 했었고, 너무나도 자연스럽게 그에게 입을 맞췄다. 그리고 그는 그날 밤 들어오지 않았지.

지끈지끈. 가슴에 통증이 심해졌다. 에일린은 차가워진 손끝을 모아 주먹을 쥐었다. 그 모든 것은 카잔의 지극히 개인적인 일이었다. 그녀가 건드려선 안 되는 그의 마지노선이었으니, 그것을 입에

담을 수는 없었다. 더군다나 이상하게도 카잔이 다른 여자 이야기를 하는 것은 정말 듣고 싶지 않았다. 에일린은 입술을 깨문 채 고개를 저었다.

"없어요. 할 말."

"……."

"정말로요."

서로 눈만 바라본 채 팽팽한 긴장감을 조성한 지 서너 초가 더 흘렀다. 그녀가 말을 꺼낼 수 있는 시간을 조금 더 주던 카잔도 답답한지 긴 한숨과 함께 침대에서 내려왔다.

가볍게 침대가 출렁이며 그가 멀어지는 것을 그녀에게 전해줬다. 가슴이 답답하다. 떨어진 온기가 추웠다. 하지만 에일린은 끝까지 입을 열 수가 없었다. 고개를 숙인 에일린을 보며 카잔이 한숨과 함께 중얼거렸다.

"그래, 그렇게 아무 말도 안 한다, 이거지……."

그는 알겠다는 듯 냉정하게 뒤돌아섰다. 서늘한 그의 뒷모습에 에일린은 저도 모르게 습관적으로 그의 뒤를 쫓을 뻔했지만 참아냈다. 뻗어 나가려고 움찔거리는 손으로 침대 시트를 부여잡고 그를 외면했다.

"고집쟁이. 마음대로 해."

문 앞에 서 있던 카잔은 입술만 깨물고 있는 그녀가 답답하다는 듯 중얼거렸다. 하지만 그의 말이 에일린은 억울하기만 했다.

'말하라고 했다가, 말하지 말라고 했다가……. 도대체 나보고 어떡하라는 거야.'

에일린이 억울한 눈으로 그의 뒤를 쫓는 사이 카잔은 이미 방문을 열고 밖으로 나간 후였다.

방을 나온 카잔은 복도의 끝이 보일 때까지 조용히 걸었다. 계단 앞에 올 때까지 뒤돌지 않던 그가 우뚝 멈춰 선 채 지나온 길을 바라봤다. 에일린이 있는 방을 가만히 응시하던 카잔은 이내 미간을 찌푸렸다.

"후……."

그는 짧은 실소와 함께 거칠게 머리를 쓸어 넘겼다. 머리카락에 가려져 있던 잘생긴 이마가 복도 창을 통해 쏟아져 들어오는 햇살을 받으며 드러났다. 답답한 그의 마음을 대변하듯 그는 몇 번이나 의미 없이 흐트러진 머리카락을 쓸어 넘겼다.

'갑자기 왜 그러는 거지.'

에일린은 그녀의 말마따나 말수가 적었고, 웃음도 많지 않았다. 표면적으로 드러나는 감정의 표출은 많지 않았지만 언제나 투명한 눈으로 가감 없이 저를 드러내곤 했다. 그가 짓궂은 장난을 칠 때면 당황하거나 수줍어했고, 새로운 곳을 갈 때면 눈동자를 잘게 떨며 설레어했다. 보여주지 않아도 느낄 수 있었고, 말하지 않아도 충분히 알 수 있다고 생각한 것이 에일린이었다.

'하지만 조금 전 그 눈은…….'

그가 전혀 읽을 수가 없었다. 그것이 카잔을 몹시도 당황스럽게 만들었다. 오만이라는 것은 알지만 그럼에도 불구하고 그는 에일린이라면 완전히 파악하고 있다고 생각했다. 그녀가 기뻐하는 것, 싫어하는 것, 제 말을 듣게 하는 것은 참으로 쉽다 생각했었다. 하지만 오늘 그게 아니라는 생각이 처음으로 들었다. 원인을 알 수 없는 초조함에 목구멍이 꺼끌꺼끌했다.

카잔은 가만히 손바닥을 펼쳐 바라봤다. 그에게 에일린은 작고 귀여운 새였다. 이 손바닥 위에 올려놓고 춤추고, 재잘거리는 것을 사랑스러운 눈으로 지켜보던 어느 날, 잘 놀고 있던 그 새가 있는지도 몰랐던 날개를 파닥거리기 시작했다. 마치 어딘가로 날아갈 듯이, 그저 잠시 그의 손바닥 위에서 머물러주고 있었다는 듯이…….

바르작거리며 그를 밀어내던 손길, 어색하게 올려다보던 눈동자. 카잔은 이를 악물며 펼쳐보던 손바닥을 꽉 틀어쥐고 벽을 내려쳤다. 쾅! 시멘트로 지어진 벽 한쪽이 잘게 진동하며 흙이 잘게 떨어지는 소리가 들렸다. 그렇게 날아가게 두지 않았다. 한번 제 품에 들어온 것은 절대 빼앗길 수 없었다. 설령 신이 와서 그녀를 앗가려 한다고 해도 카잔은 절대 내어줄 생각 따윈 없었다.

"……어디 끝까지 말 안 하나 보자고."

고집스럽게 중얼거린 그는 강경한 걸음으로 계단을 내려갔다.

"그럼 매표소에 사람이 없는 이유가 이동선이 지금 뜨지 않아서 그런 거군요?"

"예, 예, 그렇습죠. 다른 지역으로 가는 것은 그나마 괜찮은데 그라시아스로 가는 게 어렵습니다. 근데 사실 자르디오 이동선은 내항선(內航船)이 주력이라……."

뒷말은 듣지 않아도 알 수 있었다. 그래서 지금 자르디오행 매표소가 텅 비어 있다는 말이었다.

'바다에 사는 괴물 놈이라니. 하, 별게 다 문제를 일으키는군.'

첸은 심각한 얼굴로 샤프한 턱을 문질렀다. 가출을 감행하기 직전까지 그는 엑시타로부터 엑시움 각지의 상황 보고서를 정기적으로 받아보고 있었다. 도시의 생활 전반과 경제적 상황 혹은 가뭄이 들지 않았나 따위의 복합적인 보고서였다.

마지막 보고서를 받았던 게 정확히 보름 전, 그리고 그 보름 전의 보고서는 그 전달까지의 일을 기록한 것이니 이런 말이 없었을수밖에. 그러고 보니 마지막 보고에는 수도 귀족가에서 줄초상이일고 있는 요상한 소문이 올라와 있었다. 바다괴물에, 줄초상. 아무래도 나라 상태가 심상치 않았다.

"그나저나 그 바다 괴물 놈은 언제 잡는답니까? 나라에서 아무조치가 안 나왔습니까?"

첸의 물음에 지배인이 펄쩍 뛰며 대답했다.

"아이쿠! 지원이라뇨, 그런 게 있었으면 제가 이렇게 10시간씩밖으로 나와 일하고 있지 않았겠죠. 시정청에서는 그저 기다리라는 말만 반복 중이니까요."

"피해 규모가 상당한데 아직 조치가 없다니요. 알아보는 데 얼마나 걸린다고."

첸의 씁쓸한 혼잣말에 지배인은 체념한 듯 길게 한숨만 쉬었다.

"괴수라는 것들이 어찌 나라님 잘못이겠습니까마는, 그저 얼른 나라에서 그 괴수라도 없애줬으면 좋겠습니다. 아들 녀석이 다시일하러 나간다고 할 때마다 가슴이 덜컹덜컹 떨어져 내립니다. 그녀석도 늙은 아비 돈으로 살아가는 게 편하겠습니까."

지배인은 요 한 달 사이에 두 배로 늘어난 주름살을 쓸어내리며어쩔 수 없다는 듯 웃었다. 지배인의 말을 듣고 있던 첸은 가슴이 답답해졌다. 무능한 귀족과 온실 속의 왕족은 나라 살림에 하등 도움이 되지 못했다.

매해 굶어 죽는 아이들은 늘어갔고, 온갖 명목으로 거둬가는 세금은 늘어났지만 나라에서 딱히 하는 일이 없었다. 수도 그라시아스는 향락의 도시로 주변국 사이에서 이름이 높았고 서민들은 평생 얼굴 한번 못 본 귀족들을 위해 고혈을 쥐어짠다.

그런 고통 속에서도 아무도 봉기할 수 없는 이유는 왕궁이 나라 곳곳에 퍼져 있는 괴수를 통제해줬기 때문이었다. 자원이 풍부하고 교역에 유리한 황금의 땅 엑시움의 단 하나의 오점이라면 밀집도 높은 괴수들이었다. 그다지 막강한 군사력을 가진 것도 아니었는데 왕궁에서는 괴수를 적절히 통제하고 해치워줬다.

'……하지만 요즈음은 그마저도 제대로 되지 않는 모양이군.'

첸은 길게 한숨을 쉬며 혹시나 하는 생각에 다시 물었다.

"혹, 해군 쪽에서도 아무 소식 없습니까?"

"말만 해군이지, 사실 순찰대원들이죠. 바다로는 거의 얼씬도 안 합니다. 몸 사리기 바쁘죠. 덕분에 선주들만 일이 없어서 쫄쫄 굶고 있습니다요."

"정말 큰일이군요. 자르디오 해협에서 잡는 해산물이 엄청난데……. 바다로 나갈 수 없으면 생계가 위협받고, 생계가 위협받으면 지방경제도 침체되고, 세금은 높아질 테고. 이런이런."

"잠깐, 바다로 나갈 수 없다니. 그게 무슨 말이지?"

언제 와 있었던 것인지 카잔이 두 사람 곁으로 성큼 다가와 이야기를 물어왔다. 지배인은 서둘러 영업용 미소를 띠며 인사했고, 첸은 카잔에게 대신 이야기해주겠다며 지배인을 보냈다.

"저쪽으로 가지."

첸은 카잔을 끌고 호텔 뒤편에 마련되어 있는 산책로로 갔다. 지나다니는 사람이 없어 한적하고 조용했다.

"어라, 근데 에일린은?"

"방에서 쉬고 있어."

"어? 피곤하대? 이따 밤에 큰 야시장 선다고 해서 가자고 하려고 했는데…… 못 가려나? 좋아할 것 같은데."

야시장이라는 말에 카잔은 곧바로 에일린의 얼굴을 떠올렸다. 첸의 말마따나 야시장에 그녀를 데려가면 퍽 좋아할 것 같았다. 웃는 에일린의 얼굴을 떠올리자니 카잔은 가슴이 쓰려왔다. 방금까지 보고 온 얼굴은 그것이 아니었으니까.

"……됐고, 바다로 나갈 수 없다는 그 말이나 해봐."

카잔은 씁쓸하게 한숨을 내쉬며 다시 괴수에 대해 물었다.

'뭔가 이상한데?'

피곤하고 말고를 떠나 카잔이 가는 곳이면 어미 닭 쫓는 병아리처럼 그를 졸졸 쫓아다니던 에일린이 안 보이는 것도 그렇고. 딱딱하게 굳은 카잔의 표정도 그렇고.

'……에이, 설마 싸우기라도 했나?'

이상한 낌새를 눈치챈 첸이 가자미눈을 뜨며 카잔을 쳐다봤지만 무덤덤한 카잔의 얼굴 위로 별다른 변화는 없었다. 그저 어서 조금 전 말을 전해보라는 듯 지긋한 눈빛으로 쳐다보고 있을 뿐. 어깨를 으쓱 올린 첸이 지배인에게서 들은 이야기를 전했다.

"왜, 몇 달 전부터 갑자기 산에서 괴수들이 날뛰기 시작한 것 알지? 그것도 뭐, 지금은 또 갑자기 잦아들긴 했는데……. 어쨌든 그

즘음부터 해협에서 괴수가 출몰하나 봐. 어디에서 왔는지, 어떻게 그곳에 자리를 잡았는지 모르겠는데 열흘에 한 번, 일주일에 한 번, 그렇게 나타나서 출항하는 배를 공격한다는군."

"배를? 항만에서?"

"아아, 아니. 그라시아스로 가는 중간 길목쯤. 그래서 배들이 물 길을 떠나는 걸 꺼린다는 거야."

"바다괴수가 나타난 게 처음도 아닌데 왜 갑자기?"

"이제껏 나타난 수괴라고 해봤자 사람들이 처치할 수준의 뭐, 그 정도의 크기인데 이건……."

첸이 목소리를 낮추며 긴장감을 고조시켰다. 과장된 표정으로 심각하게 입을 다문 첸을 기다리던 카잔이 그를 재촉하고 나섰다.

"이건?"

"어마어마하게 크다는데? 과장이 조금 보태진 것 같은데, 생존 자들 말로는 범고래가 겨우 그 녀석 대가리만 하다더군. 거기다 촉 수가 있다나 봐. 생선인지 문어인지. 쯧."

범고래라 하면 어지간한 범선 하나는 몸통으로 들이박을 만큼 크고 단단한 녀석이었다. 그런 녀석보다 훨씬 크고 공격적이라니. 바다를 업으로 삼고 있는 이들에겐 재앙과도 같은 놈이 나타난 것 만은 틀림없었다.

"아무튼 그런 어마어마어마한 녀석이 그라시아스 길목을 지키 고 있어서 수도와의 교류가 지금 엄청 뜸하다더군. 배만 보면 씹어 삼킨다나 어쩐다나. 괴수한테 걸려 죽은 이만 벌써 백이 넘었다는 데?"

첸은 들었던 말을 최대한 과장하며 카잔에게 겁을 주려고 했다.

이 남자도 해양괴물 정도는 두려워하지 않을까 하는 은근한 기대 때문이었다. 하지만 신경계통에 '겁'을 느끼는 기관이 없는 건지 무시무시하다고 으름장을 놔도 여전히 눈빛이 무덤덤하다.

"그래서?"

"에?"

"그래서 배가 있다는 거야, 없다는 거야."

어쩌면 이렇게 냉철하신지. 힘이 빠진 첸이 입술을 삐죽거리며 심드렁하게 대답했다.

"뭐, 있긴 있다는데 정확히 언제 출발할지, 얼마나 걸리는지는 지배인도 모른다는군. 정확한 정보는 매표소가 아니라 항만관리소로 가보라더군."

"그럼 지금 바로 갔다 와야겠군."

"아, 가려고? 그래, 잘 다녀와."

첸이 뒤돌아선 카잔을 향해 손을 휘휘 저었다. 몇 걸음 걸어가던 카잔이 우뚝 멈춰 서더니 다시 돌아와 그에게 손을 내밀었다. 그의 손 앞에 첸이 질겁하며 뒤로 물러났다.

"뭐야? 설마 손잡고 같이 가자고? 안 돼, 안 돼. 난 지금 어디 갈 데가 있어서 말이야."

그는 한심하다는 듯 첸을 바라보며 차갑게 일갈했다.

"내놔."

"뭐?"

"자르디오에 도착하면 주겠다고 했던, 그거."

왕녀의 일기, 그 두 번째 권을 말하는 것이었다.

"내놓으시지."

으……. 요구하는 눈빛 한번 살벌하셨다.

카잔이 나가고 홀로 방에 남겨진 에일린은 한동안 멍하니 창밖을 바라봤다. 몇 분 전까지만 해도 그토록 경이로웠던 바깥 풍경에서 아무런 감흥도 느껴지지 않았다. 아무 생각도 들지 않았다. 아니, 아무런 생각도 하고 싶지 않았다.

몸이 푹 꺼져 들어갈 것처럼 푹신한 침대에 덩그러니 앉아 하염없이 하늘만 올려다보던 에일린은 문득 손끝을 스치는 부드러움에 시선을 내렸다. 그러고 보니 이런 고급스러운 침대는 처음이었다. 안락하고 부드러웠으며 따뜻하고 아늑하다. 에일린은 손끝으로 조심스럽게 이부자리를 매만졌다.

'……푹신해.'

기억은 나지 않지만 어미의 품이 이리 안락하고 따스하지 않을까 싶었다. 어리광을 부리고 싶을 만큼 기분 좋은 감촉이었다. 하지만 그녀는 이보다도 훨씬 더 안락한 품을 알고 있었다. 훨씬 더 따뜻하고, 더 든든한 품을.

"카잔."

그의 이름을 부르자 가슴 한구석이 욱신- 하고 아파왔다. 벌떡 몸을 일으킨 에일린은 창백하게 질린 얼굴을 두 손으로 감쌌다. 냉정하게 뒤돌아선 카잔의 뒷모습이 선명하게 눈앞에 어른거렸다. 그녀를 등지고 문을 닫고 나가버린 그 시린 뒷모습이.

에일린은 카잔의 그런 뒷모습을 이미 알고 있었다. 계부로부터 그녀를 구해주고 마을에 내버려둔 채 떠났을 때도 그토록 단호하고 냉정했었다. 오싹. 순간 에일린의 뒷목을 타고 정수리까지 자잘한 소름이 올라왔다. 등골이 쭈뼛쭈뼛 서면서 긴장감에 마른 땀이 손안에 흥건하게 차올랐다. 카잔은 나를 버릴 수 있었다. 그래, 그는 그녀를 버리고 떠날 수 있었다! 뒤늦은 후회가 밀려와 에일린을 덮쳐왔다. 그가 다른 여자에게 입을 맞췄다는 생각을 했을 때보다 훨씬 지독한 괴로움이 밀려들어 왔다.

"내, 내가 무슨 짓을 한 거지? 내가 무슨 짓을 한 거야……!"

초조하게 방 안을 서성이던 에일린은 서둘러 방을 박차고 밖으로 나왔다. 머릿속이 뒤죽박죽 엉망으로 뒤엉켰다. 그녀에게 카잔은 절대적인데, 그가 없으면 그녀는 살 수가 없는데, 어떻게 그녀는 카잔에게 화를 냈던 걸까? 아니, 무엇이 그녀를 변하게 하고 있는 걸까? 에일린은 도무지 자신을 알 수가 없었다.

이성적인 판단은 하나도 떠오르지 않았다. 그저 가슴이 이끄는 대로 행했을 뿐이었다. 에일린은 다급한 걸음걸이로 서둘러 호텔 로비로 내려왔다. 하지만 에일린은 카잔이 어디로 갔는지 알 수 없었다. 그가 나간 지도 꽤 시간이 지났으니 이미 호텔 밖으로 벗어났을 가능성이 컸다.

앞뒤 생각할 것 없이 에일린은 밖으로 달려 나갔다. 그가 다시 돌아올 거란 생각은 할 수 없는 상황이었다. 에일린은 그저 두려웠다. 그가 다시 그녀를 떠날까 봐, 그가 그녀를 버릴까 봐 그것이 그저 두려워 달려 나갔다. 미안해요, 내가 잘못했어요. 카잔…… 카잔!

보름달처럼 깨끗하고 아름다운 갈색 눈망울에 두려움과 서러움이 물기가 되어 찰랑거렸다. 뿌연 시야를 의식할 새도 없이 노란 흙길을 따라 정신없이 뛰어갈 때쯤 누군가 그녀의 어깨를 덥석 잡아채 돌려세웠다.

"에일린!"

"……첸."

"으, 하아, 하아……. 무슨 일이야, 얼굴이 왜 그래?"

3층 제 방으로 들어가던 복도 창문에서 뛰어가는 에일린을 발견한 첸은 순간 뭔가 이상함을 느끼고 곧바로 그녀를 쫓아 달려 나왔다. 조그마한 주제에 어찌나 발이 빠른지 첸은 그녀를 따라잡기 위해 전력질주를 했다. 덕분에 가쁜 숨을 몰아쉬고 있던 첸은 에일린의 허전한 발을 보며 또다시 놀라 물었다.

"대체 신발도 안 신고 어딜 그렇게 다급하게 달려가는 거야?"

맨발로 달려 나온 에일린의 발은 완전 흙투성이가 되어 지저분해져 있었다. 하지만 에일린은 첸이 놀라 되묻기 전까지 자신이 맨발이란 것도 전혀 몰랐다. 힐끗 지저분한 발끝을 내려다보긴 했지만 중요한 것은 이게 아니었다.

"가야 해요. 이것 놔요, 첸."

"뭐? 그런 상태로 어딜 간다는 거야?"

"카잔을 찾으러요. 아! 첸, 혹시 카잔 못 봤어요?"

"카잔?"

"네, 카잔이요."

그녀의 애절한 표정을 내려다보던 첸은 저도 모르게 미간을 찌푸리고 말았다. 에일린의 얼굴이 이상할 정도로 창백했기 때문이다. 정신은 하나도 없어 보였고, 혼란스러움만 가득한 불안한 눈빛. 묘한 낌새를 눈치챈 첸이 조심스럽게 대답했다.

"카잔은 조금 전에 시내로 내려갔어. 말을 끌고 가서 네가 달려가도 잡을 수는 없……."

"말이요?"

첸의 말에 안 그래도 새하얗게 질려 있던 에일린의 낯빛이 더더욱 하얗게 표백되었다.

'말을 타고 갔다고? 그럼 정말 떠난 거야, 카잔이?'

그녀는 더 생각해볼 겨를도 없이 시가지를 향해 달렸다. 네가 달려가도 잡을 수 없으니, 호텔에서 기다리자 말하려고 했던 첸은 당황해서 다시 뛰어가 에일린을 붙잡았다.

"이거 놔요, 첸! 이러고 있을 시간이 없단 말이에요! 카잔을, 카잔을 잡아야 해요."

"아, 쪼옴! 진정해, 에일린. 카잔은 항만관리소에 간 거야! 나한테 그렇게 말하고 갔으니까, 호텔에서 기다리면 다시 올 거라고!"

"아냐, 아니에요. 안 돌아올 거야. 카잔은 날 또 버리고 간 거라고요. 내가 화내서, 내가 짜증을 내서 날 떠난 거예요!"

"그게 대체 무슨 소리야? 진정해, 에일린. 일단 진정하고……! 으앗! 에일린!"

버둥거리던 에일린은 기어이 첸의 손을 뿌리치고 달려 나갔다. 아차 하는 사이 에일린을 놓친 첸이 그녀를 다시 붙잡기 직전, 자잘한 돌무더기에 발을 헛디딘 에일린이 그대로 무릎을 바닥에 찧으며 넘어졌다.

쿵! 꽤 묵직한 소리가 울려 퍼졌다. 아프겠다 싶어 저도 모르게 눈살을 찌푸리던 첸은 아무렇지 않은 것처럼 자리에서 벌떡 일어나 다시 달리려는 에일린을 보며 저도 모르게 입을 쩌억 벌리고 말았다. 절뚝거리는 다리로 잘도 뛰어갔다. 질린 눈으로 에일린의 뒤를 쫓던 첸은 정신을 차리고 다시 그녀의 앞을 가로막았다.

"잠깐."

"비켜요, 첸. 시간 없다니까요."

뭐 때문에 카잔이 그녀를 버리고 갔다고 생각하는지는 모르겠지만 에일린은 지금 상당히 불안해 보였다. 이 정도로 절실해 보이는 사람을 붙잡고 진정하라고 해봤자 소용없었다. 첸은 태도를 바꿔 그녀 앞으로 등을 내밀었다.

"알았어, 알았으니까 진정하고 업혀, 에일린. 나랑 같이 가서 찾아보자. 여자애가 맨발로 그렇게 뛰어다니면 큰일 나. 다친다고. 아니, 이미 다쳤잖아."

느닷없는 첸의 뒷모습에 에일린은 조금 당황했다. 저도 모르게 주춤 뒤로 물러서니, 첸이 재빨리 그녀를 강제로 업었다.

"……앗."

"급하다며. 머뭇거릴 틈이 있는 거야?"

그렇게 말하며 첸은 에일린이 반항할 틈도 주지 않고 노란 흙길을 달려갔다. 버둥거리던 에일린은 흔들리는 그의 등에서 떨어지지 않기 위해 본능적으로 그의 목에 팔을 휘감았다.

"너 혼자 뛰는 것보다 느리진 않을 테니까, 꽉 잡아라."

그의 말마따나 첸은 시가지를 향해 전력질주를 했다. 당황해서 버둥거리던 에일린은 다른 생각을 할 겨를도 없이 그저 그의 등에 꽉 매달려 있을 수밖에 없었다. 맞닿은 그의 등에 후끈한 열기가 느껴졌고, 축축한 습기가 올라오기 시작했다. 언제나 깔끔한 모습을 유지하던 첸이 왜 굳이 저를 업고 이토록 땀을 흘리는지 알 길이 없는 에일린은 당황스럽기만 했다.

그러나 잠시 후 모습을 드러낸 시가지로 인해 다른 생각은 재빨리 접어버렸다.

"저기, 이제 내려줘요, 첸."

"저쪽으로 조금만 더 가면 항만관리소야, 일단 거기부터 가보자."

내려달라는 에일린의 말은 못 들은 척, 첸은 그대로 그녀를 업고 항만관리소로 향했다. 이마 위로 송골송골 땀이 가득하지만, 첸은 맨발의 에일린을 바닥에 내려놓지 않았다.

"저기요."

숨을 헉헉 몰아쉬며 여자를 업고 들어오는 미남자의 모습에 관리소 직원들이 놀라 모두 쳐다봤다.

"헥헥, 여, 여, 여기, 시커먼, 남자, 헥, 아고, 죽겠다, 한 명, 헥, 들리지 않았습니까?"

업혀 있는 에일린과 힘들어 보이는 첸을 황당한 눈으로 바라보던 직원들은 빨리 말하라는 듯 눈을 부라리는 첸의 서슬 퍼런 눈빛 앞에 정신을 차렸다.

"아, 그 키 크고 덩치 좋은 그 남자 말하는 건가? 바로 조금 전에 왔다가 나갔는데……. 못 봤습니까?"

"조금 전, 언제요?"

"한 오 분, 십 분 됐나?"

아깝다! 그렇다면 진짜 얼마 전에 왔다 간 것이었다. 첸은 에일린을 업은 채로 고맙다 인사하며 관리소를 나왔다. 체력이 약하다고 생각은 안 했는데, 그래도 성인 여성을 업은 채 뛰어다니는 것은 조금 버겁기는 했다. 근처 벤치에 에일린을 앉힌 첸이 숨을 몰아쉬며 땀을 식혔다.

"아이고, 덥다! 헥, 봐봐, 카잔 여기 왔다간 거라고 했지? 바로 숙소로 갈 것 같진 않지만, 아무튼 조금 있으면 숙소로 돌아올 거라고."

"하지만."

"믿어, 믿으라고! 내 말 못 믿어?"

'네'라고 대답하려던 에일린은 빨갛게 열이 오른 얼굴로 진땀을 뻘뻘 흘리는 첸의 모습에 그냥 입을 다물고 말았다. 아무리 그녀라도 차마 저런 얼굴을 한 이에게 못 믿겠다는 말은 나오지 않았다. 대신 에일린은 시선을 떨어뜨린 채 옅은 한숨을 쉬었다. 첸의 말마따나 카잔이 항만관리소에 다녀갔다는 말에 작게나마 안심이 되긴 했지만 여전히 불안했다.

"아직도 카잔이 널 두고 떠났을 거라고 생각해?"

에일린은 복잡한 얼굴을 한 채 어깨를 으쓱했다.

"나도 잘 모르겠어요. 근데 그럴 수도 있다고 생각해요. 내가 카잔을 화나게 했으니까. 그러면 안 되는 건데……."

"그러면 안 되는 게 어디 있어? 사람이 살다 보면 싸우기도 하고 울기도 하고 뭐, 다 그런 거야. 다들 그렇게 살아, 에일린."

"글쎄요, 첸. 나는 다른 사람이 아닌걸요. 그렇게 살아본 적도 없고요."

에일린의 대답에 첸은 순간 말문이 막히고 말았다. 저도 타인처럼 살아본 적 없는데, 어쭙잖게 '다른 사람들도……'란 이야기를 꺼내다니. 진실성 따윈 눈곱만큼도 없는 위로가 에일린에게 먹힐 리가 없었다. 잠깐 고민하던 첸은 다르게 접근했다.

"에일린, 그럼 너는 카잔이 너를 화나게 했다고 떠날 거야?"

그게 무슨 말이냐는 듯 에일린이 눈을 크게 떴다. 적극적으로 고개를 젓는 그녀의 모습에 첸은 작게 웃음을 보이며 말했다.

"거봐, 너도 그렇잖아. 그런데 카잔이라고 너와 크게 다를까?"

"아니에요. 그게 아니에요. 조금 달라요. 카잔은 내가 없어도 살 수 있지만 나는 카잔이 없으면 안 돼요. 살 수 없어요."

에이, 네가 없으면 오히려 그 남자가 죽을 것 같던데……. 첸은 에일린의 말에 피식 웃음을 흘렸다. 아직 어린 에일린이 사내의 마음을 눈치채지 못한 것이란 섣부른 추측을 하던 그는 에일린의 다음 말에 생각을 고쳐야 했다.

"그의 옆이 아니면 나는 살 수 없는걸요. 근데 고마움도 모르고 그에게 화를 내다니."

"……잠깐, 그게 무슨 말이야? 산다니?"

이상한 말이었다. 그의 곁에 있어야 '산다'니? 아니, 살 수 없다는 말이 더 정확했다. 에일린도 자신이 '아쉴'이라는 것을 아는 건가? 하지만 분명 카잔은 당분간 에일린에겐 말하지 말라고 했었다. 그래서 에일린 앞에서는 두 사람도 말을 아꼈던 것인데…….

첸의 눈빛이 조금 더 날카롭게 빛났다. 이 둘 사이에 사연이 있는 것이 틀림없었다. 돌이켜보니 에일린과 카잔이 너무나 당연하게 함께 있었기에 어떻게 두 사람이 만나게 되었는지, 왜 함께하게 되었는지 물어볼 생각도 하지 못했던 첸이었다.

그 냉랭한 남자가 친절하게 이야기를 해줄 거란 생각도 못 했지만, 어쨌든 지금에서야 이런 생각을 떠올린 자신이 너무나 기가 막혔다. 그의 좋은 머리가 오랜만에 아둔한 짓을 했다.

"에일린, 나에게 두 사람에 대해 말해줄 수 있어?"

자신을 탓하는 것은 뒤로 미룬 채 첸은 정중하고도 부드럽게 요청했다. 에일린은 망설이는 눈으로 첸을 올려다봤다. 꾸욱 다문 입술 사이로 망설임이 가득했다. 그녀의 눈빛이 요구하는 것을 첸은 알고 있었다.

'신뢰.'

에일린은 아직 첸을 믿을 수 있을지, 없을지 확신이 서지 않은 것이었다. 하긴 며칠이나 함께 지냈다고 신뢰를 얻겠는가. 반드시 믿어야만 하는 사이도 아닌데.

첸은 에일린의 망설임을 이해했다. 재촉하는 대신 첸은 고요한 눈으로 에일린을 바라보며 입을 다물었다. 대화도, 장난도 없는 고요한 시간이 지났다. 첸은 짐짓 아무렇지 않은 척 찌뿌듯한 허리를 움직이며 잠시 주변을 둘러봤다. 뒤통수를 좇는 에일린의 눈동자가 느껴졌지만 모르는 척했다. 이리저리 주변을 둘러보던 첸은 지나가는 여자 하나를 발견하고 벌떡 일어났다.

"잠깐 여기 있어봐."

그러자 다급하게 제 옷자락을 쥐는 손길이 느껴졌다. 어디 가냐는 듯 꽉 붙잡는 손길에서 누군가 제 곁에서 멀어지는 것에 대한 두려움이 전해져 왔다. 에일린이 저를 조금이나마 의지한다는 생각에 가슴 한쪽이 뿌듯하기까지 했다. 그가 당장 뭐라도 해줘야 할 것 같은 기분이 샘솟았다. 보호본능을 자극하는 에일린, 넌 참 위험해. 첸의 섬세하고 아름다운 손가락이 에일린의 머리카락 위를 가볍게 어루만지며 지나갔다.

"잠깐이면 돼. 멀리 안 가."

마치 어린 여동생의 머리를 쓰다듬듯이 천천히 가볍게 쓰다듬는 손길.

　야생동물은 애완동물보다 경계심이 많다. 시시각각 생명을 위협하는 위험한 상황을 직면하기 때문에 그들은 항상 날을 세우고 적과 아군을 구분해야 한다. 그래야 연약한 생명을 하루라도 더 연장할 수 있으니까.

　첸에게 에일린은 야생 다람쥐였다. 야생의 것들과 친구가 되기 위해선 오랜 시간과 정성이 필요했다. 그리고 그가 느끼기에 에일린은 조금씩이지만 경계를 풀고 있었다.

　서두를 필요는 없었다.

　"예?"

　바다괴수로 인해 출항이 늦어진다는 말을 확인한 후, 가장 빠른 배편을 알아보고 나왔던 카잔은 항구에서 선원들이 바쁘게 물건을 싣는 것을 보고 다시 항만관리소로 돌아왔다. 여객선이 아닌 화물선이나 유조선 등을 이용해 이동할 수 있을지 알아보기 위함이었다. 그런데 카잔은 관리소로 돌아오자마자 뜻밖의 말을 들었다.

　"누가 절 찾아왔단 말씀이십니까?"

　"음, 금발의 예쁘장한 남자 하나랑 갈색 머리의 자그마한 여자 하나가 왔었네. 까만 머리에 키가 이렇게 큰 남자 왔었냐고 물어보던데, 혹시 자네 일행 아닌가?"

　금발 사내와 갈색 머리 여자. 그 말을 듣는 순간 떠오르는 두 사람이 있었다.

　'둘이…… 날 찾아왔다고?'

카잔은 이상하다는 듯 미간을 찌푸렸지만 고개를 끄덕여 긍정을 표시했다.

"아, 일행 맞습니다. 그런데 언제 왔다 간 겁니까?"

"얼마 안 됐어. 바로 조금 전에 왔다 갔으니까. 근데, 그 여자 어디 불편한가? 남자 등에 업혀서 왔던데?"

"……업혀 왔다고요?"

에일린이 업혀 왔다는 말에 카잔의 얼굴이 놀라 굳어졌다. 에일린과 떨어진 지 고작 한 시간이 되었을 뿐인데 그사이에 무슨 사고라도 났단 말인가? 더군다나 마지막으로 그녀를 봤던 곳은 안전한 호텔 방 안 아니었던가? 그런데 대체 에일린이 어떻게 다치게 된 건지 알 수가 없는 카잔이었다.

"어느 쪽으로 갔는지 아십니까?"

"글쎄? 우리는 안에 있어서……. 그래도 얼마 안 됐으니까 요 근방에 있지 않을까? 더군다나 업고 있었으니 그렇게 빨리 가진 못했을 거야."

"감사합니다."

마음이 급해진 카잔은 원래 알아보려고 했던 것도 잊어버린 채 관리소 밖으로 뛰쳐나왔다. 호텔로 돌아가는 길에는 이미 야시장 판이 벌어지고 있어서 슬슬 사람들이 몰리고 있어 매우 번잡했다.

"……어디로 간 거지?"

이리저리 주변을 둘러봤지만 에일린의 머리카락 한 올 보이지 않았다. 잘근잘근 입술을 씹던 카잔은 예민하게 감각을 돋웠다. 야생동물처럼 날카로운 후각이 그의 감각을 찔러왔다.

바닷바람 사이로 갖가지 냄새가 섞여들어 왔다. 소금 냄새가 강했고, 야시장 주위에서 숯불을 피우는 냄새 또한 만만치 않게 자극적이었다. 에일린의 향기를 찾는 것이 쉽지만은 않았다. 그러나 정말 다행히도 근처에 있는 것인지 희미하게나마 에일린의 향이 섞여들어 왔다.

'……이쪽이군.'

깊게 숨을 들이마신 카잔은 바람이 알려주는 방향으로 날래게 발을 놀렸다.

"저기, 이건……."

'뭐예요?' 하는 시선으로 에일린은 첸이 내미는 것을 바라봤다. 그는 선뜻 무릎을 꿇고 저가 구해 온 것을 에일린의 발 앞으로 가져왔다.

"다른 사람이 신던 거라 조금 찝찝할 수도 있지만, 그래도 없는 것보단 나을 거야."

잠깐 다녀온다던 첸은 정말 에일린이 딴생각에 빠질 겨를도 없이 금방 돌아왔다. 어디서 났는지 모를 여자 신발 한 켤레를 들고서 말이다. 첸은 에일린의 지저분한 발을 손수 털어주고, 대체 어디에서 구해왔는지 모를 신발을 그 안에 조심스럽게 밀어 넣었다. 에일린은 발을 내어주고도 어쩔 줄 몰라 했다. 그러는 사이 신발은 그녀의 양발에 고이 안착했다.

"자, 발은 됐고. 이제 무릎 좀 보자."

신발이 신겨져 있는 발을 흡족하게 쳐다본 첸은 상냥하게도 짓뭉개져 있는 에일린의 무릎까지 살뜰하게 살피기 시작했다. 따끔거리는 소독약이 스치고, 하얀 가루약에 반창고까지 꼼꼼하게 붙여줬다. 몇 번 해본 적은 없는지 카잔처럼 능숙한 손길은 아니었다. 그래도 상처를 다루는 손길이 무척이나 조심스럽다는 것은 적나라하게 느껴졌다. 누군가에게 친절이라는 것을 받아본 적 없는 에일린으로서는 첸의 이런 상냥한 태도가 당황스럽기만 했다.

'……첸은 왜 나에게 이렇게 친절한 걸까?'

어느 날 갑자기 짠 하고 나타난 이 남자는 사사건건 시비 아니면 장난이었다. 그러다가 또 이렇게 느닷없이 친절하고 다정했다. 에일린은 첸을 도무지 종잡을 수가 없었다.

"음, 여긴 괜찮은 것 같고……."

"……."

더 상처가 있는지 이리저리 살펴보던 첸은 문득 에일린의 시선을 느끼고 고개를 들었다.

"왜? 뭘 그렇게 봐?"

"이상해서요."

"뭐가? 내 머리가?"

"아뇨. 첸이요."

"내가? 어디 가?"

"나한테 너무 다정하잖아요. 원래 이렇게 다정한 사람은 아닌 것 같은데……."

그녀의 발언에 첸은 눈을 동그랗게 뜨다가 천천히 입꼬리를 말아 올려 피식 웃었다. 어깨를 으쓱해 보인 그는 무릎을 탈탈 털고 일어나 에일린 옆에 자리를 잡고 앉았다. 곁에 나란히 앉아 그녀의 맑고 투명한 눈을 들여다보는 그의 눈빛이 선하게 빛났다.

"에일린, 이건 다정한 게 아니라 당연한 거야. 너는 내 동료고,

동료가 다쳤을 때는 다치지 않은 쪽이 도와주는 거야."

동료……. 에일린에겐 생소한 단어였다. 기분이 퍽 이상해졌다.

"그리고 설령 네가 지금 내 동료가 아니더라도, 여자가 맨발로 다쳐서 돌아다니는 걸 보고 있는 건 신사의 매너가 아니라고."

씨익 웃으며 한쪽 눈을 찡긋거리는 그 모습은 다시 예전의 익살스러운 그 첸이었다. 하지만 그의 가벼워 보이는 웃음이 이제는 그다지 가볍게 느껴지지만은 않았다. 그의 친절과 다정함이 에일린을 도와주고, 위로해주었으니.

에일린은 첸의 친절을 되돌려줘야 한다는 생각이 들었다. 깨끗한 반창고가 붙어 있는 무릎 위를 내려다보던 에일린은 머뭇거리던 입을 열었다.

"나는…… 괴물에게 쫓기고 있었어요."

에일린은 담담하게 자신의 이야기를 늘어놓았다. 단 한 번도, 그 누구에게도 해본 적 없던 자신의 이야기를. 길지 않으니 이 이야기가 끝나면 다시 카잔을 찾으러 가야지, 라는 생각을 하며.

"그 괴물은 나를 가두고 돼지처럼 사육했어요. 그리고 보름달이 뜨는 날이면 조금씩, 조금씩 내 피를 갈취해 마셨죠."

괴물? 사육? 피? 비유인가 싶었지만 첸은 에일린의 말을 끊을 수가 없었다.

"나는 생각이라는 것을 할 수는 있었지만, 내가 사람이라는 느낌은 들지 않았어요. 그냥 생각할 수 있는 먹이 정도……. 그날은…… 정말 마지막이구나 싶었던 날이었어요. 나는 너무 지쳐 있었어요. 그래서 괴물에게 뜨거운 수프를 끼얹고 도망쳤죠. 달리고, 달리고 달렸지만 내 다리는 이미 너무 약해져 있어서 괴물의 다리를 이길 수 없었어요."

"……."

그날을 회상하는 에일린의 목소리는 무척이나 침울하고 서글펐다. 생각만으로도 진저리가 나는 듯 얼굴은 창백하게 질려 있었고, 꽉 쥔 주먹 또한 하얗게 힘이 들어갔다.

"머리 위에서 나를 조롱하는 보름달이 보였죠. 나는 넘어졌고, 괴물이 쫓아오는 소리가 지척에서 들려왔어요."

"……."

"아…… 죽겠구나, 나는 이제 정말 죽겠구나 싶은 그 순간."

까맣게 가라앉아 있던 혼탁한 눈동자에 빛이 스며들었다. 그날의 환희를 기억하는 눈동자는 찬란할 정도로 아름답게 빛났고 에일린은 벅찬 숨을 가다듬기 위해 새빨간 입술을 깨물어야 했다.

"그가 나타났죠. 보름달을 등지고, 거대한 칼을 둘러메고, 한 마리의 사자처럼 위협적인 모습으로……."

'그'라고 하면 카잔이 틀림없었다. 이름을 말하지 않아도 알 수 있는 이유는 에일린이 종종 카잔을 보며 저렇게 환희와 기쁨에 가득한 눈빛을 하기 때문이었다. 사내라면 그 누가 되었든 욕심날 만한 온전한 찬미의 눈빛을 말이다. 에일린은 꿈결에 젖어 살며시 입꼬리를 틀어 올린 미소를 지어 보였다. 곁에 있지 않았지만 지금 에일린의 눈동자엔 카잔이 있었다.

"첸은 모를 거예요. 아니, 아무도 모를 거예요. 그때 내 심정이 어땠는지. 그는 내게 구원이었요. 깜깜한 세상 위로 비치는 한 줄기의 빛처럼. 아아, 그때의 카잔이 얼마나 아름다웠는지 첸은 모를 거예요."

"아름답다라⋯⋯."

"그래요, 그때부터 이미 나는 카잔의 것이었어요. 그랬어요."

"⋯⋯."

"강한 것은 아름다워요. 그리고 카잔은 강해요. 정말 강해요. 나는 알 수 있어요. 이 세상에 그보다 강한 사람은 없어요. 카잔 곁에 있다면 나는 죽지 않을 거예요. 안심할 수 있어요."

첸은 문득 걸음을 멈추고 에일린을 내려다봤다. 강한 확신이 담긴 그녀의 눈을 바라보며 첸은 조금 심술궂은 질문을 던졌다.

"그럼 너는 카잔이 너를 지켜주기 때문에 곁에 있는 거야?"

그의 질문에 에일린은 아주 잠시 멈칫거렸다. 첸은 그 잠깐의 틈을 놓치지 않았다.

"카잔이 강하니까. 그가 널 구해주었으니까, 그가 필요하기 때문에 너는 지금 카잔과 함께 있는 거 아니야?"

"그건⋯⋯."

한 번도 생각해보지 않은 질문이었기에 에일린은 잠시간 고민할 틈이 필요했다. 그가 날 구해주었기 때문에 함께 있게 된 것은 맞았다. 그가 필요하기 때문에 함께 있는 것도 틀린 말은 아니었다. 하지만 그것이 그와 함께 있는 전부는 아니었다.

카잔을 떠올리면 한마디로 정의할 수 없는 수많은 감정이 몰려왔다. 에일린은 그것을 감히 무엇이라 말해야 할지 아직 알 수 없었다. 겪어보지 못했고, 배워보지 못한 감정이었으니까.

"⋯⋯그럼 만약에 말이야."

잠시 말을 멈춘 에일린 앞으로 첸의 은근하고 심술궂은 목소리가 가까워졌다. 성큼 다가온 그의 눈이 에일린의 눈동자 안을 깊고 진득하게 응시했다. 마치 그 안에서 해답을 찾으려는 듯이.

"그때 만약에 널 구해준 사람이 카잔이 아니라 나였다면……."

그가 웃자 섬세한 속눈썹 아래로 그림자가 생겼다. 그것이 첸의 눈을 더욱 깊고 신비롭게 만들었다.

"……그랬다면 넌 지금 내 곁에 있을까?"

그의 푸른 눈동자는 바다를 닮아 있었다. 에일린은 가깝게 다가온 그 신비로운 눈동자에 홀려 잠시 대답할 타이밍을 놓쳐버렸다.

그때였다. 타는 듯한 주황빛 태양 사이로 찐득하고 습기 가득한 바람이 두 사람 사이를 가르며 불어왔다. 그리고 동시에 길고 검은 그림자가 두 사람 앞으로 길게 드리워졌다.

"둘이 참……."

낮고 깊은 울림을 가진 목소리.

"다정해 보이는군."

그것은 어둡게 가라앉은 카잔의 목소리였다.

30여 년 전, 카잔의 아비와 어미는 반란군의 선봉장이었다고 했다. 민심을 부추겨 나라를 어지럽게 했다는 죄목으로 중앙군에 쫓겨 타르카지오까지 오고야 만 것이다. 그때 그의 어미는 살아남기 위해 갓난쟁이 카잔을 끌어안고 척박한 타르카지오를 목숨 걸고 올랐다고 말했다.

카잔은 철이 들기 훨씬 전부터 무기 쓰는 법을 배웠고, 살아남는 법에 집중했다. 말하는 것보다 사냥하는 것을 먼저 배웠으며 제 흔적을 남기는 것보다 지우는 법에 익숙해져갔다. 괴수와 괴물의 터전인 타르카지오, 그중에서도 가장 악명 높은 죽음의 숲에서 살아가기 위해 카잔은 항상 자신을 지우며 살아온 것이었다.

"흔적을 남기지 마라. 항상 자신을 가장 가벼운 상태로 남겨둬라. 그래야만 살아남을 수 있는 것이다, 아들아."

아버지의 말에 따라 카잔은 항상 가장 민첩하게 움직일 수 있을 만큼 가볍게 움직였다. 그 어떤 짐승도 그의 냄새를 추격할 수 없었고, 그 어떤 괴수도 민첩함을 따라갈 수 없을 정도로.

가볍게, 더 가볍게⋯⋯. 그렇게 자라난 카잔이었으니 제 것이라 부를 만한 것을 별로 가지고 있지 않았다. 딱히 물건에 대한 욕심도 없었으며 좋은 것에 대한 집착이나 관심도 없었다. 애초에 그런 것을 생각할 겨를조차 없단 말이 맞았다. 그런 그에게, 믿을 만한 것이라곤 지나치게 튼튼한 이 한 몸뿐인 그의 인생에서 '내 것'이라 부를 수 있을 만한 것이 생긴 것은 바로 얼마 전이었다.

'나를 줄게요.'

그 별것 아닌 한마디가 카잔을 송두리째 바꿔놓았다. 아무것도 가진 것이 없던 사내에게 마침내 온전한 자신의 것이 생겼던 것이다. 카잔은 에일린을 그 누구와도 공유하고 싶지 않았다. 그가 가진 단 하나 소중한 것이었으니. 에일린, 나의 에일린.

햇살 아래 맑게 빛나는 갈색 눈망울이 그를 사로잡았고, 새까만 밤에 신비하게 빛나는 붉은 눈동자는 그를 홀렸다. 이토록 사랑스럽고 매혹적인 에일린은 오직 그에게만 자신을 허락했다. 그것이 더욱더 카잔을 미치게 만들었다. 의도치 않게 그녀를 구해주었고 곁에 두었지만 이제는 카잔이 그녀 없인 살 수가 없었다. 카잔에게 에일린은 이미 중독이었다. 에일린은 오롯이 그의 것이었고, 그녀의 눈엔 오로지 카잔만이 담겨 있었다. 카잔은 감히 확신하고 또

자만했다. 그랬기에 카잔은 읽을 수 없는 그녀의 눈빛에 화가 났었던 것이다.

그 마음마저도 제 것이라 믿었던 에일린이 저를 거부하고 시선을 돌리다니. 그 충격은 카잔에겐 실로 엄청났다.

'너만은 온전한 내 것이었잖아. 내 것이어야만 하잖아⋯⋯!'

가깝게 시선을 맞추고 정답게 얘기를 나누는 에일린과 첸의 모습을 보자마자 카잔은 피가 거꾸로 솟아오르는 것을 느꼈다. 열이 올라 뜨거워진 귓가에 이명이 들릴 정도였다. 심장이 질투로 달구질을 시작했다. 터질 듯이 뛰는 그것을 주체할 방도가 없어 카잔은 이를 악물고 주먹을 말아 쥐었다. 첸 곁에 나란히 앉아 다가가고 있는 그를 빤히 응시하고 있는 에일린을 내려다봤다. 놀란 듯이 동그래진 저 눈을 그가 얼마나 아끼고 아꼈던가.

"⋯⋯기분이 좋지 않은 줄 알았는데, 이놈이랑 돌아다닐 기력이 있는 줄은 몰랐군."

그 눈이 첸을 바라보고 있는 것을 보고 있자니 오장육부가 뒤틀렸다. 에일린이 업혀 다녔다는 그 말에 눈이 뒤집어져서 온 시가지를 다 뒤지고 다닌 제 꼴이 우스웠다. 거기다 빌어먹을 정도로 훌륭한 청각은 에일린과 첸의 대화를 이미 다 들어버린 후였다.

'그럼 너는 카잔이 너를 지켜주기 때문에 곁에 있는 거야?'

'그때 만약에 널 구해준 사람이 카잔이 아니라 나였다면⋯⋯ 그랬다면 넌 지금 내 곁에 있을까?'

에일린은 아무 대답도 하지 않았다. 망설이고 있다는 것에서 이미 그에 대한 답을 들은 것과 다름없단 생각이 들었다. 카잔은 가슴이 욱신욱신 아려왔다. 에일린이 그를 은인으로 생각한다는 것

정도는 이미 알고 있었는데, 그런데도 가슴은 다시 한 번 후벼 파인 듯 아파왔다. 그 어떤 말이 되었든 카잔은 에일린이 그에 대한 답을 하는 것을 듣고 싶지 않았다.

'그래요. 카잔이 날 구해줬기 때문에 같이 있는 거예요. 그 이상의 의미는 없죠.'

듣지도 않은 말이 귓가에 맴돌며 그를 괴롭혔다. 두려울 것 하나 없던 그가, 고작 그 한마디를 두려워하고 있다니. 너무 기가 막혀서 웃음도 나오지 않았다.

"난, 방해가 되는 것 같으니 둘이 즐거운 시간 보내라고."

카잔은 냉랭하게 뒤돌아섰다. 이런 마음으로는 에일린에게도 상처를 줄 것 같았다. 온갖 짜증이 몰려왔다. 마음 같아서는 첸의 낯짝이 뭉개지도록 후려갈기고 싶었지만 간신히 참아냈다. 그랬다간 제 꼴이 더 우스워질 것이 틀림없었으니까.

"……카잔!"

갑작스러운 카잔의 등장에 놀라 굳어 있던 에일린은 뒤돌아서는 그의 모습에 정신을 차렸다. 다급하게 그의 뒤를 쫓아 달려갔지만 이미 비틀릴 때로 비틀린 카잔은 그녀를 위해 멈춰 기다려주지 않았다.

"카잔!"

에일린은 다급하게 그의 팔뚝을 잡아챘다. 그제야 우뚝 멈춰 선 카잔이 왜 그러느냐는 차가운 시선으로 그녀를 돌아봤다. 그의 날카로운 눈빛에 움츠러들 것 같은 심장을 간신히 추스른 에일린이 용기를 끌어모아 말했다.

"찾아다녔어요."

그의 고개가 비스듬히 떨어져 그녀를 응시했다.

"미안하다고 사과하려고요."

"뭐를?"

"당신 마음을 상하게 한 거요."

카잔의 미간이 모아졌다. 딱딱하게 굳어 있는 그의 얼굴을 빤히 바라보며 에일린은 다시 용기를 내 말했다.

"미안해요. 방 안에서 그건……. 그건 그냥 내가 기분이 좋지 않아서 그랬던 거예요."

"뭐 때문에 기분이 좋지 않았지?"

"그건……."

에일린은 다시 망설이고 말았다. 말해야 할지 말아야 할지 망설이던 그녀가 다시 입을 다물자 카잔은 냉소를 짓고 다시 뒤돌아섰다.

"말하고 싶지 않으면 억지로 말하지 않아도 돼."

카잔은 잡고 있던 그녀의 손을 냉정하게 밀어냈다. 탁, 소리와 함께 힘없이 떨어져 내리는 그녀의 손. 멀어지는 그의 뒷모습을 가만히 응시하던 에일린은 결국 입을 열고 말았다.

"떼쓰지 말라고 했잖아요."

우뚝, 그가 멈춰 섰다.

"당신 삶에 참견도 하지 말라면서요! 이상이 생기면 말하라고 했잖아요! 어디가 아프면 바로 말하라고 했잖아요!"

그의 고개가 천천히 그녀에게 돌아섰다. 에일린은 억울함 가득한 얼굴로 두 주먹을 불끈 쥐고 서 있었다.

"떼쓰지 말라고 해서 말 안 한 거예요! 나는 '몰라도 되는' 사람이니까. 당신이 이제껏 얼마나 많은 여자와 입을 맞추고, 사랑을 나눴다고 해도 나는 몰라도 되니까!"

"갑자기 그게 무슨 말이야?"

이번에 당황한 것은 카잔이었다. 그는 완전히 그녀에게 몸을 돌려 억울함이 가득한 그녀의 얼굴을 바라봤다.

"나한테는 좋아하는 사람한테만 하는 거라고 했으면서, 카잔은 이 여자, 저 여자랑 다 만나고 다닌 거잖아요. 호페에서 가슴이 이만했던 그 여자랑도 그랬잖아요!"

에일린의 큰 소리에 주변 사람들이 두 사람을 돌아보기 시작했다. 어느새 첸도 군중 속에 섞여 두 사람의 실랑이를 지켜보고 있었다. 무척이나 흥미로운 얼굴을 한 채로.

금이 간 둑이 터져 나오듯 억울함이 흘러넘쳤다. 이토록 감정을 폭발시킨 적 없던 에일린은 지금 넘치는 분함을 이기지 못하고 있었다.

"에일…… 린?"

남자가 바람을 피우고 다닌 것 같다, 나쁜 놈이다, 라며 수군거리는 말이 들렸지만 카잔은 지금 그것에 신경 쓸 겨를이 없었다. 에일린의 말은 그가 전혀 생각도 못 했던 말이었기 때문이었다.

"그러니까 지금 내가 떼쓰지 말라고 해서, 사생활에 참견하지 말라고 해서 말하지 못했단 거야?"

"내가 귀찮게 굴면 당신은 또 날 버리고 갈 거잖아요. 나한테 도대체 왜 화내는 거예요, 카잔? 말하지 말라고 했다가, 말하라고 했다가. 나 너무 헷갈려요."

……날 또 버리고 갈 거잖아요. 에일린의 그 한마디에 카잔은

가슴이 무너졌다. 저는 고작 에일린이 마음 한 자락 보여주지 않는다는 것에 화가 난 것뿐이었는데, 에일린은 그에게 이토록이나 필사적이었다.

버려질지도 모른다니……. 그렇게나 저가 에일린에게 믿음이 없었나. 카잔은 순간 너무나도 미안해지고 말았다. 너무 미안해서 어떻게 그녀를 달래줘야 할지 모를 정도였다.

"그런데 왜 나한테 화내는 거예요? 카잔은 나한테 화낼 권리가 있으면서 나는 카잔에게 화낼 권리도 없어요? 사과했잖아요. 미안하다고 했잖아요. 근데 뭐가 그렇게 뒤틀린 건데요?"

분이 풀리지 않는지 에일린이 발을 바닥에 탕탕 굴렀다. 그러자 다친 무릎에 찌르르한 통증이 올라왔다. 평소라면 이 정도 아픔쯤이야 거의 느끼지도 못할 에일린이었지만 지금은 달랐다. 예민해진 그녀는 무릎의 통증까지도 서러웠다. 왜 그녀만 그의 마음을 상하게 한 것을 사과해야 하는지도 억울했다. 카잔 또한 그녀의 마음을 아프게 했고, 불안하게 했으며, 상하게 했는데 왜 그녀만 미안해하는 걸까?

"말하라고 했다가, 말하지 말라고 했다가……. 카잔은 순 제멋대로예요."

이를 악문 에일린은 그를 쏘아보았다. 가만히 에일린을 바라보고 있던 카잔이 그녀에게 성큼 한 발을 내디뎠다. 그가 다가오는 만큼 에일린이 뒤로 한 걸음 물러났다.

멀어지는 에일린을 보며 카잔이 딱딱하게 굳은 얼굴로 그녀를 향해 큰 걸음걸이로 다가왔다. 이번에도 에일린은 가까워지려는 그의 걸음걸이만큼 그에게서 뒷걸음질 쳤다. 이유는 모르겠지만 그냥 잡혀주고 싶지 않았다. 그녀가 애타게 그를 찾아다닌 만큼, 그가 그녀를 손쉽게 잡게 하고 싶은 마음이 들지 않았다.

"거기 서봐, 에일린."

"……싫어요."

입술을 꽉 깨문 에일린은 그대로 뒤돌아 줄행랑을 쳤다. 두 사람의 주변으로 몰려들었던 사람들이 그녀를 위해 길을 터줬다. 에일린은 그 사이로 발을 내디뎌 달렸다.

'억울해, 분해, 미워……!'

그 마음을 담아 힘차게 달렸지만 카잔에겐 어린아이를 잡는 것보다 손쉽게 잡혀버릴 뿐이었다.

"이거 놔요!"

뒤에서부터 꽈악 끌어안는 그의 품이 철옹성처럼 단단하게 그녀를 옭아맸다. 에일린은 벗어나려고 버둥거렸지만 영락없이 카잔에게 잡혔다. 카잔의 고개가 그녀의 귓가로 다가왔다. 크게 뜨거운 한숨을 내쉰 그가 낮게 가라앉은 목소리로 중얼거렸다.

"……떼써도 돼, 에일린."

쉬어 있는 그의 음성이 에일린의 귓가에 부드럽게 부딪혀 왔다. 그제야 버둥거리던 에일린의 움직임이 멈췄다. 카잔은 두 팔에 더욱더 힘을 줘 그녀를 끌어안고선 그녀의 귓가에 마음의 말을 쏟아냈다.

"마음껏 투정부려도 돼. 하고 싶은 말이 있으면 무슨 말이든 다 해."

"……."

"아니, 부탁이야. 투정부려줘. 네 마음에 있는 말을 숨김없이 보여줘. 그래, 줘. 내가 오해하지 않도록……."

"또 이랬다저랬다 할 거면서."

뿌루퉁한 그녀의 말에 카잔이 작게 웃었다. 한 치의 틈도 없이 잡혀 있는 몸을 통해 그의 진동이 고스란히 그녀에게 전해졌다. 카잔은 그녀의 정수리에 입을 맞추며 달래듯 말했다.

"그러지 않을 거야."

"……."

"정말로."

카잔은 자신의 무딤을 인정해야 했다. 무지함 또한 인정해야 했다. 살아남는 법, 살아가는 것에는 그 누구보다 기민한 감각을 가지고 있으면서 여자의 마음을 헤아리는 것은 쥐뿔만큼도 아는 바가 없다는 것을 인정해야 했다.

품에 쏘옥 들어오는 에일린은 작고 연약했다. 그리고 카잔만큼이나 감정을 감지하고 표출하는 데 서툴렀다. 그런 에일린을 향해 카잔은 왜 네 마음을 다 나에게 보이지 않느냐며, 왜 내 마음을 모르냐며 치졸하게 화를 낸 것이었다.

"미안해, 에일린."

내가 먼저 알아줬어야 하는데.

"미안해. 내가 잘못했다. 화내지 마."

다신 내가 널 버릴 거란 생각이 들지 않게 할게.

"성가시지 않아요?"

"무슨 소리야. 단 한 번도 너 때문에 성가신 적 없었어. 너무 담백해서 문제였지."

"화…… 안 낼 거죠?"

"응. 절대."

서툴고 어수룩한 두 사람이었으니 말하지 않으면 알지 못했다. 센스 있게 상대의 마음을 헤아리고 달래주는 것 따윈 거리가 멀었다. 그러니 모두 말해야 했다. 카잔은 본인부터 조금 더 솔직하고, 조금 더 다정해지기로 마음먹었다. 그는 에일린의 뺨과 이마에 자잘한 입맞춤을 쏟아부으며 숨을 쉬듯 쉴 틈 없이 속삭였다.

미안해, 미안해.

설령 너에게 내가 단순한 은인이라고 하더라도, 내가 널 생각하는 것과 네가 날 생각하는 게 다르다 할지라도 너에게 화를 내서는 안 되는 건데.

'날 버릴 거잖아요!'

너에게 나에 대한 마음을 먼저 요구할 게 아니라, 내가 먼저 보여줬어야 하는데……. 이렇게나마 에일린이 억눌러왔던 감정을 표출해준 것에 카잔은 감사함을 느꼈다.

굳은 채로 가만히 서 있던 에일린이 스륵 몸을 돌려 그를 마주 안아줬다. 밀려들어오는 그녀의 향기가 다시금 향기롭게 느껴졌다.

"……이런."

수군거리던 사람들도 이내 흥미를 잃고 제 갈 길을 갔고, 남아 있던 몇몇도 그저 힐끔 곁눈질만 하고 있는 그곳에 이러지도 저러지도 못한 채 덩그러니 서 있는 한 사람.

"이거야 ,원. 난 뭐, 거의 없는 사람이 취급이구먼."

조금 떨어진 곳에서 멀뚱멀뚱 서 있던 첸이 머리를 긁적거렸다. 이렇게 멀뚱히 있는 것보다 슬그머니 사라져주는 게 낫겠다 싶어 자리를 뜨려는 그때.

"……거기, 잠깐 서봐."

힐끔 뒤를 돌아보니 카잔이 손가락 하나를 까닥 흔들며 그를 불러 세웠다.

"당신 나 좀 잠깐 보지?"

카잔과 에일린이 난리를 치고 나니 시간은 훌쩍 지나 하늘 위의 태양이 바다로 가라앉고 있었다. 거리 곳곳에서는 화려한 전등이 올라오기 시작했고, 악단과 무희들로 시가지 곳곳이 화려하게 춤을 췄다.

온종일 거의 먹은 게 없는 상태로 감정의 격동을 겪은 에일린이 뒤늦게 허기진 배를 움켜쥐며 괴로워했다. 덕분에 당장 카잔에게 끌려갈 뻔했던 첸은 으슥한 뒷골목 대신 근처의 식당으로 들어올 수 있었다. 북적이는 사람들로 가게 안이 꽉 차 있던 탓에 세 사람은 테라스에 자리를 잡고 앉았다.

"밥 다 먹고 보자고."

"……아이고, 무섭게 왜 그러실까? 그런 눈초리로 보고 있으면 먹던 밥도 역류하겠어."

뭐 때문에 그러는지 짐작은 가지만 첸은 짐짓 모르는 척 능청스럽게 대답했다.

온종일 텅 빈 위장을 달래듯 에일린은 엄청난 양의 접시를 비우고 나서야 만족스럽게 배를 두드렸다. 한결 마음이 편해지니 위장도 편하게 음식을 받아들였다.

한참 전에 본인 접시를 비운 첸은 후식을 기다리며 거리 너머로 보이는 전등을 뚫어지게 바라보고 있었다.

"이상한데? 수신제는 며칠 더 있어야 하는 거 아닌가? 등이 왜 이렇게 빨리 올라온 거지?"

첸의 혼잣말에 뜨거운 차로 입가심을 하고 있던 카잔 또한 거리의 전등을 바라봤다. 그의 말마따나 수신제의 전등은 본래 3일 후에나 올라오는 게 정상이었건만 점등이 너무 일렀다. 그의 말에 대답해준 것은 후식을 가져다준 웨이터였다. 어린 웨이터는 방긋방긋 웃으며 발랄하게 대답했다.

"아! 그건요, 손님, 바다의 노염 때문에 배가 자꾸 뒤집히는 거라며, 수신제가 조금 더 빨리 열린 거랍니다! 요즘 자꾸 바다에서 일어나는 사고 때문에 어업도 안 되고, 선박도 안 들어와서 도시에 손해가 이만저만이 아니라고 하더라고요!"

"아하, 바다에서의 사고 때문에……. 아! 그럼 지금 열리는 야시장도 수신제 전야제인가?"

"네네, 그렇죠. 그리고 일찍 연 만큼 이번 수신제 기간은 평소보다 길 거라고 하더라고요. 그렇게 해서 관광객이라도 불릴 생각인가 봐요."

"오! 친절한 대답 고마워요."

첸은 어린 웨이터를 향해 넉넉하게 팁을 건네주었다. 싱글싱글 웃던 어린 웨이터의 얼굴이 한층 더 밝아졌다. 꾸벅 인사를 한 웨이터가 콧소리를 내며 멀어졌다.

"돌아가는 길이 번잡스럽겠어."

걱정스러운 카잔의 말에 에일린이 힐끗 테라스 밖을 바라봤다. 벌써부터 거리에는 다양한 사람들로 그득 차 있었다.

"근데 전야제가 뭐예요?"

"행사가 열리기 전에 열리는 예비 축제 정도로 알아두면 돼."

아아, 그렇구나. 고개를 끄덕이던 에일린이 입을 닦고 일어날 때쯤이었다. 창문 밖으로 화려한 불꽃이 터지기 시작했다. 세 사람은 움직이려던 것을 멈춘 채 하늘을 올려다봤다.

퍼엉! 펑! 펑! 피유웅! 굉음에 가까운 소리가 지축을 흔들었고, 새까만 하늘 위로는 갖가지 빛의 무더기가 꽃처럼 피어올랐다. 그 화려한 전경에 에일린은 넋을 놓은 채 하늘을 올려다봤다.

밤하늘이 이토록 화려하게 빛날 수 있다니······! 에일린은 경이롭다 못해 압도되는 기분이었다. 어둠을 수놓는 불꽃으로 인해 달빛이 초라하게 느껴질 정도였다. 한입 베어먹은 사과처럼 한쪽이 어그러진 달이 구름 뒤에 숨어 얼굴을 가렸다. 에일린은 묘한 흥분에 가슴이 떨리는 것을 느끼며 카잔의 옷자락을 움켜쥐었다.

"카잔, 저게 뭐예요?"

"폭죽이라고도 하고 불꽃이라고도 해. 하늘에 발광하는 빛을 쏘아 올리는 거지."

카잔은 놀라움이 가득한 에일린의 얼굴을 쓰다듬으며 친절하게 설명했다. 흥분 가득한 에일린의 눈동자는 하늘에서 떨어질 줄을 몰랐고 카잔은 그런 에일린의 얼굴에서 시선을 떼지 못하고 있었다.

"아······. 사라졌어요. 금방 없어져 버렸어요."

"아주 잠시 엄청나게 화려하게 빛나는 게 불꽃이야. 그 몇 초를 위해 하늘에서 제 몸을 불사르는 거지. 장렬하게 전사하고."

"아쉬워요. 좀 더 보고 싶은데······. 저건 매일매일 봐도 질리지 않을 것 같아요."

실망 가득한 에일린의 말에 첸이 웃으며 끼어들었다.

"그렇다고 매일 밤 저렇게 환하게 불꽃을 피워대면 그렇게 아름다워 보이는 불꽃도 애물단지 취급을 받을 거야. 잠깐 빛나서 더 화려하고, 사랑받는 거고. 너무 아쉬워하지 마, 에일린. 아침이 되면 저것보다 더 찬란한 해가 떠오르잖아."

첸의 말에 고개를 끄덕이면서도 에일린은 불꽃의 여운이 남아 있는 하늘에서 눈을 떼지 못했다. 그런 에일린의 마음을 알아주기라도 한 듯 다시 한 번 거대한 불꽃이 하늘로 치솟기 시작했다.

"오, 확실히 이번 수신제에는 공을 좀 더 들인 것 같은데?"

첸이 낮게 휘파람을 불며 재차 하늘을 수놓는 빛의 향연을 올려다봤다. 카잔은 에일린이 넋을 놓고 있는 지금 첸과 이야기를 할 적시라고 생각했다.

"에일린, 잠깐 여기 앉아서 구경 좀 하고 있을래? 난 첸과 잠깐 할 얘기가 있어서 말이야."

"아, 네. 다녀와요."

하늘에서 고개를 돌리지도 않은 채 에일린이 멍하니 대답했다.

"에? 나도 구경할 거라고. 우리의 대화는 내일로 미루는 게 어떨까? 응?"

"이리저리 내빼지 말고 나와. 잠깐이면 되니까 굳이 호텔에서까지 네놈 얼굴 보게 하지 말고."

"나도 불꽃놀이는 정말 오랜만에 보는 건데. 아쉽네. 잠깐, 우리 골목으로 가지는 말자고. 응? 당신이 골목으로 끌고 가면 얼마나 무서운지 몰라?"

"……잔말 말고 따라와."

첸은 요란하게 툴툴거리며 카잔을 따라 나갔다. 곁에 있던 두 사람이 나가는지도 모른 채 하늘만 올려다보고 있던 에일린은 얼마 가지 않아 고개를 내려야 했다.

"에이, 아쉽다."

안타깝게도 서비스로 보였던 두 번째 불꽃은 처음 보여줬던 불꽃과는 비교도 안 될 만큼 소소했고 금방 끝나버렸다. 불꽃의 흔적이었던 흰 연기만 하늘 위에 자욱하게 흩날렸다.

그 퀴퀴한 화약 냄새를 맡으며 에일린은 카잔과 첸이 사라진 방향을 살폈다. 가게에서 조금 떨어진 골목 안으로 들어가 모습은 보이지 않았다.

힐끔 골목 쪽을 살피던 에일린은 곧 고개를 돌려 전야제가 시작된 시가지를 바라봤다. 순식간에 거리 곳곳이 사람들로 가득 차 있었고, 그전에는 보지 못했던 요란한 볼거리들도 엄청나게 많아져 있었다.

음악을 연주하는 악단과 그것에 맞춰 춤을 추는 무희들, 그리고 그 사이사이로 정체를 알 수 없는 분장을 한 채 돌아다니는 사람들까지. 거리를 채우는 모든 것이 구경거리라고 할 만큼 떠들썩해진 와중에 에일린의 시선을 화악 사로잡은 것은 엄청난 인파를 몰고 등장한 서커스단이었다.

12. 판타지오 서커스단

크아아앙! 광장을 두 쪽으로 가를 듯 위협적인 짐승의 포효에 사람들의 시선이 일제히 한곳으로 쏠렸다. 그 잠깐의 틈을 놓치지 않고 선봉에 선 키가 작고 덩치가 좋은 사내 하나가 재빨리 북을 치며 목소리를 높였다.

"오십시오! 보십시오! 눈을 뜨고 보고 있어도 그 눈을 의심하게 될 신비의 동물들과 아름다운 무희들을 보십시오!"

사내의 소개에 맞춰 눈을 현혹케 하는 아름다운 무희들의 춤이 시작되었다. 가린 곳보다 드러낸 곳이 많은 그녀들의 옷자락 사이로 아찔할 만큼 아름다운 살결이 드러났다. 사내들은 시선을 빼앗겼고 여인들은 할 말을 잃은 채 장황한 행렬을 넋 놓고 바라봤다.

크르르……!

무희들 사이로 신비한 이국의 짐승들이 어슬렁거리며 등장했다. 무시무시한 이빨과 발톱을 자랑하는 짐승들만으로도 충분히 위협적이었는데 그것들의 뒤로 기형의 괴수들이 쇠고랑을 찬 채 일사불란하게 움직이고 있었다. 신기하고 기이하며 오싹한 무리들 곁으로 무희들이 악단의 연주에 맞춰 살랑살랑 춤을 추며 움직였다. 가히 사람들의 눈과 귀를 뺏을 만한 엄청난 행렬이었다.

"환상과 환각의 서커스단, 판타지오가 1년의 유랑을 마치고 여러분께 다시 한 번 인사드립니다!"

선봉에 섰던 키가 작은 사내가 요란하게 인사를 하며 양옆에 호위처럼 거느리고 있는 거인족 사내들의 어깨 위로 훌쩍 올라탔다.

"저는 판타지오 서커스단의 단장 마타오라고 합니다!"

거인들의 어깨 위에 선 사내가 익살스럽게 허리를 숙이자 박수갈채가 터졌다. 사내는 덩실덩실 춤을 추며 화답했다. 두툼한 몸집에 비해 날렵하고 재빠른 움직임이었다. 사내의 움직임에 맞춰 뒤따르던 악단이 시끄러운 음악으로 흥겨움을 더했다. 신기하고 신비한 서커스단의 묘기에 광장 이곳저곳에서 탄성과 웃음이 터져 나왔다. 하지만 조금 떨어진 카페테리아 테라스에서 그 광경을 지켜보고 있던 에일린은 눈살을 찌푸리고 있는 중이었다.

"……아파 보여."

그 자리에 있는 그 누구도 느끼지 못했고, 그 누구에게도 들리지 않았지만 에일린에게는 느껴졌다. 울부짖는 짐승들의 영혼의 소리가, 환각의 숲을 헤매고 있는 괴수들의 괴로움이 살갗이 따가울 정도로 절절하게 느껴지고 있었다.

길이 잘 들어 있는 것처럼 보였지만 저 짐승과 괴수들은 모두 약에 취해 있거나 극도로 굶주려 있어 움직일 기력이 없는 것이었다. 학대의 흔적들은 일렁이는 서커스단의 불꽃 아래 피부를 장식하는 장신구처럼 보일 뿐이었다.

─……괴로워!

오싹. 머리를 흔드는 환청에 오한으로 몸이 부르르 떨렸다. 에일린은 살갗 위로 도드라지게 올라오는 소름을 진정시키기 위해 팔을 문질렀다.

그때였다. 덜컹! 작고 날렵한 무언가가 순식간에 에일린이 앉아 있는 테이블 아래로 뛰어들었다.

"……!"

다리를 스치는 정체불명의 무언가에 놀란 에일린이 다리를 들어 올렸다. 그러자 작은 손 하나가 그녀의 치맛자락을 꽈악 틀어쥐며 매달렸다.

"……살려주세요."

두려움이 짙게 깔려 있는 목소리는 아이의 그것이었고 그 소리는 당장이라도 끊어질 듯 가느다랗게 떨리고 있었다.

아이는 물에 빠져 지푸라기라도 잡는 절박함으로 에일린의 발 아래에 납작 엎드려 숨어 있었다. 에일린의 풍성하지 못한 치맛자락에 숨겨질 만큼 아이는 무척이나 작은 듯했다.

엎드린 상태로 발이 삐져나왔지만 그것을 숨길 겨를도 없이 괴팍한 걸음걸이로 사내 두엇이 에일린이 있는 테라스 근처로 뛰어들어왔다. 에일린의 치맛자락을 타고 바들바들 떨고 있는 진동이 고스란히 전해져왔다.

"제길! 어디로 숨은 거야? 쪼그마한 녀석이 오지게 날쌔기는!"

"그것 때문에 케이지에 들어갈 녀석을 뽑힌 거잖아. 하여튼 마숩 넌 저쪽을 다시 찾아봐. 이놈이 도망간 걸 알면 단장이 우릴 가만두지 않을 거라고!"

"아냐아냐, 내 느낌으론 멀리 못 갔어. 분명 이 근처 어딘가에 숨어 있을 거라고."

저들끼리 시끄럽게 의견조율을 하던 사내들은 곧 이리저리 고개를 돌려 주변을 살피기 시작했다. 그러다 빤히 사내들을 바라보고 있던 에일린과 눈이 마주쳤다. 어린 계집이 겁도 없이 눈 한 번 깜빡이지 않고 쳐다보자 사내들은 뭘 쳐다보냐는 듯 눈을 부라렸다. 하지만 그것뿐 뭐라 시비를 걸지는 않았다.

주변을 훑는 사내들의 발걸음이 점점 에일린이 있는 곳과 가까워졌다. 그러자 파르르 떨리는 치맛자락의 진동이 더욱 거세졌다.

사내들과 에일린의 거리가 고작 다섯 걸음쯤 남았을까. 다가오는 사내들과 주변을 둘러보며 상황파악을 하고 있던 에일린의 발 밑으로 아이의 목소리가 다시 한 번 흘러나왔다.

"제발……."

물기가 자욱하게 깔려 있는 목소리. 아이는 에일린을 붙잡은 채 애원하고 있었다.

"살려주세요."

살려달라고, 제발 나를 살려달라고. 파들파들 떨리는 아이의 음성에 에일린은 순간 머릿속이 멍해졌다. 과거의 기억이 그녀의 뇌리를 스치고 지나갔기 때문이었다.

'살려주세요!'

살아남기 위해 필사적으로 계부에게서 도망쳐 나왔던 그날 밤. 구원을 찾아 검은 숲을 달리고 달렸던 그날, 그 밤의 감정을 에일린은 아직도 잊지 못했다. 그 절박함과 간절함은 평생을 잊을 수 없을 것이었다. 그 마음이 고스란히 발 밑의 아이로부터 전해져오고 있었다. 그랬기에 에일린은 아이의 흐느낌을 무시할 수 없었다.

에일린은 서툰 손짓으로 치맛자락을 매만지는 척 삐져나온 아이의 발을 숨겨주었다. 조금 느리게 지나가는 사람들을 구경하는 듯 무심한 얼굴을 했지만 가까이 다가온 사내들은 조용히 앉아 있는 에일린을 그냥 지나치지 않았다.

"거기 아가씨, 자리에서 한번 일어나 보시지?"

대머리에 키가 크고 이마에 커다란 상처가 있는 사내가 에일린에게 성큼 다가오며 말했다. 에일린이 지척으로 다가온 사내를 그저 빤히 올려만 보고 있자 또 다른 사내가 다가와 다시 한 번 에일린에게 윽박질렀다.

"거, 일어나 보라니까?"

기백으로 따지자면 카잔을 따라올 사람이 없었다. 그랬기에 아무리 사내들이 무섭게 윽박질러도 에일린은 움츠러드는 기색 하나 없을 수밖에 없었다. 그녀는 담담한 얼굴로 고개를 내저었다.

"싫어요."

"……뭐?"

잠깐 황당한 얼굴을 하던 대머리가 웃음을 터트렸다.

"와하하! 콩알만 한 아가씨가 겁이 없네? 그 치맛자락 한번 들춰보는 게 어때? 힘들면 우리가 들춰줄 수도 있고."

"좋은 말 할 때 일어나시지? 사람도 많은데 바닥에 뒹굴고 싶지 않으면 말이야."

사내들은 슬금슬금 에일린을 둘러싸고 들었다. 의자 아래 그녀의 발목을 잡고 있는 아이의 손에 힘이 들어가기 시작했다. 그 손길을 고스란히 느끼고 있는 에일린은 더더욱 움직일 수가 없었다.

꼼짝도 하지 않은 채 되바라지게 느껴질 만큼 사내들의 눈을 쳐다봤다. 지면 안 돼, 에일린. 내가 여기에서 지면 이 아이가 죽어.

그때였다. 향긋한 향기가 다가온다 싶더니 화려한 드레스가 에일린의 눈앞을 가로막았다.

"무례하군요! 제 동생에게 손 하나 까딱해보세요. 시정청으로 달려간 내 시종이 당신네들 서커스단에 영업정지 처분을 내려줄 테니까!"

날카롭다 싶을 만큼 카랑카랑하고 톤이 높은 목소리였다. 근처에 있던 모든 사람이 돌아볼 만큼 새된 목소리의 주인공은 결 좋은 보라색 머리카락의 늘씬하고 키가 큰 여자였다.

'……동생?'

에일린은 당황한 눈으로 제 앞을 가로막고 있는 여자를 올려 봤다. 에일린으로서는 처음 보는 여자였는데 여자는 에일린을 제 동생이라 말하고 있었다. 힐끗 에일린을 돌아본 여자가 한쪽 눈을 찡긋 하더니 남자들을 향해 거침없이 명령했다.

"당장 물러나세요!"

키가 크고 늘씬한 여자는 척 보기에도 좋은 옷을 입고 있었고, 행동과 표정에 기품이 느껴졌다. 여느 집 귀족 아가씨가 틀림없어 보였다. 사내들도 그것을 느꼈는지 잠시 주춤했지만 쉽사리 물러 나지는 않았다.

"거, 누군지는 모르겠지만, 그 자리에서 한번 일어나는 게 어렵습니까? 무리한 요구를 한 것도 아니니 그냥 한번 일어나 보시죠?"

"미안하지만 그건 안 되겠어요. 제 동생은 다리가 불편해서 잘 움직이질 못하거든요."

여자는 태연하게 두 번째 거짓말을 늘어놨다. 에일린은 당황해서 여자의 얼굴을 빤히 바라봤지만 여자는 마치 진실을 말하는 듯 태연한 얼굴이었다.

"……뭐? 다리병신이라고요?"

"다리병신이라니, 정말 몰지각하군요!"

여자는 에일린의 귀를 막아주며 정말 기분이 상했다는 듯 남자들을 날카롭게 흘겼다. 이 여자가 누군지는 모르겠지만 정말 대단한 연기력을 가졌다고 에일린은 생각했다.

여자의 기세에 눌린 듯 사내들은 잠시 주춤했다. 더군다나 소란스러움에 돌아보는 사람이 많아지자 뭔가 거친 방법으로 밀어붙일 수도 없는 상황이었다. 하지만 아이를 찾지 않으면 단장으로부터 몰매를 맞을 게 틀림없는 상황이었으니 이대로 물러날 수도 없었다.

'……빨리 치고 빠지자!'

저들끼리 눈짓을 주고받던 사내들이 결심한 듯 에일린과 보라색 머리카락의 여자에게 각자 한 명씩 달라붙었다.

"꺄아아악!"

사내 하나가 재빨리 보라색 머리카락의 여자를 포박했고, 그 틈을 타고 남자 둘이 양쪽에서 에일린을 붙잡았다.

"못 일어난다면 우리가 들어주지!"

양팔이 붙잡힌 그 상태로 에일린의 몸이 의자에서 강제로 분리되었다. 들썩거리던 의자에서 결국 웅크린 아이의 모습이 드러났다.

"역시! 거기 있었구나, 네 이놈!"

에일린을 붙잡고 있던 사내 하나가 그녀를 바닥에 밀치며 아이를 향해 손을 뻗쳤다. 겁에 질린 아이가 눈을 질끈 감은 그 순간이었다.

냐아아앙!

바람을 가르는 소리와 함께 어딘가에서 고양이 한 마리가 튀어나와 에일린을 붙잡고 있는 사내의 뺨을 휘갈기고 지나갔다.

"으악! 내 눈!"

볼과 함께 눈 쪽을 다친 것인지 사내가 에일린을 잡고 있던 팔을 놓치며 피가 줄줄 흐르는 뺨을 부여잡았다. 다른 사내들이 당황할 틈도 없이 사방에서 고양이 수 마리가 튀어나와 사내들을 향해 달려들었다.

크아아앙!

동시에 호객행위를 하고 있던 서커스단 쪽에서도 소란이 일어났다. 얌전히 묘기를 보여주던 짐승들이 일제히 흥분하기 시작한 것이었다. 인파로 가득 차 있던 광장은 혼란에 빠진 사람들로 인해 엉망진창이 되었다.

삐이익, 삑삑! 순찰을 돌던 경비대원들이 호각을 내질렀다. 에일린이 있는 카페테리아 바로 옆에서도 호각소리가 요란했다. 그 틈을 타 보라색 머리카락의 여자가 붙잡혀 있던 남자에게서 빠져나왔다.

"뭐 해?"

여자는 재빨리 넘어져 있던 에일린과 겁에 질려 있는 꼬마의 손목을 붙잡으며 소리쳤다.

"튀어!"

그 시각. 카잔과 첸은 식당에서 조금 떨어진 으슥한 골목으로 들어섰다. 혹여라도 에일린이 대화를 들을 수도 있기에 조금 떨어져 있는 곳을 택한 카잔이었다. 떨어져 있다지만 고개만 내민다면 에일린이 있는 곳이 보였고, 탁월한 후각으로도 에일린을 감지할 수 있었다.

끝이 막혀 있지 않은 골목의 안쪽으로 들어서던 카잔은 적절한 위치에 왔을 때 우뚝 멈췄다. 그를 따라 들어가던 첸도 자연스럽게 그 자리에 발을 멈추고 섰다.

후. 카잔은 피곤하다는 듯 짧은 한숨을 내쉬며 첸을 돌아봤다. 어두운 골목을 밝힐 만큼 엄청난 미남자를 바라보는 카잔의 눈빛이 냉랭했다. 한층 톤이 낮아진 목소리로 카잔이 물었다.

"너, 미행 붙은 거 알아?"

"뭐? 미행? 어디? 언제?"

예상치 못한 말을 들은 듯 첸의 동공이 확장되었다. 그 말인즉, 첸은 미행이 붙은 줄 몰랐다는 말이었다.

"……조금 전 광장에서부터 쫓아오더군. 나와 에일린은 타깃 밖이야. 네가 움직일 때만 반응하고 있으니까. 그러니 너를 노리고 있다는 뜻이지."

첸은 잠시 놀란 얼굴을 했지만 미련하게 주변을 허겁지겁 둘러보는 짓 따위는 하지 않았다. 그런 짓을 해봤자, 상대에게 미행을 눈치챘다는 것을 보여주는 꼴밖에 되지 않았으니까.

"아, 이런."

긴 한숨을 내쉰 첸이 반듯한 이마를 긁적거리며 난감한 얼굴을 보였다. '그렇군.' 하고 중얼거리는 목소리에 이미 당황스러움은 온데간데없이 사라지고 없었다. 짧은 순간에 상황파악이 끝났는지 난감하긴 하지만 당황한 빛은 없어졌다.

카잔은 조금 딱딱해진 음성으로 다시 말했다.

"처리해."

"……에? 내가? 어떻게?"

첸이 펄쩍 뛰며 반응했다. 그에 차가운 카잔의 반응이 이어졌다.

"그건 나도 모르지. 네가 알아서 처리해. 성가시게 두지 말고."

"나도 그러고 싶지만……. 아시다시피 내가 그다지 할 줄 아는 게 없잖아? 이 연약한 몸뚱이로 추격자들을 어떻게 다 상대하겠어. 어휴, 못 해. 다치고 싶지 않다고."

약을 올리는 듯한 첸의 주저리에 카잔은 무표정한 얼굴로 그를 빤히 바라봤다. 형형한 눈빛이 어둠 속에서 음습하게 빛났다. 그제야 첸이 주절거리던 입을 다물고 속없어 보이는 웃음을 헤실헤실 흘렸다. 첸은 항상 웃는 낯이었지만 그 웃음의 가면 아래 숨겨진 속내를 보여준 적이 없었다.

카잔 또한 섣부르게 속을 내보이지 않는 부류였기에 첸의 저런 태도가 매우 익숙했다. 하지만 익숙하다고 하더라도 짜증이 나지 않는 것은 아니었다. 오히려 잘 알고 있어서 더 짜증이 난달까.

담담히 첸을 응시하던 카잔은 움직였다. 미처 방어할 틈도, 대항

할 틈도 없이 민첩하고 강인한 움직임으로 첸을 들어 올렸다.

쿵! 첸은 카잔에게 멱살을 잡힌 채 벽에 등이 부딪히고 말았다.

"크흑……!"

"말해."

"뭘, 말, 하라는, 거야?"

숨구멍이 바짝 막혀왔다. 간신히 공기를 들이켜며 첸은 간헐적으로 카잔의 말에 대답했다. 시뻘겋게 변하는 첸의 얼굴을 눈앞에서 보고 있으면서도 카잔은 눈 한 번을 깜빡하지 않았다. 남의 목줄을 틀어쥐고 있으면서도 고요한 수면처럼 잔잔한 눈이었다.

"네놈의 꿍꿍이가 뭔지, 말하라고."

"그딴 거, 없다고!"

카잔은 선웃음을 흘렸다. 아직 위협을 덜 느꼈나 보다. 카잔은 조금 더 힘을 줘 첸을 더 들어 올렸다.

"대답을 못 찾는 것 같으니 다른 질문을 하지."

첸은 점점 더 조여오는 숨구멍에 간신히 숨만 헐떡거리고 있었다. 그렇다고 아름다운 푸른 눈동자에 두려움이 보이진 않았다. 곱상한 외모에 비해 배짱이 두둑했다.

"네가 에일린을 구했으면 어땠을 것 같아? 그랬다면…… 지금 에일린이 네 곁에 있었을 것 같나?"

……아까 다 들었구나. 첸은 그제야 카잔이 유독 날카로운 이유를 알 수 있었다. 평소에도 까칠하긴 했는데 그래도 적의를 보이지는 않았다. 그런데 지금 이 사내의 눈빛은 완벽한 적의로 가득 차 있었다. 더불어 살기도 약간 보이고.

'……이러다가 정말 이 자리에서 비명횡사할지도.'

첸은 혀를 깨물며 입을 꽉 다물어야 했다. 그러나 이어지는 카잔의 말에 첸은 방금 전과는 비교도 되지 않을 만큼 놀랐다.

"허튼 수작 부리지 마. 리츠가의 애송이 도련님. 네놈에게 흑심이 있다는 건 기정사실이니까."

첸의 얼굴이 급속도로 굳어지는 것을 카잔은 즐거운 눈으로 바라봤다. 정체를 숨긴다고 나름 노력한 것 같았지만 어림도 없었다. 책을 수만 권을 읽는다고 한들 겪어보고 체득한 삶의 지혜와 통찰력을 따라가긴 어려웠다. 특히나 기민한 감각과 통찰력으로 살아온 카잔 같은 사냥꾼에게 첸은 애송이에 가까웠다.

50골드를 한 번에 내어줄 만한 경제력, 그에 비하여 상당히 탄력적인 계급의식, 리츠 상단이 있는 곳은 병적으로 피해 다니는 의심스러운 행동까지. 여기까지도 충분히 첸의 정체에 대한 암묵적인 추측을 가능하게 했다.

카잔은 조금 더 확신하기 위해 항만관리소에 가기 전, 정보 길드에 들러 믿을 만한 정보 하나를 샀다. 최근 호페에서 경영 수업을 받고 있던 리츠가의 도련님이 있었다는 것. 그리고 그 도련님 하나가 지금 자리를 비웠다는 것. 이보다 확실하게 첸의 정체를 알려주는 소식이 없었다.

카잔은 다소 냉소적인 웃음을 띤 채 첸을 바라봤다. 첸은 카잔의 확신에 찬 눈빛을 읽고 정체가 탄로 났다는 것을 의심할 수가 없었다. 그전에도 몇 번 느낀 것이었지만 카잔은 제법 날카로운 통찰력을 가지고 있었다. 정보를 가지고 논다고 생각했던 저가 정작 자신에 대한 것은 숨기지도, 무기로 쓰지도 못했단 생각을 하니 창피하고 어이가 없어졌다. 분하기도 하고.

입술을 꽉 깨문 첸이 도발하듯 카잔을 내려다봤다.

"내가 에일린을 구했다면……."

"……."

"더 잘 지켜줬겠지. 애초에 누군가에게 아쉴에 대한 정보를 의지할 일도 없고 말이야."

첸의 발언에 가만히 그를 바라보던 카잔의 눈빛이 비틀어졌다. 비웃는 것인지 찡그린 것인지 알 수 없는 표정이었다.

'건방진 자식.'

어둠 속에서 두 남자의 눈빛이 치열하게 기싸움을 벌이고 있었다. 날카로운 카잔의 눈빛도 그를 맞받아치는 첸의 눈빛도 만만치 않았다.

"의지?"

그를 비웃듯 입꼬리를 말아 올리던 카잔이 첸을 들고 있던 주먹 하나를 빼내 그대로 벽에 내리꽂았다. 콰직! 무서운 소리와 함께 카잔의 손이 그대로 돌 벽 한쪽을 완전히 부숴버렸다. 파스스 부서져 내리는 잔재가 첸의 어깨 위에 하얗게 쌓였다.

"필요에 의한 약탈…… 정도가 어떨까?"

이런 미친놈. 무슨 협박을 이렇게 현실감 넘치고 무섭게 하는 걸까. 눈빛 또한 퍽 살벌하고 진실성이 넘쳐 첸은 힘이 탁 풀리고 말았다. 이 남자, 죽인다면 죽일 것이었다. 만약 이 남자에게서 누구라도 에일린을 빼앗아가려 한다면 그 누가 되었든 설령 그것이 한 나라의 왕이라 하더라도 그냥 두고 보진 않을 것이 틀림없었다.

'왕이라도……?'

첸의 머리에 희미한 불이 탁 하고 켜졌다. 이제까지는 에일린만이 단 하나의 열쇠라고 여겼는데 어쩌면 카잔과 에일린, 두 사람의 조합이 그에게 더 굉장한 시너지를 일으킬지도 모르겠단 생각이 들었다.

첸이 찰나의 시간 동안 이리저리 사고를 확장시킬 때였다.

크르르!

골목 밖, 광장으로부터 소란이 들려왔다. 서커스단이 광장 중앙에 자리를 잡고 있던 것이야 이미 알고 있었지만 짐승의 하울링이 조금 전과는 달랐던 것이다. 거기다 간간이 섞여 있는 사람들의 비명까지.

카잔은 첸의 멱살을 잡은 채 힐끔 뒤를 돌아봤다. 폭죽 냄새에 짐승 냄새, 거기다 큼큼한 서커스단 특유의 냄새가 섞여 있어 에일린의 냄새가 희미해지고 있었다.

뭔가 이상한 낌새를 눈치챈 카잔이 잡고 있던 첸의 멱살을 내려놓고 몸을 돌리려던 차였다. 바람을 가르는 날카로운 소리가 귓가를 스친다 싶더니 어깨 뒤쪽에 따끔한 통증이 일었다. 확 얼굴을 구긴 카잔이 제 어깨에 꽂혀 있는 화살을 내려다봤다.

"켁, 켁……! 헉. 뭐야, 그건?"

숨을 몰아쉬느라 시뻘게진 목덜미를 잡고 켁켁거리던 첸이 카잔의 어깨에 꽂혀 있는 화살을 보며 눈을 크게 떴다.

"하……. 그렇게 내가 얼른 처리하라고 했지."

"뭐? 그게 지금 내 추격자들 짓이라는 거야?"

카잔은 첸의 말에 화답하듯 어깨에 꽂혀 있는 화살을 뽑아 그것이 날아온 방향을 향해 집어 던졌다. 화살로 촉을 당긴 것처럼 날카롭고 힘차게 날아간 화살이 골목 반대편 어둠 속 무언가에 정확히 명중했다.

"……컥!"

"들켰다! 공격해! 타깃은 체니오 리츠다! 산 채로 잡아와!"

순식간에 복면의 사내 여럿이 골목을 에워쌌다. 들었느냐는 듯, 힐끔 저를 바라보는 카잔의 눈길에 첸은 혀를 내둘러야 했다.

"자, 네놈의 꼬랑지니까 알아서 처리하고 와."

카잔은 냉정하게 뒤돌아섰다. 상대는 무려 여섯. 첸이 혼자 처리할 수준이 아니었다. 이대로 카잔이 가버리면 안 되는데, 하는 찰나 멍청한 복면 무리가 카잔의 발목을 붙잡아줬다.

"목격자도 죽인다. 살려 보내지 마라!"

잘 벼린 단검과 갖가지 무기가 카잔을 에워쌌다. 성가심이 가득한 카잔의 한숨 소리가 들린다 싶더니, 카잔이 등 뒤에 버티고 서 있는 첸의 발목을 건드리며 담담하게 말했다.

"오늘은 내가 급하니까 이 성가신 것들을 처리해주겠지만 이 빚은 네가 갚아야 할 거다."

첸이 이 제의를 받지 않을 이유가 없었다.

그리고 시작된 일방적인 전투. 아니, 이건 전투라고 할 수도 없이 일방적인 공격이었다. 겨우, 진짜 겨우 5분 남짓에 카잔은 저를 둘러싸고 있는 사내들을 단숨에 기절시켰다. 충분히 죽일 수 있는 실력이었지만 그렇게까지 하지 않는 아량을 베풀었다. 첸은 감탄했다.

'진짜 괴물이군.'

검을 쓴 것도 아니었고, 첸이 사랑하는 마법스펠을 쓴 것도 아니었다. 믿을 수 없는 움직임과 무시무시한 힘으로 사내들 하나하나의 손목을 비틀었고, 허리를 꺾었으며 발목을 부숴버렸다.

그러고선 숨 한번 몰아쉬지 않는다. 분명 어깨에 화살도 맞은 것 같은데 어떻게 아무렇지 않은 거지?

"와, 정말 대단하네."

넋이 빠져 중얼거리는 첸의 말을 못 들은 척 카잔은 몸을 돌려 골목을 빠져나갔다. 성가신 것들 때문에 시간이 지체되었다. 생각보다 에일린을 오랜 시간 기다리게 한 것이 미안해진 카잔은 불안한 걸음을 빠르게 옮겼다. 에일린이 있는 카페테리아 앞이 이상하다 싶을 만큼 소란스러웠다. 좋지 않은 예감에 카잔의 발걸음이 더욱 빨라졌다.

"실례하겠습니다. 지나가겠습니다."

몰려 있는 인파를 헤치고 다급하게 테라스로 향했다. 부서진 의자와, 널브러진 사내들이 보였지만, 카잔에게 중요한 것은 그게 아니었다. 그의 각진 턱에 힘이 바짝 들어갔다. 그 자리에 있어야 할 에일린이 보이지 않았다.

에일린은 달리고 있었다. 생전 처음 보는 여자에게 손목을 붙잡힌 채 인파를 헤치며 정신없이 달리고 있었다. 에일린 뒤에 숨어 있던 아이 또한 여자의 반대편 손에 붙들린 채 달리고 있었다.

"허억, 허억……! 후우!"

몰려 있던 사람들을 헤치고 숨어든 곳은 의외의 장소였다. 서커스단이 있는 바로 옆 골목이었던 것이다. 골목 앞에서 팔고 있는 꼬치구이 덕분에 자욱한 안개가 골목 안쪽을 가려줬다.

"등잔 밑이 어둡다고……. 하아, 하아, 바로 근처에 있을 거라곤 생각, 하아, 하아, 못 할 거예요."

골목에 기대선 여자는 가쁜 숨을 몰아쉬며 이마 위로 올라온 땀을 훔쳤다. 양손에 에일린과 아이를 잡고 뛰었던지라 여자는 퍽 힘에 겨워 보였다. 그에 비해서 에일린은 숨이 조금 차기는 했지만 아직까진 가뿐했다. 아이러니하게도 다수의 뜀박질 경험으로 인해 저도 모르게 단련이 된 듯했다.

"저기 나는, 하아…… 왜 끌고 온 거예요?"

숨을 고르던 에일린은 뛰어온 길을 돌아보며 당황한 목소리로 물었다. 어쩌다 보니 카페테리아에서 한참이나 멀어지고 말았다. 그런 에일린의 말에 여자가 더 당황스러운 목소리로 말했다.

"그럼 거기 계속 있으려고 했어요? 그 남자들 아주 무서운 남자들이에요. 경비대가 오더라도 아주 끝까지 해코지하려고 했을 거예요. 서커스단은 유랑하는 집단이라 사고 치고 요리조리 내빼는 걸로 유명해요."

"하, 하지만 전 일행이 있는데요?"

"아……!"

그 생각까진 못 했는지, 여자는 '어쩌지…….' 하는 눈초리로 그들이 달려온 길을 되돌아봤다. 어찌나 정신없이 뛰었는지 순식간에 200미터는 멀어져 있었다.

"미안해요. 일행이 있단 생각까진 못 했어요. 곧 있으면 내……."

삐이익! 삑! 삐익! 여자의 말은 근처에서 울리는 호루라기 소리에 댕강 잘리고 말았다. 갑작스러운 호루라기 소리에 에일린과 여자가 놀라 귀를 틀어막았다.

근처에 경비대가 온 건가 싶어 에일린은 경계심 어린 눈으로 골목 초입을 바라봤다. 때마침 길쭉한 남자 그림자 하나가 드리워졌다.

"여기 계셨군요."

변성기를 막 지난 듯, 아직 미성이 남아 있는 소년의 목소리였다. 저벅저벅 가까워지는 남자의 걸음에 에일린은 긴장 어린 얼굴로 아이를 제 몸 뒤에 숨겼다.

"아⋯⋯. 호랑이도 제 말 하면 온다더니. 왔네요. 내 시종. 놀라지 않아도 돼요. 이쪽은 내가 부리고 있는 알렌이에요. 키는 크지만 아직 16살밖에 안 됐답니다."

다행히도 사내는 경비대도 아니었고 그 못된 서커스 패거리도 아니었다. 사내가 가까이 다가오자 여자의 말마따나 키가 훌쩍 크긴 했지만 아직 앳된 얼굴이 드러났다.

"안녕하세요, 알렌이라고 합니다."

소년은 정중하게 고개를 숙여 에일린에게 인사를 건넸다. 정중하고 부드러운 미소가 소년을 나이보다 훨씬 성숙해 보이게끔 했다. 소년은 반듯한 검은 정장을 입고 있었는데 그 모습이 꼭 어느 집 으뜸 집사처럼 단정하고 절도 있어 보였다.

"⋯⋯옷이 많이 흐트러졌습니다, 아가씨."

"아, 아무래도 급하게 뛰어 오다 보니."

그리고 그런 에일린의 짐작이 맞는지 소년은 곧바로 익숙한 손길로 흐트러진 여자의 옷매무새를 정리해줬다.

"언제 어디서나 품위를 잃지 말라 그렇게 말씀드렸는데⋯⋯."

"이 와중에도 잔소리니? 너랑 나랑 입에 풀칠하기도 어려운 마당에 품위는 무슨 품위."

다소 냉소적인 여자의 말에 소년은 안타까운 듯 짧은 한숨을 내쉬었지만 여자는 그다지 신경 쓰지 않는 듯 말을 이었다.

"아까 그 호루라기, 그거 알렌 네가 한 거 맞지?"

"네. 그런데 그 뒤에 바로 경비대가 오긴 했습니다. 저도 그걸 확인하고 바로 아가씨를 찾아 나왔고요."

"그래? 이 아가씨 일행이 거기 있다던데 혹시 못 봤어?"

"일행이요? 아! 남자 두 분이 다급하게 달려오는 것을 언뜻 본 것 같습니다."

알렌의 말에 에일린이 다급하게 되물었다.

"검은 머리와 금발의 남자 맞나요?"

"네, 그랬던 것 같습니다."

카잔과 첸이 확실했다. 에일린이 없어진 것을 알고 얼마나 당황했을까……. 에일린은 마음이 다급해졌다. 확 몸을 돌려 인파 속으로 들어가려는 그녀를 붙잡은 것은 이제까지 얌전히 어른들의 이야기를 듣고 있던 아이였다.

"가, 가면 안 돼요. 위험해요."

고사리처럼 작은 손으로 필사적으로 에일린의 치맛자락을 붙들었다. 밖으로 뛰쳐나가려던 에일린은 우뚝 멈춰 선 채 아이를 돌아봤다. 상처투성이 손이 애처롭게 에일린에게 매달려 있었다. 아이는 다시 한 번 사정하듯 그녀를 붙들었다.

"가면 안 돼요, 누나."

"……."

땟자국이 가득한 지저분한 얼굴 위로 맑은 날의 밤하늘처럼 눈동자만 투명하고 깨끗하게 빛나고 있었다. 한 치수는 커 보이는 옷 아래로 파들파들 떨리는 마른 어깨. 두려움이 짙게 깔린 아이의 눈동자에서 에일린은 그 언젠가의 저를 봤다. 아이는 구원을 바라던 저를 많이 닮아 있었다. 그래서 그런지 붙잡는 아이의 손길을 쳐내기가 쉽지 않다.

멈칫거리는 에일린 곁으로 여자가 다가와 아이의 말에 동조했다.

"일단 근처에 그 패거리가 아직 남아 있을지도 몰라. 음, 그래…….
이렇게 하자! 알렌을 보내서 네 일행을 이쪽으로 부르는 거야. 어때, 그게 낫지 않겠어?"

에일린은 필사적으로 저를 붙들고 있는 아이를 다시 한 번 내려다봤다. 고개를 저으며 그녀를 뜯어말리고 있는 아이는 고작해야 예닐곱 살 정도로밖에 보이지 않았다. 빤히 아이를 쳐다보던 에일린은 고개를 끄덕였다.

그녀가 결정을 내리자마자 마치 기다리고 있었다는 듯 알렌이 재빨리 군중 속으로 사라졌다. 덩그러니 남겨져 있던 셋 중 여자가 먼저 입을 열었다.

"그러고 보니 아직 통성명도 안 했네요? 내 이름은 은란이에요.
2층에서 지켜보고 있다가 나도 모르게 끼어들고 말았어요."

"저는 에일린이에요."

저를 은란이라고 소개한 여자가 에일린을 향해 손을 내밀었다.
거침없이 뻗어 나온 새하얀 손가락을 마주 잡던 에일린은 생각보다 거친 감촉에 잡고 있던 은란의 손을 다시 내려다봤다. 고운 도자기처럼 새하얗고 깨끗해 보였지만 자세히 보니 자잘한 상처와 굳은살이 손가락 사이사이에 촘촘히 박혀 있었다. 에일린의 시선을 느낀 듯 은란은 털털하게 웃으며 제 손을 내려다봤다.

"아, 손이 좀 거칠죠? 이런저런 잡일을 좀 많이 했더니만 손이 성치 않네요. 알렌이 틈틈이 마사지를 해주는데 소용없다니까요. 후후."

"잡일…… 이요?"

"먹고살려고 바느질이랑, 마늘 까기랑, 인형 눈 붙이는 거랑……. 여하튼 하는 일이 좀 많아요. 아, 옷 때문에 그러는구나? 사실 오늘 아버지 기일이라서 무덤에 다녀왔거든요. 그래서 가지고 있는 옷 중에 제일 깨끗하고 좋은 옷을 입고 나온 거죠. 뭐, 덕분에 아까 그 왈패들도 속일 수 있었고요."

은란은 밝게 웃으며 한쪽 눈을 찡긋 감았다. 그녀는 장난스럽게 대꾸했지만 어쩐지 에일린은 은란이 여느 집 귀족 아가씨 같다는 생각을 떨칠 수가 없었다. 그녀는 무척 털털하고 밝았지만 그 속에 감출 수 없는 기품이 있었다. 이를테면 올곧게 서 있는 자세라든지 말을 할 때의 제스쳐 같은 게 그랬다.

이런 비슷한 분위기를 가진 사람을 에일린은 알고 있었다. 그래, 첸이 그러했다. 땅바닥을 구르고 있어도 우스꽝스러운 얼굴을 하고 있어도 가끔 첸은 에일린이 흉내 낼 수 없는 우아한 얼굴을 하고 있을 때가 있었다. 이상한 말이지만 은란에게서 에일린은 그런 때의 첸을 찾을 수 있었다.

에일린은 은란이 말하지 않은 뭔가가 있다는 것을 눈치챘지만 더 이상 캐묻지 않았다. 어쨌든 은란은 제 몸을 날려 저와 아이를 구했고, 웃을 때 보이는 맑은 눈빛은 신뢰할 수 있을 것만 같았다.

"그렇군요."

덤덤히 고개를 끄덕인 에일린은 아직까지 제 치맛자락에 매달려 있는 아이를 쳐다봤다. 에일린과 시선이 맞닿자 아이는 조금 어깨를 떨었다. 겨우 에일린의 허벅지에나 올 법할 정도로 작은 아이, 겁에 질려 있기에 아이는 지나치게 작고, 어렸다.

무릎을 굽혀 아이와 시선을 맞춘 에일린은 가만히 손을 뻗어 아이의 상처 난 뺨을 쓰다듬었다. 통통하게 살이 오른 아이의 뺨은 믿을 수 없을 만큼 부드러웠지만 아이의 표정은 딱딱하게 굳어 있었다. 움츠러든 아이의 표정이 안타까워 잠시 고민하던 에일린은 입꼬리 끝에 미소를 걸었다. 누군가를 안심시키기 위해 먼저 웃음을 보인 것은 처음이라 어색했지만 다행히 효과는 있는 듯 보였다. 아이의 표정이 그나마 편안해졌으니. 잠시 머뭇거리는 듯 보였던 아이는 제 뺨에 닿아 있는 에일린의 손을 잡아 내리며 말했다.

"누나…… 여기 다쳤어요."

"어머, 진짜네? 손바닥이 다 까졌잖아? 아까 넘어지면서 다친 모양이다. 많이 아파?"

"괜찮아요. 아프지 않아요."

에일린은 상처 난 왼손을 뒤로 감추며 고개를 저었다. 걱정하는 아이를 향해서도 웃어 보이며 안심시켰다.

"정말이야, 아프지 않아. 봐봐, 피도 안 나잖아. 그냥 살짝 까진 거야."

"……."

미안해하는 아이를 향해 에일린은 손바닥을 활짝 펴서 보여줬다. 아이를 안심시키기 위해 한 행동이었지만 피가 방울방울 올라온 상처가 보이자 아이의 얼굴은 더 울상이 되었다.

'아, 어쩌지?'

에일린은 아이가 당장에라도 울음을 터트릴 것이라고 생각했다. 하지만 아이는 예상을 뒤엎고 두 손을 활짝 벌려 그녀를 끌어안았다.

"……미안해요, 누나. 내가 너무 무서워서 누나한테 숨었어요. 나 때문에 다치게 해서 미안해요."

저를 끌어안은, 자그마하고 말랑한 아이의 포옹에 에일린은 당황하고 말았다. 훌쩍훌쩍 울면서도 아이의 말은 제법 의젓하고 똑 부러졌다.

아이의 품에 안긴 에일린이 두 팔을 어쩌지 못하고 안절부절못하자 뒤에 선 은란이 아이를 마주 안아주라며 손짓 발짓을 했다. 망설이던 에일린은 조심스럽게 아이의 머리를 쓰다듬으며 안아줬다. 신기하게도 아이에겐 아직 우유냄새가 나는 듯했다.

아이의 이름은 카를로, 살기 위해 서커스단에서 도망쳐 나왔다고 말했다. 카를로의 말을 가만히 듣고 있던 은란은 심각한 목소리로 물었다.

"살기 위해서? 서커스단에서 널 어떻게 하기라도 한다는 거야?"

"……단장님은 저 같은 애들을 무서운 동물들의 우리에 집어넣거든요. 그리고 막 도망 다니게 해요. 사람들은 그 모습을 보며 손뼉을 쳐요."

"뭐라고? 그런 끔찍한 일을 하는데 사람들이 손뼉을 쳐?"

카를로가 들려준 충격적인 이야기에 은란은 믿을 수 없다는 듯 새된 목소리로 반문했다. 에일린의 얼굴 또한 하얗게 질려 있었다.

"사람들은 우리를 사람으로 보지 않거든요."

"우리? 우리가 누군데?"

"왜냐면……."

은란이 묻는 말에 카를로는 잠시 망설이는가 싶더니 천천히 뒷모습을 보여줬다. 갑자기 왜 그러는가 싶어 바라보던 은란과 에일린의 눈이 동시에 커다래졌다.

"우리는 돌연변이거든요."

놀랍게도 아이의 엉덩이에는 자그마한 꼬리가 흔들리고 있었다.

"뭐? 애를 놓쳤다고? 그게 무슨 소리야!"

서커스단장 슘페리는 이마 위에 올라온 땀을 훔치던 수건을 바닥에 내던지며 소리쳤다. 철수를 준비하던 서커스단 단원들 몇이 큰 소리가 들리는 단장의 마차 안을 힐끔 돌아봤다.

"애를 도망치게 놔두면 어떻게 해! 멍청한 놈들, 그거 하나를 제대로 감시 못 해?"

"그, 그게. 그놈이 얼마나 빠른지 단장님도 아시잖아요. 거기다 사람들이 몰려 있어서……."

"그러니까 약을 먹여놨어야지!"

"먹였다고 먹였는데 그 어린놈이 안 먹고 뱉었을 줄 누가 알았……."

"변명 집어치워, 이 멍청한 새끼들아!"

"윽!"

열심히 변명하던 사내 셋이 슘페리의 발길질에 바닥을 굴렀다.

단장은 키는 작았지만 몸이 날래고 힘이 장사였다. 맨손으로 그 단단하다는 오크나무 몽둥이도 부러트릴 수 있을 정도였다. 사내들은 꼼짝없이 단장의 발길질에 걷어차이고 있었다.

"젠장, 오래간만에 찾은 수인족이었는데!"

단장은 아득바득 이를 갈며 제자리를 서성거렸다. 좁지 않은 마차가 단장이 발 구르는 진동으로 흔들거렸다. 수인족은 사람의 겉모습에 짐승의 특징이 붙어 있는 종족을 말했다. 현재는 거의 찾아볼 수 없었지만 백여 년 전만 하더라도 심심치 않게 볼 수 있었다고 한다.

고대의 수인족은 인간과 짐승의 자유로운 변형이 가능했다고 하지만 점점 인간의 피가 강해지며 꼬리나, 날개 혹은 아가미 같은 특정한 기능만 살아 있는 모습으로 변해왔다.

수인족들은 신체적 기능이 보통의 인간보다 비약적으로 뛰어났다. 빠르고, 날렵하며, 힘이 센 그들을 일부 인간들이 두려워하고 배척하기 시작했다. 붉은 피가 흐르고, 지능적으로 절대 떨어지지 않으며, 사랑을 하고, 정을 나눌 줄 아는 그들은 겉모습만 조금 다를 뿐 완전한 인간이었지만 사람들은 그렇게 생각하지 않았다. 다름을 틀림으로 인식하는 몇몇 귀족은 그들을 매우 경멸했으며, 끔찍하게 여겼다. 잘못된 인식이 힘을 가지기 시작하면 그것처럼 무서운 일이 없다. 결국 수인족들은 귀족들의 주도하에 점점 살 곳을 잃어갔고 지금은 소문만 무성할 뿐 모습을 찾기가 거의 힘들게 되었다.

하지만 슘페리는 그들을 매번 기가 막히게 찾아내곤 했다. 운이 좋으면 1년에 두어 명, 못해도 1년에 한 명은 찾아냈다. 카를로는 세 달 전에 단장이 찾아낸 수인족 아이였다. 수인족들은 서커스단에서 매우 인기가 높은 볼거리였다. 진짜 짐승의 우리 안에 풀어넣고 그들의 날개로, 혹은 날렵한 다리와 신기한 꼬리로 이리저리 도망 다니는 꼴을 보여주면 귀족들이 좋다고 거금을 내며 구경했다.

'어이, 괴물 더 뛰어다녀!'

'새의 날개를 가지고 있다니, 신기하네?'

'거기 원숭이! 더 도망 다녀야지! 너한테 건 돈이 얼만데!'

어른이 되기 전의 수인족 아이들을 데려와 죽기 직전까지 도망 다니게 만들었다. 그러다 호랑이나 사자 같은 맹수들에게 물려 죽기도 하지만 구경꾼들은 혀만 쯧쯧 찰 뿐 뭐라 하지 않았다.

단장은 그들이 그것 또한 하나의 '쇼'라고 생각하게 만들어 은근슬쩍 넘어가도록 유도하곤 했었던 것이다. 무엇보다도 관람석에 앉아 있는 그들은 꼬리가 달리고, 날개가 달린 수인족들이 자신들과 같은 '인간'이라고 절대 생각하지 않았다. 천박하고 더럽고 무서운 수인족. 인간의 탈을 쓰고 있지만 우리와는 다른 너희.

"쯧- 이 무능한 것들 같으니……."

아득바득 이를 갈던 단장은 마차의 문을 열고 밖으로 나왔다. 홍보를 위해 쇼를 벌이던 행렬은 거의 퇴장 준비를 마치고 있었다. 단장은 바삐 움직이고 있는 단원 중 하나를 붙잡아 명령했다.

"카렌을 데려와!"

대기하고 있던 부단장이 재빠르게 검은 머리 꼬마 여자애를 데려왔다. 때꼽재기물이 줄줄 흐르는 아이는 서커스단의 허드렛일을 하는 여자애였다. 영문도 모른 채 단장 앞으로 끌려온 아이는 겁에 질린 눈이었다. 단장은 그 아이의 머리에 준비해놨던 가짜 산양 뿔을 붙였다. 그 언젠가 죽은 수인족 아이에게서 떼어 온 것이었다.

"왜, 왜 이러세요, 단장님."

겁에 질린 카렌은 감히 울지도 못한 채 단장의 손에 질질 끌려 나갔다. 달달달 떨리는 아이의 턱에 두려움이 가득했다.

"찍소리라도 내면 호되게 혼날 줄 알아."

으름장을 놓은 단장이 카렌의 손을 끌고 퇴장 인사를 건네는 무희들 사이로 뛰어 올라갔다.

꼬리가 달린 인간이라니! 그것만으로도 놀라 자빠질 지경이었는데, 이어지는 아이의 말에 은란은 뒷목을 잡을 뻔했다. 그런 아이들만 잡아와 서커스의 구경거리로 삼는다는 단장은 참으로 극악무도했다. 더군다나 평소엔 약을 먹여 아이들이 도망갈 수 없도록 힘을 빼놓는다고.

"세상에! 약을 먹이고, 짐승들의 먹이로 던진단 말이야?"

은란은 경악하며 입을 틀어막았다. 카를로는 지난 3개월 동안 총 다섯 번의 죽을 고비를 넘겼다고 했다. 지난달에는 도망 다니다가 다리를 물려 죽을 뻔했지만 서커스단에 남은 수인족이 이제 저와 다른 한 명밖에 없어 단장이 중간에 저를 살려주었다고 했다.

"짐승만도 못한 놈들. 사람 목숨을 돈벌이로 쓰다니……. 그것도 이런 어린아이의!"

차마 아이 앞이라 더 험한 말을 뱉을 수는 없었지만 은란의 속에선 천불이 나는 중이었다. 퇴장하려는 서커스단을 노려보고 있는 은란을 카를로는 조심스러운 눈으로 올려다봤다.

"누나들은 내가 사람으로 보이는 거예요?"

"무슨 소리야? 꼬마 네가 사람이지 그럼 짐승이야?"

"……하지만 단장님은 내가 사람이 아니라고 했어요."

"뭐라고? 왜? 꼬리가 있다고?"

카를로는 고개를 끄덕였고 은란은 눈살을 찌푸렸다. 에일린과 같이 무릎을 굽힌 은란이 카를로의 눈을 똑바로 쳐다보며 말했다.

"네 모습이 남과 조금 다르다고 해서 네가 먼저 인간임을 포기하면 안 돼. 너라는 존재 가치는 네가 결정하는 거란다. 어떤 모습, 어떤 형태가 되었든 너는 너일 뿐이야. 절대, 괴물이 아니야."

은란의 한마디 한마디가 카를로의 머리와 가슴에 깊숙이 파고들었다. 아이는 멍하니 은란의 눈을 바라봤고, 은란은 그런 카를로를 향해 더욱 확신에 찬 눈빛을 보여줬다.

그 누구도 카를로에게 이런 말을 해준 적이 없었다. 아이가 이해하기에는 조금 어려운 말이었지만 그 의미만은 확연하게 아이의 가슴에 스며들었다. 습윤한 물기에 흐릿하던 카를로의 눈동자에 작지만 또렷한 빛이 반짝하고 빛났다. 그것은 희망이었고 기쁨이었으며 안도였다. 그리고 그 옆에서 똑같은 기쁨과 안도를 느끼고 있는 이가 한 명 더 있었다.

'너라는 존재 가치는 네가 결정하는 거란다. 어떤 모습, 어떤 형태가 되었든 너는 너일 뿐이야.'

에일린은 멍하니 은란을 바라봤다. 그녀가 의도한 것이 아니었겠지만 그 우연한 한마디가 에일린의 불완전한 자아를 위로했다. 상처받고 불안했던 그녀의 영혼을 따스하게 감싸주었다.

'괴물이, 아니야.'

머리에 불이 번쩍하고 들어온 기분이었다. 남들과는 조금 다르지만 그렇다고 그것이 그녀가 괴물이라는 이유는 아니었다. 그녀는 에일린일 뿐이었다. 조금 다르게 태어나, 조금 다른 취급을 받았지만 그녀는 결코 괴물이 되는 것을 선택하지 않았다.

"고마워요, 은란."

"……네?"

갑작스러운 에일린의 인사에 은란이 그녀를 돌아봤다.

"뭐가요?"

"그냥요."

에일린은 뽀얗게 웃으며 고개를 흔들었다. 그녀는 갑작스럽게 마주친 이 보라색 머리카락의 여자가 무척이나 마음에 들었다. 그래서 망설임 없이 손을 뻗어 그녀를 안아주었다. 사실 뺨에 입을 맞추고 싶었지만 그것은 카잔이 눈에 불을 켜고 다른 사람에게 하지 말라 했으니 할 수가 없었다. 그는 모르겠지만 카잔을 속이고 싶진 않았으니까.

"어머?"

갑작스러운 에일린의 포옹에 은란은 무척이나 당황해 있었다. 저가 뭘 했다고 갑자기 이러는지. 거기다 보고 있던 카를로까지 합세해서 은란을 끌어안았으니 당황스러움은 배가되었다.

"고마워요, 누나."

"어머? 어머어머? 저기, 왜들 그래요?"

은란은 볼을 빨갛게 붉히며 부끄러워했다. 그녀에게서 떨어져 나온 에일린과 카를로가 눈을 맞추며 살며시 웃어 보였다. 그런데 그때, 악단의 흥거운 음악 속에서 마무리 인사를 하고 있던 무희들 사이로 서커스 단장이 다시 자리에 올라왔다.

"오! 이런! 제가 저희 서커스단의 하이라이트를 설명해드리지 않았군요!"

확성기를 이용한 탓에 쩌렁쩌렁 울리는 단장의 목소리에 행인들이 다시 그를 돌아봤다.

"보십시오! 이 소녀의 뿔! 멸종되었다고 알려진 바로 그 전설의 수인족! 이 자그마한 수인족이 얼마나 용맹하게 맹수와 싸우는지, 그 신비하고 기이한 전투가 바로 내일 판타지오 서커스단의 대미를 장식할 것입니다!"

단장은 요란한 소개와 함께 두 손으로 작은 소녀 하나를 머리 높이 들어 올렸다. 그의 손길에 의해 제 머리만 한 뿔 2개를 머리에 단 소녀가 단장에 의해 억지로 하늘 위로 솟구쳤다.

"어머, 뿔이야!"

"산양의 뿔이랑 똑같이 생겼잖아?"

"세상에, 뿔이 달린 인간이 있어?"

"수인족이래!"

바들바들 떨리는 다리로 간신히 버티고 선 소녀는 당장에라도 기절할 듯 빨갛게 열이 오른 얼굴로 질끈 눈을 감고 있었지만 사람들이 시선은 오로지 소녀의 뿔에만 닿아 있었다. 멍하니 단장과 단장의 손에 이끌려 나온 소녀를 바라보던 카를로가 비명처럼 이름 하나를 내질렀다.

"카렌? ……카렌!"

소녀를 발견한 카를로가 비명처럼 소녀의 이름을 부르며 골목을 뛰쳐나갔다.

"안 돼!"

"카를로! 에일린!"

뛰쳐나가는 카를로를 잡기 위해 에일린과 은란도 골목 밖으로 달려 나갔다. 몰려 있던 인파가 흩어져 있었기에 아이는 금방 서커스단 근처까지 도달했다. 그런데 그때였다.

"잡았다, 요놈!"

단장의 명령에 눈에 불을 켜고 주변을 둘러보고 있던 왈패들이 중간에 카를로를 낚아챘다. 더불어 그의 뒤를 따라 달리고 있던 에일린과 은란까지 왈패들의 손아귀에 들어가게 됐다.

"뭐야? 다리병신이라더니 잘도 뛰잖아?"

"하! 네년들 때문에 우리가 얼마나 처맞았는 줄 알아!"

"이거 놔! 사람 살…… 읍!"

버둥거리는 은란의 입을 틀어막은 왈패들이 낄낄거리며 그녀를 비웃었다.

"오냐, 어디 오늘 네년들 진짜 병신 한번 만들어주마."

"때깔도 고운 것들이 오늘 잘 걸렸구먼!"

결박당한 채 왈패들에게 끌려가던 에일린은 버둥거리던 다리를 힘차게 뒤로 차올렸다. 운이 좋았던 것인지, 발치에 뭉클한 뭔가가 걷어차였다. 곧 사내의 입에서 악 소리가 울려 퍼지고 에일린을 잡고 있던 손에 힘이 풀렸다. 사내는 무릎을 꿇은 채 가격당한 제 중심을 잡고 끙끙거리며 쓰러졌다.

"이, 이년이!"

아파서 그런 것인지, 열이 받아 그런 것인지 시뻘게진 얼굴의 사내가 풀려난 에일린의 뺨을 향해 손찌검을 내질렀다.

그러나 사내의 손바닥은 에일린의 여린 뺨을 휘갈기지 못했다. 누군가 그의 손을 강인한 힘으로 붙잡았기 때문이었다.

"……죽고 싶어 환장했군."

분노가 짙게 내리깔린 음습한 목소리, 그리고 사내의 손목을 움켜쥔 바위처럼 단단한 힘.

"으, 아악!"

카잔이 무시무시한 살기를 내뿜으며 잡고 있던 사내의 손목을 단숨에 부러트렸다.

카잔은 눈이 뒤집힌다는 경험을 지금 처음으로 겪어보고 있었다. 에일린이 자리에 없어진 것만 해도 그를 놀라게 하기 충분했는데, 겨우 찾은 그녀가 낯선 사내의 손에 끌려가려는 것을 본 순간 열이 머리끝까지 뻗쳐 올라왔다. 이성은 산산조각 났고 사나운 본능만 살아났다.

"어떻게 죽여야지 잘 죽일 수 있을까?"

카잔은 진심으로 그렇게 생각했다. 강제로 끌고 가려 한 것도 모자라 그녀를 때리려고 한 손목을 가장 먼저 부러트렸고, 더러운 말을 지껄였던 입을 뭉개버렸다. 이가 부러지는 참혹한 소리와 함께 사내의 입에선 피가 줄줄 흘러나오기 시작했다.

……쿨럭, 킥! 덜렁거리는 손목으로 입을 틀어막은 사내가 바닥에 쓰러지자마자 카잔은 다른 사내의 목덜미를 움켜쥐고 허공으로 들어 올렸다. 덕분에 그 사내에게 붙잡혀 있던 은란이 풀려날 수 있었다.

"허억, 허억!"

너무 놀라 비정상적으로 빨리 뛰는 심장을 붙잡은 은란이 비틀거리며 뒤로 물러섰다. 그러자 누군가 그녀의 등과 어깨를 살며시 받쳐주며 다가왔다.

"……!"

놀란 은란이 홱 몸을 돌려 뒤를 돌아보자 금발의 미남이 두 손바닥을 펼쳐 보이며 그녀를 안심시켰다.

"아, 놀라지 않으셔도 됩니다. 저 괴물 같은 남자의 일행이거든요."

"일행이요? 그럼 에일린의……."

첸이 맞다는 듯 고개를 끄덕였다. 은란은 물러나 있는 에일린을 바라보자 에일린도 고개를 끄덕여 대답해줬다. 그제야 은란이 안심한 듯 가슴을 쓸어내렸다.

그러는 사이 카를로를 붙잡고 있던 사내가 슬그머니 뒷걸음질치며 그 자리를 벗어나려 시도했다. 먼저 그것을 발견한 에일린이 다급하게 그를 쫓아가려 시도하자, 첸이 그녀의 어깨를 붙들며 저가 뛰어가 사내를 잡아챘다.

"어허? 어딜 의리도 없이 혼자 빠져나가려고 그러시나?"

"이익! 이거 안 놔?"

뒷덜미를 잡힌 사내가 옆구리에 차고 있던 단검을 꺼내 첸을 향해 휘둘렀다. 첸이 날랜 몸놀림으로 공격을 피하자 이번엔 그 검을 카를로의 목에 겨누며 협박을 해대기 시작했다.

"오지 마! 쫓아오면 이 새끼 목 따버릴 줄 알아!"

거친 말로 으름장을 놓은 사내가 주춤주춤 뒤로 물러났다. 날카로운 칼끝이 아이의 목 근처에서 아슬아슬하게 맴돌았다. 첸의 얼굴에 미소가 사라졌다.

"……재미없게 구는군."

그는 짜증이 확 올라온다는 얼굴로 사내를 향해 성큼 다가갔다. 그러자 사내가 다급하게 카를로의 목에 가져다 댄 칼을 움직였다.

아이의 가느다란 목에 새빨간 선혈이 주르륵 흘러내렸다. 그 순간이었다. 어디선가 묵직한 돌덩이 하나가 빠른 속도로 날아와 아이를 붙들고 있는 사내의 이마 정중앙에 정확히 꽂혀들었다.

퍽- 하는 소리와 함께 사내가 뒤로 나자빠졌다. 돌을 맞고 그대로 기절한 듯했다. 사내가 넘어지기 직전 잽싸게 아이를 받아낸 첸이 누구의 돌팔매질인가 싶어 뒤를 돌아봤다. 그러자 성난 얼굴로 성큼성큼 다가오는 보라색 머리카락의 여자가 보였다. 은란이 던진 돌이었다.

"쫓아가지 말라는데 쫓아가면 어떡해요? 카를로, 괜찮아? 어머, 이 피 좀 봐."

첸에게서 아이를 받아낸 은란이 침착하게 피가 줄줄 흐르는 카를로의 목을 살폈다. 아이는 놀란 얼굴로 입술만 벙긋거릴 뿐 눈물조차 흘리지 않았다.

상처가 깊지는 않지만 이대로 두다간 계속 피가 흐를 것 같았다. 은란은 지혈할 것을 찾다가 가지고 있는 것이 아무것도 없다는 것을 깨닫고 제 치맛자락을 과감하게 찢어냈다. 부욱 소리와 함께 아름다운 드레스의 치마가 넝마처럼 찢어졌다.

"카를로, 우선 이걸로 막자."

은란이 찢어낸 천으로 빠르게 카를로의 목을 지혈하는 사이 카잔은 5명의 왈패를 모두 바닥에 패대기치는 데 성공했다. 모두가 신음만 간신히 내지를 뿐 일어나지 못했다. 그중 가장 호되게 맞은 사내는 에일린을 붙잡고 있던 그 사내였다. 카잔은 그 사내를 정말 죽이기라도 할 듯 허리춤에서 칼을 빼 들었다.

구경하고 있던 그들의 주변에서 환호성과 비명이 동시에 울려 퍼졌다. 그나마 비명을 내지르는 여자들도 고개를 돌린 척하지만 자리를 떠나는 것은 아니었다. 에일린은 그런 구경꾼들을 혼란스러운 눈으로 바라보다 당장에라도 칼을 휘두를 것 같은 카잔에게로 달려갔다.

"카잔, 안 돼요!"

"아니, 에일린. 난 지금 도저히 용서가 안 돼."

"그래도 안 돼요. 봐요, 난 안 다쳤어요. 지금 카잔 옆에 있잖아요. 그러니까 여기서 이러면 안 돼요."

삐익! 삑! 삑! 저 멀리 경비대의 호각소리가 울려 퍼졌다. 그 소리에 정신을 차린 건지 첸이 재빨리 카를로를 안고 냅다 달렸다.

"경비대에게 잡혀봤자 성가시기만 해. 뛰어!"

에일린은 카잔의 손을 잡아끌었다. 그리고 다른 손으로는 어찌해야 하는지 갈피를 잡지 못하고 있는 은란의 손을 잡아챘다.

"뭐 해요, 은란. 뛰어요."

이번엔 은란이 에일린의 손에 붙들린 채 달리기 시작했다.

어쩌다 보니 은란은 에일린 일행이 머물고 있다는 타르페 호텔까지 끌려와 있었다. 뭐라 말을 할 틈도 없이 한참을 달려오다 보니 이곳이었다. 다리가 후들거려 멈춰 서려는 은란의 손목을 첸이 덥석 움켜쥐고 뛰었다.

'이 남잔 뭐야.'

은란은 경악할 힘도, 틈도 없이 달려야 했다. 첸이 그런 은란에게 앞을 보라며 턱짓으로 가리키고 있었다. 그의 시선을 따라 앞을 보니 이미 지쳐버린 에일린을 검은 머리의 사내가 안아 들고 달리는 상태였다.

"허억, 헉, 헉. 아, 힘들어!"

호텔 입구 옆에 등을 기댄 첸이 안고 있던 카를로를 내려놓은 채 숨을 몰아쉬었다. 그때까지도 그에게 손목을 내주고 있던 은란이 그것을 의식하고 힘을 줘 손목을 빼냈다. 신경질적이다시피 빠져나가는 은란의 손목에 첸이 힐끔 그녀를 바라봤지만 은란은 고개 돌려 그의 시선을 피했다.

그녀는 별로 남자를 좋아하지 않았다. 집안이 몰락하고 살림이 어려워진 그녀를 어떻게 해보려는 졸부들에게 하도 시달린 탓이었다. 한번은 집안에 몰래 침입해 그녀를 범하려던 남작 하나가 있었는데 알렌에게 걸려 엉덩이를 걷어차이며 쫓겨났다.

'……알렌!'

그제야 은란은 제 하나밖에 없는 시종 알렌을 떠올렸다. 폭풍우가 몰아치듯 정신없이 휘말려 오다 보니 새까맣게 잊고 있었다.

"저기요, 당신들 부르러 갔던 그 남자애는 어디 있어요? 갈색 머리, 키 큰 남자애요!"

"저기, 미안한데 우린 누가 불러서 거기로 간 게 아닌데?"

"네? 그럼 에일린이 거기 있는지 어떻게 알고 온 거죠?"

"그거야, 이 남자가 개 같은 코, 아니 엄청난 초감각으로 에일린을 찾아낸 거라."

'개 같은'이라는 소리가 나오자마자 카잔의 미간이 꿈틀거렸지만 첸은 못 본 척하며 넘겼다. 첸의 말을 듣고 있던 은란은 몹시 당황한 얼굴로 달려온 길을 돌아봤다.

저 먼 길을 다시 또 달려 내려가야 한다니 눈앞이 캄캄해졌다. 후들거리는 다리를 부여잡은 은란이 생각을 정리하고 있을 때였다.

"당신 일행이라면 지금 우리를 쫓아 여기로 오고 있어."

은란의 복잡해 보이는 표정을 읽은 건지 카잔이 말했다.

"기다려 봐. 조금 있으면 도착하니."

"오고 있다고요?"

도무지 이해할 수 없는 말을 하는 카잔을 은란은 혼란스러운 눈으로 쳐다봤다. 그러자 그가 그들이 달려온 길을 턱짓으로 가리키며 말했다.

"저기 오는군."

은란의 고개가 홱 돌아갔다. 야트막한 언덕에는 아무것도 보이지 않았다. 아니, 보이지 않았었다. 둥근 머리가 보인다 싶더니 익숙한 실루엣이 언덕을 올라오고 있었다. 정말 알렌이었다. 은란의 눈이 놀라움으로 황급히 벌어졌다. 옆에서 그것을 지켜보고 있던 첸이 중얼거렸다.

"내가 뭐랬어. 개 같은 코라고 했잖아."

장난스럽게 중얼거리는 첸의 말에 이번엔 은란이 눈살을 찌푸리고 말았다. 그럼 저 남자가 알렌이 오는 것을 후각으로 알았단 말인가? 믿을 수는 없었지만 점점 가까워지는 알렌을 확인하자 차마 부정할 수가 없었다.

'……이 사람들은 대체 뭐지?'

은란은 카잔과 첸, 그리고 에일린을 묘한 눈으로 번갈아가며 쳐다봤다. 조금 이상한 무리에게 휘말린 듯했다.

"그런 놈들이 버젓이 장사를 하고 다닌다니. 정말 끔찍한 일이군."

대상인 집안의 아들인 첸으로서는 더더욱 분개할 만한 일이었다. 더군다나 리츠 가문은 대대로 상도덕을 무척이나 중시했다.

많이 가진 자로서 더욱 물의를 일으키면 아니 된다 교육받았고, 바르지 못하게 번 돈은 가문을 썩게 만드는 독이 될 뿐이라 배워왔던 탓에 서커스단의 행태가 더더욱 끔찍했다.

엑시움에서 노예거래가 불법은 아니었지만 노예라고 하더라도 인간 취급을 하지 않는 것은 불법이었다. 물론 돈을 먹은 관리들이 노예나 천민이 주인 손에 억울하게 죽어도 모르는 척하는 경우가 왕왕 있기는 했다. 누구 하나 손댈 수 없는 고위직들이 그러할 때도 있었다. 바로 그런 경우 첸이 꾸린 '엑시타'에서 그런 무리를 뒷구멍으로 혼내주곤 했었다. 남작, 후작, 공작 할 것 없이 엑시타의 정보망에 걸리면 패가망신당하거나 얼굴을 들고 다닐 수 없을 만큼 부끄럽게 만들어줬다. 하지만 가출한 상태의 지금은 당장 그렇게 해주기도 어려웠다.

돈으로 확 그 서커스단을 사버릴까도 생각했지만, 그래봤자 그자들이 악행을 멈출 것 같진 않았다. 오히려 그 돈으로 더 많은 노예와 재주꾼을 사서 부려먹겠지.

"……난 카렌이 있는 줄 몰랐어요. 카렌이 있었으면 도망치지 않았을 텐데."

카를로는 힘겹게 입을 열었다. 가늘게 떨리는 아이의 어깨를 보고 있자니 에일린은 가슴이 아파오는 것을 느꼈다.

"제가 거기 있었어야 하는데…… 카렌은 나랑 달라요. 카렌은 무서운 늑대한테서 도망칠 수 없어요."

"카를로."

힘겹게 고개를 든 아이가 눈물이 그렁그렁한 눈을 훔치며 자리에서 일어났다. 입술을 꾹 깨문 카를로가 꾸벅 고개를 숙였다.

"저, 다시 돌아갈게요."

"그건 안 돼. 그런다고 해서 그자들이 카렌을 해치지 않으리라는 법은 없으니까."

"하, 하지만 제가 가지 않으면……."

울음을 참는 듯 콱 막힌 아이의 목소리를 듣는 에일린의 가슴이 더 먹먹해졌다. 어째서 저 아이가 희생해야 하는 걸까. 그건 옳지 않았다. 도대체 왜 조금 다르다고 해서 구경거리가 되어야 하고, 희생양이 되어야 하는 걸까.

에일린은 천천히 발화되는 마음의 불꽃을 느꼈다. 서서히 번져나가는 그것은 분노였고, 울분이었다. 은란의 찢어진 치맛자락으로 대충 지혈되어 있는 아이의 가녀린 상처 난 목을 쳐다보고 있던 에일린은 카잔을 돌아보며 말했다.

"우리가 도와줘요. 카잔."

이제까지 그저 침묵하며 상황을 지켜보고 있던 카잔이 에일린의 말에 그녀를 바라봤다. 무슨 생각을 하고 있는지 모를 무표정을 하고 있었다.

"……도와주고 싶어?"

에일린은 단단히 팔짱을 끼고 있는 그의 팔뚝을 잡으며 그의 눈을 똑바로 쳐다보며 대답했다.

"네. 설령 카잔이 안 된다고 하더라도, 그렇더라도 도와주고 싶어요."

그전과는 조금 달라져 있는 에일린의 눈빛을 카잔은 한동안 바라만 봤다. 방 안에 있던 모두의 시선이 카잔에게로 돌아갔다. 다른 사람은 모르겠지만, 카잔 저 괴물 같은 남자가 도와준다면 못할 것은 없었다. 그는 빠르고, 민첩했으며, 그 누구보다 강한 남자였으니까.

곧 단단히 팔짱을 끼고 있던 그의 팔이 풀렸다.

"네가 원한다면……."

에일린의 뺨을 살며시 쓰다듬은 카잔이 고개를 끄덕였다.

"얼마든지, 에일린."

쏴아아아. 카잔과 방으로 돌아온 에일린은 씻기 위해 욕실로 들어왔다. 온종일 뛰어다니고 굴러다닌 탓에 온몸이 먼지와 땀으로 범벅이었다. 그사이 카잔은 잠시 다녀올 곳이 있다며 밖으로 나갔다.

"……하아."

뜨거운 물 아래 서니 긴장감으로 뻣뻣해져 있던 어깨 위로 노곤한 피로감이 몰려왔다. 한동안 아무 생각 없이 몸을 녹이던 에일린은 꽤 오랜 시간을 물 아래 서 있었단 것을 깨닫고 밖으로 나왔다. 물이 찰랑거리던 욕조 밖으로 발을 내딛자마자 벌어진 상처가 따끔하게 아려왔다. 그러고 보니 오늘 꽤 넘어진 곳이 많았더랬지.

마른 수건으로 젖은 몸을 닦아내며 상처를 확인하던 에일린은 욕실 벽면에 붙어 있는 거울을 보다 흠칫 놀라고 말았다.

"눈이…… 왜 이러지?"

옅은 갈색빛에 가까웠던 그녀의 눈동자 색이 불그스름하게 변해 있었다. 땅거미가 지기 전의 석양처럼 타는 듯한 주황색의 눈은 고개를 돌려 다르게 보면 빨갛게 변했고, 반대편으로 돌리면 갈색처럼 보이기도 했다.

눈살을 찌푸려 거울 속의 저를 외면하려던 에일린은 마음을 바꿔 거울 속의 저를 뚫어지게 바라봤다. 젖은 손이 거울 속의 에일린을 매만졌다. 그러자 거울 속의 에일린도 저를 만지고 있는 바깥의 에일린을 향해 손을 뻗어왔다. 차가운 유리를 사이에 두고 맞닿은 2개의 손.

"……이게 나야."

인정해, 이게 나야. 나야, 에일린.

"난 겁나지 않아."

변화하는 것도, 그것을 받아들이는 것도 겁나지 않았다. 겉모습이 변한다고 해도 그것이 저가 아닌 것은 아니었으니까. 다만 걱정되는 단 한 가지가 있다면, 카잔.

에일린은 가만히 눈을 감고 카잔을 그려봤다. 그는 이미 그녀가 달빛 아래 변하는 것을 알고도 그녀를 받아주었다. 그렇게 성가셔했으면서도 그녀를 살펴주었고, 보호해주었다. 물론, 처음 몇 번은 외면하기도 했지만 말이다. 그래도 지금 카잔은 그녀의 곁에 있었다. 그녀가 사라지면 찾으러 달려 나왔고, 그녀가 화를 내도 쫓아와 주었다.

에일린은 크게 숨을 들이마셨다. 생각해보니 두려워할 것도 없었다. 눈동자 색 하나 바뀌었다고 카잔이 저를 버릴 리도 없는데…… 설령, 그가 저를 버린다고 하더라도 다시 그를 쫓아가면 되지 않나. 매달리고, 노력하고, 떼도 써보고 그렇게 그의 곁에 붙어 있다가 그래도 그가 성가시고 싫다 하면 그때는 몰래몰래 쫓아다니지, 뭐.

용기를 끌어모은 에일린은 그런 자신을 다독이듯 거울을 향해 슬쩍 웃음을 보였다. 물기 젖은 뺨이 탐스럽게 부풀어 올랐다.

"괜찮아, 괜찮을 거야."

때마침 욕실 밖에서 누군가 들어오는 소리가 들렸다. 카잔이 돌아온 것 같았다. 에일린은 그를 맞이하기 위해 서둘러 욕실 밖으로 나왔다.

'수인족이 진짜 있었다니.'

카잔은 조금 전 카를로가 보여준 꼬리를 떠올리며 생각에 잠겼다. 전국을 유랑하며 다녔지만 그가 수인을 본 것은 처음이었다.

워낙에 그쪽에 관심도 없었을뿐더러, 누군가 비밀이 있어 보였어도 군이 그것을 파헤치는 성격도 아니었던지라 곁에 있었다고 해도 모르고 지나쳤을 가능성이 컸다.

'짐승의 특성을 가지고 있는 인간들이라…….'

전설 속 수인들의 경우 인어의 꼬리를 지녔다든가, 말의 다리를 가졌다든가 하는 식으로 명확하고 뚜렷한 특징들이 보였다. 하지만 그런 뚜렷한 특징들이 그들을 불리하게 만들자 그들은 빠르게 진화하고, 적응하며 인간들의 외형에 더욱더 가까워진 듯했다. 혹은 그것을 숨기는 법을 배우거나.

"……"

그에게도 신체적 이상 현상이 있었다. 카잔은 탄탄하게 붕대가 둘러진 제 오른팔을 내려다봤다.

한 번도 무엇인가에 대한 의구심을 가져본 적은 없었다. 그러나 본인이 남들과는 조금 다르다는 것은 충분히 인지하고 있었다. 이성을 상실한다거나, 위기감을 느끼면 피가 거꾸로 솟으면서 육체의 통제가 불가능해졌다. 남다르게 발달한 후각이라든가, 강철처럼 단단한 피부, 솟아오르는 손톱 등……. 인간이라기보다 괴수에 가까워지는 그의 또 다른 자아.

'그렇다면 나 또한 수인인가?'

카잔은 미간을 찌푸렸다. 수인은 유전적 변형에 가까웠다. 하지만 어머니와 아버지 그 누구도 수인의 피를 받지 않았다. 그것은 확신할 수 있었다.

더군다나 카를로의 말을 들어보자면 그는 태어날 때부터 꼬리가 있었다고 했다. 하지만 카잔은 아니었다. 그가 기억하는 어린 시절은 그 누구보다 평범했으니까.

그럼 언제부터였더라……. 일고여덟 살 즈음인가. 뭔가를 잘못 먹고 들어온 날, 그 밤 내내 토하고 열이 끓더니 3일을 정신을 잃고 일어나질 못했던 기억이 있었다. 그리고 그 뒤로 이상하다 느껴질 만큼 체온이 높아졌고, 모든 감각기관이 일시적으로 기능을 멈췄다. 그때는 너무 높게 오른 열 때문에 그런 거라 생각했지만, 조금 지나고 오히려 모든 것이 더 좋아졌더랬지.

'……살아남아 봐라, 꼬마.'

카잔은 문득 갑자기 들려온 환청에 계단 층계를 오르던 발걸음을 멈췄다. 아무것도 없는 오지, 타르카지오 산 중턱에서 그를 진단하고 간호했던 것은 퀴퀴한 냄새가 나던 할멈이었다. 그리고 마찬가지로 그가 먹은 그 '이상한 것'을 준 것도 그 할멈이었지.

"……아."

생각나고 말았다. 뭘 먹었는지. 카잔은 창백하게 질린 안색으로 입을 틀어막았다. 결코 비위가 약하지 않은데 그때 그것은 진짜 최악이었다.

"하, 망할 할망구."

할멈은 그 어린애한테 늑대 불알을 생으로 씹어 먹게 했다. 피가 뚝뚝 흐르던 그 끔찍하고 토할 것 같은 맛은 절대 잊을 수가 없었다. 어릴 적, 모든 기억이 희미한데 그 식감만은 잊히지 않았다.

카잔은 쓸데없이 생각난 그 끔찍한 기억을 지우기 위해 푸르르 머리를 털었다. 물기 젖은 머리카락이 반듯한 이마 위에서 흔들렸다. 에일린이 방에 마련되어 있는 욕실을 이용할 때, 카잔도 공용 욕실을 이용해 씻고 들어오는 길이었다. 조금 전, 에일린을 강제로 데려가려던 그 사내들로 인해 들끓던 분노가 식지 않아 찬물로 몇 번이나 몸을 식혀야 했다. 하지만 뭐, 그다지 큰 소용은 없었다. 피부 아래로 팔팔 끓어오르는 열은 여전했으니까.

뚜벅뚜벅. 그의 발소리가 텅 빈 복도를 가득 메우고 있었다. 문득 카잔은 오늘 하루가 몹시도 곤하다는 생각이 들었다. 아침부터 지금까지 구름 위와 땅바닥을 몇 번이나 솟구쳤다 내려쳐진 기분이었다. 딱히 몸이 피곤한 건 아니었는데 이상하게 정신이 없었다. 뇌가 팽팽하게 불어나 두개골에 꽉 차 있는 기분이랄까.

전쟁 용병으로 일할 때도 느껴보지 못했던 녹신한 피로감에 카잔은 헛웃음을 흘렸다. 더군다나 몇 시간 후면 피곤할 일이 더 남아 있지 않은가?

옛날의 카잔 같았으면 서슴없이 이곳을 벗어나고도 남았다. 귀찮은 일은 딱 질색이었고, 그다지 인정머리가 있는 성격도 아니었으니. 그런데 지금의 카잔은 꾸역꾸역 다시 이 방을 찾아 돌아왔다. 심지어 스스로 그 피곤할 일에 뛰어들면서 말이다.

"……."

바로 이 방 너머에 있는 작고, 가냘픈 여자 하나 때문에.

문고리를 잡아 돌리며 카잔은 생각했다.

'네가 뭐라고 내가 지금 이러고 있는 걸까? 어째서 내가 너 하나로 이렇게 움직이는 거지?'

그 질문에 대한 답은 문을 열고 안으로 들어서자마자 찾을 수 있었다.

끼이익. 문이 열리자 화악 밀려 들어오는 에일린의 달콤한 체향에 뻣뻣하게 굳어 있던 몸이 단숨에 반응했다. 언제 피곤했냐는 듯 온몸에 혈기가 돌았다. 막혀 있던 기도에 공기가 밀려들어 왔다.

그가 들어오는 것에 맞춰, 에일린이 욕실 문을 열고 밖으로 나왔다. 그가 들어온 것을 아는 듯이 에일린은 밖으로 나오자마자 그를 찾아 고개를 돌렸다.

물기에 젖어 뽀얀 얼굴이 그를 향했다. 그를 발견하자마자 여지없이 번지는 그녀의 미소에 카잔의 혈관이 미친 듯이 반응했다. 뜨겁게 달아오르고, 차갑게 내려앉기를 반복하다 마침내 따뜻하게 온몸에 퍼지는 그녀의 존재감. 어느새 에일린은 카잔의 공기가 되었고, 바람이 되었으며 그의 목마름을 해갈해줄 생명수가 되어 있었다.

"어딜 다녀온 거예요?"

에일린, 그 존재 자체만으로 카잔은 모든 것을 걸 수 있을 것 같았다. 그에게 쥐어진 단 하나의 온전한 소유였고 그를 쥐락펴락할 수 있는 유일한 한 사람이었다.

카잔은 마른 수건으로 젖은 머리카락을 닦고 있는 에일린에게 천천히 다가갔다. 그가 다가오는 내내 그의 눈을 빤히 바라보고 있는 붉은색 눈동자. 변해 있었다. 에일린의 눈이…….

에일린은 결코 평범하지 않았다. 결코 그를 평화롭게 만들지도 않을 것이 틀림없었다. 굉장히 귀찮았고 성가셨으며, 그를 고단하게 만들겠지만…….

"……카잔?"

"아까 다친 곳 좀 보자."

그럼에도 불구하고 카잔은 결코 그녀를 놓을 수가 없었다.

"괜찮은데……."

카잔은 그녀를 번쩍 안아 올려 침대 위에 앉혔다. 그러곤 밑에서 가져온 반창고와 소독약을 옆에 내려놓고 그녀의 발아래 무릎을 꿇고 앉았다. 발을 들어 올려 한시도 성할 날이 없는 발바닥과 무릎 위를 섬세하게 치료해줬다. 그가 조금만 힘을 주면 뚝 부러질 듯 가느다란 발목이었다. 금방이라도 더럽혀질 듯이 깨끗한 피부도, 그의 한 손에 들어차고도 남는 목덜미까지. 그녀는 약했다.

하지만 그런 에일린에게 그가 너무 약했다. 도무지 이길 수가 없다.

"……."

"……."

꼼꼼하게 반창고를 붙여준 카잔은 그녀의 발등 위에 천천히 입을 맞췄다. 발목 위에도, 무릎 위에도……. 마치 어떤 신성한 의식을 치르듯 경건하고 조심스럽게 입을 맞췄다. 그의 입맞춤이 간지러운 듯 그녀는 조금 움찔거렸지만 피하지 않았다. 어둠 속에서 진중하게 빛나는 잿빛 눈동자를 보고 있자니 도무지 피할 수가 없었다.

그의 입술이 그녀의 손을 타고, 어깨로 넘어왔다. 새하얀 목덜미를 스쳐 뺨과 눈자위에도 그의 입맞춤이 소복소복 쌓이는 눈송이처럼 부드럽게 쏟아졌다. 마침내 뺨을 스쳐 입술 앞에 멈춰 선 카잔이 가라앉은 목소리로 속삭였다.

"그 어떤 일이 있어도 네 곁에 있을게. 너를 지켜줄게."

속살거리는 사내의 목소리가 은밀했다.

"그러니 너도 맹세해."

그녀를 채근하는 사내의 눈빛은 간절했다.

"……뭐를요?"

"그 어떤 일이 있어도 나를 떠나지 않는다고."

에일린은 조용히 웃음을 삼켰다. 두 손을 뻗어 경직되어 있는 그의 뺨을 붙잡고 천천히 제 입술로 그의 입술 위를 덮으며 말했다.

"영원히 당신 곁에 있을 거예요."

설령 그 어떤 운명이 우리를 방해한다고 하더라도 말이죠.

카렌은 7살이었다. 카를로와 한날, 한배에서 태어나긴 했지만 배 속에서 카를로에게 앞길을 내어주고 동생이 되길 선택했다. 카렌은 아직까지도 어미의 배 속 안을 기억했다. 한마디도 할 수 없었고, 움직이기도 비좁았지만 포근하고 따뜻했던 그 감각을 기억했다.

그리고 카를로, 제 영혼의 반쪽. 피를 나누고 태어난 단 하나의 가족.

카렌에겐 없었지만 카를로에겐 신기한 꼬리가 있었다. 카렌은 카를로의 꼬리가 좋았다. 길고 풍성하고 부드러운 털을 가지고 있는 꼬리였다.

꼬리가 있어서 그런지 카를로는 운동신경이 좋았다. 하지만 카를로는 그것을 창피해했고, 엄마는 그것을 숨기기에 급급해했다.

"카렌, 잘 들어. 사람들이 카를로가 꼬리가 있다는 것을 알면 잡아가려 할 거야. 괴롭히고 다치게 할지도 몰라. 그러니까 네가 잘 지켜줘야 해. 카렌은 똑똑하고 야무지니까, 엄마가 무슨 말 하는지 알지?"

엄마는 카렌에게 카를로를 부탁했고, 카를로에겐 카렌을 부탁했다. 카를로는 힘이 세고 빠르니까 카렌을 도와줄 수 있고, 카렌은 야무지고 똑똑하니까 카를로를 돌봐줄 수 있다며.

남매의 엄마는 어쩌면 다가올 비극을 알고 있었는지도 모른다. 술 취한 난봉꾼에게 도망가기 위해 발톱을 드러낸 엄마는 결국 마을 사람들에게 죽임을 당했고, 아빠는 그런 엄마를 보호하려 다 같이 죽고 말았다. 남매 또한 마을의 귀족에게 더러운 벌레 취급을 당하기 직전, 판타지오 서커스단장에게 팔려가게 되었다.

"죽일 바엔 사람들에게 구경거리라도 만듭시다!"

단장은 선뜻 거금을 주고 카를로를 사갔다. 하지만 그에게 평범한 카렌은 필요가 없었다. 카렌은 죽든 살든 마음대로 하라며 떠나가려는 그의 바짓가랑이를 잡고 매달렸다. 무슨 일이든 하겠다며, 설거지든 청소든, 그 어떤 일도 열심히 하겠다며 7살짜리 어린아이가 매달렸다. 그렇게 카렌은 서커스단의 잡역부가 되어 카를로의 곁을 지켰던 것이다.

"……엄마, 나 이제 어떡해요."

일어서면 머리끝이 닿을 정도의 커다란 철제 우리 안. 카렌은 무릎을 끌어안고 몸을 둥글게 말아 고개를 숙여 넣었다. 작은 어깨가 바들바들 떨리고 있었다. 울지 않으려고 하는데, 자꾸 눈물이 방울방울 올라왔다. 언젠간 카를로와 함께 탈출하려고 했는데, 카를로를 마주칠 시간조차 없었다.

몇 번이나 몰래 카를로가 감금되어 있는 철장을 찾아갔지만 그때마다 카를로는 잠이 들어 있었다. 아무리 불러도 일어나지 않을 정도로 깊은 잠에 빠져서 그녀의 목소리도 듣지 못했다.

'카를로, 나 여기 있어. 나 아직 너랑 함께 있어.'

그렇게 몰래 숨어들다 들켜서 혼이 난 것도 몇 차례. 맞기도 많이 맞았고, 밥을 굶기도 여러 번이었다.

카렌은 몇 달 사이 더 앙상해진 다리를 끌어안고 울먹였다.

'……무서워. 도망치고 싶어.'

카렌이 있는지도 모르고 카를로는 도망을 친 것 같았다. 다행이었다. 카렌은 카를로가 도망간 게 정말 다행이라고 생각했다. 이제 저만 여기서 도망치면 되는데…….

엉금엉금 무릎발로 철장 문 앞까지 다가간 카렌은 작은 손으로 그것을 흔들어봤다. 철컹철컹, 시끄러운 소리만 날 뿐 문은 꿈쩍도 하지 않았다. 좁은 틈에 몸을 밀어 넣으며 어떻게든 도망가보려 버둥거리는 그 모습을 지나가던 부단장이 보고 말았다.

"이년이!"

못생긴 개미처럼 생긴 부단장이 철제우리를 몇 번 발로 차서 겁을 줬다. 무서워 울음을 터트리는 카렌을 보고도 눈 하나 깜짝하지 않던 부단장은 단원들을 시켜 철장을 단장의 텐트 안으로 가져갔다. 텐트 안에는 슈페리 말고 남자 한 명이 더 있었다.

슈페리와 남자는 끌려 들어온 카렌을 위아래로 훑어보며 품평하듯 쳐다봤다.

"……이 정도 크기의 꼬마라면 좀 있지."

"흠, 그래? 수인으로 보이는 애들은 좀 있어? 아니면 뭐, 그냥 돌연변이 병신이라도 말이야."

깡마르고 키가 컸으며 시커먼 옷을 입은 남자는 단장이 오래도록 알고 지낸 노예상인 페럴이었다. 페럴은 왕궁에 연이 닿아 있어 암암리에 온갖 나쁜 일을 저지르고 다녀도 한 번을 걸린 적이 없었다. 그 왕궁의 연줄이란 게 왕비라는 소문이 있었지만 페럴이 제 입으로 언급한 적은 없었다.

"눈 병신 하나랑 손가락 6개짜리 꼬마가 하나 있긴 한데. 그런 건 필요 없잖아?"

"더 괴상망측해야 좋지. 근데 뭐야, 요즘 물건이 부족한 거야? 고작 그런 것들밖에 없어?"

'그런 것들.'

페럴과 슈페리, 둘 다 인간을 물건으로 취급하는 부류들이었다.

그들에게 노예들이나, 단원들의 상태, 감정, 고통 따위는 안중에도 없었다. 사고파는 물건이었으니까.

페럴이 엄지로 미간을 문지르며 골치 아프다는 듯 중얼거렸다.

"근데 요즘 계집애들 공급이 부족하긴 해. 여기저기 원하는 곳이 많거든. 뭐, 그래도 이 정도 꼬마들은 꽤 있지."

"오호, 계집들이 요즘 잘나가는가 보군? 수입이 좀 쏠쏠하겠어, 페럴?"

"오, 그런 건 아냐. 다만 위에서 좀 찾아서……."

"위? 왕궁?"

"쉬잇- 그런 얘긴 함부로 하는 게 아니야. 하, 암튼 그쪽 주문에 맞추느라 요즘 죽을 맛이야. 아무리 눈감아준다고 하더라도 닥치는 대로 끌고 올 수는 없으니까."

페럴이 입가에 삐쩍 마른 손가락을 가져가며 쉬쉬했다. 슘페리가 알겠다는 듯 비릿한 미소를 지으며 고개를 끄덕였다.

"뭐, 내가 필요한 건 그렇게 다 큰 계집들이 아니니까. 애들 좀 모아서 언제쯤 들릴 거야?"

"이 정도 크기 애들이면, 뭐, 당장 내일이라도 데려올 수야 있지. 한 열 명 정도면 되나?"

"음, 일단 한 스무 명쯤 데려와봐, 쓸 만한 애들이 있나 보게."

"그럼 애들을 끌고 내가 오는 것보다 자네가 와서 보는 게 낫겠군. 원래 좋은 물건을 사려면 발품을 좀 팔아야 하는 법이니까."

"난 서커스 쇼 때문에 꼼짝 못 하는 거 알잖나. 클클클, 그러지 말고 자네가 좀 와줘. 어디 한두 번 거래하나? 야박하게 굴지 말고."

느물거리는 슘페리의 말에 페럴이 쯧 혀를 차다가 고개를 끄덕였다. 그의 말마따나 한두 번 하는 거래도 아니었고, 그 전까지만 하더라도 슘페리가 종종 다녀갔으니.

"좋아. 이번만 그렇게 하지. 하지만 다음엔 자네가 오라고. 애들 끌고 다니는 것도 보통 귀찮은 일이 아니니까."

"크하하, 그래그래, 그러자고. 애들은 넉넉한 거지?"

"그건 걱정 말게. 이 나라엔 고아가 많지 않은가."

"하긴 우리 같은 악덕 상인들이 장사하기 아주 좋은 나라 꼴이지."

슘페리는 페럴의 킬킬거리며 천막 밖으로 걸음을 옮겼다.

그들이 떠난 천막, 철제우리 안에 갇혀 덩그러니 남아 있던 카렌은 그제야 긴장감으로 딱딱하게 굳은 등을 뒤로 기댔다. 저를 품평하듯 바라보는 차가운 눈길 아래 숨도 쉬지 못하고 뻣뻣하게 굳어 있었더니 온몸이 달달달 떨려왔다. 그때였다.

"……어?"

등에 기댄 쇠창살 하나가 끼릭, 조금 다른 소리를 내며 흔들리는 게 느껴졌다. 카렌은 작은 손으로 그 하나의 쇠창살을 더듬어 잡고 흔들었다. 그러자 덜컹덜컹 흔들리던 그 하나가 쑤욱 빠져버린다. 아이의 머리 하나는 거뜬히 빠져나갈 정도로 커진 구멍. 놀란 눈을 크게 뜬 카렌은 요동치는 심장을 부여잡고 주변을 둘러봤다.

'……아무도 없어.'

아이는 두 번 생각할 것 없이 구멍에 머리를 들이밀었다. 너무 다급했고, 너무 절박했기에 도망가야 한다는 생각 말곤 아무것도 할 수가 없었다. 다행히 아이의 몸은 철제 우리를 무사히 빠져나왔다.

'저기만…… 저기만 나가면……!'

이 텐트만 빠져나가면 된다는 기쁨으로 문을 향해 뛰어갈 때였다. 문을 대신하던 텐트의 가리개가 펄럭거리며 열렸다.

"……!"

눈앞에 드리워진 그림자에 카렌의 발걸음이 우뚝 멈췄다. 발걸음 소리 하나 없이 되돌아온 단장이 허리띠에 찬 채찍을 꺼내 들며 험상궂게 웃었다.

"오호, 도망을 가보시겠다?"

단장의 손에 들린 채찍이 바닥을 패며 솟구쳐 올랐다. 다가오는 시꺼먼 채찍을 바라보던 카렌의 눈이 질끈 감겼다.

새벽녘. 몽마(夢魔)가 이끄는 대로 옅은 잠의 환영을 쫓고 있을 때였다. 카잔의 품에 안겨 소록소록 몰려오는 잠결을 따라 걷던 에일린이 정신을 차릴 즈음, 그녀는 태어나 처음 보는 곳에 와 있었다. 태산처럼 높은 천장, 주변을 압도하는 순백의 기둥들과 보는 것만으로도 간지러울 만큼 부드러운 천들이 어지러운 방.

그 입구에 에일린이 서 있었다.

'여긴 어디지?'

에일린은 몽롱한 눈으로 주변을 둘러보며 천천히 앞으로 나아갔다. 어디선가 들려오는 소곤거리는 목소리를 쫓아 천천히 움직였다. 놀랍게도 그녀의 걸음 소리는 들리지 않았다.

"……잘 버텨봐야 보름입니다."

"조금 더 늘릴 방법은 없는 건가."

"지금도 간신히 숨만 쉬고 계실 뿐, 살아도 살아 계신 게 아니라는 걸 알고 계시지 않습니까."

"……."

"마음의 준비를 하셔야 합니다."

넓디넓은 응접실 옆, 황금사자의 음각이 있는 새하얀 문 너머에서 들리는 소리였다. 문이 활짝 열려 있던 탓에 그들의 대화 소리가 뚜렷하게 들려왔다.

에일린은 이끌리듯 그 문을 향해 다가갔다. 그녀가 그 앞에 거의 다 와갈 때쯤이었다. 마음의 준비를 해야 한다 했던 그 목소리가 이만 물러나겠단 인사를 하더니 그녀가 있는 문을 향해 걸어왔다.

'어쩌지?'

숨어야 하나 말아야 하나 안절부절못하는 사이 문밖으로 작고 왜소한 노인 하나가 쑤욱 빠져나왔다. 새하얀 수염을 기른 노인의 고개가 에일린 쪽을 향해 있었다. 당황한 에일린은 그 자리에 우뚝 멈춰 노인을 바라봤다.

그런데 뭔가 이상했다. 분명 에일린이 있는 곳을 바라보고 있었지만 그녀와 눈이 마주친 것 같지는 않은 느낌이었다. 그리고 그 느낌이 맞는지, 노인은 평온한 얼굴로 에일린을 스쳐 지나갔다.

'……어?'

마치 몸을 통과하듯 지나가는 형상에 에일린은 제 모습을 내려다봤다. 자세히 보니 발아래로 바닥의 문양이 희미하게 비치고 있었다.

'나 지금…… 유령인 건가?'

에일린은 제 손바닥과 몸을 이리저리 둘러보다 조금 상기된 얼굴로 방 안을 바라봤다. 마음껏 움직여도 괜찮겠다는 생각이 들자 어쩐지 안심이 되었다. 그런데 생각해보니, 그녀의 꿈속인데 마음대로 움직이지 못할 건 뭔가.

"그나저나 이러고 있을 시간이 없을 텐데요."

그러는 사이 또 다른 목소리가 들려왔다. 이번엔 여자의 목소리였다. 에일린은 조금 더 과감한 걸음걸이로 문이 열린 방 안을 향해 다가갔다. 슬그머니 고개를 내밀어 보니, 문 너머에는 눈부신 금발의 사내와 신비한 은발의 여자가 나란히 서 있었다.

그 두 사람 앞에는 커다란 침대가 있었고, 침대 위에는 머리 위에 하얀 눈이 내린 노인 하나가 창백한 얼굴로 누워 있었다.

"그게 무슨 말인지 모르겠군요."

금발의 사내는 피곤이 가득한 음색으로 무미건조하게 되물었다. 어딘가 모르게 익숙한 목소리였다. 그리고 저 실루엣도 무척이나 낯이 익었다.

'……누구더라. 어디서 봤지?'

명도를 낮춘 방 안은 어두웠고, 사내를 알아보기에는 너무 멀리 떨어져 있었다. 에일린은 눈을 가늘게 떠 사내를 더욱 뚫어져라 바라봤다.

"어서 찾으셔야죠. 왕자가 이러고 있는 사이, 왕께서 승하하시기라도 하면 이 나라는 그대로……."

말을 멈춘 여자는 살짝 웃는 것 같았다. 그러곤 고개를 돌려 왕자를 향해 말했다.

"고작 한 사람 살리자고 나라를 멸망시킬 작정이 아니라면요."

"도무지 무슨 말씀을 하시는지 모르겠군요. 전 아무런 계시도 받지 못했습니다. 아쉽은 이제 끝이 났습니다. 천 년을 이어져 왔으니 끝이 날 법도 하죠. 그러니, 괜한 욕심은 버리시는 게 좋으실 겁니다."

왕자는 냉정하게 말하고 뒤를 돌아섰다. 그런데 방을 나가려던 그가 문 너머의 존재를 발견하고 흠칫 놀라 발걸음을 멈췄다.

눈이 마주쳤다. 에일린은 분명하게 느낄 수 있었다. 저 금발의 사내는 지금 그녀를 보고 있는 것이 틀림없었다. 그리고 눈이 마주치자마자 에일린은 그를 알아봤다. 그녀의 꿈에 종종 나오던 바로 그 남자였다. 때로는 실루엣만, 때로는 목소리만, 때로는 기척만 나타났지만 저 사내가 바로 그 사내라는 것은 똑똑히 알 수 있었다.

놀랍고 신기한 마음에 에일린이 문밖으로 조심스럽게 한 걸음을 내디딜 때였다. 창백한 얼굴의 왕자가 단호하게 고개를 저었다. 그러곤 소리 없이 입술만 움직여 말했다.

'오지 마!'

흠칫. 왕자의 소리 없는 외침에 에일린은 그대로 멈춰 섰다.

'여기 오면 안 돼. 저리 가, 어서!'

부릅뜬 눈, 창백하게 질린 얼굴로 왕자는 다급하게 중얼거렸다. 왜 저러지 싶어 에일린의 고개가 한쪽으로 기울어질 때였다.

"그렇게 쉽게 종결될 저주가 아닙니다. 왕자도 알고 있고, 나도 알고 있지요. 그렇게 보호한다고 해서 영원히 숨길 수 있을 것 같습니까?"

침대 위를 바라보고 있던 여자의 고개가 뒤로 돌아왔고, 왕자는 서둘러 제 몸으로 에일린의 앞을 가리고 섰다. 문 뒤에 숨어 있는 에일린의 몸이 점점 더 투명하게 변하고 있었다.

왕자는 그런 에일린을 한없이 가라앉은 슬픈 눈으로 바라봤다. 고통과 괴로움, 그리움이 가득한 눈동자. 한순간도 놓치고 싶지 않다는 듯 눈을 깜빡이지도 않은 채 뚫어져라 쳐다보는 그의 시선.

불과 몇 발자국 앞. 손을 뻗으면 닿을 거리였다. 어쩌면 닿을 수도 있는데, 손을 뻗을 수도 없다.

사뮤엘은 다시 한 번 비루한 저주로 인해 찢어지는 심장을 가다듬어야 했다. 눈앞에 있어도 품을 수 없었다. 제 반쪽이라고 하지만 단 한 번도 제 것인 적이 없는 여자. 제 것일 수 없는 소녀.

영원히 숨길 수는 없다. 하지만 그렇다고 너를 희생양으로 이 목숨을 연명할 생각도, 의지도 없다.

"……그건 해봐야 아는 일."

너를 구하진 못하더라도 적어도 너를 희생시키지만은 않겠다 다짐했다. 왕가의 저주는 반드시 제 손으로 끝을 내고야 말리라 수없이 맹세해온 사뮤엘이었다.

"왕자, 어리석은 짓은 이제 그만하세요. 당신의 아비도, 그 아비의 아비도, 또 그 아비의 아비도 숭고한 희생으로 나라를 지켜왔습니다. 제 반쪽의 심장을 갈라 힘을 취한다는 것이야 비극이겠지만, 그렇게 나라와 왕실을 지켜오지 않았습니까? 자랑스러워하세요."

"희생을 자랑스러워하라니. 우습군요. 시작이 있으면 끝이 있는 법입니다. 그나저나 왕비의 궁에서 처녀들의 울음소리가 들려온다는 괴소문이 있습니다. 조심하시지요. 아무리 왕비라고 하더라도 하늘의 눈을 피해 갈 수는 없을 테니까요."

"그것 또한 가봐야 아는 일."

여자는 숨을 죽여 웃는 듯했다. 그러더니 스륵스륵 드레스 자락

끄는 소리와 함께 그녀가 움직이기 시작했다.

"그런데 왕자……."

사뮤엘은 점점 가까이 다가오는 왕비의 걸음이 느껴졌지만 움직일 수 있는 상황이 아니었다. 뭐 때문에 이러는지 모르겠단 얼굴로 그를 말갛게 올려다보고 있는 에일린이 앞에 있었으니까.

"……."

"왜 거기 그리 서 있는지요?"

안개처럼 조금씩 흐려지는 에일린의 모습, 그리고 그것에 맞춰 조금씩 가까워지는 왕비의 걸음.

조금만 더, 조금만 더…….

"혹, 거기 뭐, 재미있는 거라도 있는 건가요?"

뭔가를 눈치챈 듯 왕비의 걸음이 빨라졌다. 사뮤엘은 창백하게 질린 얼굴로 서둘러 왕비의 앞을 막아 세웠지만 왕비의 손이 더 빨랐다.

"아무것도."

"……거짓말!"

그녀는 사람같지 않은 강인한 힘으로 사뮤엘의 어깨를 밀쳐냈고, 흐릿한 윤곽만 남아 있는 에일린을 발견했다.

"……너로구나!"

왕비의 얼굴에 희열이 피어올랐다. 그녀는 희번득한 광기에 사로잡힌 눈빛으로 에일린의 윤곽을 향해 손을 뻗었다. 놀란 에일린이 뒤로 물러났지만 흐릿해진 환영의 끝에 왕비의 손가락이 닿는 것을 피할 수는 없었다. 스치기만 했음에도 심장을 얼려버릴 듯 차가운 냉기가 느껴졌다.

에일린은 그 섬뜩한 느낌에 몸부림치며 뒤로 물러났다.

'무서워!'

때마침 그녀의 의식은 완전히 그곳을 벗어났고, 어둠 속에서 버둥거리는 그때 익숙한 목소리가 그녀를 불러들였다.

"⋯⋯일린, 에일린!"

카잔! 번쩍 눈을 뜬 에일린이 숨을 몰아쉬며 자리에서 벌떡 일어났다.

"왜 그래? 나쁜 꿈이라도 꿨어?"

"허억, 헉, 헉. 카, 카잔⋯⋯."

에일린은 저를 걱정스럽게 바라보고 있는 카잔의 품으로 달려들었다. 알 수 없는 공포로 온몸이 심하게 떨려왔다. 안심하라는 듯 카잔은 그런 에일린을 힘 있게 안아주었다. 그의 뜨거운 체온과 강인한 힘을 느끼자 불안하게 뛰던 마음이 조금씩 진정되어갔다.

'그 꿈은 뭐지?'

꿈속의 여자에게 닿았던 어깨 한쪽이 아파왔다. 찡그린 얼굴로 아픈 그곳을 내려다보던 에일린의 가슴이 철렁 내려앉았다. 놀랍게도 그곳에 선명하게 남아 있는 여자의 손자국.

"⋯⋯갑자긴 이건 뭐야?"

에일린은 부들부들 떨리는 몸을 진정시키기 위해 입술을 세차게 깨물었다. 저보다 더 놀란 얼굴로 제 어깨를 살피는 카잔의 손을 잡은 채 에일린이 중얼거렸다.

"누가 날 잡으려고 했어요. 마치, 날 잡아먹을 것 같은 얼굴로⋯⋯."

"누가? 꿈에서?"

"모르겠어요. 처, 처음 보는 얼굴인데⋯⋯."

도무지 진정이 되지 않았다. 그런 느낌, 그런 공포는 처음이었다. 온몸에 자잘하게 올라온 소름.

"진정해, 에일린. 지금 너는 나랑 같이 있잖아. 자, 침착하게 숨을 들이마시고, 내뱉어봐."

에일린은 카잔의 말마따나 천천히 심호흡을 했다. 힘차게 뛰는 그의 심장 소리에 귀 기울이며 천천히 숨을 들이마셨다가, 내뱉기를 반복했다. 다행히도 조금씩 떨림이 멈춰왔다.

"쉬이, 괜찮아. 무서워하지 않아도 돼. 내가 있잖아, 에일린."

카잔은 떨림이 멈출 때까지 에일린의 등을 쓸어내렸다. 크고 단단한 손으로 그녀가 진정할 수 있게 몇 번이나 끌어안고, 다독이고를 반복했다.

그리고 호흡이 제자리로 돌아왔을 때 그녀의 단아한 정수리 위에 입을 맞추며 속삭였다.

"……그 어떤 것이 있더라도, 넌 내가 지켜. 두려워할 건 아무것도 없어, 에일린."

카잔의 한마디에 에일린은 세차게 뛰던 심장이 진정되어가는 것을 느꼈다.

'그래, 나에겐 카잔이 있어. 카잔이 있다면, 함께할 수 있다면 두려울 건 없어.'

에일린은 안심하며 눈을 감았다.

그런데 왜 감은 두 눈 위에 아름답지만 슬퍼 보이는 왕자의 얼굴이 스쳐 지나갔는지 에일린은 도무지 알 수 없었다.

"꺄아아아아악!"

"……우, 우아아아악!"

고요한 새벽을 반으로 똑 가르는 엄청난 비명 소리에 선잠에 빠졌던 첸이 반사적으로 벌떡 몸을 일으켰다. 여자의 비명 하나, 남자의 비명 하나가 교묘하게 뒤섞여 있었다. 벌떡 몸을 일으킨 첸이 소리가 나는 안쪽 방을 향해 뛰어 들어갔다.

"무슨 일입니까!"

"꺄아아악! 벼, 변태야! 나쁜 놈이에요! 꺄아악!"

퍼억, 퍽! 퍽! 은란은 소리를 내지르면서도 손에 쥐고 있는 베개로 스러져 있는 누군가를 쉴 틈 없이 내려치고 있었다. 그녀가 팔을 휘두를 때마다 베개 안에 꽉 차 있던 새하얀 오리털이 허공에 나풀나풀 흩날렸고, 은란의 공격을 고스란히 받아내고 있는 인물은 아니라는 말만 무한반복 중에 있었다.

"아니! 아! 아악! 악! 그, 그게 아니라……. 악! 주, 주인님!"

눈처럼 흩날리는 깃털 사이로 은란에게 몰매를 맞고 있던 사내가 첸을 발견하자 벌떡 자리에서 일어났다. 때꼽재기물이 묻은 지저분한 몰골의 초록색 머리…….

"라이?"

"으허허허어엉! 주, 주인님! 얼마나 찾아다녔다고요!"

"꺄아악! 악! ……아? 아, 아는 사람이에요?"

그때까지도 부지런히 베개를 휘두르고 있던 은란은 고개를 끄덕이는 첸의 행동에 그제야 팔을 멈췄다.

"이쪽은 내 시종, 라이라고 합니다만……. 몰골이 왜 이래?"

"흐어어엉! 몰골이 왜 이러냐뇨! 주인님 찾아 떠나온 길이 자그마치 1천 킬로미터예요! 파비안이 경비도 쥐꼬리만큼 쥐여줘서 죽지 않을 만큼 먹고 이제까지 찾아 헤맸잖아요. 아까 광장에서 그 소란 아니었으면 못 찾을 뻔했어요."

라이의 사정은 이러했다. 광장의 소란을 멀리서 지켜보고 있던 라이가 첸을 발견하고 그들을 쫓아왔단다. 그런데 근 사나흘 동안 마른 빵 하나만 먹고 버텼던 탓에 기력이 없어 길 중간에 잠시 쓰러졌다가 지금에서야 엉금엉금 그를 찾아 호텔까지 오게 된 것이었다. 프론트에 몰래 숨어 들어가 첸의 방을 알아내곤 그대로 룸으로 들어와 반가운 마음에 그대로 침대로 뛰어들었단다.

갑자기 괴한이 뛰어드니 은란으로서는 놀랄 수밖에.

이야기를 듣던 첸이 라이의 머리를 쥐어박았다.

"안에 누가 있는지 살폈어야 할 거 아냐."

"주인님은 누구랑 방을 함께 쓰는 분이 아니니까⋯⋯. 그리고 전 정말 너무 반가워서 그런 겁니다. 억울해요!"

라이가 억울하다며 혹이 난 머리를 문질러대며 칭얼댔다. 첸은 혹 난 그 자리 위를 다시 한 번 쥐어박으며 으름장을 놨다.

"조용히 해. 창피하니까."

"⋯⋯죄송합니다. 제가 배가 고파서 지금 제정신이 아니에요."

라이는 늦게나마 제 죄를 인정하고 꾸벅 고개를 숙여 인사했다. 베개를 끌어안은 채 은란은 떨떠름하게 고개를 끄덕였다.

"뭐야, 무슨 일이야?"

한발 느긋하게 에일린과 카잔이 방으로 들어왔다. 방 꼴이 엉망인 것을 본 카잔이 눈살을 찌푸리며 그 안에 어울리지 않는 거지 꼴의 사내를 쳐다봤다. 그러곤 상황을 파악했는지 피식 웃음을 보였다.

"초록색 머리, 기어이 찾아왔군."

마치 올 것을 알고 있었다는 말투에 첸이 그를 쳐다봤다. 카잔이 어깨를 으쓱 모르는 척했지만, 첸은 직감했다. 이 남잔 라이가 근처를 배회하고 있는 것을 알았다는 것을.

"……알면 좀 알려주지. 치사하게. 개 같은 후각."

"뭐라고?"

첸의 툴툴거림에 카잔이 미간 한쪽을 스윽 들어 올렸다. 첸은 조금 전 카잔이 그러했든 어깨를 으쓱하며 모르는 척을 했다.

"……여기 왜 이럽니까?"

그사이 집에 다녀오겠다는 알렌이 커다란 가방을 멘 채 돌아왔다.

"알렌!"

"무슨 일이죠, 아가씨?"

"……변태가 침입한 줄 알았는데, 그 변태가 저 남자 시종이래."

"변태가 아니라……!"

구석에서 숨어 있는 카를로를 데리고 알렌의 뒤로 달려간 은란이 라이와 첸을 짐승 보듯 흘기며 중얼거렸다. 가늘어진 눈으로 흘겨보는 눈빛에 불신이 가득했다.

첸은 억울했지만 제 발밑에서 배고프다고 찡찡거리는 라이가 제 시종임을 부정할 수 없었기에 겸허히 이 상황을 받아들여야만 했다.

'하아.'

흘끗 시간을 보니 새벽 3시가 조금 넘은 시간. 잠깐 고민하던 첸은 한 방에 모이게 된 일행을 향해 제안했다.

"……다들 잠자긴 그른 것 같고, 이렇게 된 거 조금 빨리 움직이는 게 어때?"

"그러지, 어차피 다들 기운이 넘치는 것 같으니."

"네, 저도 준비 끝내고 왔습니다."

첸의 그 제안을 거절하는 사람은 없었다.

"뭐, 뭡니까? 이 시간에 어딜 간다는 거예요? 저는 여기 있겠습니다. 저, 절대 안 가요. 배고프고, 졸리고, 쓰러질 것 같다고요!"

쫄쫄 굶은 거지꼴로 막 일행에 합류한 라이를 제외하면 말이다.

13. 건드려선 안 되는 것

숙소를 나온 일행은 곧장 서커스단이 진을 치고 있는 해안광장을 찾아갔다. 하늘 위로 높이 솟구쳐 오른 서커스단 천막 지붕이 보이자 조심스러웠던 그들의 걸음걸이가 더더욱 조용해졌다.

"……오늘은 일단 일을 크게 벌이지 말자고. 조용히 카를로 동생을 구해서 나오는 거야."

목적지 앞에 선 첸이 다시 한 번 일행을 향해 확인하듯 말했다. 다른 이들은 알겠다는 듯 고개를 끄덕였지만 에일린은 다른 할 말이 있는 듯 그를 말갛게 올려다봤다.

"왜 그렇게 봐?"

"그럼 다른 애들은요?"

"다른 애들?"

"잡혀 있는 동물들도 괴로워하고 있어요. 카를로 말고도 다른 애들도 있다고 하고…….”

에일린은 쫓아 나온 카를로를 바라보며 말했다. 카를로가 그녀의 말에 동의하듯 고개를 끄덕였다. 첸은 에일린이 무엇을 말하려고 하는지 눈치채고 신음을 흘렸다.

“……지금 다 구하자는 말이야?”

“할 수 있다면요.”

“하아. 그래, 그럴 수 있다면 나도 그렇게 하고 싶지. 그런데 생각해봐. 이 새벽에 갇혀 있는 동물들을 구하고, 아이들을 구하고 하기엔 우리가 너무 아무 계획 없이 오지 않았어?”

“무슨…… 계획이 필요한데요?”

잘 모르겠다는 듯 눈을 동그랗게 뜨고 물어보는 에일린 앞에서 첸은 빠르게 몇 가지 예를 들어줬다.

“첫째, 그 소란이 일어나면 무조건 저 서커스단과 싸워야 해. 그런데 지금 우리는 수십 명의 저들과 비교하자면 턱없이 조악한 인원이라고. 둘째, 서커스단에서 경비대에 신고하면 어떡할 거야? 꼼짝없이 잡혀 들어갈 텐데? 셋째, 다 좋다 이거야. 어찌어찌 조용하고도 재빨리 도망간다 할지라도 풀려난 동물들은? 풀려난 애들은 어떻게 관리할 거지? 풀려나게 도와준다고 해도 그게 끝이 아닐 텐데?”

첸은 ‘자, 됐지?’ 하는 얼굴로 에일린을 바라보곤 다시 가던 걸음을 재촉하려 했다. 그런데 그녀의 뒤로 카잔의 목소리가 그를 잡아 세웠다.

“저쪽에서 백 명이 달려든다고 하더라도 지진 않을 거야.”

우뚝 멈춰 선 첸이 구겨진 얼굴로 그를 돌아봤다. 카잔은 오만

하다고 느껴질 만큼 심드렁한 얼굴로 그를 바라보고 있었다.

"……오호, 저들을 혼자 상대하실 수 있으시다?"

"어려운 일은 아니지."

카잔은 에일린의 어깨를 끌어안으며 심드렁하게 대꾸했다.

그러니까 지금 저 말은, 에일린의 의견을 지지해주겠다는 말을 돌려서 한 것 아닌가? 첸은 불안한 기운이 스멀스멀 올라오는 것을 느꼈다. 때마침 뒤에서 꼼지락거리던 라이도 불쑥 끼어들어 한마디를 보탰다.

"근데요, 주인님. 저쪽에서 불법적인 장사를 감행했다면 경비대에 신고한다고 해도 제대로 접수되지 않을 가능성이 크지 않나요? 그리고 그쪽 꼼수는 주인님이 더 잘 아시잖아요?"

……정말이지 눈곱만큼도 도움이 되지 않는 시종이었다. 첸은 머리가 아프다는 짧게 한숨을 쉬고 관자놀이를 눌렀다.

"그거야 장사치가 작을 때 얘기고. 거기다 우린 아직 저쪽의 재무 상태라든지 어디에 줄이 닿아 있는지 모르는 상태니까……. 아, 그래. 다 좋아. 다 좋다 이거야. 근데 짐승들은 어떻게 할 건데? 노예들은?"

"짐승들은 풀려나면 숲으로 돌아갈 거예요."

"그걸 네가 어떻게 알……."

에일린 네가 어떻게 아냐고 물으려던 첸은 입을 다물었다. 새벽의 달 아래 불그스름하게 빛나는 그녀의 눈동자를 봤기 때문이었다.

'아쉴.'

그래, 에일린은 아쉴이었다. 첸조차도 시시때때로 잊고 살지만,

그녀는 분명 일반 사람과는 다른 능력을 가지고 있는 아쉴이었다. 그리고 첸이 조사한 바에 의하면 아쉴은 짐승이나 괴수와 감응할 수 있는 능력이 있지 않던가. 실제로 그것을 목격하기도 했고…….

'아쉴은 단순히 감응하는 것 이상의 능력을 지니고 있을 거야. 그러니 아쉴의 능력으로 괴수들을 컨트롤한다는 말이 나오는 것이니까. 하지만 아직까지 에일린의 능력이 그렇게 극대화된 것 같지는 않은데……. 혹 컨트롤하는 것은 왕족만 가능한 것인가? 아니면 어떤 시기를 지나야 하는 건가?'

첸의 생각이 거기까지 미쳤을 때였다. 알렌과 귓속말을 주고받던 은란이 조심스럽게 끼어들었다.

"저기, 풀려난 애들이 얼마 되지 않는다면……. 시외지역에 제가 아는 고아원이 있어요. 그곳에서 애들을 보호할 수 있게 말해놓을게요."

"예? 아, 애들."

"네, 애들이요."

사실 첸도 가문으로 돌아가면 이 서커스단을 찾아내 와해시킬 작정이었다. 첸이 가진 공권력과 재력이라면 이런 서커스단 와해시키는 것이야 손가락으로 생크림 찍어 먹는 것보다 쉬운 일이었으니. 하지만 지금은 신분을 숨겨야 했고, 자르디오에 얌전히 지내다 배를 타야 했기에 시기를 뒤로 미룬 것뿐.

그런데 이렇게 다들 한마음으로 오늘 밤에 거사를 치르길 원하니, 첸도 더 이상 말릴 수 있나. 짧게 한숨을 내쉰 첸이 고개를 끄덕였다. 그의 시선은 에일린에게 고정되어 있었다.

"좋아, 그래. 뒤집어보자. 풀려난 노예나 아이들은 어떻게든 해

보면 되겠지. 하지만 풀려난 저 짐승들은 에일린 네가 해결해야해. 아무리 길든 짐승들이라 할지라도 민가에 돌아다닌다면 사람들은 공포에 질릴 테니까."

첸은 에일린이 어디까지 할 수 있는지 차근차근 시험해볼 요량이었다.

라이가 품에 안고 있던 엑시타의 보고서에 의하면 아쉴은 왕위 계승의 비밀이었고, 이 나라를 지탱하는 중심점이었다. 또한 왕가가 꼭꼭 숨겨놓았던 비밀이기도 했고.

"할 수 있겠어, 에일린?"

첸은 의심하듯 물었고 그의 물음에 에일린은 그들이 향하고 있던 목적지를 바라봤다. 불이 꺼진 깜깜한 서커스단, 그곳을 쳐다보는 그녀의 눈에 이채가 돌았다.

"……네."

에일린은 천천히 고개를 끄덕이며 말했다.

"할 수 있어요."

"……불이야!"

40여 명의 단원과 20여 마리의 동물을 관리 감독하기 위해선 대략 200평 정도의 땅이 필요했다. 거기에 서커스 쇼를 벌이기 위한 쇼 장까지 합쳐진다면 이 대인원의 서커스단은 머무는 도시마다 약 300평 정도의 땅을 빌려야 했다.

해안공원 옆 300여 평의 공간에 오밀조밀 자리 잡은 천막들, 그 한구석에 슬그머니 피어오른 회색 연기가 곧 거대한 화마가 되어 화려한 불꽃 쇼를 벌였다. 이동을 위해 서커스단의 짐들은 대부분 무척이나 가벼웠다. 이렇게 가벼운 것들은 불에 잘 타기 마련이었다.

"……이게 무슨 소리야?"

밖에서 들려오는 소란스러운 소리에 잠이 들었던 슘페리도 눈을 떴다. 그의 옆에는 그의 애인이자 서커스단의 대표 무희 마리아가 잠들어 있었다. 모처럼 정열적인 밤을 보내고 만족스럽게 잠이 들었던 슘페리는 짜증 가득한 표정으로 침상에서 일어났다. 그를 따라 마리아도 눈을 비비며 몸을 일으켰다.

"단장님! 불입니다! 불이에요!"

허락도 없이 벌컥 열린 천막 문 안으로 식은땀이 줄줄 흐르는 부단장이 뛰어 들어왔다.

"뭐! 불? 어디?"

"부, 불이요?"

"난쟁이들 천막이 홀랑 타고 있습니다! 얼른 와보세요!"

"에잇! 이것들이 또 촛불 켜고 놀다가 잠이 들었구먼!"

씩씩대던 슘페리가 대강 바지만 걸친 채 불이 났다는 난쟁이들 천막을 향해 뛰어갔다. 빨리 저 불을 끄지 못하면 순식간에 모든 천막에 불이 옮겨붙을 것이었다.

"자고 있는 것들 다 깨워서 나와! 빨리빨리 움직여, 이것들아!"

슘페리의 고함에 불이 꺼져 있던 천막에 하나둘 불이 들어왔다. 헐레벌떡 뛰어나온 그들이 화마가 집어삼킨 난쟁이들 천막을 향해 뛰어갈 때, 에일린 일행은 2개 조로 쪼개져 어둠 속에 숨어들어 갔다.

에일린과 카잔은 철창에 갇혀 있는 동물들을, 첸과 라이, 그리고 카를로는 카렌을 찾아 나섰다. 은란과 알렌은 난쟁이들 천막에 불을 질러놓고 멀리 떨어진 곳으로 도망가 망을 보고 있는 중이었다. 굵기가 굵고 짙푸른 해송 뒤에 몸을 숨긴 채 숨을 몰아쉬던 은란이 어지럽게 진열이 흩어진 서커스단을 바라보며 걱정스럽게 중얼거렸다.

"무사히 빠져나와야 할 텐데."

"……"

은란과 함께 소란의 중심지를 바라보던 알렌이 힐끗 눈을 돌려 제 주인을 바라봤다. 소년은 입이 무거운 편이지만 묻지 않을 수 없었다.

"아가씨, 왜 저들을 믿는 겁니까?"

"뭐?"

"아무리 좋은 일을 하려고 하는 거라지만……. 전 대체 뭘 믿고 저들과 함께 이런 대형 사고를 치시는 건지 이해할 수가 없습니다."

정말 모르겠다는 듯한 소년 집사의 말에 은란은 가만히 그를 바라보다 빙긋 웃음을 보였다.

"그래, 사실 나도 잘 이해가 안 가, 알렌."

은란의 대답에 알렌이 당황스럽다는 듯 눈살을 찌푸렸다. 은란은 소란의 중심지에서 눈을 떼지 않은 채 말을 이었다.

"그런데 말이야, 거기 있던 세 사람 중 그 누구도 카를로의 꼬리를 보고 놀라지 않았던 거 알아?"

"예?"

"……사실 난 엄청 놀랐거든. 나도 모르게 움찔 떨기도 했고. 그런데 저 세 사람은 눈 하나 깜짝 안 하더라? 정말 편견이 없는 이들이든가, 아니면 그것보다 더 엄청난 것들을 겪어왔던 사람들이 아니라면 그렇게 할 수가 없거든."

"……."

"뭐가 되었든, 이 정도 사고는 기꺼이 칠 수 있는 사람들이 아닐까 싶었어. 만약 너랑 나랑만 카를로를 봤다면 저 서커스단을 뒤집겠다는 생각은 못 했을 거 아냐. 카를로 정도만 구하고 위험하다면 뒤로 발을 뺐겠지. 그런데 저들은 할 수 있잖아. 그리고 아마 무사히 빠져나오기도 할 테고. 잘은 모르겠지만, 저 사람들 만만찮은 사람들 같거든. 그치?"

알렌은 은란이 얼마나 현명하고 강단 있는 사람인지 잘 알고 있었다. 어려서 집안이 몰락하는 것을 두 눈 뜨고 봤음에도 단 한 번도 무너지지 않고 씩씩하게 살아온 그녀였다. 귀족의 품위를 지키면서도 먹고살기 위해 허드렛일을 자처하며 살았다. 밤이면 책을 읽었고, 주말이면 고아원에 가 아이들을 가르쳤다. 제 여주인은 호기심에 도박을 거는 사람이 아니었다. 그런 은란이었기에 알렌은 그녀의 결정에 한 번도 토를 달아본 적이 없었다.

"봐, 내 말이 맞지?"

싱긋 웃던 그녀가 저 멀리서부터 뛰어오는 첸과 라이를 바라봤다. 그들의 뒤에는 카를로와 카렌을 제외한 서너 명의 어린아이들이 함께 달려오고 있었다.

"무사히 올 거라고 했잖아."

"네, 그러네요."

알렌은 적잖이 안심한 얼굴로 달려오는 첸과 라이를 바라봤다.

지척까지 달려온 그들은 숨을 헉헉거리더니 아이들을 내려놓고선 주변을 둘러봤다.

"동물 팀은?"

"아직이요."

"아, 뭐야. 왜 이렇게 느려?"

"그쪽 천막이 훨씬 멀리 있잖아요. 조금만 더 기다려봐요."

"뭐, 그 괴물이 있으니까 당하진 않을 테지."

숨을 몰아쉬며 자리에 털썩 주저앉은 첸이 에일린과 카잔이 사라진 방향을 바라봤다. 그의 옆에서 역시나 숨을 몰아쉬던 라이가 품에서 뭔가를 주섬주섬 꺼내어 눈에 끼웠다. 미니망원경이었다.

"거기 뭣 좀 보여?"

첸이 라이의 옆구리를 툭 치며 물었다. 대답도 없이 한참 동안 망원경을 바라보던 라이가 몇 번 입을 뻐끔거리더니 이를 어쩌면 좋으냐는 듯한 얼굴로 일행을 돌아보며 말했다.

"······저쪽, 걸린 것 같은데요?"

짐승들이 갇혀 있는 천막 안은 조악하기 짝이 없었다. 사방은 햇빛 한 뼘 들어오지 않을 만큼 꽉 막혀 있었고, 그 안은 오물에 찌든 퀴퀴한 냄새가 가득 차 있었다. 짐승들은 허리 한번 펴지 못할 만큼 작은 철장 안에서 힘없이 널브러져 있었다.

'······배고파.'

'괴로워.'

'나가고 싶어.'

'이곳이 싫어.'

심각한 오물 냄새보다, 환기되지 않은 오염된 공기보다 더 에일린의 폐부를 찌르고 있는 것은 우울과 고통의 신음이었다. 제대로 먹지도, 자지도, 쉴 수도 없는 숨이 턱 막히는 공간 속에서 짐승들은 죽음이 가까워지기만을 하염없이 기다리며 신음하고 있었고 그것을 에일린은 고스란히 느낄 수 있었다.

"이건 정말…… 너무해요."

에일린은 가슴 안에서 무언가 울컥 솟아오르는 것을 느끼며 주먹을 말아 쥐었다. 에일린의 곁을 지키고 서 있던 카잔이 그런 에일린을 지그시 내려다봤다. 에일린은 천천히 발을 옮겨 가장 커다란 케이지에 갇혀 있는 회색 늑대에게 다가갔다. 이처럼 강인하고 거대한 늑대가 어쩌다 이곳에 잡혀 온 것일까. 세상 그 어떤 것에도 겁먹지 않을 것처럼 용맹한 눈빛을 가지고 있으면서.

'너는 왜 여기에 있는 거니?'

에일린이 회색 늑대 앞에 서자, 좁디좁은 우리 안에 잔뜩 몸을 웅크리고 있던 늑대가 꼬리를 살랑 움직였다. 늑대는 몸을 일으키려 움직였지만 허리를 완전히 펴진 못했다. 구부정한 그 자세로 늑대가 에일린을 응시했다. 제 몸집보다 수배는 큰 늑대 앞이었지만 에일린은 겁나지 않았다. 그만큼이나 순하고 맑은 눈을 가진 늑대였다. 다시 한 번 늑대의 꼬리가 살랑거리며 흔들렸다.

'……주인님이 있으니까.'

늑대의 언어가 에일린의 가슴속으로 파고들었다. 회색 늑대 이름은 차이, 젖먹이 새끼 때부터 서커스단에서 길러진 늑대였다. 차이가 눈을 떴을 때 가장 먼저 본 것은 서커스 단장 슘페리의 얼굴이었다. 차이는 슘페리를 부모로 여기며 양의 젖을 먹으며 자라났다. 15년이 넘는 세월 동안 슘페리의 서커스단 심벌로 살아왔고, 단 한 번도 마음껏 들판을 달려본 적도 없었다. 그럼에도 차이는 다른 동물들처럼 이곳을 벗어나고 싶다는 생각을 해본 적이 없다고 했다. 슘페리가 그의 부모였고, 이 냄새 나는 철제 케이지가 그의 고향이었으니까.

"내가 밖으로 보내줄 수 있어. 그래도 안 나갈 거야?"

에일린의 말에 차이는 그저 가만히 그녀를 응시했다. 그녀의 뒤에선 카잔이 차이의 케이지를 굳게 잠그고 있던 자물쇠를 칼등으로 내려쳐 부숴버렸다. 단 몇 초 만에 평생 그를 가두고 있던 케이지의 문이 활짝 열렸다. 하지만 거대한 회색 늑대는 그 자리에서 꼼짝도 하지 않았다.

"……정말?"

자유를 갈망하기에 회색 늑대는 너무나 늙었고, 너무도 충성스러웠다. 비록 슘페리는 그를 자식이라 생각하지 않더라도 늑대에게 그는 이미 가족으로 기억되었으니.

에일린은 안타까운 눈초리로 차이를 바라봤다. 바라지 않는데 억지로 자유를 향해 나아가라 할 수 없었다. 자유를 찾아가는 것조차 본인의 자유였으니까.

그런 에일린의 마음을 알기라도 한다는 듯 커다란 꼬리가 살랑살랑 흔들리며 그녀를 위로했다. 지그시 입술을 깨문 에일린은 뒤로 돌아섰다. 그리고 카잔과 함께 다른 동물들의 자물쇠를 부숴 나갔다. 하나둘 깨어난 동물들은 대부분 망설이지 않고 케이지 밖으로 빠져나왔다. 오로지 회색 늑대만이 케이지를 지키고 서 있을 뿐이었다.

좀 더 빨리 너를 보았더라면, 좀 더 빨리 너에게 말을 걸 수 있었더라면……. 에일린은 안타까웠지만 감히 그를 동정하지 않기로 했다. 저 늑대에겐 늑대만의 선택이 있을 테고 그것을 에일린이 평가할 순 없었으므로.

콰직! 쾅! 호랑무늬를 가진 거대한 뱀의 케이지 자물쇠를 마지막으로 갇혀 있던 짐승들은 모두 밖으로 풀려나왔다. 수십여 종의 동물들이 일사불란하게 움직였다. 모두 에일린과 감응하고 있기에 가능한 일이었다.

"모두 나온 것 같으니 서둘러 움직이자."

"네, 얼른 나가요."

짐승들을 먼저 내보내던 카잔은 빠져나가는 그들을 바라보며 오도카니 서 있는 회색 늑대를 돌아봤다. 사람이었지만 야생의 날것처럼 깊고 거친 검은 눈과 짐승이었지만 사람보다 더 온후해 보이는 회색빛 눈동자가 얽혀 들어갔다.

"……."

이상한 말이었지만, 카잔은 어릴 적 저 늑대를 본 것 같은 느낌이었다. 벌써 20여 년이 훌쩍 지난 기억이니 저 늑대일 리는 없겠지만, 분명 저것과 흡사한 분위기와 냄새를 지닌 늑대였다. 무엇보다도 일반 늑대들과는 차원이 다른 저 거대한 크기를 잊을 수 있을 리가 없었다. 늑대 주제에 범이나 사자와 호각을 겨룰 만큼 거대하다니.

'요물이군.'

거기다 마치 말을 걸어오는 듯 어지러운 눈빛까지……. 카잔은 묘한 늑대란 생각을 하며 고개를 털었다. 그때였다. 기민한 감각이 가까워지는 인기척을 감지했다. 카잔은 들고 있던 칼을 빼 들고 에일린을 등 뒤로 숨기며 말했다.

"온다."

뭐가 오냐고 묻기도 전, 천막 밖에서부터 시끄러운 고함이 들려왔다.

"아악! 아니, 이것들이 어떻게 빠져나온 거야!"

익숙한 목소리, 단장 슘페리의 고함이었다. 도망치는 짐승들을 잡기 위한 시끌벅적한 발소리와 동시에 슘페리가 천막 안으로 뛰어 들어왔다. 그의 뒤로 덩치 좋은 가드 서너 명과 부단장, 그리고 단원 몇 명이 따라 들어왔다.

"뭐야? 네놈들 짓이냐? 어디서 보낸 거야?"

단장은 성질이 날 대로 났는지 콧김을 쉭쉭 내뱉으며 흥분해 있었다. 그의 뒤를 따르던 남자 둘이 카잔 뒤에 숨어 있는 에일린을 발견하더니 손가락을 치켜 올렸다.

"아니, 그 다리병신 년이잖아!"

"맞네? 그년이잖아!"

"단장, 저년이 어제 카를로를 숨겨놓고 모르는 척한 그년이에요!"

"뭐야?"

에일린을 바라보던 단장의 목소리가 한층 더 사나워졌다. 그와 동시에 카잔의 눈꼬리 또한 사납게 추켜 올라갔다. 그는 근처에 널브러져 있던 자물쇠 하나를 집어 들어 에일린에게 '다리병신 년'이라 말한 그 사내를 향해 정확히 내던졌다.

"……!"

퍽 소리와 함께 자물쇠가 사내의 이마 한가운데에 깔끔하게 맞아 떨어졌다. 억 소리 한번 내지 못한 채 사내가 그대로 기절했다.

"지금 누구보고 다리병신 년이라고 한 거지?"

장내에는 순간 침묵이 감돌았다. 카잔은 떨어져 있는 또 다른 자물쇠를 집어 들더니 입가를 비틀어 웃었다.

"어디…… 다시 한 번 말해보지그래?"

검을 들고 있지 않은 그의 손 위로 자물쇠가 높이 솟아올랐다가 떨어졌다가를 반복했다. 딱 봐도 심상치 않아 보이는 카잔의 기세에 슈페리가 저도 모르게 주춤 뒷걸음질 쳤다. 이쪽은 건장한 사내가 열댓 명이었고, 저쪽은 겨우 남자 하나, 여자 하나밖에 없는데 어째서 이렇게 밀리는 기분이 드는지……. 등 뒤로 식은땀이 주룩 흘렀다.

"……이 자식, 넌 뭐야!"

마침 두 손 가득 도망가던 짐승들을 잡아 온 조련사 몽크가 소리쳤다. 몽크는 서커스단에서 제일가는 싸움꾼 중 하나였다. 고위급 용병이었던 그를 슈페리가 잘 꼬드겨 서커스단으로 데려와 일을 시켰다. 몽크가 허리에 찬 채찍을 위협적으로 휘두르며 단장의 옆으로 달려왔다. 몽크의 등장에 슈페리는 조금 더 기세등등해진 얼굴로 카잔을 노려봤다. 언제 멈칫거렸냐는 듯이 슈페리가 버럭 소리쳤다.

"아, 뭣들 하고 있는 거야? 당장 저것들 잡아!"

슈페리는 신이 나서 고함을 내질렀다. 그런데 그의 명령에 괴성을 내질러줄 단원들의 목소리가 들리지 않았다. 왜 이렇게 조용한가 싶어 뒤를 돌아보던 슈페리의 눈이 커졌다.

"다, 단장……."

"이, 이게 무슨……!"

도망갔던 짐승들과 몽크에게 잡혀 들어온 짐승들, 그리고 아직 그 자리에 남아 있던 짐승들까지……. 수십여 마리의 짐승들이 슘페리 일행을 에워싸며 이를 드러내고 있었다. 어둡게 가라앉은 실내에 짐승들의 성난 눈빛이 형형하게 빛났다. 딱히 에일린의 힘이 아니더라도 참을 수 없는 분노와 울분, 그리고 다시 잡혀 들어갈지도 모른다는 두려움에 짐승들은 지금 몹시도 흥분해 있는 상태였다. 짐승들은 위협적으로 서커스 일행을 에워싸며 다가갔다.

"뭐, 뭐 하는 거야? 이것들이 키워준 은혜도 모르고! 에잇! 다 죽여버려!"

단장의 말을 알아듣기라도 한 듯 짐승들의 눈빛이 더 사나워졌다. 그때였다.

크르르……!

그때까지도 케이지 안에서 얌전히 지켜만 보고 있던 차이가 밖으로 천천히 걸어 나왔다. 그 어떤 짐승과도 비교되지 않을 만큼 날카로운 이빨과 묵직한 덩치가 어슬렁어슬렁 걸어 나와 단장 앞을 막아섰다.

'……주인님을 건드리지 마라.'

미련할 정도로 충성스러운 짐승은 기어이 제 주인을 위해 적의를 드러냈다.

한바탕 난리가 났다. 늙은 오랑우탄이 몸통 박치기를 했고, 화려한 무늬의 보아뱀은 가드의 목을 칭칭 감더니 목뼈를 부러뜨렸다.

원숭이들은 어디서 주워 왔는지 모를 무기들로 단원들의 머리통을 쳐가며 약을 올려댔고 그 사이로 아름다운 뿔을 가진 산양이 머리를 박아댔다.

"크흑! 으악! 이것들이 진짜!"

짐승들은 죽기 살기로 덤벼들었다. 그동안의 한을 풀기라도 하는 듯 잡히는 족족 물어뜯었고, 발로 찼다. 맞는 것은 이골이 난 듯 채찍질에 바닥을 뒹굴어도 죽어라 달려들었다. 소란함을 느끼고 달려온 단원이 몇 더 있었지만 그다지 힘이 되진 않았다.

크르르! 크하아앙!

딱 하나, 거대한 회색 늑대 한 마리만이 슘페리를 보호하고 있을 뿐.

"……다, 다 죽여버려!"

슘페리는 대체 이게 무슨 아닌 밤중에 홍두깨인가 싶었다. 밖에선 계속 타는 냄새가 진동했고, 안에선 제 단원들이 짐승들에게 당해서 쓰러져 있었다. 아니, 짐승들만 있었다면 그래도 통제가 가능했을 것이었다. 하지만 저 검은 머리 남자 하나가 순식간에 힘깨나 쓴다는 단원들을 쓰러뜨렸다. 맥없이 모두가 당하고 말았다. 천막 안은 이미 엉망이었고, 제 사람들은 형편없이 쓰러져 나뒹굴었다. 슘페리는 이를 아득바득 갈며 남자를 노려봤다. 여유로운 얼굴로 슬쩍슬쩍 제 부하들을 하나둘 쓰러트리는 모습에 천불이 났다.

단 한 시간 만에 그의 서커스단이 엉망으로 망가지고 있었다. 저를 보호하기 위해 회색 늑대가 이리저리 뒹구는 것은 그의 눈에 들어오지도 않았다. 그저 망가져 가는 제 서커스단만이 보일 뿐이었다. 슘페리의 눈에서 불꽃이 튀었다. 이를 갈던 그가 성난 눈초리로 주변을 훑었다. 이 혼란의 와중에 어딘가 모르게 동떨어져 있는 듯 여유롭게 서 있는 계집이 보였다.

'저 계집 때문이야!'

갈색 머리의 계집, 슘페리의 가슴께나 올 법할 정도로 작은 저 계집 때문에 이 난리가 난 것이었다. 저것이 카를로를 숨기지만 않았어도! 슘페리는 날랜 걸음으로 빈틈을 보이고 있는 계집에게 뛰어갔다.

"네 이년! 너는 내가 가만두지 않는다!"

슘페리의 뭉툭한 손이 에일린의 가녀린 목덜미를 부러트릴 듯이 감아쥐었다.

"네년 때문에! 네년! 네년 때문에에!"

너무나도 순식간에 일어난 일이라 에일린은 미처 피할 겨를이 없었다. 그녀를 향해 달려드는 슘페리의 무시무시한 눈빛에서 에일린은 지난날 그녀를 학대했던 계부의 모습을 보고 말았다. 몸은 즉시 반응했고, 에일린은 그 자리에서 얼어붙고 말았다.

'움직여야 하는데…….'

머리론 알고 있지만 육체는 말을 듣지 않았다. 결국 연약한 목덜미가 슘페리의 손아귀에 우악스럽게 잡히고 말았다.

"흐윽……!"

순식간에 숨통을 조여오는 억센 손길에 에일린은 발을 버둥거리며 숨을 몰아쉬었다. 에일린을 죽이려 드는 슘페리의 손은 자비도, 망설임도 없었다.

"……!"

한 발자국 떨어진 곳에서 몽크의 채찍을 적당히 상대해주고 있던 카잔이 놀라 눈을 부릅떴다. 그러곤 본능처럼 그녀를 향해 움직였다.

"어딜 가시려…… 크흑!"

주제도 모르고 카잔을 막아서려 했던 몽크의 가슴팍에 카잔의 칼날이 잔혹하게 내리꽂혔다.

"비켜."

몽크가 눈을 부릅뜬 채 제 가슴에 꽂혀 있는 카잔의 칼날을 내려다봤다. 죽음 직전의 시간은 어째서 이다지도 느리게 지나가는 걸까. 1초가 채 되지 않는 짧은 시간, 그러나 죽음이 가까워진 자에겐 영원 같은 그 1초. 제 가슴에 꽂혀 있던 시린 칼날이 그의 가슴을 부수며 다시 밖으로 뽑혀 나오는 게 몽크의 망막에 고스란히 기록되었다. 안타깝게도 그것이 그가 살아 있을 때 본 마지막 광경이자, 기억이 되었다.

카잔은 이제껏 칼을 들고 있었지만 휘두르진 않았다. 칼을, 칼이 아닌 몽둥이처럼 휘두르며 적당히 뼈를 분질러가며 상대의 움직임을 봉쇄해 왔던 것이다. 에일린에게 살과 뼈가 분리되는 그런 잔인한 광경을 보여주고 싶지도 않았고, 저 또한 괜한 피 냄새를 맡고 싶지 않았기 때문이었다.

"……흐, 윽!"

하지만 눈앞에서 누군가 에일린의 목을 조르려 하는 것을 보고 말았는데, 그런 게 다 무슨 소용인가. 이성이 날아간 카잔의 눈빛이 매섭게 번득였다. 먼지만 자욱했던 허공 위로 핏방울이 흩뿌려졌다. 카잔이 한발 앞으로 나아갈 때마다 그의 뒤로 새빨간 피의 길이 만들어졌다. 제 앞을 가로막는 모든 것을 단칼에 베며 단숨에 에일린을 향해 다가갔다.

삽시간에 주변을 평정해버리는 날카로운 살기를 느낀 슘페리가 재빨리 에일린을 인질로 잡고 주춤 물러났다.

"오, 오지 마! 오면 이 계집은 그냥 죽는 거야!"

슘페리의 힘이라면 에일린의 가녀린 목 따윈 꺾어버릴 수도 있었다. 하지만 카잔은 슘페리가 생각했던 것보다 훨씬 빠르고 민첩했기에 그런 그의 위협은 먹혀들지 않았다.

카잔은 단숨에 슘페리와 에일린을 향해 다가가 크게 칼을 휘둘렀다. 마치 에일린과 슘페리의 목을 한꺼번에 벨 듯한 맹렬한 기세였다.

'뭐야? 그냥 다 죽여버리겠다는 거야?'

놀란 슘페리가 질끈 눈을 감았다. 바람을 가르는 쇳소리가 귓가 근처까지 다가왔다 싶을 때, 칼등이 그의 정수리를 후려쳤다. 머리에 가해지는 충격에 정신을 차리지 못하고 휘청거리자 돌덩이처럼 단단한 발이 그의 옆구리를 밀어 찼다. 퍼억! 헉 소리와 함께 슘페리가 바닥을 데굴데굴 굴렀다.

그사이 카잔은 에일린을 재빨리 품으로 끌어당겨 안았다. 에일린을 품에 안은 카잔은 망설임 없이 바닥을 구르고 있는 슘페리를 향해 칼을 추켜올렸다. 그때였다.

크르르! 크와앙!

짐승들로부터 유난히 많은 공격을 받는 슘페리를 엄호하며 곁을 지키던 회색 늑대가 사납게 짖으며 카잔을 향해 뛰어들었다. 거대한 몸뚱이만큼이나 크고 날카로운 이빨이 카잔의 팔뚝을 향해 파고들었다. 하지만 그런 공격에 호락호락 당할 카잔이 아니었다.

"건방진 늑대 새끼."

재빨리 공격을 피한 카잔이 늑대의 배를 걷어찬 상태로 그의 몸을 길게 베어냈다. 에일린을 죽이려 한 슘페리도, 그런 슘페리를 보호하려는 차이도 카잔은 용서할 수가 없었다.

늑대 또한 빠르게 반응했지만 칼날이 그의 몸을 스치고 지나간 후였다. 늑대의 피 냄새가 에일린의 코끝을 스쳤고, 에일린은 저도 모르게 카잔의 망토 자락을 움켜쥐고 말았다.

"……살려주면 안 돼. 끝까지 제 주인 놈을 보호하려 들 테니까."

에일린의 마음을 읽은 듯 카잔이 담담하지만 냉정하게 말했다. 에일린은 그가 하는 말의 의미를 충분히 이해했지만 차마 그의 망토를 잡고 있는 손을 놓을 수가 없었다. 가슴이 너무 아팠다. 차이의 마음이 그대로 전해져 와서, 에일린의 가슴이 너무나도 아팠다.

'……난 죽을 거예요. 이 자리에서. 주인님을 보호하며, 난 죽을 거예요.'

늑대는 지금 저가 죽을 것을 알면서도 카잔을 향해 달려든 것이다. 온몸을 바쳐 자신을 구해주려는 거룩한 그 마음도 모른 채 슘페리는 정신없이 뒷걸음질 치기 바빴다. 주춤주춤 뒤로 물러나면서도 이를 아득바득 갈며 카잔과 에일린을 노려봤다. 카잔은 슘페리를 살려서 보낼 생각이 전혀 없었다. 새하얀 에일린의 피부 위에 선명하게 남아 있는 슘페리의 손자국이 그를 죽음으로 인도해줄 충분한 이유였다.

하지만 늑대 또한 카잔이 제 주인을 죽이도록 내버려두지 않을 작정인 듯했다. 짐승과 사내의 눈빛이 팽팽하게 대립했다. 그 누구도 물러나고자 하는 기미가 보이지 않았다.

피를 흘리며 비틀거리며 일어난 늑대는 다시 한 번 위협적인 어금니를 드러내며 카잔을 향해 뛰어올랐다.

크아앙!

길게 내뿜는 하울링과 함께 거대한 늑대의 몸이 카잔의 정면을 향해 달려들었다. 사납고 맹렬한 그 기세에 뒤로 물러날 법도 하건만 카잔은 오히려 자세를 낮춰 칼을 바로잡았다. 피가 얼룩진 늑대의 심장 중앙부에 시린 칼날을 꽂아 넣기 전, 카잔은 아주 잠시 멈칫했다. 다른 이유 때문은 아니었다. 다만 이 자세로 늑대의 심장을 가른다면 홍수처럼 터져 나오는 뜨거운 피를 그가 몽땅 뒤집어써야 했기 때문이었다. 피가 두려운 것이 아니었다. 그 피를 뒤집어쓴 뒤 변할지도 모르는 자신이 두려운 것이었다.

'……하지만.'

찰나의 시간, 카잔은 에일린을 쳐다봤다. 그녀가 있다. 에일린이라면 그를 통제할 수 있을 것이란 생각이 들었다. 또한 이대로 늑대의 공격을 흘려버리기엔 너무나 늦어버렸으니 그에게 남은 선택의 여지는 없었다.

푸욱! 카잔의 칼날이 정확하게 늑대의 심장을 파고들었다. 순간적인 고통에 늑대는 몸을 떨었지만, 고통에 굴하지 않고 다시 한 번 2차 공격을 감행해왔다.

날카롭지만 아둔하게 움직이는 늑대의 발톱이 카잔을 할퀴려 달려들었고 카잔은 다가오는 늑대의 앞발을 피하기 위해 몸을 비틀었다. 그러자 심장에 박혀 있는 칼날이 비틀어지며 새빨간 피가 분수처럼 터져 나왔다. 뜨거운 피가 여지없이 카잔을 덮쳤다.

"……!"

코를 마비시킬 듯 비릿한 피비린내가 카잔의 후각을 자극했다. 머리부터 발끝까지 흠뻑 뒤집어쓴 피의 뜨거움이 카잔을 뜨겁게, 더 뜨겁게 달구기 시작했다. 눈앞이 시뻘겋게 변했고, 심장이 터질 듯이 뛰었다. 오른팔이 조금 간지럽다 싶기 무섭게 혈관이 날뛰었고, 형태가 변해갔다.

"크흐흐흑······!"

카잔은 이를 악물며 제멋대로 날뛰기 시작하려는 욕구를 통제하려 노력했다. 그러나 그가 움직일 때마다 짙게 풍겨 오는 피비린내가 자꾸만 그를 자극했다. 이성은 날아가고, 날카로운 본능만이 그를 지배하려 들었다.

'안 돼. 겨우 이 정도로 무너질 수 없어.'

카잔은 가까스로 이겨내고 있었다. 늑대가 거대한 몸뚱이를 축 늘어뜨리며 바닥에 쓰러질 때까지도, 이겨내는 중이었다.

쓰러진 늑대의 뒤로 새하얗게 질린 낯빛으로 도망가고 있는 슘페리가 보였다. 카잔이 성큼 슘페리를 향해 발을 떼었을 때, 죽은 줄로만 알았던 늑대가 다시 꿈틀거리며 움직이며 다시 한 번 그의 발걸음을 막아 세웠다.

"······."

카잔은 힘도 없는 턱을 벌려 제 발목을 물고 있는 늑대를 바라봤다. 저승의 문턱을 넘어서는 그 순간까지도 저 별 볼 일 없는 주인을 지켜보겠다고 안간힘을 쓰고 있는 충성스러운 짐승을.

끼이잉······.

마치 애원하듯 늑대의 서글픈 목소리가 울렸다. 에일린이 아니더라도 늑대가 원하는 바를 충분히 알아들을 수 있었다.

'……살려주세요.'

저가 아닌, 제 주인을 살려달라 애원하고 있는 것이다.

미련하다. 차마 눈 뜨고 보기 힘들 만큼 미련한 짐승이었다. 죽지 않을 만큼 먹이를 주었을 뿐, 제대로 놀아주지도, 돌봐주지도 않았을 텐데 어떻게 이렇게 맹목적이다 싶을 만큼 충성스러울 수 있을까. 늑대의 이 순수한 충심이 저 인간에겐 과분할 뿐이었다.

카잔은 마지막 동정심을 끌어 올려 늑대의 목을 단칼에 잘랐다. 제 주인이 죽는 모습을 보지 못하도록, 카잔이 해줄 수 있는 마지막 배려였다. 하지만 그 배려로 인해 카잔이 곤란해지고 말았다.

콰직! 칼날에 뼈가 부서지고, 살이 갈라지는 감각이 고스란히 카잔의 팔을 타고 올라왔다. 덕분에 간신히 진정시켜놓은 광기가 스멀스멀 다시 진동하기 시작한 것이다.

"뭐야? 어떻게 된 거야? 다 괜찮아? 아윽, 피 냄새……!"

"……흡!"

뒤늦게 천막으로 달려온 첸이 역하다 싶을 만큼 꽉 찬 피 냄새에 코를 틀어막았다. 그 뒤로 은란도 천막 안의 참혹한 광경에 저도 모르게 입을 막은 채 고개를 돌렸다. 그러다 그 참혹한 현장의 가운데에 서 있는 에일린을 발견하곤 용기를 내 에일린의 곁으로 다가갔다.

"이, 이쪽으로 오지 마세요!"

다가오는 첸과 은란을 향해 에일린이 다급하게 소리쳤다. 이유를 모른 첸과 은란이 주춤주춤 다가가며 왜 그러느냐는 듯 쳐다봤지만, 에일린의 시선은 숨을 몰아쉬고 있는 카잔에게 꽂혀 있을 뿐이었다.

카잔의 살기가 짙어진 것을 에일린은 피부로 느끼고 있었다. 에일린은 이러한 상태의 카잔을 본 적이 있었다. 부촌장 라르고를 구하기 위해 자이언트 차우론을 죽여야만 했을 때, 이런 상태였다.

'조금 전까지만 해도 괜찮았는데…….'

아무래도 늑대의 목을 자른 것이 다시 한 번 그를 자극했던 것 같았다. 인간이라기보단 짐승에 가까운 눈빛, 오직 살육의 욕구만이 그를 지배하고 있는 것이 틀림없었다.

늑대의 죽음으로 카잔이 이성과 싸우며 멈칫거리는 그 잠시의 틈을 타 슘페리는 정신없이 도망치고 있었다. 이성이 남아 있다면 도망치는 그를 쫓아갔겠지만, 카잔은 멀어진 슘페리 대신 가까워진 은란과 첸을 살기 띤 눈으로 바라봤다.

"뭐, 뭐야? 왜, 왜 이러는 거야, 이 남자? 느낌이 이상한데?"

주변을 압도하는 엄청난 살기. 뭔가 심상찮음을 느낀 첸이 은란을 제 등 뒤로 숨기며 주춤 뒤로 물러났다. 에일린은 더 이상 두고 볼 수 없다 생각하며 카잔과 첸의 사이로 뛰어들었다.

"……안 돼요."

두 팔을 활짝 벌려 그를 가로막았다. 스르륵 움직이던 카잔의 걸음이 멈춰 섰다. 붉게 충혈되어 번들거리던 카잔의 눈동자가 에일린을 쫓았다.

"안 돼요, 카잔."

단호하게 고개를 내저은 에일린은 카잔을 향해 천천히 다가갔다. 혈관이 터지고, 짐승처럼 부풀어 오른 그의 오른팔이 움찔 떨렸다. 저 손으로 그녀를 갈가리 찢을 수도 있겠지만, 에일린은 카잔이 그렇게 하지 않을 거라고 굳게 믿었다.

"자신을 잃어버리면 안 돼요. 날 지켜준다고 했잖아요."

한 걸음, 두 걸음……. 에일린은 천천히 피에 젖은 사내를 향해 다가갔다.

"카잔, 그 손으로 날 지켜준다고 했잖아요."

다가오는 에일린을 카잔은 그저 바라만 보고 있었다. 에일린은 활짝 벌린 두 팔로 피에 젖어 있는 사내의 가슴을 끌어안았다. 역한 피 냄새가 느껴졌지만 아무래도 상관없었다. 카잔은 그녀를 지키기 위해 이 피를 뒤집어썼지 않은가.

"……그랬잖아요, 카잔. 그죠?"

이 정도쯤은 아무렇지 않았다.

"그랬지."

비정상적으로 혈관이 붉거져 올라온 카잔의 팔이 올라왔다. 자그마한 에일린의 머리통 위에 조심스럽게 닿았다. 조금만 힘을 줘도 깨지는 달걀처럼 조심스럽게 에일린의 머리를 끌어안으며 중얼거렸다.

"……지켜줄 거야. 언제나. 어떤 상황에서든, 에일린 너만은 내가, 꼭."

피로 물든 카잔의 가슴 안에 안기며 에일린은 안도의 미소를 지어 올렸다.

엉망이 된 천막 안, 죽은 늑대와 피에 젖은 사내 하나, 그리고 그 사내를 끌어안고 있는 여자가 있었다. 괴이한 광경이었다.

경비대가 오기 전, 에일린 일행은 서둘러 그곳을 벗어났다. 피칠 갑을 한 카잔으로 인해 라이가 먼저 호텔로 돌아와 옷을 가져다주었다. 그사이 알렌과 은란이 갇혀 있던 아이들을 보육원으로 인도했고, 에일린은 주변을 방황하고 있는 동물들을 서둘러 산으로 돌려보냈다. 새하얀 햇살이 완연하게 대지를 비출 때쯤 모두가 기진맥진한 상태로 호텔로 돌아왔다. 몹시도 곤한 하루였다.

쏴아아- 에일린은 침대에 누운 채 욕실에서 들려오는 물소리에 집중했다. 카잔이 씻고 있는 소리였다. 옷을 먼저 갈아입겠단 말로 머리부터 발끝까지 피비린내를 풀풀 풍기는 그를 먼저 씻게 했다. 하지만 들어간 지 한참이 지났음에도 욕실 안의 물소리는 끝날 기미가 보이지 않았다.

조금 전 그를 봄으로써 에일린은 확신할 수 있었다. 카잔 또한 비밀이 있었다. 그에게도 그녀처럼 말하지 못한 어떠한 비밀이 있었다. 카잔은 그것이 조금 괴로운 듯 보였지만 에일린으로서는 더더욱 안심이 되었다.

'……다행이다.'

이 마음이 이기적일 수도 있겠지만, 그래도 그가 완벽하지 않아서 다행이란 생각이 들었다. 당신 또한 나처럼 불완전하단 생각에 그녀는 이상하리만치 커다란 안도감을 느꼈다.

당신의 괴로움을 내가 덜어줄 수 있으니……. 당신의 불완전함을 내가 채워줄 수 있는 여지가 있으니……. 그녀가 어둠 속을 헤맬 때 그가 구원해주었듯이, 그녀 또한 그를 향해 손을 내밀어 줄 수 있으니…….

쏴아아아- 욕실 안의 물소리는 여전히 장하게 울렸다. 조금 전의 흥분, 두려움, 슬픔으로 인해 얼룩진 감정 때문인지 에일린의 심장이 세차게 뛰었다. 쿵, 쿵, 쿠웅……! 가슴 위로 손바닥을 가져다 대면 그 박동이 고스란히 느껴질 정도로 정신없이 뛰고 있는 심장. 이것은 이미 카잔의 것이었다. 그녀의 생명, 그녀의 숨결, 그녀의 영혼까지 카잔에게 물들어 있었으니까.

에일린은 천천히 몸을 일으켰다. 옷은 갈아입었지만 아직 그녀에게도 피비린내가 묻어 있었다. 에일린은 망설임 없이 채웠던 단추를 하나하나 풀어 내렸다. 햇살이 들어오지 못하도록 꼼꼼히 여민 커튼으로 인해서 실내는 어둑했고, 에일린은 그 어둑한 실내를 천천히 가로질러 욕실 앞에 섰다.

긴장감으로 바싹 마른 입술을 혀로 축이며 조심스럽게 욕실의 문을 잡아당겼다. 어떠한 저항도 없이 스르륵 문이 열렸다. 차가운 물만 틀어놓은 건지 욕실 안 공기는 훈김 하나 없이 깨끗하기만 했다. 에일린이 들어오는 것을 알고 있었다는 듯 카잔은 거대한 욕조 안에서 들어선 에일린을 빤히 바라보고 있었다.

"같이 씻어요."

다행히 목소리는 떨림 하나 없이 매끄럽게 흘러나왔다. 등과 머리를 기댄 채 느슨하게 누워 있는 그의 얼굴은 아직까지도 꽤나 피곤해 보였다. 차가운 물속이 춥지도 않은 듯 평온하게 누워 있던 그가 에일린을 향해 손을 뻗었다.

"이리 와, 에일린."

그의 부름에 에일린은 서두르지 않는 걸음으로 그에게 다가갔다. 카잔은 두 손을 활짝 벌려 그녀를 맞이했고, 에일린은 아무것도 가릴 것 없는 맨가슴으로 그를 힘껏 끌어안았다. 솜털이 바싹 선 가슴골 사이로 그의 뜨거운 숨결이 닿았다.

숨결과 숨결이 겹쳤다. 두 사람은 너무나도 절박하단 몸짓으로

서로를 갈구했다. 끌어안고, 포옹하고, 완전하게 겹쳐진 두 사람의
뜨거움이 차가운 물을 달구고 있었다.

"헉, 허억, 헉, 헉!"

슘페리는 목에서 신물이 올라올 정도로 달렸다. 서커스단이 자
리를 잡고 있던 해안 공터를 지나 시가지까지 순식간에 내달려 나
온 그가 도착한 곳은 노예상인 페럴의 저택 인근이었다. 이 도시에
서 그가 아는 곳이라곤 페럴의 저택밖에 없어 몸이 본능적으로 아
는 곳을 향해 달려온 것 같았다.

"헉…… 헉……!"

퍼억! 정신없이 숨을 몰아쉬던 슘페리는 담벼락을 주먹으로 내
려치며 분노했다.

"……젠장! 그 자식은 뭐야!"

한 번으로는 도무지 분이 풀리지 않았던지라 슘페리는 그 자리
에 털썩 주저앉은 채 주먹으로 몇 번이나 땅을 내려쳤다. 인정하고
싶진 않지만 두려움에 도무지 다시 돌아갈 엄두가 나지 않았다. 그
검은 머리 사내의 눈빛에서 완전한 살의를 봤던 것이다. 다시 그
눈빛을 떠올리는 것만으로 슘페리는 등골이 오싹했고 다리가 후
들후들 떨렸다. 차이가 시간을 벌어주지 않았다면 슘페리는 그 자
리에서 목이 잘렸을 것이 틀림없었다.

"대체, 대체, 대체! 왜! 갑자기!"

슘페리를 이를 갈며 악다구니를 내질렀다. 저 멀리로 겨우 새벽
동이 떠오르고 있는 이른 시각, 그의 비명은 공허하게 텅 빈 골목
을 울릴 뿐이었다.

"으아악!"

겨우 하룻밤, 그의 모든 것이 사라졌다. 그의 삶이자, 재산이자, 집인 서커스단이 단 하룻밤 만에 무너졌다.

판타지오 서커스단은 슘페리의 왕국이었다. 그 어떤 무서운 짐승도 그의 채찍질 아래 무릎 꿇었고, 여자들은 환호했으며, 남자들은 그가 주는 엄청난 급여에 군소리 없이 그를 따랐다.

도시를 순회할 때마다 그의 부는 쌓여갔고, 그 어떤 악랄한 일을 저질러도 관리들은 그가 쥐여주는 돈을 받고 못 본 척 눈감아줬다. 그도 아니면 그들이 도망갈 때까지 잠시라도 시간을 벌어주든가 했었으니 이 도시, 저 도시를 여행하듯 돌아다니며 유유자적 살아왔던 터였다.

슘페리는 도망치며 부릅뜬 두 눈에 똑똑히 담아냈던 서커스단의 마지막 모습을 떠올렸다. 수십여 개의 천막 중 일부는 불에 탔고, 일부는 날뛰는 짐승들에 무너졌으며, 일부는 검은 머리 사내와 갈색 머리 계집에 의해 침범당했다.

"……그 계집, 그 새끼!"

반드시 무슨 일이 있어도 복수를 하고 말리라, 슘페리는 이를 악물며 다짐했다.

하지만 어떻게? 어떻게 복수를 한단 말인가? 그 검은 머리 사내는 100명의 장정이 달려들어도 이기지 못할 것이 틀림없었다. 바람처럼 빠른 몸놀림, 괴수에 가까운 엄청난 힘까지……. 그 시린 눈빛을 떠올리자니 다시 다리가 떨려왔다.

보라색 먼동은 어느새 뽀얀 얼굴을 드러내더니 세상 밖으로 찬란한 햇빛을 내놓기 시작했다. 슘페리는 그 아침 햇살 아래 후들후들 떨고 있는 제 손과 발이 보였다. 슘페리는 비참함에 눈을 질끈 감고 말았다.

'……이제 어쩌지?'

그는 지금 저가 빈털터리라는 것을 인지했다. 힐끗 올려다본 페럴의 3층짜리 저택. 친구라고 말하긴 어색했지만 그럼에도 오랜 시간을 거래해왔고, 같은 도시에 있을 때면 술 한잔 기울이며 웃었으니 조금은 도움을 받을 수도 있겠지.

일단은 페럴에게 신세를 지기로 마음먹은 슘페리가 저택 입구에 섰다. 설마 내쫓기야 하겠느냐는 마음으로 굳게 닫힌 문을 두드렸던 그는 곧 제 그런 생각이 철저히 잘못되었음을 인정해야 했다.

"……나가라고?"

"음, 미안하게 됐어. 그렇게 서운한 표정 지을 것 없네. 자네가 내 입장이라도 이렇게 하지 않았을까? 더 하면 더 했지, 절대 덜할 사람은 아니라는 것은 자네도 알고 나도 알지 않나. 조사해보니 서커스단은 정말 엉망으로 무너졌더군. 이제 자넨 빈털터리 아닌가? 남은 단원들도 없고, 묘기 부릴 짐승들도 없고……. 그런 자네를 내가 왜 먹여주고, 재워줘야 하는 거지?"

페럴은 손을 내저으며 슘페리에게 냉정하지만 정확하게 자신의 의사를 표출했다. 듣고 있던 슘페리의 얼굴이 점점 시뻘겋게 달아오르고 있었다.

"하! 그, 그냥 이틀, 아니 하루만이라도 좀 받아줄 수도 있지 않나? 이, 이렇게 야박한 사람이었나, 자네?"

"야박하다니! 난 어차피 내일이면 출항해야 하고, 정신도 없는데 어떻게 자네를 받아준단 말인가? 거참 뻔뻔하구먼. 막말로……

알거지가 된 자네를 뭘 믿고 받아줘? 그러다 저택에 있는 촛대라도 들고 튀면 어떡하라고? 안 그런가?"

"뭐, 뭐라고? 뭘 들고 튀어? 내가? 내가 뭘?"

페럴의 말에 슘페리가 버럭 소리를 내질렀다. 쩌렁쩌렁 울리는 슘페리의 목소리에 3층짜리 저택이 들썩했다.

"아니면 말지 예민하게 굴기는……. 진짜 찔리기라도 하는가?"

페럴은 슬쩍 귀를 틀어막으며 툴툴댔다. 슘페리는 입만 벙긋거리다가 테이블에 놓여 있는 냉수를 벌컥벌컥 들이켰다. 페럴의 막말에 슘페리는 적잖이 기분이 상하기는 했지만 이대로 물러날 수도 없었다. 그가 이 도시에서 지금 당장 기댈 곳은 페럴뿐이니, 열심히 비벼볼 수밖에.

"페럴, 그러지 말고 잘 생각해봐. 나야, 나, 슘페리! 언제든 도약할 수 있다고! 그러니 투자한다 생각하고……."

"아, 됐고, 얼른 나가게. 옛정을 생각해서 몇 푼 쥐여줌세. 나도 지금 모자란 인원 충당하러 가야 해서 바쁘다고. 어서 가라고."

그렇게 말하며 페럴은 돈이 들어 있는 주머니 하나를 던져줬다. 슘페리가 이걸 받아 말아 잠시 고민하자 페럴은 다시 가져갈 것처럼 손을 뻗어왔다. 그래, 차라리 이거라도 받아 가자 싶어 슘페리는 냉큼 주머니를 집어 들었다.

"정말 너무하는구먼. 내가 지금은 사고로 이렇게 쫄딱 망했지만 거, 보라고! 곧 재기할 테니까!"

"그래그래, 돈이 생기고 다시 오라고. 그땐 내 친절하게 맨발로 나와 맞아줄 테니까."

슘페리는 씩씩거리며 제 발로 페럴의 저택 문을 박차고 나왔다.

그가 뒤돌아보기가 무섭게 문이 쾅 소리를 내며 닫혔다. 하마터면 코가 깨질 뻔한 슘페리가 제 뭉툭한 코를 부여잡고 닫힌 문을 발로 찼다.

"어디 내가 여기 아니면 갈 곳이 없는 줄 아나!"

씩씩대던 슘페리는 냉큼 들고 나온 주머니를 열어봤다. 짤랑거리는 소리가 꽤 경쾌하다 싶었지만 막상 안을 열어보니 겨우 한 끼 해결할 정도의 돈밖에 들어 있지 않았다.

"이, 이, 이…… 양아치 자식!"

고작 30페니라니! 더럽고 치사한 놈! 치사한 자식! 불평, 불만을 내뱉을 수 있는 처지가 아니라는 것도 모르고 슘페리가 온갖 짜증을 다 내고 있을 때였다. 문 너머로 들리는 희미한 말소리.

"두 명이…… 모자라."

"당장 내일 출항인데…… 죠? 사올까요?"

"우리가 노예상인데 다른 노예상한테 사올 수도 없고……. 여왕님 명령이라……."

올라갔다 다시 내려온 것인지, 아니면 방으로 들어가지도 못하고 다급하게 이야기하는 것인지 두 사람의 목소리가 제법 뚜렷하게 들려왔다. 하나는 페럴의 목소리였고, 다른 하나의 페럴의 오른팔로 일하고 있는 부하의 목소리였다.

'여자 둘이 모자라다고?'

한동안 문짝에 귀를 바짝 대고 이야기를 듣고 있던 슘페리가 의미심장한 미소와 함께 저택의 문을 두드렸다. 쿵쿵쿵! 이 문이 열릴 때까지 두드리겠다는 듯 끈질기게 울려대는 문소리에 페럴이 마지못해 다시 밖으로 나왔다.

"그만하지, 왜 또 왔는가?"

"크흠, 내 자네의 고민을 해결해주러 왔지."

"뭐라고?"

그게 무슨 말이냐는 듯 한쪽 눈살을 찌푸린 채 저를 쳐다보는 페럴을 향해 슘페리가 손가락 2개를 펴며 말했다.

"한 명당 20골드. 둘이 합쳐 40골드!"

"……뭐?"

"여자 둘, 내가 구해다 주겠다, 이 말이야."

그렇게 말하는 슘페리의 눈빛이 으슥하게 빛났다.

살짝 열린 창문 틈으로 바람이 스며들었고, 그 바람을 따라 반쯤 열린 커튼이 나부꼈다. 햇살을 차단해줬던 암막 커튼은 완전히 젖혀졌고, 속치마처럼 부드러운 실크 커튼만이 붉은 노을에 물들어 춤을 추는 늦은 오후. 이마 위를 간질이는 머리카락을 느끼며 에일린은 부스스 눈을 떴다. 조금 답답하다 싶더니만 카잔이 그녀를 꽉 끌어안은 채 잠이 들어 있었다. 체온이 높은 카잔이었기에 그의 열기가 피부로 고스란히 전해졌다.

"……더워."

에일린은 잠이 깨지 않은 얼굴로 자리에서 몸을 일으켰다. 새하얀 어깨 위로 붉은 노을이 반사되었고, 어제보다 조금 더 붉어진 머리카락이 흘러내렸다. 살랑살랑 흔들리는 바람이 기분 좋게 에일린의 열기를 식혀주었다. 에일린은 멍한 얼굴로 붉어진 바다를 바라를 바라봤다.

카잔의 흔적이 그녀의 전신에 가득했다. 그는 잠이 들어 있었만 여전히 카잔이 제 안에 가득한 느낌이었다. 오늘따라 유난히 제 몸이 제 몸같이 느껴지지 않을 정도로 노곤했다. 싫지 않은 피곤함이었지만 머리가 너무 멍해서 정신이 없었다. 카잔 또한 지쳤던 것인지, 아니면 긴장을 늦춘 것인지 그녀가 깨어 일어났지만 여전히 고른 숨소리를 내며 잠이 들어 있었다.

카잔의 남자다운 턱과 뺨을 손끝으로 쓰다듬던 에일린은 다시 고개를 들어 노을을 봤다. 또 그 남자의 꿈을 꿨다. 눈부시게 아름다운 왕자, '사뮤엘'의 꿈. 그 남자의 꿈을 꾸는 횟수가 점점 늘어나고 있었다. 소름 끼치도록 생생하기에 도저히 꿈속의 인물이라고 생각되지 않았다.

"왜 자꾸 꿈에 나오는 거지?"

사뮤엘은 그녀를 알고 있었다. 무슨 이유에선지 그는 그녀를 무척이나 애절하게 바라봤다. 그리고 무엇보다도 조금 전 꿈에서 봤던 그의 모습. 눈부신 황금빛 머리카락이 달빛 아래 붉게 번져 있었다. 눈동자도, 머리카락도. 마치 에일린처럼 말이다.

'……그 남자는 나랑 관련이 있어.'

그렇다면 대체 어떻게? 언제부터? 얼마나? 설마 잃어버린 형제라도 되는 걸까? 하지만 그렇다고 하기엔 두 사람은 조금도 닮지 않았다. 뒤따르는 의문에 대한 답은 그녀가 가지고 있지 않았다. 사뮤엘, 꿈속의 그 남자가 가지고 있었다.

그라시아스의 상징인 백색 왕궁(White Palace). 그 안에서도 가장 화려한 본궁 안에는 왕과 왕비의 침실이 있는 내궁이 따로 마련되어 있었다.

왕이 쓰러진 지 벌써 1년. 내궁 안은 이미 죽음의 기운이 스며든 듯 고요하고 스산한 공기가 가득했다. 괴이하게도 침울한 본궁 안을 갖가지 새빨간 꽃들이 장식했는데 그것이 더욱 내궁을 사늘하게 만들었다. 본디 꽃이 가진 화사함과 화려함 대신 죽음의 기운을 담뿍 머금은 새빨간 꽃들이 내뿜는 기운은 스산함 그 자체였다.

　"……그런데 정말 이대로 죽어버리면 어쩌죠?"

　내궁의 가장 높은 곳에 위치한 왕의 침실 안.

　"그러니 어서 빨리 그 계집을 찾아내야 하지 않겠습니까? 공작께선 그렇게 제 손으로 찾아내겠다고 자신하더니 어째 이리 소식이 없습니까?"

　"……커험! 그 말을 어찌 저만 했습니까? 데릴 후작도 하지 않았습니까?"

　"이러다 정말 계승 의식 없이 왕자가 왕이 되기라도 한다면……!"

　"무서운 말씀 함부로 하지 마십시오!"

　거대한 침실 위에 죽은 듯이 잠들어 있는 늙은 왕을 둘러싸고 인형처럼 표정이 없는 왕비와 그녀의 충직한 측근들이 둥글게 자리 잡고 서서 수상한 회의를 하고 있었다. 시끄럽고 무례하기 짝이 없는 귀족들의 말에도 잠이 든 늙은 왕은 깨어날 기미가 없다.

　"……그만."

　조용히 울려 퍼지는 자그마한 왕비의 목소리에 장내는 순식간에 침묵에 휩싸였다. 왕비는 눈감은 제 늙은 남편을 바라보며 조용히 중얼거렸다.

　"아직 시간이 조금 남아 있습니다. 제가……."

　왕비가 눈을 들어 저에게 홀려 있는 귀족들을 천천히 바라봤다.

새까만 것인지, 빛이 나는 것인지 모를 스산한 눈동자가 귀족 한 명 한 명을 응시했다.

"시간을 벌어놓겠습니다. 그사이 꼭 그 계집을 찾으십시오."

"따르겠습니다."

엑시움에서 가장 권위 있는 대귀족들이었다. 유서 깊은 집안의 대공도 있었고, 드넓은 대지를 소유한 후작도 있었다. 신흥세력의 젊은 귀족들까지도 왕비의 발언에 머리를 조아리며 경의를 표했다.

그들을 바라보던 왕비가 제 그림자를 향해 손을 뻗었다. 그러자 그녀의 발밑에 깔려 있던 그림자가 풍선처럼 부풀어 오르더니 하나의 생명체가 되어 곁에 시립하고 섰다. 그녀가 부리는 그림자 인형이었다. 그림자 인형은 곧 제 어둠 속에서 하나의 양피지를 꺼내 그녀에게 건네주었다. 며칠 전, 그녀가 이곳에서 보았던 한 계집의 얼굴이 고스란히 그려져 있었다.

"이 계집입니다. 찾으십시오. 수단과 방법을 가리지 말고. 그래야……. 엑시움이, 이 엑시움에서 존속하고 그대들의 권위와 재력이 지금처럼 보장될 테니까요."

왕비가 건네준 그림을 떨리는 두 손으로 받들며 귀족들은 다시 한 번 머리를 조아렸다. 왕비의 힘은 마치 전설 속, 초대 왕비의 힘처럼 특별하고 경이로웠다. 그것이 귀족들을 더더욱 왕비에게 심취하게 만들었다.

20여 년 전, 저 먼 서쪽의 소국에서 시집온 이국의 공주. 젊고 아름다운 공주가 어째서 이 먼 타국의 나이 든 왕과 결혼하겠다고 한 건지, 당시의 귀족들은 이해할 수 없었다. 초혼도 아니었고 무려 두 번째 결혼이었으니 그 의아함은 당연한 것이었다.

하지만 그 의아함은 곧 그녀가 보여주는 신비한 힘에 묻혀 완전히 사라지고 말았다. 젊은 왕비는 귀족들을 하나하나 불러들여 제 편을 늘려 나갔다. 제 힘을 보여주었고, 저가 가진 힘으로 어떤 일을 할 수 있는지 보여주었다. 왕 또한 날이 가면 갈수록 그녀에게 홀려들어 갔기에 엑시움 하늘 아래 그녀를 무시할 수 있는 자는 아무도 없었다. 채 10년이 되지 않은 시간, 왕비는 왕궁을 완전히 장악했다.

단 한 명, 사뮤엘 왕자를 제외한다면 말이다.

"……왕자는 여전히 방에서 꼼짝하지 않고 있는 겁니까?"

"예, 꼼짝도 하지 않습니다."

왕비는 비릿하게 웃었다. 참으로 독한 왕자였다. 어려서부터 왕자의 일거수일투족을 모조리 감시했지만 단 한 번도 제 반려를 찾으려는 행동을 취하지 않았다. 저 영악한 왕자가 어려서부터 저를 의식한 것이리라.

아쉴의 제 짝을 향한 사랑과 애정은 참을 수 없는 것이라 했는데 왕자는 단 한 번도 제 짝을 향한 그 어떤 감정도 내색한 적 없었다. 그토록 어렸던 시절부터 단 한 번도.

왕자의 방은 특별한 주술이 걸려 있었다. 무슨 짓을 해놓은 것인지 그 방 만은 도무지 침투할 수가 없었다. 꿈을 읽어보려 해도 방에 침입하지 못하니 그저 곁에서 감시할 뿐이었다.

왕자는 소중한 열쇠였다. 천 년을 이어온 저주의 힘, 그 힘을 계승할 유일한 열쇠였으니 왕비는 왕자를 공격하지 않았다. 다만 그의 수족을 하나하나 쳐내려 갔다. 왕자가 아쉴의 힘을 온전히 계승

했을 때 무기력하게 그녀에게 그 힘을 빼앗길 수 있도록 그 수족을 모두 쳐냈다. 이제 남은 것은 늙은 기사 하나와 그의 수발을 들어주는 시녀장, 그리고 불쌍한 애완짐승 몇뿐. 그 정도쯤은 넓은 아량으로 남겨주었다.

"한낮의 햇살처럼 따스해 보이는 왕자였지만 그야말로 진정 냉정한 이가 아닙니까. 왕가의 핏줄들을 모조리 죽이고 다니는 꼴을 보십시오."

어느새 모든 귀족이 빠져나간 왕의 침실. 왕비는 잠이 든 왕 곁으로 다가와 소곤거리듯 말을 붙였다.

"……저야 얼굴도 모르는 처녀들 몇백 명을 죽였을 뿐이지만, 왕자는 제 핏줄들을 제거하고 있는 겁니다."

아쉴 계집을 찾겠다고 나라 안에 있는 천한 계집들을 데려와 고문하고 죽인 왕비였다. 그 처녀들의 피가 내궁의 지하를 가득 메울 만큼 엄청났지만 개의치 않았다.

"누가 누구를 잔인하다 말할 수 있습니까? 그렇지요, 전하? 아, 당신 할 말이 없겠습니다. 전 왕비의 가슴을 잔인하게 찢어 그 힘을 취한 게, 당신이니 말입니다."

왕의 곁에 무릎을 꿇은 채 앉은 왕비는 스산하게 웃었다. 오랜 시간을 이어져 내려온 이 잔인하고 포악하며, 엄청난 저주의 힘은 곧 그녀의 것이 될 테니까.

슘페리는 무너진 서커스단의 잔해를 밟고 서 있었다. 잠 한숨 자지 못한 채 독기가 바짝 오른 눈빛이 어수선한 공터를 둘러보고 있다. 서슬 퍼런 눈빛, 앙다문 턱, 꽉 쥔 주먹에서 그의 분통 터지는 마음이 고스란히 전해졌다. 지난밤의 소란은 서커스단 측에서의 관리부실로 인한 사건으로 빠르게 일단락 지어졌다. 동물들을 제 대로 가둬놓지 못해 날뛰며 도망갔고, 그로 인해 화재가 일어났다 는 것이다. 아이러니하게도 검은 머리 사내에게 끔찍하게 당했던 제 단원들은 짐승들이 물어뜯어 자상이 거의 남아 있지 않았다. 더 군다나 경비대와 수색대는 더 조사해볼 것도 없다는 듯 반나절 만 에 사건을 종결했다.

기가 막히고 어이가 없어 웃음도 나오지 않았다. 슘페리의 일평 생이 고스란히 녹아 있는 서커스단이 한순간에 망했는데, 심지어 그것이 제 탓이란다. 더 조사해달라고, 침입자가 있었다고 악을 써 봤자, 보상금을 타기 위한 수작으로밖에 보지 않았다.

"하……! 하! 빌어먹을!"

슘페리는 꽉 쥔 주먹으로 마른 가슴을 퍽퍽 내리쳤다. 그나마 살아서 도망간 서커스단원 몇이 있었지만 이제 그들을 먹여 살릴 돈도, 명목도, 아무것도 남아 있지 않았다. 악착같이 모아놨던 보 물들도 혼란의 틈에서 쥐도 새도 모르게 사라졌다. 경비대가 슬쩍 했거나, 불에 타 없어졌거나 혹은 살아남은 단원들이 훔쳐 달아났 겠지. 슘페리는 약이 오르고 열불이 터져 이를 박박 갈았다. 남부 럽지 않았는데, 지금 그의 손에 쥐어져 있는 것은 고작 페럴에게 착수금 명목으로 뺏다시피 한 5골드가 전부였다.

슘페리는 분노를 숨기지 못한 얼굴로 근처 시가지를 샅샅이 뒤 지고 다녔다. 분명 그것들도 당장 이 도시를 떠나지 못했을 것이었 다. 자르디오에 왔다는 것은 배를 타기 위해서거나, 배를 타고 왔 다거나 둘 중 하나였다. 그렇다면 그들이 아직 이곳에 남아 있을 확률도 반이었다.

점심도 꼬박 거르고 돌아다니다 저녁 해가 질 때쯤이었다. 슘페리는 해안광장이 잘 내려다보이는 3층짜리 식당으로 올라가는 익숙한 뒷모습들을 발견했다. 슘페리는 조심스럽게 일행의 뒤를 쫓았다. 한 시도 시선을 떼지 않는 그의 시선이 음습하게 빛났다.

"그럼 배는 내일 오후라는 건가?"

"음, 여객선은 내일 오후. 그것도 간신히 잡은 거야. 하도 배가 없으니까 한번 배가 뜰 때마다 사람들이 몰려서 티켓 값도 엄청 비쌌다고. 그런 의미에서 정산은 꼭 받아내겠어. 오케이?"

"별걱정을 다 하는군."

카잔의 대답은 시큰둥했지만 첸은 카잔이 1페니의 오차도 없이 돈을 내어줄 것을 믿어 의심치 않았다. 워낙 칼 같으신 성격이니 어련하시겠는가.

"아 참, 아침엔 어딜 그렇게 바삐 다녀오신 거예요?"

무릎 위에 타월을 깔던 은란이 문득 첸을 향해 물었다. 모두가 지쳐 쓰러지기 바빴던 새벽, 은란은 곤한 몸을 이끌고 아이들을 인도해주기 위해 알렌과 보육원엘 다녀왔다. 그리고 들어오는 길에 멀리서 막 호텔 안으로 들어서던 첸을 봤던 것이다. 제일 먼저 뻗어 있을 거라 생각했는데 언제, 그리고 왜 나갔었던 걸까 궁금했다.

"아, 그냥 시정청엘 좀 다녀왔습니다."

"시정청이요?"

"음, 서커스단 화재사건을 어떻게 조사해야 될지 조언을 좀 주고 왔습니다. 빠르고, 간결하게 조사 부탁드린다고요."

그렇게 말하며 첸은 은란을 향해 부드럽게 웃어 보였다. 과하지도, 부족하지도 않을 만큼 딱 적당한 온도의 미소. 은란은 저도 모르게 이 아름다운 남자의 미소를 멍하니 바라볼 뻔한 것을 간신히 내리눌러야 했다.

"그렇군요."

우아함이 온몸에 짙게 배어 있는 이 남자가 그녀를 혼란스럽게 했다. 시정잡배처럼 털털하고 얄궂다가도 어느 순간 보면 여느 공작가의 사내처럼 절도 있는 기품이 있었다. 참으로 혼란스러운 남자였다.

'내가 무슨 생각을 하고 있는 거야. 이 남자가 그러든 말든 나랑 무슨 상관이라고.'

은란은 멋쩍음에 붉어진 볼을 긁적이며 시선을 돌려 창밖을 봤다. 그러다 까맣게 해가 지고 있는 창밖을 응시하고 있는 에일린과 그런 에일린을 바라보고 있는 카잔을 발견했다. 은란의 머릿속으로 지난 새벽의 영상이 짧게 스치고 지나갔다. 워낙 정신이 없었고, 워낙 피에 흠뻑 젖어 있던지라 정확한 기억인지는 모르겠지만 카잔이라는 저 남자의 팔은 분명 보통 사람의 그것은 아니었다. 날카로운 손톱, 붉어진 힘줄 등은 멀리서도 뚜렷하게 확인이 가능했으니까.

'이 남자도 수인족인가?'

확실하지 않았고, 그 확실하지 않은 것을 굳이 물어보고 싶지도 않았다. 어차피 그녀는 이들의 일행도 아니었고 어쩌다 잠깐 같은 일에 휘말린 것뿐이었으니까. 괜한 호기심은 고양이를 죽일 뿐이었다. 그날 봤던 잔혹했던 광경은 잠시 접어두었다. 떠올려봤자 좋을 것이 없었다.

……그리고 또 한 명, 에일린.

은란은 에일린의 옆모습을 조심스럽게 훔쳐봤다. 얇은 펜촉으로 그린 듯 고운 옆선과 신비하고 총총한 눈망울만 보자면 가시에만 찔려도 눈물을 훌쩍일 것 같은 느낌을 주었다. 하지만 저 작고 가녀려 보이는 에일린이 저 피투성이 남자를 끌어안고 진정시켰다. 저 작은 품이 저 잔혹한 남자를 모두 포옹한 것이다. 그것은 경이로운 광경이었고, 어쩐지 숨도 쉴 수 없을 만큼 아찔한 모습이었다. 그래서 그런지 은란은 새벽녘, 그 모습을 평생 잊을 수 없을 것 같았다.

'그나저나 에일린 머리카락 색이 변한 것 같은데……. 내가 잘 못 본 건가?'

노을은 이미 땅거미 안으로 사라져 들어갔건만 에일린의 머리카락 색은 여전히 붉게 빛나고 있었다. 살굿빛의 식당 조명 탓인가 싶었지만 그렇다고 하기엔 너무나도 선명한 노을 색이었다.

"에일린, 몸은 좀 괜찮아요?"

에일린을 보고 있던 은란이 문득 그녀의 창백한 안색을 발견하고 물었다. 워낙에 말이 없는 성격이라 이제껏 조용해도 그러려니 했는데, 자세히 보니 표정이 좋지 않았다. 괜찮다는 듯 입꼬리를 말아 올려 웃었지만 영 어색한 것이 딱 티가 났다.

"아프면 말하라고 했지."

엄한 카잔의 어투에 에일린이 아차 하는 얼굴로 그를 바라봤다. 촉촉한 눈동자를 반으로 접어 웃으며 슬쩍 제 증상을 이야기했다.

"아, 미안해요. 그냥 아랫배가 조금 아파서……."

"배탈 난 건가? 먹은 것도 없는데."

"배탈 난 것처럼 아픈 건 아니에요. 뭐라고 딱 말할 순 없는데…… 그냥 좀 불편하네요. 허리도 좀 아프고요."

에일린의 말에 카잔은 그것이 제 탓이라고 느껴졌는지 어쩔 줄 모르는 얼굴로 그녀의 안색을 살피기 바빴다. 워낙 많은 양을 주문한 탓에 음식은 느리게 나왔고, 테이블 위로는 어색한 정적이 휘돌았다.

"근처에서 피 냄새가 나는데……?"

카잔은 그저 분위기를 환기시키려고 한 말이었다. 그런데 그 말에 에일린의 얼굴이 하얗게 질렸고, 푹욱 고개를 숙여 제 단정한 무릎만 바라보고 있었다.

입술을 잘근잘근 깨물며 초조해하는 에일린의 표정을 유심히 살피던 은란은 어쩐지 에일린의 증상이 저에게도 매우 익숙하다는 것을 눈치챘다. 혹시나 싶은 은란이 제 핸드백 안에서 손수건과 상비하고 다니던 면 수건을 꺼내 들며 자리에서 일어났다.

"신사분들께는 조금 죄송하지만 레이디들만 할 얘기가 있어서 잠시 실례해도 될까요?"

"둘이 어딜 가려고?"

"어머, 그런 걸 묻는 건 실례라고요."

은란은 여유롭게 사내들의 끈질긴 시선을 비껴가며 에일린의 손목을 부드럽게 이끌고 1층으로 내려갔다. 안타깝게도 이 전망 좋은 식당의 단 하나의 단점이 있다면 화장실이 건물 밖에 있다는 것이었다.

"저기, 갑자기 화장실은 왜……"

"혹시 지금 달거리 온 거예요? 나한테 달거리 때 좋은 약이 있어요. 나도 그때가 되면 통증이 심해져서 꼭 챙겨 다니거든요."

은란의 말에 에일린은 잘 모르겠단 얼굴로 되물었다.

"……달거리가 뭐예요?"

그녀의 물음에 더 당황스러운 것은 은란이었다.

"달거리…… 를 몰라요?"

에일린은 순진무구한 얼굴로 은란을 그저 빤히 바라보고만 있었다. 나는 모르니 어서 설명해달라는 얼굴이었다. 대체 어떻게 그걸 모를 수 있지? 아니, 그렇다면 지금 달거리 중이 아니야? 내가 잘못 알고 데려온 건가?

은란이 혼란스러워하는 틈에 에일린은 다시 아랫배를 쿡쿡 쑤시는 통증에 허리를 조금 굽히고 배를 끌어안았다. 배는 차가운 것 같은데, 온몸은 뜨거웠다. 무엇보다도 속옷 안을 적시고 있는 핏물이 당황스러웠다. 제 몸에 이상이 생긴 건가, 아니면 지난밤 때문에 그런 걸까? 혼란스럽고, 무섭고, 당황스러웠지만 워낙에 비밀스러운 부위에서 일어난 일이라 무턱대고 카잔이나 첸에게 물어보기도 뭐했다. 그리고 어제까지는 괜찮았는데 조금 전부터 이러는 것도 이상했고……. 정말, 카잔 때문인가?

"이상하다. 분명 달거리 증상인데……. 저기 에일린, 배가 묵직하게 아프고, 허리고 아프고, 체온이 좀 올라간 것 같기도 하고, 음……. 아! 가슴도 좀 아프지 않아요?"

은란이 말하는 증상은 구구절절 에일린의 그것이었다.

"아래에서 피가 비치는 거, 맞죠?"

"어, 어떻게 알았어요?"

"맞네! 그거 달거리예요. 세상에……. 에일린, 달거리 처음 시작한 거예요? 그것도 오늘? 어머! 많이 놀랐겠어요."

"달거리? 내가 지금 달거리를 하고 있는 거라고요?"

순진한 에일린의 물음에 은란은 살며시 웃으며 크게 고개를 끄덕였다. 무슨 이유에서인지 모르겠지만 에일린의 달거리는 보통의 다른 여자들보다는 조금 늦게 시작된 듯했다. 에일린은 달거리가 뭔지도 모르는 듯했고, 은란은 에일린의 손을 두 손으로 꼭 붙잡아주었고, 눈을 맞추며 그것이 무엇인지 설명해주었다. 언젠가 그녀의 어머니가 은란에게 그렇게 해주었던 것처럼 다정한 목소리로 말이다.

"이제 이 몸이 완전한 여성의 몸이 되었다는 신호예요. 아래에 비치는 피는 놀랄 게 아니에요. 에일린의 몸속에서 아기집을 만들 수 있도록 몸을 깨끗하게 하는 과정이니까요. 한 달에 한 번, 어떤 여자들은 몇 달에 한 번씩 이렇게 헌 피를 내보내고 몸을 깨끗하게 해요. 조금 힘겹지만 무척 고귀한 일이죠. 여자라면 모두 겪는 일이에요. 나도 그렇고요."

"……아기집."

"그래요. 이때 몸을 굉장히 아껴줘야 해요. 더더욱 소중하게 여겨줘야 해요. 지금 에일린이 흘리는 피는 죽음으로 가는 피가 아니라, 새로운 생명을 잉태하기 위한 아주 귀한 피거든요."

멍하니 은란의 말을 듣던 에일린은 문득 두 뺨에 열이 올라오는 것을 느낄 수 있었다. '새로운 생명을 잉태'한다니, 곧 그 말은 그녀가 아이를 가질 수 있다는 말 아닌가. 에일린의 머릿속으로 카잔을 닮아 눈썹이 짙고 장난이 심한 어린 남자아이의 얼굴이 떠올랐다. 이상하게 가슴이 벅차올랐다. 그렇게나 짜증스럽던 복통도, 허리통증도 하나도 싫지가 않았다.

"자, 이거 먹어요. 약 먹으면 통증이 좀 괜찮아질 거예요. 아! 근데 지금 아래에 뭘 덧댄 거예요? 아무거나 쓰면 안 되는데…… . 그럼 몸에 안 좋거든요. 자, 이건 내 면 수건인데 이거라도 써요. 찝찝해하지 않아도 돼요. 뜨거운 물로 잘 삶아서 햇빛에 소독까지 했으니까. 그러지 말고, 마침 이 근처에 면직물집이 있으니 얼른 들렀다 올까요?"

그렇게 말한 은란은 더 이상 망설일 것도 없다는 듯 에일린의 손을 이끌고 밖으로 나왔다. 면직물집은 가게에서 딱 한 블록 떨어져 있었다. 엎어지면 코 닿을 거리였지만 축제기간이라 사람이 많은 탓에 시야가 복잡했다.

"저기요, 누나들."

몇 발만 더 나아가면 되는 그 거리, 바삐 움직이는 에일린과 은란의 치맛자락을 누군가 툭툭 잡아당겼다.

테이블 위에 맛깔나게 차려진 갖가지 요리가 사늘하게 식어버릴 만큼 오랜 시간이 지났다. 심부름을 갔다가 돌아온 라이가 마른침을 꼴딱꼴딱 삼키며 식어가는 음식을 안타깝게 바라보고 있었지만 먼저 젓가락을 들 수는 없었다. 라이가 한숨을 푹푹 쉬는 사이, 보육원에 다녀온 알렌이 도착했다.

"저희 아가씨는 어디 있죠?"

텅 비어 있는 2개의 의자를 가리키며 알렌이 물었다. 첸이 손목에 찬 시계를 힐끗 내려다보며 중얼거렸다.

"아무리 레이디를 재촉하는 게 아니라고 배웠다지만, 30분이 넘도록 안 오는 것은 조금 이상한데."

"30분이 넘도록 안 오셨다고요? 어디 가셨는데요?"

"에일린이랑 레이디스룸에 다녀온다고 했는데 말이야. 원래 여자들이 이렇게 오래 걸리나?"

첸의 말에 알렌이 미간을 찌푸렸다. 거의 24시간을 은란과 붙어 사는 그지만 은란이 화장실에 간다고 30분이나 자리를 비운 적은 단연코 한 번도 없었다. 테이블을 바라보며 침만 뚝뚝 흘리고 있던 라이가 반쯤 정신이 나가 아무 말이나 지껄이기 시작했다.

"변비인가 보죠. 변비엔 키위가 좋다는데. 아, 키위. 키위 주스 먹고 싶다. 키위에 바비큐 먹고 싶다. 아니, 그냥 눈에 보이는 거 다 먹고 싶다아아아."

라이의 정신 나간 소리에 첸은 한 손으로 얼굴을 쓸어내리며 한숨을 푹 내쉬었다. 어디 가서 제 수하라고 말하기 부끄러울 때가 종종 있었다. 자유롭게 살라며 방생하고 싶지만 라이가 절대 첸 곁에서 떨어지지 않았다. 어련하겠는가. 첸 곁에 있으면 언제나 배부르게 먹고, 등 따시게 잘 수 있는데.

그때, 가만히 앉아 있던 카잔이 벌떡 자리에서 일어났다. 모두의 시선이 카잔의 움직임을 따라 돌아갔다.

"어디가?"

"……아무래도 이상해."

"뭐가?"

"피 냄새가 없어졌어."

"엉? 피 냄새?"

좀 더 자세한 설명을 요구하는 첸의 눈빛을 뒤로한 채 카잔은 식당을 빠져나와 화장실이 있는 작은 건물로 들어섰다. 재빨리 그의 뒤를 따라 나온 첸이 무턱대고 레이디스룸으로 들어가려는 카잔을 붙들고 섰다.

"어허, 그럼 안 되지. 안에 여성분이 계실지 모르는데."

"아무도 없다."

"그걸 당신이 어떻게……."

아냐고 묻기도 전에 카잔이 화장실 문을 벌컥 열어젖혔다. 그러자 그의 말마따나 꽤 넓은 그 안은 텅 비어 있었고 그 누구의 흔적 또한 남아 있지 않았다.

"우와, 레이디스룸은 이렇게 생겼군요?"

라이가 호기심을 빛내며 여자 화장실 안쪽으로 쑤욱 고개를 들이밀었다. 그와 동시에 카잔이 문을 잡고 있던 손을 놓아버리는 바람에 라이는 그대로 문을 얼굴로 들이받고 말았다.

"악! 내 코!"

라이의 코에서 코피 두 줄기가 주룩 흘러내렸다. 그가 아픈 코를 붙잡고 끼잉거렸지만 아무도 신경 써주는 사람은 없었다.

다급해진 카잔과 알렌이 동시에 밖으로 뛰쳐나왔다. 카잔은 곧장 닫아놓았던 감각을 올려 에일린의 향기를 쫓았다. 수많은 사람이 오가는 탓에 그녀의 향을 찾기가 쉽지는 않았다. 하지만 한껏 예민해진 그의 후각이 익숙한 냄새 몇 가지를 찾아냈다.

딱 한 블록쯤 떨어진 곳, 사람들이 오가는 곳을 약간 비껴난 골목에서 카잔은 바닥에 떨어진 뭔가를 주워 올렸다. 수많은 발자국에 더러워진 하얀 손수건이었다. 손수건을 보자마자 알렌이 튀어나왔다.

"이건 저희 아가씨 손수건입니다만……."

하얗게 질린 얼굴로 알렌이 중얼거렸다. 동시에 그 자리에 있던 남자들의 얼굴이 굳어졌다.

"잠깐, 그럼 에일린과 은란이 지금 여기에서 없어졌다는 말인가? 아니, 도대체 왜? 누가? 언제? 어떻게!"

"누가 우리를 미행하고 있었던 걸까요?"

"아니, 그런 건 아니야. 미행하고 있었다면 내가 눈치채지 못했을 리 없어."

첸은 대꾸하는 카잔의 말투가 예상보다 담담하다 생각했다. 하지만 그와 눈이 마주친 순간 그건 제 착각이었을 뿐이라고 바로 정정해야 했다. 그는 담담하지 않았다. 차갑게 가라앉은 눈빛으로 주변을 둘러보는 그는 지금 이 사태를 이해하려 냉철함을 유지하고 있을 뿐이었다. 가늘게 뜬 눈이 주변을 날카롭게 훑었고, 그의 모든 감각을 최대한 끌어 올려 그녀를 찾고 있었다.

'……이 냄새는.'

카잔은 재빨리 골목 끝으로 다가갔다. 골목보다는 통로에 가까운 곳. 그 반대편 끝에 다다라 무릎을 꿇고 앉은 그는 바닥에 길게 그어진 어떤 자국을 가리키며 말했다.

"바퀴 자국……. 조금 전까지 여기에 마차가 서 있었군. 누가 이런 골목 끝에 마차를 세워놓지? 여긴 마차 길도 아닌데 말이야."

"그 마차가 누군가, 아니 뭔가를 기다리고 있었다면 말이 되지."

첸의 대꾸에 카잔이 동의한다는 듯 고개를 끄덕였다. 그리고 곧 그는 딱딱하게 굳은 얼굴로 다시 첸을 바라봤다.

"그리고 이즈음에서 익숙한 냄새 하나가 잡히는군."

"무슨 냄새?"

"더러운 서커스단장의 냄새."

서커스단장이라는 단어를 카잔은 씹어 내뱉듯 토해냈다.

"……역시 그때 죽였어야 했어."

허공을 바라보는 카잔의 새까만 눈동자가 희번덕 빛났다. 그는 더 이상의 말은 필요 없다는 듯 마차가 사라진 방향을 향해 달렸다.

"푸하하하하!"

슘페리는 허공을 향해 힘차게 웃었다. 손에 쥐고 있는 고삐를 힘차게 내려치며 크게 등을 젖혀 웃었다.

"푸하하하하! 뭐 이렇게 쉬워! 푸하하하!"

게걸스럽게 웃는 그의 웃음소리를 따라 정신없이 달리고 있는 말들도 히히힝 울음소리를 냈다. 난폭하게 달리는 마차로 인해 사람들이 정신없이 피해 갔고, 몇몇은 험악한 욕을 뱉어내며 길길이 날뛰었지만 슘페리는 지금 그딴 것에 신경 쓸 겨를이 없었다. 이렇게 정신없이 달려도 페럴의 배가 떠나는 시간에 맞출 수 있을지 없을지 몰랐다. 하지만 뭐, 이렇게 된 거 시간을 못 맞춘다고 해도 상관없다. 그럼 저 여자들을 사창가에 내던지거나, 다리에 돌을 묶어 바다에 던져버리지, 뭐!

어떻게 해서든 지옥 맛을 보게 해줄 것이다. 페럴에게 여자들 값을 못 받는 것은 아쉽지만, 저년들이 괴로워하는 것을 직접 눈으로 보는 것도 무척이나 즐거울 것 같았다.

"지옥으로 떨어져 버려! 퉤! 더러운 년들! 죽일 연놈들! 내 서커스단을 그렇게 만들어놓고 내가 가만히 있을 줄 알았어?"

들는 이도 없지만 슘페리는 실성한 것처럼 홀로 길길이 날뛰며 성질을 냈다. 더러운 년들이라 함은, 그의 등 뒤 마차 칸에 기절해 있는 에일린과 은란을 가리키는 말이었다.

팔자 좋게 전망 좋은 식당 안으로 들어가는 일행을 발견한 슘페리는 가지고 있는 돈으로 마차를 하나 빌려 왔다. 그러곤 거리에 널려 있는 거지 아이 하나를 흠씬 두들겨 패서 일을 하나 시켰다.

'넌 저기 가서 저 누나한테 동생이 쓰러져 있다고 말만 하면 되는 거야. 아빠가 때려서 도망쳐 나왔는데, 동생이 저기서 쓰러져 안 일어난다고!'

달달달 떨며 못 간다는 아이에게 빵 하나를 쥐여주고 일으켜 세웠다. 며칠은 쫄쫄 굶은 듯 아이는 저가 슘페리에게 얼마나 호되게 맞은지도 잊은 듯 그의 말을 고분고분 따랐다. 슘페리에겐 이런 애들 다루는 것은 땅을 딛고 일어서는 것보다도 쉬운 일이었다.

곧 아이는 빨간 머리 계집을 끌고 들어왔고, 한 걸음 늦게 보라색 머리 계집이 빨간 머리 계집을 쫓아 골목 안으로 들어섰다. 서커스단을 할 때 슘페리는 항상 마취약을 들고 다녔다. 오랑우탄이나 코끼리에게도 듣는 약이었으니 저런 계집들을 한순간에 까무러치게 만들기엔 충분했다.

"개년들! 날 망하게 했으면, 네년들 인생도 망하는 거야! 알았어?"

슘페리가 씨근덕대는 사이 말들은 전력 질주해 어느새 항만까지 그들을 데려다 주었다. 당장에라도 배가 출발할 듯 뱃고동소리가 기괴하게 하늘을 갈랐다.

"이봐, 페럴! 페러러어어얼!"

금방이라도 출발하려는 거대한 선박을 향해 슘페리가 목청이 터져라 소리 질렀다. 이리저리 정신이 없던 페럴이 저를 부르는 소리에 힐끗 뒤를 돌아봤다.

"저 사람…… . 못 올 줄 알았더니만."

착수금으로 5골드를 빼앗겼지만, 정말 슘페리가 하루 만에 여자 둘을 데려올 수 있을 거란 기대는 하지 않은 페럴이었다. 그래서 그냥 오래 알고 있던 거지에게 적선했다 치며 뒤돌아섰는데, 슘페리가 기어이 마차를 끌고 나타난 것이었다. 거기다 마차 안에는 페럴이 찾고 있던 성인 여자 둘이 기절한 듯 쓰러져 있었다.

"이 여자들은 어디서 난 건가?"

"내 원수들. 이년들이 내 서커스단을 망가트렸다고! 그러니 내가 가만히 있을 수 있나?"

슘페리의 말에 페럴이 알 만하다는 얼굴로 고개를 끄덕였다. 고급스러운 옷을 입고 있는 탓에 두 여자의 신분이 좀 걸리긴 했지만 어차피 그는 출항하기만 하면 자르디오로 다시 돌아오기까지 1년이 걸렸다. 더군다나 제 손으로 납치한 것도 아니고, 건네주는 여자를 받은 것뿐이니 걸릴 것도 없다.

페럴이 만족스러운 얼굴로 주머니에서 돈을 꺼내 슘페리에게 건네주었다.

"여 있네. 어디 한번 재기에 성공해보라고."

페럴이 건네주는 돈을 받은 슘페리가 여자들을 그에게 인도하기 직전, 슘페리는 마차로 달려가 기절해 있는 에일린과 은란을 힘껏 발로 찼다. 마취약이 어찌나 강력한지 퍽 소리가 나도록 얻어맞고 있지만 둘 다 꼼짝을 하지 못했다.

"그래, 왕궁에 가면 살아 돌아오지 못한다지? 캬악, 퉤! 더러운 년들! 어디 그곳에 가서 끔찍한 일을 당해봐라!"

온갖 악담을 퍼부으며 씨근덕대는 슘페리를 보며 페럴이 쯧쯧 혀를 찼다. 정말 더러운 성질머리였다. 하긴, 저 여자들 때문에 서커스단이 그 지경이 났다는데 화가 나지 않을 수가 없겠지. 페럴이 슘페리의 심정을 이해하며 그의 폭력을 모르는 척하는 사이 성질 급한 선장이 뱃머리 밖으로 튀어나와 고래고래 소리 질렀다.

"상주님! 늦었습니다요! 더 이상 지체되면 오늘 배 출항 못 합니다! 항만에서 눈감아주는 것도 한계가 있습니다!"

"아, 알았네! 이봐, 얼른 안에 있는 것들을 옮기라고!"

페럴의 명령에 무표정한 장정 몇이 거대한 검은 천을 가지고 나오더니 마차 안에 쓰러져 있는 에일린과 은란을 짊어지고 신속하게 빠져나왔다.

"자! 출발하지!"

"잘 가게! 멀리 가! 가버리라고! 휘이! 훠이이! 아이고, 배야, 아이고! 아이고!"

슘페리는 떠나는 페럴의 배를 향해 두 손을 활짝 열고 열렬히 환송인사를 했다. 성능 좋은 페럴의 배가 선착장을 떠나 저 시커먼 바다를 향해 신속하게 나아갔다.

검은 물살을 가르는 그 모양새가 시원하니 썩 보기 좋았다. 슘페리는 세상을 다 가진 듯 바닥을 굴러다니며 웃었다. 속이 다 시원했다. 주머니에서 짤랑거리는 금화 소리는 악단의 음악 소리처럼 경쾌했고, 돌바닥은 카펫을 깔아놓은 듯 안락했다. 마음껏 발로 차고, 때렸던 탓에 꽉 막혀 있던 화도 조금 내려간 기분이었다.

이제 이 돈으로 오늘 하루는 실컷 먹고 안락한 잠자리에서 쉴 테다. 그리고 원숭이 한 마리를 사서 돌아다니며 쇼를 해야지. 그렇게 다시 시작할 테다.

"푸낄낄낄! 그래, 나 슘페리야! 난 재기할 거라고!"

술을 먹지 않아도 술에 취한 듯 슘페리가 낄낄 웃으며 바닥을 데굴데굴 굴러다녔다. 그렇게 구르고 구르던 그가 누군가의 발치에 툭 걸려 멈췄다.

아니, 누군가 굴러다니는 그의 어깨를 발로 눌러 멈추게 했다. 어깨가 부서질 듯 엄청난 힘에 슘페리가 인상을 팍 쓰며 고개를 들기 직전 시퍼런 칼날이 그의 한쪽 귀를 자르며 바닥에 꽂혔다.

"으, 으아아아악!"

불에 지지는 듯 뜨거운 고통을 느끼며 슘페리가 피가 철철 흐르는 제 오른쪽 귀를 잡았다. 분명 조금 전까지만 해도 그의 몸에 붙어 있었을 그의 귀 한쪽이 바닥에 나뒹구는 것이 눈에 밟혔다.

"다음은 네 대가리다."

침울하게 가라앉은 깊고 어두운 목소리. 등 뒤로 소름이 좍악 돋았다. 달달달 떨리는 시선이 그를 가로막고 있는 검은 그림자를 돌아봤다. 어둠 속에 섬뜩한 안광이 형형하게 빛나고 있었다.

14. 너는 나의 구원이어라

카잔이 슘페리를 위협하는 데 검은 필요하지 않았다. 카잔은 한 손으로 슘페리의 두꺼운 목을 움켜쥔 채 허공으로 번쩍 들어 올렸다.

온몸의 감각이 그녀를 찾고 있건만, 어디를 둘러봐도 에일린이 보이지 않았다. 침착하자, 침착하자, 몇 번을 되뇌었지만 쉽지가 않았다. 분노가 끓어오르는 통에 자꾸만 거칠고 사나운 본능이 튀어나올 것 같았다. 다 죽여버리고 싶었다. 하지만 그래선 안 된다. 에일린을 찾아야 했으니까.

"……에일린은 어디 있지. 말해, 당장."

한쪽 귀에서 피를 줄줄 흘리며 공기가 희박한 숨구멍으로 커억 커억 숨을 몰아쉬며 슘페리는 카잔을 향해 꾸역꾸역 비웃음을 보였다. 두려움을 애써 감추기 위한 비웃음이었다.

"이미, 떠나버렸지…… 컥."

"그게 무슨 말이지?"

"······킥, 키익!"

허공에 매달린 다리를 달달달 떨면서 슘페리는 웃음을 터트렸다. 카잔의 손에 힘이 들어갈수록, 목구멍으로 빨려 들어가는 공기의 밀도도 조악해지기 짝이 없었다. 눈앞에 어른거리는 죽음의 그림자, 슘페리의 손이 검은 바다를 가르는 배 한 척을 가리켰다.

"······컥! 어, 어, 히히! 어쩔 건데! 히히히! 배는 이, 이, 이미 출발했다고······. 날, 죽여봤자, 저 배는 돌아오지, 히히, 않아!"

뒤따라오던 첸이 슘페리가 가리키는 배를 쳐다보더니 신음을 흘렸다.

"제길, 배에 태웠단 말이야? 영악한 자식!"

'배······?'

카잔은 슘페리가 가리킨 시커먼 바다를 바라봤다. 어둠을 가르는 배 한 척이 보였다.

'에일린이 저 배에 있다고? 에일린이?'

멍하니 배를 바라보던 카잔의 얼굴이 한순간에 처참하게 일그러졌다. 결국 분노로 힘 조절을 하지 못한 그의 손아귀에 기어이 슘페리의 목이 부러졌다. 성인 남자의 목을 단숨에 부러트릴 수 있을 수 있을 정도로 무시무시한 악력이었다. 우득, 뼈가 부러지는 소리가 허공에 섬뜩하게 울려 퍼졌다. 축 늘어진 슘페리의 몸을 내동댕이친 카잔이 부두 끝으로 달려가 멀어지는 배를 응시했다.

배가 멀어져가는 만큼 카잔의 가슴 안에 새카만 불이 번지고 있었다. 너무나 뜨겁고, 매서워 그를 몽땅 집어삼킬 것 같은 두려움이란 불이.

"저 배는 대체 어디로 가는 배지? 라이, 망원경 줘봐!"

뒤따라온 라이가 건네준 망원경을 통해 멀어져가는 배를 살폈다. 이렇게 늦은 시간에 출발하는 배라면, 일반 선박은 아닐 것이었다.

'이 시간에 출항 허가는 어떻게 떨어진 거지? 가만, 저건 여왕의 표식이잖아?'

멀어져가는 배를 뚫어져라 살피던 첸은 고개를 갸웃거렸다. 수상한 게 한두 가지가 아니었다.

그러는 사이 망부석처럼 바다 너머를 응시하고 있던 카잔이 몸에 두른 무거운 것들을 하나둘 벗어 내리기 시작했다. 망토와, 칼, 가죽을 풀어 내리는 것을 지켜보고 있던 첸이 곧 카잔의 의도를 알아채고 질겁하며 그를 말렸다.

"지금 뭐 하는 거야? 설마, 맨몸으로 바닷속에 뛰어들어 저 배를 따라잡겠다는 건 아니겠지?"

"아직 시야에 보이니까 따라잡을 수 있어. 아직."

"멍청한 소리! 이미 저만큼이나 멀어졌는데, 인간이 배의 속도를 따라잡겠다니. 말이 돼? 이봐, 정신 차려. 지금 제정신이 아닌 것은 알겠는데, 그러다 쫓아가지도 못하고 익사한다고."

"그렇다고 이대로 멀어지는 걸 보고만 있을 순 없다고!"

카잔은 주먹을 쥔 채 점점 작아져만 가는 배를 응시했다. 안 돼, 이렇게 널 떠나보낼 수 없어. 내가 널 지켜주기로 했는데, 너가 없는 내일은 이미 나에게 상상할 수도 없는데…….

'……뭐라도, 뭐라도 해야 해.'

마치 주인을 잃은 맹수처럼 카잔은 불안해했고, 두려워했다. 그 무엇보다도 강인해 보이는 그가 에일린 하나로 인해 약에 취한 사자처럼 안절부절못하고 있었다. 그저 머릿속이 하얗게 변색되었다. 영민한 머리가 움직이지 않았다.

에일린, 에일린……!

카잔은 도무지 가만히 있을 수가 없었다. 침착해 보이는 껍데기 아래로 불안함에 요동치는 야수가 있었다.

카잔은 첸의 손을 뿌리쳤다. 정말, 당장에라도 물속에 뛰어들려는 기세에 첸이 다급하게 그를 다시 붙잡으며 소리쳤다.

"기다려! 나한테 방법이 있으니까!"

그제야 멈추지 않을 것 같았던 카잔의 행동이 정지했다. 첸은 길게 한숨을 내쉬며 이마를 짚고 중얼거렸다.

"……하, 진짜 이 방법만은 쓰기 싫었는데."

하지만 지금 이보다 더 효율적이고, 빠른 방법은 없을 것 같았다. 리츠 체니오가 나설 차례였다.

첸이 서둘러 모두를 끌고 간 곳은 호화 상선들이 정박해 있는 반대편 부두였다. 상선들을 관리하는 선장들은 주로 배와 함께 생활했다. 설령 오늘, 내일 출항하지 않는 배라 할지라도 일정 인원의 선원이 배를 지키고 있거나, 항만 관리서 한편에 마련된 선원실을 지키고 있기 마련이었다.

부두로 달려온 첸은 'RIZ'라는 단어가 뚜렷하게 새겨진 배들이 한 줄로 나란히 서 있는 곳을 향해 다가갔다. 정박되어 있는 배들을 주욱 훑어보던 첸은 R-513이라고 표시되어 있는 중간 크기의 배 앞으로 다가갔다.

"R-513. 이게 작년에 새로 사들인 쾌속선이군."

첸이 고개를 끄덕이는 사이 어디선가 선박관리인이 튀어나와 첸을 막아 세웠다.

"무슨 일 때문에 오셨습니까?"

"아, 다른 게 아니라 이 배를 지금 당장 좀 써야 할 것 같아서 말입니다. 선장은 안에 있습니까?"

정중하지만 비상식적인 첸의 말에 선박관리인은 그를 무슨 미치광이를 쳐다보듯 이상한 눈으로 바라봤다. 통신구를 통해 경비대를 부르는 모습을 보아하니, 첸과 카잔 일행을 내쫓으려는 듯한 기색이었다.

여유가 없는 카잔 또한 이게 대체 뭐 하는 수작이냐는 눈으로 첸을 노려보고 있었다. 한시가 급했으니 눈빛이 험악해지는 것도 무리는 아니었다. 한숨을 쉬며 절레절레 고개를 내저은 첸이 품에서 금색 통행패를 꺼내 들며 중얼거렸다.

"세상엔 여러 가지 힘이 있어. 재력 또한 세상을 움직이는 힘이지."

금빛 통행패를 받아 든 선박관리인은 곧 그것이 무엇인지 인지하고 눈을 크게 떴다.

"……고로 나는 지금 내가 가지고 있는 힘을 쓰겠다는 거야."

리츠가의 최고위만 쓸 수 있는 금패. 공작, 후작들보다도 더 보기 어렵다는 엑시움 최고 부호, 그중 하나인 리츠 체니오의 신분 보증패라니!

'리츠 체니오.'

멍하니 금패와 첸을 번갈아 바라보던 선박관리인은 이게 저가 어찌해볼 수 없는 일이라고 판단하여 상급자를 불렀고, 곧 간단한 절차를 거쳐 그 패가 진짜임을 확인했다.

"리츠 체, 체니오 님이시라고요?"

리츠가의 상선을 관리하고 있던 최고관리자가 체니오를 멍하니 바라보며 되물었다. 시간이 없던 탓에 첸은 적당히 고개를 끄덕이며 서둘러 배에 올라탔다.

"잠시만 기다려주십시오. 아무리 체니오 님이라고 하더라도 몇 가지 절차를 더 거치셔야 합니다."

금패 하나만 믿고 덜렁 배를 내어줄 수는 없는 노릇이었다. 첸도 그것을 이해했지만 그 모든 확인 절차를 밟을 시간이 없는 탓에 그들을 기다려줄 수는 없었다.

더군다나 이 배는 개인배가 아니라 '상선'으로 쓰이고 있지 않은가. 본래 사업에 쓰이는 배를 개인적인 용도로 쓰려면 좀 더 까다로운 절차와 많은 시간이 필요한 법이었다.

'어쩔 수 없군.'

첸은 모두를 끌고 선장실로 향했다. 선장실에서 쓰는 통신구는 본가와 직통으로 연결할 수 있었다. 첸은 통신구의 좌표를 본가의 통신실로 설정했다. 곧 허공 위로 빛이 올라왔고 그 위에 누군가의 얼굴이 뚜렷하게 떠올랐다. 첸은 익숙한 얼굴에 빙긋 웃으며 인사를 건넸다.

"할아범, 오랜만이야. 할아버지는 계시지?"

──체니오 도련님?

늦은 시간임에도 흐트러짐 없이 정리된 흰머리, 365일 언제나 똑같은 옷차림, 자글자글한 주름 아래 언제나 걸려 있는 미소 띤 얼굴.

통신구와 연결된 흰머리의 노인은 리츠가주 직속 보좌이자 대저택의 집사 로빈이었다. 그는 화면 너머의 체니오를 놀란 듯 빤히 응시하더니 허허허 웃으며 물었다.

――……가출은 즐거우신지요?

"음, 좋은 경험을 쌓고 있는 중이야. 그것보다 옆에 할아버지 있으면 연결 좀 부탁할게."

첸은 당황하지 않고 로빈을 채근했다. 부드럽게 웃는 얼굴로 아침 인사를 건네는 것처럼 자연스럽게 가주를 찾는 체니오의 모습에 로빈은 오랜만에 크게 웃음을 터트렸다. 이 집안에서 베테랑 집사 로빈을 너털웃음 짓게 하는 이는 오직 체니오뿐이었다. 또한 리츠가의 가주를 향해 저렇게 무턱대고 배짱을 부릴 수 있는 사람 역시 체니오뿐이었다.

로빈은 첸을 향해 인자한 웃음을 짓더니 잠시만 기다려달라고 말했다. 통신구가 움직이는 소리가 들리고 노크 소리가 들렸다.

-가주님, 체니오 도련님입니다.

리츠가의 가주. 엑시움에서 왕만큼이나 보기 어렵다는 그 인물이 등장하기 직전이었다. '가주'라는 한마디로 선장실 안은 순간적인 긴장감이 감돌았다.

첸 또한 오랜만에 대면하게 될 구렁이영감을 떠올리며 긴장의 끈을 바짝 붙들어 매었다. 외할아버지였지만 그다지 체니오에게 할아버지 역할을 해주던 분은 아니었다. 보듬어주기보단 위험한 정글 속으로 손자들을 뻥뻥 차내곤 했으니.

――……재미있구나.

이내 화면 위로 한 사내의 얼굴이 흐릿하게 떠올랐다.

-체니오, 네가 먼저 날 찾는 날이 오다니 말이다.

무슨 짓을 한 건지 할아범과는 다르게 가주의 얼굴이 선명하게 떠오르지 않았다. 마치 챙이 넓은 모자를 쓴 것처럼 입술과 콧등을 제외한 얼굴 위로 진한 그림자가 얼룩져 보였지만 그의 기백과 카리스마를 다 숨기지는 못했다. 느릿한 말투, 또렷하게 울리는 선명한 목소리. 분명 예순이 훌쩍 넘는 나이임에도 목소리와 말투가 젊은이들처럼 힘이 넘쳤다.

첸은 오랜만에 듣는 가주의 목소리에 남몰래 심호흡한 후, 짧은 웃음을 보였다.

"하하. 그러니까 말입니다. 살다 보니 제가 먼저 할아버지를 찾을 때가 다 있군요."

-부탁할 게 있는 녀석의 말투치곤 참으로 건방지구나.

"언제, 어느 때건 동등한 입장에 서 있으라고 말씀하신 건 할아버지 아니시던가요."

패기 가득한 첸의 대꾸에 리츠가의 현 가주, 렉스턴은 희미하게 웃음을 보였다.

-그래, 뭘 부탁하고 싶은 게냐?

"별건 아닙니다. 이 배를 좀 빌리고 싶은데요. 한시가 급해서요. 가주의 승인이 제일 빠를 것 같아 연락드렸습니다."

첸의 말이 끝나고 렉스턴은 잠시 말이 없었다. 가만히 턱을 문지르며 원하는 답을 선뜻 내어주지 않는 렉스턴에 첸은 조바심을 낼 뻔했다. 하지만 여기서 그가 급한 티를 낸다면 가주는 더, 더, 더 많은 시간을 끌며 그를 안달 나게 할 게 분명했기에 첸은 참아야 했다.

-배를 내어주지.

"감사합니다. 그라시아스에 바로 반납하겠습니다."

-대신…….

그래, 순순히 넘어가지 않을 줄 알았지. 첸은 가주의 입에서 나올 다음 말을 기다리며 가슴을 졸였다. 뭘 요구할까, 설마 엑시타를 요구하진 않겠지. 내 상속지분을 줄인다고 할까? 최악은 본가로 들어와서 살라는 말이었다. 첸은 제발 그것만은 아니었으면 하고 간절히 바랐다.

"말씀하세요."

-너는 내가 시키는 일을 해줘야 겠다. 어떤 일인지는 본가로 돌아와 말해주마.

끊긴 통신구를 붙잡고 아무리 분개해도 통신이 다시 연결되는 일은 없었다. 대신 본가로부터 승인이 떨어졌다는 연락을 받은 선장이 배를 출항시키기 위해 부산히 움직였다.

그리고 정확히 10분 후, 카잔과 첸을 실은 배가 자르디오를 출발했다.

"……린, 에일린."

몸을 흔들어 깨우는 소리에 에일린은 무거운 눈꺼풀을 간신히 들어 올렸다.

"어? 정신이 들어요?"

누구지? 누군가 그녀를 굉장히 반기는 목소리로 불렀다. 지끈거리는 이마를 부여잡은 에일린이 정신을 차리려는 듯 몇 번이고 눈꺼풀을 들어 올렸다. 어둠 속에서 반짝 빛을 발하는 눈동자가 보였다.

"머리 아프죠? 나도 처음에 일어날 때 머리가 많이 아프더라고 요."

소곤소곤, 낮게 속삭이는 목소리가 낯설지 않았다. 무거운 몸뚱이를 간신히 일으킨 에일린이 그녀를 일으켜 세우는 여자를 멍하니 쳐다봤다. 어둠 속이라 윤곽이 흐릿했지만 상대를 알아보기에는 어렵지 않았다. 은란이었다.

"은란?"

"알아보겠어요? 몸은 좀 어때요? 아프지 않아요?"

걱정스러운 은란의 말에도 에일린은 아직까지 머리가 멍해서 아무 생각도 들지 않았다. 그러고 보니 몸 이곳저곳이 몸살에 걸린 것처럼 쑤시고 아파왔다.

"세상에……. 여기에 멍도 들었어. 기절해 있는 여자를 이렇게나 때리다니. 나쁜 자식들."

은란의 따스한 손길이 에일린의 눈가에 닿았다. 그녀의 손길이 닿자, 광대뼈 있는 부근이 욱신거리며 아팠다. 아이러니하게도 그 잠깐의 통증이 에일린의 머리를 확 맑게 만들어줬다. 깜깜했던 시야에 주변이 들어오기 시작했고, 낯선 공기가 느껴졌다.

깜깜하고 낯선 곳, 빛 한 줄기 들어오지 않는 방.

어둠 속에 갇혀 있다는 것을 자각하자 등줄기를 타고 오싹한 소름이 돋아났다. 갇히는 것은 끔찍했다. 사방이 막혀 있는 어둠은 에일린에게 쥐약이었다.

"여, 여긴 어디예요? 왜 내가 여기 있죠? 카잔은요?"

"쉬이- 진정해요. 그렇게 소리치고 난리치면 금방 기운 떨어지니까."

"우, 우리 식당 앞이었잖아요? 면포를 사러 아……. 그 꼬마! 꼬마가 도와달라고 해서……. 근데 그 꼬마는 어디로 갔죠?"

횡설수설하며 정신이 없어 보이는 에일린을 보며 은란은 무거운 한숨을 내쉬었다. 에일린보다 조금 더 일찍 깨어난 덕분에, 조금 더 상황파악이 빨리되었다. 은란은 입술을 지그시 깨물며 한숨과 함께 어렵사리 입을 열었다.

"에일린……. 우린 지금 납치된 것 같아요."

그게 무슨 말이냐는 듯 저를 빤히 바라보는 붉은 눈동자를 보며 은란은 씁쓸하게 미소를 지었다. 어처구니가 없어서 나오는 웃음이었다.

"……그 꼬마가, 유인책이었나 봐요. 어이없죠? 그 큰 도시에서 성인 여자를 납치하는 게 이렇게나 쉬울 수 있다니."

"무, 무슨 소리예요, 은란? 납치라뇨? 우릴 왜……."

"우리뿐만이 아니에요. 봐요, 에일린. 우리만 납치된 게 아니에요."

은란의 말에 에일린은 뻣뻣한 목을 돌려 그녀가 가리키는 곳을 쳐다봤다. 시선을 돌린 그곳에, 시선이 닿은 그곳에 더 많은 여자가 있었다. 모든 기운이 빠진 듯 벽에 기대어 눈을 감고 있는 여자들. 그리고 은란과 에일린을 멍하니 쳐다보고 있는 몇 명. 그마저도 모두 부질없다는 듯 무릎에 얼굴을 묻고 울고 있는 몇 명.

공통적인 것은 그들의 얼굴 위로 짙은 어둠이 드리워져 있다는 것이었다. 에일린은 저 얼굴을 알고 있었다. 희망이 없는 얼굴, 아무것도 기대하지 않는 그 얼굴…….

'대체 이게 무슨 일이지?'

뒤통수를 얻어맞은 것처럼 머리가 아찔해졌다. 에일린은 까무룩 멀어지려는 의식의 끈을 간신히 다잡으며 깊게 숨을 들이마셨다.

"어어, 에일린. 괜찮아요? 어지러워?"

비틀거리는 에일린을 부축하며 은란이 물어왔지만 에일린은 그녀의 목소리가 들리지 않았다. 습윤하게 차오르는 눈가가 아려 왔다. 곧 허공 위로 익숙하고도 그리운 누군가의 모습이 떠올랐다.

'괜찮아. 괜찮아. 그가 올 거야. 카잔이.'

운명이라는 게 정말 있다면 그녀에게 너무나 잔인했고 심술궂었다. 이를 바득 깨물던 에일린은 물기가 올라오는 눈에 힘을 줬다. 너무 억울하고 분통이 터져서 눈물을 흘리는 것조차 용납이 되지 않았다.

굴복하지 않을 것이었다. 차라리 인정하지 않을 테다. 이 잔혹한 운명을 믿느니 에일린은 그녀를 향해 짙은 소유욕을 드러내던 카잔의 눈빛을 믿었다. 아니, 그저 카잔을 믿고 싶었다.

"……괜찮아요?"

창백하게 질린 에일린의 얼굴을 살피며 은란이 다정하게 물었다. 따뜻한 그녀의 눈을 빤히 들여다보고 있던 에일린이 느릿하게 고개를 끄덕였다.

"네, 고맙습니다."

한결 차분해진 에일린의 인사에 은란이 가만히 미소를 지었다. 등을 다독이는 은란의 손길이 거칠어진 에일린의 숨을 진정시켜 줬다.

"은란은 침착하네요."

"나도 놀라서 자빠졌어요. 처음 깨어났을 때……. 하지만 인간은 적응하는 동물이잖아. 곧 괜찮아졌지, 뭐."

어깨를 으쓱해 보인 은란이 장난스럽게 혀를 내밀었다. 창백한 안색과는 대조되어 오히려 침착해 보이는 웃음이었다. 이런 상황에서도 웃을 수 있다니. 어쩐지 은란은 보이는 것보다 훨씬 이성적인 사람이라는 생각이 들었다.

"대체 여긴 어딜까요."

"글쎄. 한 가지 확실한 건……."

그 순간 바닥이 삐거덕 움직이는 게 느껴졌다. 몸이 허공에 떠있는 듯 묘한 감각에 눈을 동그랗게 뜨니 은란이 바닥을 툭툭 두드리며 말했다.

"우리가 지금 배 위에 있다는 거지."

"배, 배요?"

땅도, 하늘 위도 아닌 묘한 감각이었다. 부드럽게 흔들거리는 바닥에 바짝 붙은 에일린이 놀란 얼굴로 은란을 올려다봤다.

"우리가 배 안에 있는 건가요?"

"응. 배. 잘 들어보면 파도 소리도 가까워요. 근데 왜 그러는 거예요?"

태어나 처음 타본 배가 납치 배라니! 에일린은 복잡 미묘한 얼굴로 나무 바닥을 두드렸다. 혹, 자르디오를 떠나왔나 싶어 불안한 기분이 들었다. 바다 위라면 탈출은 물론이거니와 카잔이 그녀를 찾으러 오는 것도 힘들지 않겠는가?

안절부절못하던 에일린은 다시 한 번 배가 요동치는 느낌에 납작 바닥에 엎드렸다. 배는 또 처음인지라, 몸이 출렁이는 느낌이 불안했다. 이대로 배가 가라앉아버릴 것 같았다. 그렇다면 탈출이고 구출이고 뭐고 꼼짝없이 죽는 것 아닌가!

삽시간에 백지장처럼 창백하게 질린 얼굴로 바닥에 달라붙어 있는 에일린을 보며 은란이 순간 저도 모르게 큭- 웃고 말았다.

"뭐 하는 거예요?"

"배가 가라앉을 것 같아요. 지금 바닷속에 있는 거면 어쩌나 해서……."

"에일린, 배는 생각보다 쉽게 가라앉지 않아요. 무서워하지 않아도 돼요."

"아……."

붉어진 얼굴로 에일린이 몸을 일으켰다. 쿡쿡 웃는 은란의 미소에 슬쩍 얼굴이 붉어졌지만 어둠이 그녀의 홍조를 가려줄 것이라 믿었다.

주섬주섬 자리에서 일어나긴 했지만 여전히 불안하다는 듯 바닥에 손과 무릎을 대고 있는 에일린을 보던 은란은 문득 언젠가 알고 지냈던 어린 집시 하나를 떠올렸다. 그녀를 언니처럼 따르던 그 어린 집시를 은란은 무척이나 귀여워했었다. 하지만 얼마 후 그녀는 다른 방랑단의 바람둥이 악사와 사랑에 빠져 떠나버렸지. 하늘을 향해 날아가듯 훨훨, 떠나갔다.

"에일린, 몇 살이에요?"

은란의 질문에 잠시 멈칫하던 에일린이 이내 순순히 입을 열어 대답했다.

"열여덟이요."

"생각했던 것보다 어리진 않네요? 난 열일곱이나 됐을 줄 알았어."

놀랍다는 은란의 얼굴 앞에서 에일린은 차마 며칠 후에 열아홉이 된다는 말은 하지 못했다. 정확히 생일이라 말하긴 뭐하지만, 어쨌든 이제까지 그녀가 생일이라고 믿어왔던 날이 정확히 보름 후였다. 엄마가 죽고 한 번도 축하받아본 적은 없었지만 그래도 이상하게 생일만 되면 가슴이 뛰었다.

"난 스물둘이에요. 여긴 다들 열여덟, 아홉이던데……. 나도 그렇게 보여서 잡혀온 것 같은데. 이걸 기뻐해야 할지, 참……."

난감하다는 듯 웃던 은란은 에일린의 손을 꽈악 붙잡으며 말했다.

"괜찮을 거예요, 우린. 일단은 침착하게 있어보자고요. 하늘이 무너져도 솟아날 구멍이 있다고 했어요. 정신만 차리면 괜찮을 거예요."

"지금 이 배, 움직이고 있는 거 맞죠?"

"그런 것 같아요. 이미, 출항해버린 거죠."

"어디로 가는 걸까요?"

"……글쎄요. 그것까진 모르겠지만, 굉장히 멀리 갈 것 같네요."

은란은 조금 우울하게 말하며 에일린의 손을 더 힘주어 잡았다. 불안했다. 불안하고 무서웠다. 아무렇지 않은 척했지만 은란 또한 지금 굉장히 혼란스러웠고, 당황하고 있는 중이었다. 불안하게 뛰는 심장으로 손끝이 차가워졌다.

그때, 에일린이 그녀의 손을 힘주어 맞잡았다. 두 사람의 눈이 허공에서 얽혔다. 배를 처음 타본다며 두려워하던 조금 전 그 여자가 맞는지, 에일린은 은란의 손을 힘주어 잡으며 강경하게 말했다.

"괜찮을 거예요, 은란. 우린, 괜찮을 거예요."

"……."

"반드시."

은란은 문득, 서커스단에 침투했을 때 에일린을 걱정하던 은란을 향해 첸이 했던 말을 떠올렸다.

'……저 두 사람은 특별하거든요. 설명 지옥불에 떨쳐놔도 저 둘은 살아 돌아올 테니 걱정하지 마십시오.'

은란은 에일린의 붉게 빛나는 눈동자를 바라보고 있자니 정말, 그럴 것 같다는 생각이 들었다. 그녀는 보일 듯 말 듯 희미한 미소를 지으며 고개를 끄덕였다. 그때였다.

"멍청하긴……. 우린 죽을 거예요."

고요한 어둠 속에서 두 사람을 비웃듯 한 여자가 침통하게 중얼거렸다. 에일린과 은란의 시선이 날카로운 목소리가 들린 그곳을 향해 돌아갔다. 웅크린 여자들 틈에서 여자의 목소리가 다시 들려왔다.

"틀림없이 죽을 거예요. 내가 들었어요. 우린 제물이라고. 그곳에 끌려간 그 어떤 여자도 살아 돌아오지 못했다고……."

"그곳이, 어딘데요?"

좀비처럼 수척하게 마른 얼굴을 한 여자가 고개를 들었다. 퀭한 눈동자에 희망은 없었다. 쩍쩍 갈라져 하얗게 말라버린 입술로 여자는 꾸역꾸역 절망의 말을 늘어놓았다.

"왕궁."

"……."

"여왕의 제물이 되기 위해 팔려가는 거예요."

여자의 말을 듣는 순간 에일린의 안색이 파리하게 굳어졌다. '왕궁'이란 단어를 듣자마자 기분이 좋지 않았다. 굉장히 불안한 단어였다. 속이 울렁거리며 불쾌한 예감이 그녀를 흔들어댔다.

'안 돼, 왕궁만은 가면 안 돼.'

그녀 안에 있는 또 다른 그녀가 불안한 목소리로 경고했다. 입술을 깨문 에일린은 절망의 말을 내뱉고 있는 여자를 잠시간 노려봤다. 여자는 그런 에일린을 힘없이 비웃으며 벽에 머리를 기댄 채 눈을 감았다.

"……우린 모두, 다, 죽을 거라고요."

여자의 말이 저주가 된 듯 그 안에 있던 모두를 내리눌렀다. 어디선가 터져 나오기 시작한 흐느낌이 곧 통곡이 되어 어두운 그곳에 꽈악 들어찼다. 우울함은 전염되기 쉬웠다. 절망 또만 마찬가지였다. 그녀들의 흐느낌에 은란조차도 할 말을 잃은 듯 망연한 얼굴이었다.

'이대로 있을 수 없어.'

에일린은 굳게 닫혀 있던 문을 향해 다가갔다. 닫혀 있는 문을 몇 번이고 흔들어봤지만, 문은 꼼짝도 하지 않았다. 에일린은 조금 더 용기를 내어 문을 더욱 세차게 흔들었다. 쿠웅- 쿵쿵! 거세게 문이 흔들리는 소리가 조용한 복도를 울렸다.

"열려……. 열리라고!"

작은 손이 부서져라 문을 두드리며 소리쳤다. 누구 하나 지나가면서 그녀의 목소리를 듣기를, 이 소리가 널리널리 퍼져 카잔이 그녀를 발견할 수 있기를 간절히 바라며 문을 흔들었다. 입이 바싹 말라왔지만 개의치 않았다. 에일린은 간절함을 담아 몇 번이나 문을 두드렸다.

"에일린, 에일린. 그만해. 아무도 없다니까. 소용없어."

콰앙! 쾅! 쾅! 작은 주먹이 터질 것만 같았다.

"그만!"

문을 두드리는 작은 주먹을 은란이 잡아챘다.

"그만해. 기력만 쇠할 거야. 지금 기운을 빼봤자 너한테 좋은 게 없어."

"하지만……."

그렇다고 포기할 수 없잖아요. 그냥 멍하니 앉아 받아들이기만 할 수는 없잖아요. 은란은 에일린의 눈에 담긴 그 말을 너무나도 잘 알고 있었다. 하지만 그 누구보다 이러한 상황을 잘 알고 있기도 했다. 가만히 고개를 가로젓는 은란의 뒤로 힘없는 목소리가 들려왔다.

"소용없다니까요. 다 해봤지만 아무도 없었어요. 아무도 여기에 오지 않아요. 아무도……. 아무도 우릴 구해주지 않을 거예요."

울음소리는 전염병처럼 퍼져 나가 그 방 안을 모조리 잠식했다. 은란과 에일린을 제외하곤 울지 않는 여자가 없었다.

'이대로 끝이라고? 이대로?'

에일린은 가만히 입술을 깨물었다. 인정할 수가 없었다. 인정하고 싶지 않았다. 어떻게 살아왔는데, 어떻게 그를 만났는데……. 겨우, 겨우 행복하다 느꼈는데.

'아니야! 절대 이렇게 포기할 수 없어.'

에일린은 질끈 이를 깨물며 고개를 들어 은란을 봤다.

"······포기하면 안 돼요."

"에일린."

"지금이 우리의 끝이 아니에요."

이곳에서 그녀가 믿을 수 있는 것은 은란뿐이었다. 은란이라면, 둘이 함께라면 뭔가 다른 길을 찾을 수 있을 것이었다. 이대로 주저앉아 있을 순 없으니! 에일린은 당혹스러워 보이는 은란의 손을 잡았다. 차가워진 손끝에 힘을 줬다.

"포기하는 순간이, 끝이에요."

"······."

고개를 들어 올린 에일린은 주변을 훑어봤다. 여기에서 나갈 수 있는 방법이 있을 것이었다. 그다음은, 그다음에 생각할 것이었다. 불현듯 에일린의 눈에 벽에 붙어 있는 작고 네모난 환기구가 들어왔다. 에일린은 환기구를 향해 펄쩍 뛰어올랐다.

"윽!"

쿵 소리와 함께 에일린은 힘없이 바닥으로 나뒹굴고 말았다. 떨어지면서 부딪힌 발목이 시큰시큰 아팠다. 푸르스름한 멍이 든 복숭아뼈를 문지르며 에일린은 다시 벌떡 자리에서 일어났다. 끙끙거리며 뻗은 손끝으로 바람이 묻어 나온다. 닿을 듯 말 듯 애가 탔다. 조금만 더, 조금만 더.

"지금 뭐 하는 거예요?"

"······나가보려고요."

에일린의 대답에 은란은 한순간 멍해진 듯했다. 그러더니 곧 에일린의 어깨를 잡아채며 고개를 흔든다.

"무모한 짓 하지 마요. 저기로 나간다고 해서 이 망망대해에서 탈출할 수 있는 것도 아닌데……."

기가 막히고 황당하단 표정, 그녀를 말리려고 드는 눈빛이었다. 하지만 이미 에일린의 태도는 확고했다. 그녀는 부드럽게 은란의 손을 털어내며 웃었다. 그리고 주변을 둘러보며 발로 디딜 만한 것을 찾았다.

"에일린."

다행히 여자들이 움츠려 있는 한구석에 마른 볏짚을 묶은 짚단이 몇 개 보였다. 그렇게 튼튼해 보이진 않았지만 지금 에일린이 구할 수 있는 최선이었다. 에일린이 그것을 가지러 그녀들 곁으로 다가갈 때, 여자들은 에일린을 새파랗게 푸른 눈으로 바라보고 있었다. 찌를 듯이 날카로운 시선 속엔 두려움과 조롱이 한데 어우러져 있었다.

'네가 뭘 할 수 있겠어. 너도 우리와 다르지 않을 텐데.'

노골적인 그 시선 앞에서도 에일린은 오히려 담담했다. 그녀가 신경 쓰는 것은 저런 어두운 시선이 아니었다.

생존. 살아남기 위해서 그녀가 해야 할 일이 무엇인가. 오직 그것뿐이었다.

당장에라도 바스라질 것 같은 짚단 위에 서니 환기구의 시커먼 구멍이 훤히 보였다. 탁한 바람이 훅 끼쳐 들어와 코를 매캐하게 간질였다. 에일린은 짧게 심호흡했다. 당장에라도 그녀를 끌고 들어갈 것처럼 어두운 구멍이 무서웠다. 입안이 바짝 마르고 다리가 슬쩍 떨려왔다. 그럼에도 그녀는 용기를 끌어 올렸다. 검은 구멍을 바라보는 에일린의 눈이 붉게 빛났다.

무모하단 걸 알지만, 어차피 그녀의 인생은 언제고 제 뜻대로 흘러간 적도 없지 않았나. 필사적으로 달려 나가서 힘껏 붙잡지 않는 이상 에일린의 인생은 언제고 그녀를 다시금 진흙탕으로 끌어내릴 것이었다. 그러니까 필사적으로, 도망갈 테다.

가만히 있으면 먹혀들어갈 뿐.

에일린이 심호흡을 마친 후 구멍 안으로 뛰어 들어가려는 찰나였다. 가만히 에일린을 지켜보고 있던 은란이 그녀의 어깨를 덥석 움켜쥐었다. 한숨을 쉬는 은란을 보며 에일린은 고개를 가로저었다.

"안 된다는 말을 할 거면……."

"그게 아니에요."

결국 내가 졌다는 듯, 은란이 에일린을 향해 살며시 미소를 보였다.

"갈 거면 같이 가요."

"위험해요."

"그러니까요. 그래서 에일린을 혼자 보낼 수 없어요. 차라리 나랑 같이 가요."

은란의 거칠어진 손이 에일린의 뺨을 부드럽게 쓰다듬었다.

"하나보단 둘이 나을 거예요."

이상하게도 그녀의 손끝에서는 향기가 났다. 막 비누로 손을 씻은 사람처럼, 향기가 났다.

"가봐요, 같이."

그녀를 쳐다보는 눈빛에선 온기가 느껴졌다. 은란은 향기롭고 따뜻한 사람이었다.

다행히 환풍기의 통로는 길지 않아서 곧 두 사람은 어떠한 방에 들어설 수 있었다.

쿵. 앞서가던 은란이 먼저 바닥으로 떨어졌고, 그 뒤를 이어 에일린이 가벼운 충격음과 함께 바닥으로 떨어졌다.

쿵- 하고 울리는 작은 소음에 은란과 에일린이 어둠 속에서 눈을 둥그렇게 떴다. 다행히 어두운 실내에선 아무런 인기척도 들리지 않았다.

가슴을 쓸어내린 에일린과 은란은 조심스럽게 자리에서 일어났다. 그녀들이 가볍게 앞으로 한 발을 내딛는 순간 소금 바람을 머금은 바닥에서 삐거덕 소리가 시끄럽게 들렸다.

"……으, 으으."

그 순간, 그녀들의 바로 옆에서 생생하게 들리는 남자의 잠꼬대 소리.

힉. 움직이려던 두 여자의 몸은 얼음이 된 듯 그대로 정지되었다. 둘은 허공에서 눈만 껌뻑껌뻑 뜬 채 연신 식은땀을 흘려댔다. 그러다가 눈동자만 스륵스륵 굴려 바로 옆에서 들려오는 숨소리의 주인공을 쳐다봤다.

'뭐야, 이 남잔.'

고급스러운 침대 위, 콧구멍 아래로 야비한 수염을 기른 깡마른 남자가 노부인들이나 쓸 법한 수면 모자를 뒤집어쓴 채 잠이 들어 있었다. 하나같이 값비싸 보이는 침구를 보아하니 선장 아니면 선주인 듯했다. 남자는 페럴이었다.

'하필 떨어져도 여기로 떨어졌냐.'

은란과 에일린은 한마음으로 마른침을 꼴깍 삼키며 천천히 몸을 움직였다. 얼른 이 방에서 벗어나야만 했다.

하지만 그녀들의 걸음걸음마다 충성스러운 늙은 바닥은 침입자의 존재를 알렸고, 방의 주인은 귀가 밝은지 뒤척이다가 잠에서 깨고 말았다.

"뭐야, 거기 누…… 구나! 누구야!"

부스스 일어나 눈을 비비던 남자가 곧 침대맡에 서 있는 여자 둘을 발견하고 자지러지게 소리를 질러댔다.

"쉬잇!"

"으읍! 읍!"

큰일 났구나 싶은 은란이 먼저 남자의 침대로 뛰어들어 그의 입을 막았다. 침대 위에서 은란과 페릴이 한바탕 난리가 났다. 여자 치곤 힘이 좋은 은란은 남자의 입을 막으려고 난리였고, 자다 깬 남자는 비몽사몽한 상태로 발버둥 치며 은란을 밀어댔다. 다행히 깡말라서 힘이 그렇게 세진 않은 모양이었다. 은란에게 말려들어 가는 것이 눈에 보일 정도였으니.

그 틈으로 당황한 에일린이 허둥지둥 무기로 쓸 만한 것을 찾았다. 하지만 눈에 보이는 거라곤 침대맡에 놓여 있는 반짝 빛난, 주전자밖에 없었다.

"이년……! 들이! 읍!…… 으악! 이거, 놓…… 윽!"

"에일린! 도와줘요!"

"으, 읍! 으악!"

은란이 힘에 부쳐 하는 틈으로 남자가 그녀를 퍽 밀어내고 소리를 질렀다. 에일린은 더 생각할 것도 없이 눈에 보이는 것을 덥썩 집어 들었다. 안에 물이 가득 차 있는지 주전자가 제법 묵직했다. 에일린은 눈을 질끈 감은 채 주전자의 손잡이를 잡고 있는 힘껏 그것을 휘둘렀다.

부웅- 허공을 가르는 그럴듯한 소리와 함께 주전자가 찌그러지는 소리가 콰지직 하고 울렸다. 후드득, 후드득. 입구가 터진 주전자에서 물이 쏟아져 내렸고 그 물을 몽땅 뒤집어쓴 남자가 뒤로 고꾸라졌다. 에일린은 얼떨떨한 얼굴로 뒤로 나자빠진 페럴을 멍하니 바라봤다.

"헉, 허억. 헉……"

덩달아 흠뻑 젖은 은란이 쓰러진 남자와 에일린을 번갈아가며 쳐다보더니 엄지를 슥 들어 올리며 중얼거렸다.

"나, 나이스."

"……픕."

에일린은 저도 모르게 터진 웃음을 감출 길이 없어 서둘러 손으로 입을 틀어막았다. 그러나 새어나간 웃음은 전염이라도 된 듯 은란을 웃게 만들었다. 은란은 찌그러진 주전자를 들고 있는 에일린을 가리키며 키득거렸고, 에일린은 잔뜩 헝클어진 머리와 흠뻑 젖은 은란의 몰골을 가리키며 키득거렸다. 그렇게 한참을 어둠 속에서 키득거리던 두 사람은 간신히 웃음을 진정시키고 수면 등을 켰다.

"휴, 이렇게 들킨 이상 다시 그 방으로 돌아가긴 틀렸네요."

"그러네요. 큰일 났어요."

"이래 죽으나, 저래 죽으나 똑같이 죽는 거라면 차라리 바다 위에서 죽는 게 낭만적이죠, 뭐. 운 좋으면 우리가 이 배에 탄 사람들 다 때려잡을 수도 있고."

은란은 장난스럽게 말했지만 착잡한 속을 가눌 수는 없었다. 왕궁으로 간다고 하면 최소 며칠은 주욱 이 배를 타고 가야 하는데…… 망망대해 위에서 탈출할 수도 없는 노릇이었으니 눈앞이 캄캄한 상황이 맞았다.

더군다나 조무래기도 아니고 이 배의 주인 같은 남자를 때려눕혔으니, 이 방에서 숨어 지낼 수도 없는 노릇이었고. 하지만 그녀들은 이제 물러날 곳도 없어졌다.

"그래도 출발한 지 얼마 되지 않았으니까……. 조종하는 곳만 잘 찾아내면 다시 돌아갈 수도 있지 않을까요? 새벽이라 깨어 있는 사람도 별로 없을 테고."

"일리 있는 말이에요. 하늘이 무너져도 솟아날 구멍이 있다는데……. 까짓것 한번 사고 쳐봐요, 우리."

은란과 에일린은 결의를 다지며 뭔가 무기가 될 만한 것을 찾기 시작했다. 단검이라도 하나 쥐고 있어야 마음이 편할 것 같았다. 서랍을 뒤지던 은란은 저가 과연 칼을 휘두를 수 있을까 하는 의문이 잠깐 들었다. 하지만 뭐, 쥐도 궁지에 몰리면 고양이를 문다는데 여차하면 휘두르지 않을까?

그렇게 방 안을 돌아다니며 뭔가 쥘 만한 것을 찾아다닐 때였다. 은란은 테이블 위에 놓여 있는 사진처럼 선명한 그림 하나를 지나쳤다가 다시 돌아왔다.

"어……?"

스캔스톤 옆에 있는 것을 보아하니, 어디에선가 그림을 보내온 것으로 보였다. 선이 곱고, 이목구비가 오밀조밀한 여자의 얼굴이었다. 그림을 든 채 은란이 에일린을 돌아봤다.

"어, 어?"

"왜 그래요, 은란?"

무슨 일이냐는 듯 살짝 기울어진 사랑스러운 얼굴. 그림 속의 여자가 튀어나와 은란 앞에 서 있는 것이었다.

"이거, 에일린……. 당신 아닌가요?"

은란에게서 그림을 받아 든 에일린은 저와 똑같이 생긴 얼굴에 소스라치게 놀라고 말았다. 왜 제 얼굴이 여기에 있는지 그녀는 전혀 이해할 수 없었다. 단순히 닮았다고 하기엔 눈썹 아래에 있는 자그마한 갈색 점의 위치까지 똑같았다.

"왜 내 얼굴이 여기에……."

"그러게요. 혹시, 수배자예요?"

은란의 질문에 에일린은 격렬하게 고개를 내저었다. 은란도 수배자 명단에서 에일린의 얼굴을 본 기억은 없었다. 그리고 수배자였다면 자르디오 시내를 그렇게 떳떳하게 돌아다니기도 어려웠을 테고.

둘 다 그림을 붙잡고 머리를 갸웃거리고 있는 그때였다. 조용하기만 하던 문밖에서 시끄러운 발소리가 들려왔다. 그리고 곧 그것은 그녀들이 있는 곳과 가까워지고 있었다.

"……!"

들고 있던 그림을 재빨리 치마폭에 숨긴 에일린과 은란이 허둥지둥 숨을 곳을 찾았다. '단주님'이란 소리가 들리는 것을 보니 저들의 목적지는 틀림없이 이 방이었다.

하지만 둘이 방 어딘가에 숨는다고 하더라도 저 쓰러진 남자는 어떡할 것인가? 남자를 흔들어 깨우면 방 안에 숨어 있던 두 사람은 영락없이 그 자리에서 즉사였다. 마른침만 꼴깍꼴깍 삼키는 그때, 똑똑똑!

-단주님! 저 바푸오입니다!

기어이 방문을 두드리는 소리가 들려왔다.

"에일린……!"

은란의 영특하게 눈을 빛냈다.

바푸오는 신참이었다. 그는 3등 항해사로 이 배에 들어온 지 겨우 3주가 되었을 뿐이었다. 들어오고 일주일이 지나서야 이 배가 왕비님이 하사하신 귀한 배라는 것을 알았고, 2주가 지나서야 이 배의 선주가 사람을 물건처럼 사고파는 일을 한다는 것을 알게 되었다. 엑시움에서 인신매매는 범죄가 아니었다. 머리 꼭대기에 귀족이 있었고, 발밑에는 노예 계급이 있었다. 머리 위 계급이 발아래 계급을 뭉개는 것이 어디 하루 이틀 일이었는가.

바푸오는 그나마 운 좋게 중간 계급이었지만 그보다 더 낮은 계급은 이렇게 노예로 팔리기 일쑤였다. 바푸오는 그것이 썩 좋아 보이진 않았지만 뭐라 토를 달 수 있는 위치도 아니었다. 가끔 그저 눈살만 한번 찌푸리는 것이 그가 할 수 있는 전부였다.

"단주님, 바푸오입니다."

하지만 인신매매를 하는 페럴과 고귀한 왕비님이 연관되어 있다니, 그다지 유쾌하지 않은 사실을 알아버린 것이 안타깝기만 했다.

'이 나라는 정말 썩었다니까.'

똑똑똑. 바푸오는 호화찬란한 페럴의 방문을 두드리며 속으로 다시 한 번 구시렁거렸다. 하지만 언제나 그렇듯 얼굴 위엔 아무것도 모른다는 듯 멍청한 표정을 걸고 있었다.

"……주무시나?"

안에선 대답이 없었다. 바푸오는 다시 돌아갈까 하다가, 성질 더러운 선장의 우락부락한 얼굴을 떠올리며 고개를 내저었다. 급한 일이니 얼른 모셔오라 하지 않았던가. 이대로 돌아가면 살찐 쥐같이 생긴 선장이 난리를 칠 것이었다.

크흠. 짧게 헛기침한 바푸오는 다시 가볍게 문을 두드리다가 그대로 문고리를 잡아 돌렸다. 경쾌한 소리와 함께 육중한 문이 열렸다. 완전히 깜깜할 줄 알았던 방 안은 야릇한 붉은빛으로 가득 차있었다. 거기에 희미하게 들리는 물소리까지.

"……무슨 일이시죠?"

불현듯 들려오는 간드러지는 여자 목소리에 바푸오는 화들짝 놀라 침대 위를 쳐다봤다. 붉은 전등 빛을 반사시키는 새하얀 맨어깨를 드러낸 채, 잔뜩 헝클어진 머리의 여자가 부스스 침대 위에서 일어났다. 침대 시트로 가슴을 가린 여자는 아무것도 입지 않은 듯 보였다. 여자의 젖은 머리카락이 야릇하게 뺨 아래로 흐트러져 내려왔다. 상기된 뺨을 보고 있자니 여자가 누워 있던 침대 위에서 어떤 일이 있었는지 말하지 않아도 알 것만 같았다.

얼굴을 붉힌 바푸오는 깜짝 놀라 고개를 돌린 채 버벅거리며 말했다.

"서, 서, 선장님께서 다, 다, 단주님을 찾으셔서……."

"아……."

여자는 알겠다는 듯 고개를 끄덕였다. 그러고는 나른하게 미소 지으며 바푸오를 향해 말했다.

"단주님은 지금 씻고 계세요. 나오시는 대로 바로 말씀드릴게요."

바푸오는 어쩐지 홀릴 것 같은 여자의 분위기 때문에 제대로 대답도 못한 채 그 방을 나오고 말았다. 숫총각도 아닌데 야릇한 여자의 분위기에 휩쓸려 맥박이 순진하게 뛰어댔다.

'히야…… 단주님 여자는 처음 보는데.'

붉은 불빛에 반사된 탓에 확실하진 않았지만, 여자의 신비한 보라색 머리카락이 특히 인상적이었다. 과연 단주 정도 되니, 저런 여자를 자기 여자로 데리고 있구나. 바푸오는 적잖이 감탄을 금치 못하며 왔던 길을 되돌아갔다. 멍한 머릿속으로는 조금 전 여자가 보여주었던 나른한 미소가 떠나지 않았다.

바푸오가 반쯤 정신을 놓은 채 선장실로 돌아왔을 때였다. 문 앞에서 나오던 부단주와 부딪힌 바푸오는 그대로 뒤로 고꾸라지고 말았다.

"이 새끼, 어디가 정신을 놓고 다녀? 단주님은?"

넘어진 바푸오를 일으켜주며 부단주가 툴툴대듯 물어왔다. 메기처럼 생긴 부단주는 무척이나 입이 험했다. 그제야 정신이 든 바푸오가 서둘러 변명을 늘어놓았다.

"아, 저기, 단주님께서는 지금 씻고 계신다고 하셔서, 그래서 조금 있다가 바로 오신답니다."

"씻는다고? 그럼 기다렸다가 모셔와야지, 인마! 멍청하기는!"

"아니, 그게……."

바푸오는 저를 향해 욕을 쏟아붓는 부단주를 억울한 눈으로 바라봤다. 그렇게 뭐라 할 거면 지가 갔다 올 것이지. 불퉁불퉁 입을 내밀던 바푸오가 하소연하듯 보고 온 것을 보고했다.

"단주님께서 아주 뜨거운 밤을 보내신 모양이더라고요. 단주님 여자가 홀딱 벗고 누워 있는데 거기서 제가 어떻게 단주님을 채근하겠습니까!"

"……뭐? 너 방금 뭐라고 했냐?"

바푸오의 말에 부단주의 얼굴이 굳어졌다. 바푸오는 묘하게 표정이 일그러진 부단주의 표정을 보고 뭔가 이상함을 느꼈지만, 도무지 뭐가 이상한지 알 길이 없어서 앵무새처럼 같은 말을 반복했다.

"단주님이 뜨거운 밤을 보내신 것 같다고요. 단주님 방에 어떤 여자가 홀딱 벗고 누워 있었다고……."

"하!"

바푸오의 말에 부단주가 얼굴을 구기더니 솥뚜껑 같은 손바닥을 날려 바푸오의 머리를 후려쳤다. 퍽 소리가 시원하게 울려 퍼졌다.

"윽!"

억울하단 눈빛으로 부단주를 쳐다보는 바푸오를 향해 부단장이 예상하지 못했던 말을 소리쳤다.

"이 자식아! 단주님 고자야!"

3주 차 신입, 바푸오는 절대 모를 단주의 비밀이었다.

슬그머니 욕실에서 머리를 내민 에일린은 감탄한 얼굴로 은란을 바라봤다. 은란은 훌러덩 벗어 던진 상의를 꿰입으며 쑥스러운 듯 웃음을 보였다.

"진짜 속았어요, 저 남자."

"운이 좋았어요. 그리고 있지 말고 얼른 나와요. 이 틈에 빨리 여기서 나가야 해요."

은란의 재치로 시간을 번 두 사람은 후다닥 페럴의 방을 빠져나왔다. 나오는 길에 페럴을 침대 밑으로 밀어 넣었으니, 아마 시간을 조금 더 벌 수 있을 것이었다.

배 안은 좁고 미로 같은 길의 연속이었다. 어디가 어딘지 도무지 구분이 가지 않았다. 에일린과 은란은 그저 위로, 위로 올라갔다. 그렇게 구불구불하고 복잡한 길을 헤매다 보니 바로 아래층에서 다급한 발소리가 들렸다.

"당장 찾아! 얼른 찾아, 이놈들아!"

이크, 벌써 들킨 모양이었다. 두 여자는 신발까지 벗어 던지고 조심스러운 걸음으로 조타실을 찾아 헤맸다. 하지만 조타실은 보통 갑판의 상부구조물에 위치해 있으니, 내부 복도를 아무리 돌고 돌아도 찾을 수 있을 리가 없었다.

"저기 있다! 잡아!"

결국 요리조리 도망 다니던 둘은 얼마 가지 않아 선원들에게 들키고 말았다. 남자밖에 없는 배 안을 휘젓고 돌아다니는 여자 둘의 모습은 눈에 띄기 쉬웠던 모양이었다.

"뛰어요!"

"네!"

은란의 비명 같은 한마디에 에일린은 치맛단을 붙잡은 채 헐레벌떡 달렸다. 다행히도 달리기는 그녀의 장기 중 하나였고, 은란 또한 뜀박질이라면 지지 않았다.

"잡아! 뭐 해!"

"으아아악!"

뒤에서 쫓아오는 남자들을 피해 좁은 복도를 이리저리 뛰어다녔을 뿐인데 운이 좋은 건지 나쁜 건지 선상으로 나가는 문을 발견할 수 있었다. 더 이상 물러날 곳이 없는 두 사람은 쫓아오는 십여 명의 남자를 피해 이리저리 달아났다.

하지만 원수는 외나무다리에서 마주치듯 피해 가는 길목에서 바푸오를 딱 마주치고 말았다.

"꺄아아악!"

"으아아악! 내, 내가 더 놀랐다고!"

"놀랐으면 비켜, 이 자식아!"

어디서 그런 힘과 용기가 났는지 은란이 발을 높이 차올려 바푸오의 중심부를 힘껏 밀어냈다. 바푸오는 즉시 바닥에 고꾸라졌고, 입에선 흰 거품이 나왔다. 물컹한 뭔가가 뭉개지는 느낌이 불쾌했지만 몸서리치고 있을 시간이 없었다.

"미친놈을 만나면 거시기를 차라고, 알렌이 일러주더라고요."

사내를 한 방에 제압한 은란의 발차기를 에일린이 놀랍다는 멍한 눈으로 쳐다봤다. 은란이 한쪽 눈을 찡긋하며 에일린의 손목을 잡아끌고 달렸다.

쓰러진 남자와 달리는 은란의 뒷모습을 번갈아가며 쳐다보던 에일린은 난데없이 웃음이 터지고 말았다.

"픕."

다급하고, 긴박하고, 위기의 상황임이 분명한데 이상하게 그냥 웃음이 났다.

"킥킥."

"……웃을 기운에 달려요, 에일린."

"푸하하하!"

"어머, 이 아가씨가 실성하셨나."

은란은 혀를 차며 에일린을 타박했지만 머지않아 그녀의 입에서 피식 웃음이 났다. 어쩌면 좁은 배 위에서 빙글빙글 도망치고 있는 이 현실이 너무 현실 같지 않아 그런 것일 수도 있었다. 그것도 아니면 곧 죽을 목숨이라 몸 안의 세포들이 웃음을 쥐어짜내고 있는지도. 왜, 사람은 죽기 직전에 실성하기도 한다니까.

어쨌든 웃다가 힘이 빠진 건지, 더 이상 도망쳐봐야 독 안에 든 쥐라는 것을 인정한 것인지 에일린과 은란은 갑판의 끄트머리에서 잡혀버리고 말았다.

"이년들이 어떻게 도망친 거야!"

험상궂은 메기 얼굴을 한 부단주가 열을 내며 에일린과 은란의 앞에서 고함을 내질렀다. 그런 그의 뒤에서 시퍼렇게 부은 멍을 단 페럴이 나타났다.

"죽여! 죽여버린다! 이이익! 이것들을!"

씩씩거리며 나타난 그의 한 손에는 어디에선가 빼 온 시퍼런 칼날이 들려 있었다. 하지만 한 번도 휘둘러보진 않은 것인지 칼을 잡은 자세가 어색하기 짝이 없었다.

휘청휘청 칼을 휘두르던 페럴의 기세에 에일린과 은란도 얼굴 위에 웃음기를 지우고 주춤주춤 뒤로 물러났다. 뒤꿈치에 갑판이 닿았다. 더 이상 물러날 곳이 없다는 뜻이었다. 이대로 물에 빠져 죽거나, 저들의 손에 갖은 치욕을 겪으며 죽겠지.

"……거의 성공했는데, 안타까워요, 에일린."

곁에선 은란이 에일린을 향해 나지막이 속삭였다. 에일린은 은란의 눈을 빤히 바라보다가 고개를 저었다. 야트막하게 두려움이 보이는 은란과 달리 에일린의 눈동자는 평온했다.

"괜찮아요. 우린 죽지 않을 거예요."

"후후, 그래요. 희망은 좋은 거죠."

"……아니에요, 은란. 우리는 정말 죽지 않을 거예요."

에일린은 정말 괜찮다는 듯 은란을 향해 살며시 웃어 보이곤 그들의 등 뒤로 보이는 검은 바다를 힐끗 내려다봤다. 그녀를 따라 뒤를 돌아보던 은란은 검은 바다가 요동치는 것에 눈을 휘둥그레 뜨고 내려다봤다.

'웬 물고기들이…….'

배 아래에는 언제 모여든 것인지 갖가지 물고기가 물보라를 만들며 펄떡펄떡 뛰어오르고 있었다. 크기도, 모양도, 색깔도 각양각색이었다. 이런 광경은 처음이라 은란은 당황하고 말았다.

그녀들이 보고 있는 것을 페럴 또한 발견했는지, 잠시 눈살을 찌푸렸다. 그러더니 곧 심술궂은 미소와 함께 칼을 내팽개치며 중얼거렸다.

"물고기들이 밥 달라고 몰려들었나 보군. 어디 물고기 밥이나 한번 줘볼까, 그럼?"

페럴이 성큼 그녀들을 향해 한발 내디딜 때였다.

"단주님!"

조타실 안에 있던 선장이 헐레벌떡 달려 나와 페럴을 불렀다. 페럴은 조금 이따가 말하라는 듯 한 손을 대강 휘저으며 에일린과 은란을 향해 한 발 더 다가섰다.

"다, 단주님……."

하지만 선장은 선원들을 헤치고 나와 단주를 붙들고 섰다. 왜 그러느냐는 듯 페럴의 얼굴이 험악해지자 선장이 저 뒤를 보라는 듯 손가락으로 그들의 뒤를 가리켰다. 한순간에 모두의 얼굴이 뒤로 돌아갔다.

그러자 그리 멀지 않은 곳에서 불빛이 반짝이는 것이 보였다. 조금 더 자세히 보니 엄청난 속도로 다가오고 있는 배 한 척이었다.

"……저것들은 뭐야?"

해적선이라고 하기엔 지나치게 신식이었고, 고급스러웠다. 얼핏 보이는 'RIZ'라는 문장에 페럴은 상선이겠거니 짐작했다. 하지만 그의 짐작은 시퍼런 칼을 들고 서 있는 한 남자로 인해 철저하게 빗나갔다.

두 배의 간격이 채 10미터가 되지 않았을 때, 남자는 주춤주춤 뒤로 물러섰다. 발을 구르던 남자가 그대로 갑판을 향해 내달려 뛰어올랐다.

"……!"

저게 과연 사람이 뛰어오를 수 있는 거리일까. 멍하니 지켜보고 있던 페럴의 입이 쩍 벌어졌다. 멍청한 눈으로 검은 머리의 사내가 높이 솟구쳐 올라 제 앞으로 내려앉을 때까지, 그저 입을 벌리고 쳐다보고만 있었다.

"찾았다, 에일린."

물론 그 검은 머리의 사내는 에일린의 카잔이었다.

시커먼 새벽이었다. 동이 트려면 1시간이나 더 기다려야 하는,

새벽의 은총이 여물은 완연한 어둠. 그 고요한 어둠을 부산하게 깨우는 것은 두 대의 배였다. 아니, 더 정확히 말하자면 배 하나를 완전히 휘젓고 돌아다니고 있는 한 명의 사내라고 할 수 있었다.

"으아아악!"

바람을 머금은 것처럼 빠른 움직임은 깃털처럼 가벼웠다. 카잔은 별다른 감정이 실려 있지 않은 얼굴로 제 앞을 가로막는 페럴의 부하들을 하나하나 굴복시켰다. 바닷속은 몰려든 갖가지 어류로 요동치고 있었고, 바다 위의 배는 사내 한 명으로 어지럽게 흔들리고 있었다.

수십 개의 칼날이 카잔을 향해 뱀처럼 달려들었다. 하지만 그 어떤 것도 그의 몸에 상처 하나 낼 수 없었다. 페럴의 배 위에는 난다 긴다 하는 용병들도 몇 있었지만 칼 한번 휘둘러보지 못하고 그 자리에서 하늘을 보고 쓰러져야 했다.

간혹 튀어 오르는 핏물을 가볍게 털어내며 카잔은 에일린의 주변을 둘러싸고 있던 사내들을 모두 거둬냈다. 시간은 오래 걸리지 않았다. 그의 손속은 간결하고 깨끗했으며 또한 빠르고 정확했다.

"……미안."

주변을 정리한 카잔은 에일린을 향해 뒤돌아서며 말했다.

"내가 너무 늦게 왔지."

깎아 만든 조각처럼 아무 감정도 보이지 않던 사내의 얼굴 위로 잔잔한 파동이 일었다. 그를 바라보며 오도카니 서 있는 에일린을 향해 카잔이 성큼 다가왔다. 굳은살이 박여 있는 손바닥이 에일린의 뺨을 가만히 매만졌다.

"아니요."

그의 체온, 그의 감촉, 그의 향기가 에일린을 감쌌다. 긴장하고 있지 않다 생각했건만, 그래도 굳어 있었던 건지 어깨의 힘이 탁 하고 풀렸다. 에일린은 제 뺨을 감싸는 그의 손에 뺨을 기대며 안심한 듯 속삭였다.

"딱 맞게 왔어요, 카잔."

그가 올 줄 알았다. 카잔이 올 줄 알고 있었다. 어떻게 알았느냐고 물어본다면 뭐라 설명할 수는 없겠지만 에일린은 그가 그녀를 찾아올 것임을 굳게 믿고 있었다.

검은색에 가까운 그의 잿빛 눈을 보고 있자니, 에일린은 그제야 진짜 안심이 되었다. 그녀가 있어야 할 곳은 그의 눈동자 안이었다. 설령 이 망망대해 위에 부유하고 있더라도, 그의 눈동자 안에 있노라면 어떻게든 될 것처럼 모든 것이 안심되었다.

"……다쳤군."

카잔은 상처 난 에일린의 뺨을 쓰다듬으며 저가 더 아프다는 듯 미간을 찌푸렸다. 여린 뺨을 쓰다듬는 손길이 섬세하다 할 만큼 조심스러웠다. 그 모습을 보고 있자니 에일린의 마음 한구석에 작은 방울 하나가 찌르르 울며 지나갔다.

'아아, 정정해야겠다.'

그의 눈 안에 있노라면 어떻게든 될 것처럼 안심이 되기도 했지만, 그냥 이대로 무슨 일이 난다 해도 상관이 없을 것 같았다. 설령 이대로 이 배가 침몰한다 할지라도, 괜찮을 것처럼.

"너, 너, 넌 뭐야!"

넋이 빠져 있던 페럴은 그제야 정신을 차린 듯 카잔을 향해 버럭 소리를 질렀다. 가까이 다가가기 두려운 듯 차마 가까이 오지는 못한 채 엉거주춤한 자세로 뒤로 물러났다. 그가 데리고 있던 전력의 반이 순식간에 쓰러져버렸다. 겁이 나지 않을 수가 없었다. 페럴은 재빨리 머리를 굴렸다. 저 괴물 같은 사내가 원하는 것은 저 계집들이었다. 그렇다면 흥정이 가능할지도 몰랐다.

"내가 지금 누굴 등지고 있는 줄 알고 덤비는 것이냐? 원하는 게 그 계집이라면 넘겨줄 테니, 썩 꺼, 꺼져버려!"

페럴은 마치 선심을 쓰는 듯 말하며 그들을 회유하려 했다. 보아하니 해적선도 아니었고, 딱히 안면이 있는 게 아니니까 이쯤에서 물러날지도 모를 일이었으니.

"저 자식이 만든 거야?"

"잘 모르겠어요. 일어나니까⋯⋯."

흐음. 카잔은 페럴을 감흥 없는 눈으로 지그시 바라봤다. 마치 이걸 사냥할 것인가, 말 것인가를 가늠하는 맹수 같은 눈길이었다. 페럴은 등 뒤로 식은땀이 후두둑 흐르는 것을 느꼈지만 애써 태연한 척했다.

그 즈음 첸의 배가 페럴의 배에 바짝 가까워졌다.

"여어! 잠깐 기다려보지!"

첸은 자신의 쾌속선에서 페럴의 배로 훌쩍 넘어왔다. 가까이 다가온 첸은 페럴의 얼굴을 면밀히 살피더니 손바닥을 탁 내려쳤다.

"어디서 봤다 했더니⋯⋯ 노예상이었구만. 그것도 악질로 유명한 페럴단의 페럴."

"너, 넌 또 뭐야?"

"난 리츠가에 있는 사람이지. 그것보다 페럴단이 언제부터 왕비 밑에서 일을 한 거지?"

"리츠가 놈이 왜……. 아니, 그것보다 그런 건 네놈이 알아서 뭐 하려고."

"아니, 뭐 그냥 궁금하니까. 왕비가 못된 일을 하는 페럴단에게 왜 인장을 내어주었을까. 왜? 대체? 네놈들이 왕비를 위해 해주는 일이 있기 때문이 아닐까? 노예상인 네놈들이 해줄 수 있는 일이 뭐가 있을까? 아하, 노예를 가져다 바쳤구나. 그런데 왕비가 왜 노예들이 필요하지? 그것도 이런 못된 놈들이 구해주는 노예들이?"

첸은 싱글싱글 웃으며 페럴을 향해 질문 공세를 퍼부었다. 하나같이 날카로워 페럴을 찔끔찔끔 놀라게 하는 질문이었다. 페럴은 당황해서 새빨개진 얼굴로 붕어처럼 입만 뻐끔거렸다. 그러다 입을 다무는 게 상책이라 생각했는지 아무 말도 없이 그저 첸을 노려보기만 했다.

"……흠, 뭐, 그거야 차차 더 자세히 알아보면 되겠지."

페럴을 몰아붙이던 첸은 피식 웃으며 그 자리에 멈춰 선 채 주변을 주욱 둘러봤다. 카잔이 혼자 휩쓸어준 덕택에 배는 완전히 무사했고, 남아 있는 페럴 일행은 고작해야 열대여섯 명 정도였다.

"흐음."

깨끗하게 면도한 턱을 가만히 문지르던 첸은 다시 페럴을 돌아봤다. 첸이 그에게로 성큼 한 발자국 다가서니 페럴이 딱 그만큼 뒤로 성큼 물러났다. 첸은 페럴이 난간에 걸릴 때까지 그를 몰아붙였다. 더 이상 물러날 곳이 없어진 페럴은 기묘한 분위기를 감지한 것인지 식은땀을 흘리며 첸을 쏘아봤다.

"미안하지만."

첸은 덤덤히 그의 눈빛을 마주했다. 그러다 손을 들어 그의 어깨를 탁 밀어버렸다.

"……으, 으아악!"

"그냥 살려서 보낼 수는 없을 것 같아서 말이야."

짧은 비명 끝에 묵직한 뭔가가 물 밑으로 가라앉는 소리가 들렸다. 첸은 돌아보지 않은 채 일행을 쳐다보며 어깨를 으쓱했다.

"왕비도 걸리고, 리츠 인장을 본 것도 좀 걸리고……. 돌아가면 여러모로 귀찮아져서."

마치 간밤에 성가신 모기 한 마리라도 잡은 듯 산뜻한 어조로 첸이 말했다.

"알렌, 라이. 나머진 둘이 알아서 해."

어쩌면 제일 냉정한 것은 첸이 아닐까, 에일린은 그 순간 잠시 그런 생각이 들었다.

간간이 일어나 조타실에 들른 알렌과 첸을 제외하곤 모두가 이틀을 침실에서 꼼짝하지 않았다. 잠깐 일어나 치즈 하나로 주린 배를 채우거나, 향기로운 차로 목을 축인 것을 제외한다면 식사 시간까지도 아껴가며 주린 잠을 채웠다. 그럴 만도 한 것이 자르디오에서 출항해 나오기까지 너무 많은 일을 겪었기 때문이었다.

수인 남매를 구하고, 납치를 당하고, 노예상을 박살 내고……. 며칠간 내리 그들을 잠 못 들게 했던 긴장의 연속이 풀어졌으니 뒤로 미뤄놨던 피곤이 그들을 보채는 것은 당연한 일이었다. 체력 좋기로는 나라에서 제일이라 감히 자부할 수 있는 카잔 또한 피곤하긴 마찬가지였다. 하지만 다른 사람들과는 다르게 그는 깊이 잠들 수 없었다. 품에 얼싸 안고, 어루만지고 있음에도 혹여 어디론 가 날아갈까 두려운 제 아가씨 때문이었다.

햇살이 눈자위를 간질이자 여지없이 카잔은 잠에서 깼다. 그리고 역시나 일어나자마자 확인한 것은 제 품에 에일린이 잘 안겨 있는지였다. 작고 가느다란 어깨가 그의 굵고 단단한 팔뚝에 푹 감싸인 채 곤히 잠들어 있었다. 눈에 보이는 새하얀 어깨와 목덜미에 입을 맞춘 카잔은 안도의 한숨을 내뱉었다.

나쁜 꿈을 꾸었다. 그다지 꿈을 꾸지 않는 카잔이었는데, 최근 들어 몇 번 이상한 꿈을 꾸고 있었다. 깨어나면 기억나는 것은 그다지 없었다. 다만 낭떠러지 위에 서 있는 에일린과 그 에일린의 뒤에 선 검고 추악한 그림자가 보일 뿐이었다.

카잔은 에일린을 향해 다가가려 하지만 그 사이를 가로막고 있는 게 있었다.

'나 없이는 갈 수 없어.'

그를 막고 있는 것은 바로 그 자신이었다.

'저리 비켜.'

'……나 없이, 넌 그녀를 구할 수 없어.'

그림자는 그를 향해 똑같은 말을 반복했고, 그러는 사이 검고 추악한 무언가가 에일린을 절벽 아래로 밀어버렸다.

그 뒤로는 기억이 나지 않았다. 자신이 에일린을 구했는지, 에일린이 그 검고 추악한 뭔가를 잡고 뛰어내린 것인지, 혹은 저를 가로막고 있는 또 다른 카잔을 자신이 죽여버린 건지.

후우. 카잔은 식은땀이 올라온 이마를 훔치며 품 안의 에일린을 으스러질 듯이 끌어안았다. 그녀의 체향이 그를 채우자 불안했던 마음이 한층 고요하게 가라앉았다. 이 온도, 이 향기, 이 감촉이 그를 안정시켰다.

"……으응."

죽은 듯이 잠들어 있던 에일린이 답답함을 느낀 듯 깨어났다. 떠지지 않는 눈을 비비던 그녀가 카잔을 발견하곤 말갛게 웃으며 그를 올려다봤다. 때 묻지 않은, 온전한 애정이 그녀의 눈동자 속에 영롱하게 피어올랐다. 그 눈빛이 카잔의 어두운 영혼까지 따스하게 감싸 안아주는 것만 같았다.

"미안해요, 카잔. 나 아직 너무 졸려요. 눈이 안 떠져."

에일린은 어리광을 부리듯 카잔의 널찍한 가슴 안으로 파고들었다. 흠 없이 매끄럽고 사랑스러운 그녀의 이마에 자잘한 입맞춤을 쏟아부은 카잔이 그녀를 꽉 끌어안으며 중얼거렸다.

"더 자, 괜찮아."

내 사랑. 나의 작은 여왕. 영원한 나의 구원……. 에일린, 너는 내 영혼의 구원임이 틀림없다.

15. 붉은 저주의 진실

그라시아스로 가는 배는 순항하고 있었다. 출항하기 전에 들었던, 그렇게 악명을 떨치던 바다괴수는 실상 에일린 일행의 항해 일정에 전혀 문제가 되지 않았다. 물론 거대한 덩치에 닥치는 대로 사람들을 공격한다던, 난폭한 그것들이 첸의 배 주변으로 떼로 몰려오긴 했다.

"……진짜 볼 때마다 경이롭다니까."

하지만 그것들이 배를 공격하는 일은 없었다. 몰려온 괴수들을 자그마한 에일린이 마치 애완동물 다루듯 대했기 때문이었다. 그것은 실로 장관이었다.

"엄청나네요."

"그러니까."

꼬리질 한 번에 배 한 척은 거뜬히 박살 낼 것 같은 그것들이 에

264

일린의 손짓 하나에 이리 뛰고 저리 뛰는 그 모습에 첸과 라이는 서로를 마주 보며 그저 헛웃음을 지을 수밖에 없었다.

하긴 생각해보면 에일린이 저 엄청난 것들을 애완동물처럼 다루는 모습이 첸에게 전혀 새로울 것이 없긴 했다. 처음부터 지금까지 첸은 에일린이 그 어떤 괴수보다 성질 더러운 늑대 한 마리를 조련하는 것을 보고 있었으니까.

"앗, 차가워. 그만해, 자꾸 흠뻑 젖잖아."

뱃머리에 앉아 있던 에일린이 뛰어오르는 날개 달린 어류의 장난에 물세례를 맞고 까르르 웃음을 터트렸다. 그런 에일린의 곁을 지키고 앉은 채, 명상에 잠겨 있던 카잔이 언제 가져온 것인지 커다란 타월을 들고 와 에일린의 어깨 위로 둘러줬다. 뽀얀 얼굴 위에 묻은 물방울을 꼼꼼히 닦아내는 투박한 손길에 다정함이 뚝뚝 묻어 나왔다. 물론 잔소리도 잊지 않는다.

"너무 햇빛을 많이 받았어. 이러다 화상 입을 수도 있으니 들어가 있자, 에일린."

"그렇지만 햇빛이 너무 따뜻한걸요. 이제 내일이면 이렇게 있을 수도 없는데……. 조금만 더 나와 있고 싶어요."

싫다는 에일린의 말에 카잔은 말없이 눈썹 한쪽을 스윽 밀어 올렸다. 다른 사람이 봤으면 찔끔 놀라 고분고분 말을 들을 것이 틀림없는 매서운 눈빛이었지만 에일린에겐 아니었다. 배시시 웃음을 보인 에일린이 그의 어깨에 살며시 머리를 기댄 채 바다를 응시했다.

"바다가 너무 예뻐요. 그죠?"

중얼거리는 그녀의 목소리는 나른했고, 평화로웠으며, 안정되어 있었다. 묵묵히 어깨를 내어주고 있던 카잔은 짧게 한숨을 내쉬며 자리에서 일어났다.

"그럼 잠깐 기다려. 햇빛을 가릴 만한 걸 가져올 테니."

그는 또다시 이 조그마한 아가씨에게 지고 말았다. 하긴 생각해 보면 한 번이라도 그녀에게 이긴 적이 있었던가 싶다.

"후후, 네."

에일린은 카잔이 덮어준 타월 아래로 동그랗게 몸을 말며 바다와 햇빛이 주는 안락함을 즐겼다. 그러는 사이 카잔이 커다란 부채를 가져와 그녀의 머리맡에 그늘을 만든다. 한 손으로는 부채를 들고 있고, 한 손으로는 어디에서 들고 온 건지 모를 책을 펼쳐 들었다. 저렇게 계속 있으면 팔이 아플 법도 한데 단 한 번도 불편한 기색 없이 곁을 지키고 있었다.

"에일린은 조련에 재능이 있는 게 틀림없다니까."

"하, 하하."

첸의 감탄을 라이는 부정할 수 없었다. 대단한 아가씨였다. 아니, 대단한 능력이라고 해야 하는 건가. 첸을 통해 대강 전해 듣긴 했지만 '아셜'이 가진 능력은 참으로 엄청났다. 저 엄청난 비밀을 왕가가 무려 천 년 가까이 비밀로 지키고 있었단 것도 대단했다. 무능력한 왕가였지만 입만큼은 무거운 듯했다. 하긴 그랬으니 그 권능으로 대대손손 혈통을 유지하고, 권능을 유지하는 것이겠지만 말이다.

넋이 나간 얼굴로 나부끼는 붉은 머리카락을 바라보던 라이가 호기심이 묻어 나오는 어조로 중얼거렸다.

"아셜이 한 명만 있어도 다른 나라와의 전쟁도 거뜬할 것 같네요."

첸이 고개를 끄덕여 화답했다.

"엑시움이 타국과의 전쟁에 병사들을 동원하는 경우는 거의 없지. 워낙에 자원이 많아서 탐내는 나라가 많지만, 너도 알다시피 변방의 괴수들에게 번번이 패전해서 돌아가니. 덕분에 엑시움은 철옹성이란 별명도 가지게 되었고."

"근데 좀 이상해요. 제가 왕이고, 저런 능력을 가지고 있다면 방어만 하는 게 아니라 침략도 할 것 같은데…… 왜 지금까지 침략의 역사는 없는 거죠?"

라이의 질문에 첸이 가늘어진 눈으로 그를 바라봤다.

"왜, 왜 그렇게 보세요?"

"……아니, 너무 놀라서. 너도 질문이란 걸 할 줄 아는구나 싶어서."

"아, 주인님 너무하세요! 저도 만날 생각 없이 사는 건 아니라고요!"

라이의 볼멘소리에 첸이 히죽 웃음을 보였다. 햇살 아래 번지는 금발 미남의 미소가 근사했다.

"아쉘의 능력에도 제한거리가 있는 것 같아. 그러니 땅이 넓어져 봤자 그 땅을 통제할 수가 없을 테고, 그렇다면 침략을 해봤자 별로 득이 되는 것이 없는 거지. 또한 저 능력이 널리 알려진다면 능력을 탐내는 강대국들이 힘을 합쳐 쳐들어올 수도 있고. 아무리 대단한 능력이라도 몇 개의 제국이 힘을 합쳐 쳐들어온다면 막아낼 재간이 없을 거야. 그러니 소리 없이 능력을 전승시키며 대대손손 가진 것을 누리는 것도 나쁜 선택은 아닌 거지."

첸의 설명에 라이는 어딘가 모르게 기분이 나빠지는 것을 느꼈다. 뭐랄까, 쥐고 있는 것을 절대 내놓을 수 없다는 의지가 느껴진다고나 할까. 물론 제 것을 빼앗기는 것이 싫은 것은 누구나 마찬가지이겠지만 그래도 저들은 '왕족'이 아니던가.

왕족에겐 쥐어진 권리만큼이나 의무가 있었다. 적어도 라이는 체니오에게 그렇게 배우며 살았다.

노블레스 오블리주(Noblesse Oblige).

라이는 이 나쁜 머리로도 저 여덟 글자를 또렷하게 기억한다.

'노블레스 오블리주. 높은 사회적 신분에는 그에 상응하는 도덕적 의무가 있어. 나는 너의 주인이지만, 너에게 무조건적인 노동력 착취를 요구할 순 없어. 너희들이 나에게 충성을 맹세하고, 너희들의 노력을 바치는 만큼 나 또한 너희들에게 안락함을, 부도덕한 일을 지시하지 않을 의무를 가지고 있지. 부끄럽지 않은 주인이 될 의무 또한 마찬가지고.'

왕도 아니었고, 귀족은 더더욱 아닌 첸이 그렇게 말했다. 많이 가져온 만큼 많이 나눠야 하는 것이 맞다고, 결코 나의 이 재산들이 내가 태어났을 때 쥐고 나온 것이 아니라고, 내가 가진 만큼 누군가는 빼앗기고 있는 것이라고……. 라이는 알고 있었다. 라이뿐만 아니라 루이도, 파비안도 알고 있었다. 저런 말을 해주는 주인은 첸밖에 없다는 것을…….

그러자 첸은 웃으며 덧붙였다.

'아직, 아직 '나밖에' 없는 거야. 조금 더 시대가 지나면 더 많은 이가 이렇게 말할 거야.'

지나치게 똑똑하고, 제멋대로에다가, 여기저기 사고를 치고 돌아다니기 일쑤지만, 그럼에도 첸은 라이가 알고 있는 그 누구보다 우아하고 기품이 있었다. 존경할 만했고, 따를 만한 주인. 그런 주인을 모시고 있다는 것 자체가 라이의 어깨에 힘이 들어가게 했다.

"쯧. 하지만 덕분에 엑시움의 군사력은 형편없지. 하긴 뭐 형편없는 게 군사력뿐이겠어."

쓸쓸하게 자조하던 첸이 바로 옆에서 바짝 따라오는 페럴의 배를 힐끗 바라봤다. 잡혀 왔던 여자들이 분주히 돌아다니며 점심을 준비하고 있었다. 왕비의 권속으로 노예를 잡아들이다니. 나라도, 정치도, 왕가도 모두 단단히 곪아가고 있었다.

드넓게 펼쳐진 바다 위, 햇볕을 즐기며 구속과 속박, 위협에서 벗어난 여자들의 표정은 한결 가볍고, 싱그러웠다. 첸은 더 많은 사람이 저런 표정으로 살아갔으면 했다. 이 땅에서 태어난 것이, 이 땅에서 살아가는 것에 안도할 수 있는 그런 나라였으면 했다.

왜 더 많은 사람이 행복할 수 없을까. 행복의 질량이 정해져 있고, 신이 그것을 더 많은 자본을 가진 자에게 우선적으로 나눠주고 있는 것도 아닐 텐데 말이다.

'……근데 왜 좀체 보이질 않는 거지?'

저만의 생각에 골똘해 있으면서도 그의 시선은 반대편 배에서 떨어지지 않고 있었다. 분주히 움직이던 몇몇 여자가 첸의 노골적인 시선 앞에 수줍게 얼굴을 붉혔지만 그의 가늘어진 눈이 찾고 있는 여자는 그녀들 속에 있지 않았다.

앙칼진 눈매가 매력적인 몰락귀족 아가씨, 그 아가씨가 도통 보이질 않았다. 에일린에게 들은 그녀의 활약상에 첸은 이마를 탁 치며 웃음을 터트렸다.

'그게 먹혔어? 그 방법이?'

'아마 첸이라도 속았을 거예요. 은란은 그때 정말 섹시했거든요.'

저렇게 대담하고 용감한 여자를 본 적이 없었다. 먼젓번도 서커스단장에게서부터 에일린을 재치 있게 구해내지 않았던가. 눈빛이 맑고 또렷한 데다, 태도며 자세 또한 바른 아가씨였다. 아마 옆에 데려다 놓으면 알게 모르게 끊임없이 사고를 치지 않을까.

첸의 눈동자가 반짝반짝 빛이 났다. 첸은 인재 욕심이 큰 사람이었다. 더군다나 은란에겐 알게 모르게 눈길이 갔다. 에일린을 제외하고 여성에게 눈길이 가는 경우는 처음이었다. 에일린은 아쉴이었음에 그렇다 치지만, 저 여자는 왜 이렇게 자꾸 궁금한 걸까.

"……하지만 이 궁금함도 내일이면 끝이지."

첸은 씁쓸하게 중얼거리며 수평선 너머를 쳐다봤다. 저 너머에 수도 그라시아스가 기다리고 있었다. 곧 그라시아스에 도착이었다. 그는 이제 꼼짝없이 본가에 잡혀 들어가야 했다. 잠깐의 일탈이 이렇게 허무하게 종료되나 싶어 아쉬움이 가득했다. 하지만 한편으로는 그라시아스에 도착하면 기다릴 일에 가슴이 벅차기도 했다. 그의 예감으론 이번 그라시아스 방문 후엔, 어쩌면 그가 감당하지 못할 만큼 커다란 일이 터질 것 같았다.

"후, 좋아, 가보자."

첸은 가볍게 입술 끝을 올려 웃어 보였다. 아마 할 일이 아주 많아질 듯했다.

그라시아스항에 도착하기 직전, 배 한 척이 그들을 마중 나왔다. 리츠 본가에서 나온 그 배는 페럴의 배를 타고 온 여자들을 자신들의 배에 싣고, 페럴의 배를 그 자리에서 폭파시켜버렸다. 증거를 가지고 들어오면 귀찮아져서 그러는 걸 거라며, 카잔이 놀란 에일린을 향해 짧게 설명해줬다. 뭐가 뭔지는 모르겠지 에일린은 일단 그렇구나, 생각하며 고개를 끄덕였다.

항에 도착하자 그들을 기다리는 사람들이 있었다. 잘 차려입은 수십 명의 사람들이 절도 있게 첸을 향해 고개를 숙여 인사했다. 그 모습에 에일린은 잠시 놀랐지만 대놓고 그것을 드러내지는 않았다.

"기다리고 있었습니다. 바로 본가로 모시겠습니다."

"오랜만이야, 파비안. 잘 지냈어?"

"예, 주인님 덕분에 눈코 뜰 새 없이 아주, 아주 바쁘게 잘 보냈습니다."

파비안의 말투는 정중했지만 눈빛에 원망과 미움이 뚝뚝 묻어나오고 있었다. 가끔씩 이를 갈아주는 것도 있지 않았다.

"하는 김에 일을 좀 더 해야 할 것 같은데……. 저 여자분들을 좀 부탁할게. 되돌아갈 곳이 있는 사람은 그곳으로 보내주고, 없는 사람은 있을 만한 곳을 알아봐줘."

"지시하겠습니다."

"자, 그럼 이제 가볼까."

첸이 먼저 준비되어 있는 마차로 향했고, 그 뒤를 에일린과 카잔이 따랐다. 은란은 슬슬 이쯤에서 빠져줘야겠단 판단에 그들에게 작별인사를 고하려고 할 때였다. 마차에 올라타려던 첸이 다시 뒤를 돌아 은란에게 다가왔다.

"뭐 합니까, 안 따라오고."

은란의 손목을 첸이 덥썩 잡아챘다. 당황한 은란이 눈을 동그랗게 뜨고 저를 끌고 가는 첸의 어깨를 쳐다봤다. 하지만 첸은 뒤도 돌아보지 않은 채 은란을 저가 탈 마차 안으로 데리고 들어갔다.

"출발."

"아니, 저기, 난……."

"얘기는 저택에 돌아가면 하는 걸로."

"치사하게 여기까지 같이 와놓고 도망갈 겁니까?"

"도망……! 도망이라뇨!"

첸이 당황해서 말을 더듬는 그녀를 돌아보며 씨익 웃음을 보였다.

"그럼 잔말 말고 따라와요."

아차 하는 사이 모두 첸의 본가로 가는 마차에 탑승해 있었다.

"도련님 오셨습니까."

하얀 눈썹에 흐트러짐 하나 없는 단정한 흰머리에 까만 집사복을 차려입은 로빈이 들어서는 첸을 향해 정중히 고개를 숙였다.

"도련님 오셨습니까!"

리드집사의 인사를 따라 대기하고 있던 몇십여 명의 관리인들 또한 일제히 첸의 일행을 향해 일사불란하게 인사했다. 중앙 홀이 그들의 인사 소리로 쩌렁쩌렁하게 울리고 있었다.

움찔 놀라는 에일린이나 은란과는 다르게 카잔이나 첸은 무덤덤한 표정이었다. 첸이야 이런 대우가 일상이라 그런다고 할 수 있겠지만, 카잔은 어떻게 저렇게 여유로울 수 있는지 에일린은 의아했다.

"뭘 이렇게 많이 끌고 내려왔어, 할아범. 새삼스럽게."

"때마침 오늘 나온 고용인이 많이 있었습니다. 오시는 길은 평안하셨습니까?"

"그래 보여? 이 몰골을 보고도 그런 소리가 나와?"

첸은 허름하기 짝이 없는 제 옷차림을 가리키며 로빈에게 핀잔아닌 핀잔을 날렸다. 로빈이 인자하게 웃으며 대꾸했다.

"얼굴빛만큼은 그 어느 때보다 맑아 보이십니다. 돈으로 살 수 있는 것보다, 돈으로 살 수 없는 것을 얻어 오신 것 같군요."

"하여튼 능구렁이. 아, 이쪽은 내 일행이야. 나와 함께 여행했던 카잔, 그리고 에일린."

"어서 오십시오. 모자람 없이 모시겠습니다."

로빈은 푸근한 미소로 에일린과 카잔을 돌아봤고 그들은 가벼운 목례로 그의 인사에 화답했다.

"그리고 이쪽은 은란, 그리고 알렌."

"반갑습니다. 먼 길 오시느라 고생이 많으셨습니다."

"환대해주셔서 감사합니다. 이처럼 아름다운 저택에 머물게 되어 영광입니다."

로빈의 인사에 은란이 정중하게 화답했다. 기품 있는 그녀의 인사에 로빈은 흥미롭다는 듯 그녀를 바라보다 인자한 미소를 지으며 고개를 숙였다.

"그럼 이분들을 방으로 안내 좀 해줘. 가주님은 어디 계시지? 꼬장꼬장한 노인네라 인사하러 가지 않으면 또 꽁해 있을 텐데 말이야."

"……녀석, 말버릇하고는."

첸이 가주의 이야기를 꺼내기가 무섭게 중앙 계단 위에서부터 묵직한 목소리가 들려왔다. 고용인들의 허리는 한층 더 깊이 내려갔고 첸과 에일린 일행의 고개는 위로 올라갔다.

"어서오십시오, 여러분. 모두 여기까지 오느라 고생 많았습니다."

한 계단 한 계단을 서두르지 않고 내려오고 있는 남자. 머리 위에 내려온 흰머리만 아니었다면 50대쯤으로 보일 정도로 건장하고 정력적으로 보였으며, 동시에 엄청난 기백이 느껴졌다.

"난 리츠가의 가주 렉스턴이라 합니다."

리츠가의 가주 렉스턴이 먼저 인사를 건네자 에일린과 카잔, 은란과 알렌 모두 예를 갖춰 인사했다. 사람 좋아 보이는 얼굴의 가주였지만 그에게서 풍겨져 나오는 기운이 그들을 짓눌렀다.

"직접 마중 나올 정도로 한가한 분이 아니실 텐데요."

"모처럼 내 집을 찾아온 손님들이 아니더냐. 주인이 직접 나와 봐야지. 네놈이 망나니짓을 하는 것에 일조한 일행일 테니 더더욱 궁금하기도 했고."

렉스턴은 웃는 낯으로 날카롭게 말했지만 거기 있는 누구 하나 찔끔 놀라는 얼굴이 아니었다. 카잔은 어차피 자신이 저지른 일이 아니었고, 첸에게 이 정도의 핀잔은 일상이었으니까.

"체니오의 손님들을 본 것은 처음이로군. 그렇지, 로빈? 내 아무리 무심한 할애비라고 하지만 손주의 친구들에게 맛있는 저녁 한 끼는 대접하고 싶은 마음이네만……. 오늘 저녁은 함께 드는 게 어떻겠는가? 주방장 로셀에게 특별히 맛있는 요리로 부탁을 해놓으시게."

그 자리에서 렉스턴의 제의를 거절할 수 있는 이는 아무도 없었다. 괜찮겠냐는 듯 힐끗 저를 보는 첸을 향해 카잔이 가볍게 고개를 끄덕였다. 에일린도 마다할 이유가 없었다.

시선을 주고받는 세 남녀의 모습을 지켜보던 렉스턴의 눈동자에 에일린의 모습이 걸렸다. 이제는 온전히 변해버린 새빨간 눈동자와 은실과 붉은 실을 엮어놓은 듯 반짝거리는 머리카락……. 렉스턴의 눈길이 날카로워졌지만 그것을 눈치챈 이는 아무도 없었다. 그는 곧 능숙하게 표정을 숨기며 일행을 리드했다.

"그럼 이따가 보도록 합시다. 첸, 너는 서재로 오너라."

"꼬장꼬장하다니까."

절레절레 고개를 내저은 첸이 계단을 오르려다 남은 지시사항이 떠올라 빙글 몸을 돌렸다. 무의식적으로 그의 뒤를 따라 걷던 은란이 뒤돌아서는 첸과 충돌했다.

"……읏!"

비틀거리던 은란의 몸이 그대로 뒤로 넘어지기 직전, 날렵하고 단단한 손이 그녀의 낭창낭창한 허리를 휘감아 올렸다.

"미안합니다. 내가 조심했어야 하는데……."

허공 위를 맴돌던 두 남녀의 눈이 어지럽게 얽혀들어 갔다. 두 사람은 동시에 숨을 멈춘 채 그저 막연히 눈동자만을 들여다봤다.

깨끗한 바다처럼 속을 모른 채 깊어지는 푸른 눈을 바라보던 은란의 뺨에 불그스름한 홍조가 올라왔다. 그녀의 허리를 붙들고 있는 손길에 더욱 강한 힘이 들어가는 게 고스란히 느껴졌기 때문이었다.

"이제 놔주셔도 될 것 같은데요."

그녀의 목소리가 까끌까끌하게 흘러나오는 것은 며칠간 그녀를 괴롭힌 멀미 때문이었지 결코 그녀의 허리 뒤쪽을 스치듯 훑고 지나가는 단단한 손가락 때문이 아니었다.

"아, 그렇군요."

첸은 한발 뒤로 물러나며 아쉽다는 듯 느리게 손을 거둬들였다. 고개를 까득 숙이며 그를 스쳐 지나가는 은란의 뒷모습에 서둘러 끝내 거두지 못한 사내의 푸른 눈동자가 걸려 있었다.

일행이 방을 배정받고 한참이 지났다. 슬슬 저녁먹을 때가 되지 않았나 싶었을 때 집사 로빈이 오늘 저녁은 취소되었다는 전갈을 가지고 들어왔다. 여독이 다 풀리지 않았던 일행은 덕분에 각자의 방에서 저녁을 해결할 수 있었다.

"어디 갔다 온 거예요, 카잔?"

밥을 다 먹고 한숨 자고 나니 카잔이 없이 에일린 혼자 방을 지키고 있었다. 조금 후 방으로 돌아온 카잔에게 뛰어가 안긴 에일린은 그의 몸에서 풀냄새를 맡았다.

"정원에 다녀왔나요?"

"응. 구조가 어떤지, 뭐가 있는지 보고 왔어. 습관이야. 낯선 장소에 가면 주변을 둘러보는 거."

카잔의 말에 에일린은 지난번 야영 때의 카잔을 떠올렸다. 그때도 어딘가에 자리를 잡으면 주변을 둘러보는 것을 첫 번째 일로 했었더랬지. 심지어 자르디오 호텔에 여장을 풀었을 때도 카잔은 호텔 주변을 꼼꼼히 살폈었다.

그 모습이 경계심이 많은 덩치 큰 늑대처럼 보였다. 카잔의 머리 위로 불룩 튀어나온 귀 2개와 살랑살랑 흔들리는 꼬리가 환영이 되어 눈앞에 어른어른거렸다. 떠올린 그 모습이 귀여워 에일린은 저도 모르게 배시시 웃음을 터트렸다.

"갑자기 왜 웃는 거야?"

카잔의 눈썹산 한쪽이 의심쩍다는 듯 올라갔다. 말하면 뾰로통해 하겠지? 그런 카잔을 보는 것도 좋았지만 그래도 부쩍 기분이 좋아 보이지 않는 그를 놀릴 필요는 없을 거 같았다. 에일린은 아무것도 아니라는 듯 고개를 도리 저으며 그를 끌고 저가 서 있던 테라스로 갔다.

"2층에서 보는 정원은 또 다른 느낌인 것 같아요. 이렇게 예쁜 정원은 처음 봐요. 첸은 정말 엄청 부자인가 봐요. 그죠?"

"첸이 부자라기보단, 첸의 집안이 부자인 거지."

카잔은 심드렁하게 대답하고선 에일린의 허리에 손을 감아 제 안으로 바짝 끌어안았다. 나긋하게 감기는 에일린의 체온이 비정상적으로 뛰어대는 그의 심박을 진정시켰다.

악몽에 시달린 이후로 기분이 썩 좋지 않은 카잔이었다. 어쩌다 악몽 한 번 꿨다면 이렇게 신경 쓰이지 않았을 것이었다. 사실 그는 꿈 따위에 그렇게 연연하지 않았으니까. 하지만 같은 꿈을, 그것도 썩 유쾌하지 않은 꿈을 그라시아스로 오는 내내 꾸게 된다면 아무리 무덤덤한 그라고 해도 신경이 쓰일 수밖에 없었다.

절벽 위의 에일린, 검은 그림자, 그리고 그를 가로막는 거대한 짐승.

'대체 왜, 뭐 때문에?'

꿈은 의식의 반영이라고 했다. 그렇다 그 악몽의 잔재들의 그의 의식 안에 숨어 있던 것들이란 말일까? 아니면 그저 그의 망상이 꿈으로 나오는 것일까? 하지만 그따위 생각은 한 번도 해본 적이 없었는데…….

카잔의 얼굴빛이 한층 어두워졌다. 힐끗 그를 올려다보던 에일린이 그의 기분을 풀어보려는 듯 밝은 어조로 말했다.

"첸이 이 옷을 가져다줬어요. 정확히 말하면 파비안인가 하는 분이 가져다주셨지만……. 근데 이 옷 되게 좋아요. 촉감도 너무 좋고, 하나도 입은 것 같지 않아요. 카잔, 나 예뻐요?"

에일린은 입고 있던 치맛자락을 슬쩍 흔들었다. 속이 슬쩍 비치는 부드러운 실크소재의 옷자락 사이로 에일린의 가녀린 다리가 언뜻 비쳤다. 볼을 붉히며 기뻐하는 그 모습이 사랑스러워 카잔은 그녀를 번쩍 끌어안아 올리며 물었다.

"이런 옷, 네가 원한다면 얼마든지 사줄 수 있어. 사줄까?"

"후후, 아니에요. 이런 옷은 못 입고 돌아다닐 것 같아요. 바람이 불 때마다 불안할 것 같거든요."

그녀는 카잔의 목에 팔을 두르며 그를 꼭 끌어안았다. 카잔은 그녀를 안은 채로 성큼성큼 걸어 침대가 있는 방으로 향했다. 워낙 넓은 방이라 침대 위로 올라서기까지 약간의 시간이 걸렸다.

"저택이 정말 큰 것 같아요. 이렇게 넓은 곳은 처음 봐요. 우리가 있던 호텔보다도 더 크고 화려한 것 같아요."

제 머리를 조심스럽게 침대 뒤로 눕히는 카잔을 향해 에일린은 조잘거렸다. 카잔의 눈동자 속에 웅크려 있는 우울의 빛을 읽었기 때문이었다. 조잘거리는 그녀의 목소리가 듣기 좋다는 듯 그의 입꼬리가 살며시 올라갔다. 그 미소를 보고 있자니 심장이 떨려왔다.

이렇게 보일 듯 말 듯 보여주는 카잔의 미소는 숨이 막히도록 근사하다는 것을, 그는 알까?

"……사줄까?"

그렇게 그윽한 목소리로 묻지 말아요, 카잔. 무슨 말을 하더라도 그저 알겠다 대답하고 싶어지잖아요.

"뭐를요?"

"이런 저택. 우리도 이런 곳에 들어가서 살까?"

"우리 둘이요?"

카잔이 고개를 끄덕였다. '우리도'라는 말이 썩 듣기 좋았다. 에일린은 기분이 좋아져서 그를 더욱 꽉 끌어안았다. 그의 가슴과 그녀의 가슴이 맞닿을 만큼 가깝게 끌어당겨 안았다.

그녀의 다리 사이로 카잔의 허벅지가 파고들어 왔다. 그녀의 피부를 가로막고 있는 얇은 천 아래로 그의 손이 파고들어 왔다. 에일린은 그의 목마른 손길에 열렬히 반응하며 그를 환영했다.

"음."

카잔의 입술이 그녀의 목덜미를 타고 내려왔다. 그의 따스하고 농밀한 입맞춤에 부르르 몸을 떨던 에일린이 잊혀져 가는 질문에 답했다.

"카잔이랑 큰 집에 사는 건 별로일 것 같아요. 이렇게 큰 저택에 살면 당신을 찾으러 하루 종일 돌아다녀야 할 것 같거든요. 카잔과는 작고 아담한 집에 살고 싶어요. 어디에 있어도, 당신이 보일 수 있을 만큼 아담한 집이요."

"그렇군. 큰 집은 오히려 불편하겠어."

카잔과 에일린은 눈을 마주치며 웃었다. 조금 거칠어진 그의 뺨을 쓰다듬으며 에일린은 묻어놨던 질문을 했다.

"기분이 좋아 보이지 않아요. 왜 그래요?"

"그냥."

"그냥?"

잠시 망설이던 카잔은 마음을 내려놓은 듯 피식 웃으며 대답했다.

"악몽을 꿨어."

악몽. 그 단어에 에일린은 저도 모르게 꿈속에서 만났던 왕자의 얼굴을 떠올렸다. 아름다운 궁에 살고 있는, 아름다운 왕자. 저를 애틋하게 쳐다보던 그 사내.

"고작 꿈 때문에 기분이 좋지 않다니. 한심하지?"

하지만 이내 제 남자의 쓸쓸한 목소리 하나에 꿈에서 봤던 사내의 얼굴은 썰물에 휩쓸려가는 모래알처럼 머릿속에서 완전히 지워 내버렸다. 딱 거기까지였다. 꿈속에 나오는 그 남자, 사뮤엘은 에일린에게 고작 그 정도일 뿐이었다.

"그럴 리가요. 당신은 그 어떤 순간에도 나에게 한심할 수가 없어요. 카잔인걸요. 나의 카잔인걸요."

"듣기 좋군. 더 말해봐. 네 목소리를 듣는 것만으로도 기분이 좋아져."

새액새액 숨을 내쉬는 그녀의 가슴 둔덕에 귀를 가져다 댄 채 카잔은 눈을 감았다.

"카잔, 난 사주는 것은 필요 없어요. 가진 것 하나 없이도 이제껏 살아왔는걸요. 나는 그저 당신의 마음만 있으면 돼요. 당신의 심장을 내가 가지면 돼요."

"그건 이미 네가 쥐고 있어. 꽉 쥐고 놓아주질 않아."

"정말요?"

"응. 네 거야. 영원히. 언제까지고."

그의 고백은 은밀했고 직설적이었다. 언제나 그답다. 그래서 더욱 그녀를 황홀하게 만들곤 했다. 그런 그에게 오늘 위로가 필요한 듯했다.

에일린은 카잔이 그녀에게 하듯 이마와 콧등, 그리고 뺨에 키스하며 자신의 온기를 전했다. 가만히 눈을 감고 있던 카잔의 속눈썹이 꿈틀거리며 위로 올라왔다. 신비로운 잿빛 눈동자가 짙은 욕망의 색으로 번뜩였다. 수줍게 웃음을 보인 에일린은 더듬더듬 서툰 손길을 뻗어 그의 옷자락 사이로 손을 집어넣었다. 그의 입술 사이로 신음이 억눌린 신음이 터져 나왔다. 그것에 용기를 얻은 에일린이 자세를 바꿔 그의 배 위로 올라타며 중얼거렸다.

"오늘은 내가 당신을 안을 거예요."

"에일린."

"쉬잇……. 오늘 밤은 꿈꾸지 않게 해줄게요. 꿈 없이, 달게 자게 만들어줄게요."

에일린의 입술이 카잔의 입술 위로 포개졌다. 부드럽지만 힘 있게, 서툴지만 대담하게 그녀의 입술이 그의 입술을 깊이 빨아들였다. 포개진 입술 사이로 오고 가는 호흡이 거칠어지기까지는 오랜 시간이 걸리지 않았다.

다음 날, 아침을 먹고 점심때까지 아직 시간이 조금 남아 있을 때였다. 첸은 이른 아침부터 보이지 않았고, 카잔은 잠시 나가볼

곳이 있다며 자리를 비웠다. 무슨 일을 하기엔 일행도, 이렇다 할 일정도 정해지지 않아 어색해하는 에일린과 은란을 위해 파비안 이 정원 한편에 티 테이블을 마련해줬다.

꿀이 들어가 달콤한 레몬 티가 입안을 향긋하게 맴돌았다. 레몬 의 싱그러움을 한껏 입안에 머금던 에일린은 문득 반대편에서 찻 잔을 들고 있는 은란의 손을 바라봤다. 햇빛 아래에서 보니 새하얀 손 여기저기 박여 있는 굳은살이 제법 선명하게 보였다.

"은란은 이런저런 일을 많이 했다고 했죠?"

"음? 아, 네. 그렇죠. 먹고살려고 이것저것 많이 했어요. 인형 눈 도 붙여보고, 봉투도 접어보고, 요리도 제법 할 줄 알아서 주방 일 까지도……. 후후, 덕분에 아주 재주가 많아졌죠."

"그렇군요. ……먹고살려면, 일을 해야 하는 거군요."

"몰락귀족은 일반 평민들과 다를 바가 없어요. 오히려 자존심만 살아서 이렇게 살아서 뭐할 거냐며 자결하는 사람들도 많죠. 하지 만 난 악착같이 살고 싶었어요. 억척스럽죠?"

그렇게 말하며 은란은 쑥스럽다는 듯 웃음을 보였다. 하지만 에 일린이 봤을 때 그런 은란이 전혀 억척스럽고 억지스러워 보이지 않았다. 그 누구보다 열심히 살아온 그녀의 모습이 아름답기까지 했다. 그리고 그 와중에도 기품과 고운 심성을 잃지 않기까지 했으 니 은란은 강한 여자임이 분명했다.

'나도 뭔가를 해야겠어.'

에일린은 이제껏 돈을 벌기 위해 뭔가를 해본 적이 없다는 걸 떠올렸다. 그럴 틈도 없이 삶이 고단하고 그녀를 괴롭혀왔으니 당 연한 결과였다. '먹고산다'는 것보다 더 절박한 '살아남아야 해'라는 바람이 더 간절했으니까.

'이따 카잔이 오면 상의를 해봐야지.'

에일린은 남아 있는 레몬티를 다시 홀짝 들이켜며 고개를 끄덕였다. 깜깜하고 외로웠던 그녀의 일생에 카잔이 스며들었다. 이제 그녀의 미래는 혼자만의 것이 아니었다. 나와 당신이 만나 우리가 되어가는 이 일상이 마냥 소중하다.

에일린은 앞날에 대해 걱정하고 있는 모습이 제법 대견하게 느껴졌다. 별것 아닐 수 있겠지만, 그와 함께할 미래를 그리는 이 순간이 더없이 행복하게만 느껴졌다. 그랬기에 마음 한편으로는 불안하기도 했다. 이토록 평온하고 행복한 순간을 누려본 적이 없었다. 행복이란 것은 저의 것이 아니라고 생각했던 숱한 지난밤들. 언제나 불안해했고 두려워했던 탓에 방심하고 있으면 그녀의 삶은 금세 다시 시커먼 구렁텅이로 굴러떨어질 것만 같았다.

'아냐. 그렇게 두지 않아.'

에일린은 찻잔을 더욱 힘주어 잡았다. 입술 안쪽의 여린 살을 꽉 깨물며 약해지려는 마음을 다잡았다. 두 손으로 꽉 쥐고, 절대 놓아주지 않을 테다. 어떻게 잡은 일상인데, 어떻게 잡은 평범함인데. 에일린은 깊게 심호흡했다. 그리고 카잔을 떠올렸다. 그래, 이제 그녀는 혼자가 아니었다. 그녀가 흔들릴 때면, 그녀가 위태로울 때면 함께 버텨줄 그이가 있었다.

카잔의 잿빛 눈동자를 떠올리자니 마음이 한결 편안해졌다. 그는 이렇듯 떠올리는 것만으로 마음을 평안케 하는 존재였다. 내일의 태양처럼, 보이지 않고 설명할 수 없어도 언제고 든든한 그런 존재.

"에일린, 무슨 생각을 그렇게 하는 거예요? 찡그렸다 웃었다 하는 모습이 귀여워서 지켜보긴 했는데……. 후후, 나도 좀 같이 알면 안 돼요?"

"아, 아무것도 아니에요."

에일린은 얼굴을 붉히며 고개를 저었다. 혼자 딴생각에 빠진 것이 미안해진 에일린은 은란에게 이것저것 물어보며 말을 걸었다. 은란은 친절하게 대화를 이어 나갔고 어느덧 두 사람의 찻잔도 바닥을 보이고 있을 때쯤이었다.

"아, 그러고 보니……."

은란은 조심스럽게 주변을 둘러보더니 새삼스럽게 목소리를 낮추며 물었다.

"달거리는 어떻게 됐죠? 그때 이후로 정신이 없어서 나도 못 챙겨줬었는데……. 괜찮아요?"

걱정스러운 은란의 질문에 에일린은 난감하게 눈알을 굴리다가 솔직하게 말했다.

"그때 은란이 줬던 여분이 있어서 그걸로 해결했어요. 그런데…… 원래 이틀 정도 하는 건가요? 다음 날 되니까 멈췄거든요. 허리 아프고, 배가 아픈 것도 그날 이후로 괜찮았어요. 너무 정신 없어서 못 느낀 걸 수도 있지만요."

"음, 기간이랑 통증은 사람별로 상이해요. 생각해보니 나 처음 시작했을 때도 그렇게 양이 많지 않았던 것 같네요. 하지만 내 짐작엔 우리가 그때 겪었던 일로 몸이 충격을 받고 멈춘 것 같기도 하네요."

은란은 그 뒤로도 에일린에게 몇 가지 주의할 사항을 더 일러주었다. 꼭 몸을 따뜻하게 해주고, 되도록 무리해서 움직이지 말아야 하며, 항상 아랫것은 깨끗하게 관리를 해줘야 한다며. 알뜰살뜰 챙겨주는 은란의 말에 에일린은 몇 번이나 고맙단 인사를 수줍게 건네야 했다.

"아 참, 그리고……."

은란은 이 말을 해줘야 하는 건지, 말아야 하는 건지 몇 번이나 망설였다. 괜한 오지랖인가 싶었지만 그 누구도 에일린에게 이런 말을 해주지 않을 것 같아 망설임 끝에 용기를 냈다. 물론 저도 부끄러운 탓에 아무도 없는 정원에서 귓속말로 빙 둘러 전하긴 했지만 말이다.

"그 기간에는 절대 같이 자면 안 돼요. 여자 몸에 굉장히 해롭대요. 절대, 절대, 절대 금지."

같이 자면 안 된다니, 그게 무슨 말이지? 처음엔 은란이 무슨 말을 하는 건가 싶어 고개를 갸웃거리던 에일린은 붉어진 은란의 얼굴을 보며 무슨 말인지 깨달았다. 같이 자면서 얼굴을 붉힐 만한 행위는 그것밖에 없었으니까.

알겠다고 조그마한 목소리로 대답한 에일린도, 말을 건넨 은란도 붉어진 얼굴로 서로를 힐끔거리다 까르르 웃고 말았다.

도란도란 이야기를 하다 보니 어느새 한 시간이 훌쩍 지났다. 찻잔도 비웠고, 날도 점점 뜨거워지는 듯해서 두 사람은 슬슬 자리에서 일어나기로 했다. 은란이 손을 드니 멀리서 대기하고 있던 알렌과 시녀 몇 명이 달려왔다. 다가오는 그들의 모습을 보고 있던 은란이 늘어지게 하품했다.

"어제 잠 못 잤어요, 은란?"

"아……."

에일린의 질문에 은란은 묘한 표정으로 뺨을 긁적였다.

"그냥, 조금. 그런데 항상 안절부절못하는 얼굴로 쫓아다니는 호위기사 어디 갔어요? 이렇게 오래 곁을 비울 사람이 아니잖아요."

"글쎄요. 잠깐 볼일 보고 온다고 했는데 아직 안 왔네요. 첸도 안 보이고."

첸이란 말에 은란의 눈빛이 잠깐 흐려졌다. 하지만 에일린은 정원에선 보이지 않는 정문을 쳐다보느라 그런 은란의 눈빛을 읽지 못했다.

"흐아아아암!"

북적거리는 거리를 걸으며 허름한 샌드위치 가게로 들어선 첸이 늘어지게 하품했다. 공중을 향해 길게 뻗은 팔이 부르르 떨리더니 기어이 입을 가리며 다시 또 하품했다.

"아, 졸려 죽겠다."

"그러실 만도 하죠, 어젯밤 그 난리를 치고 잠 한숨도 못 잔 채 새벽부터 나오셨는데."

"……흐아암. 그러게 말이야."

세 번째 하품을 하며 첸은 은란을 떠올렸다. 그 여자는 잘 잤으려나. 모르긴 몰라도 저보다는 잘 자지 않았을까 싶다. 시원하게 게워냈으면 속도 편안해졌겠다, 손바닥으로 누군가의 뺨도 후련하게 내려쳤으니 얼마나 개운하게 잠이 들었겠는가.

피식 웃던 첸이 아직도 얼얼한 것 같은 뺨 한쪽을 문질렀다. 누군가 제 앞에서 토하는 꼴을 본 것도 처음이었고, 뺨을 맞은 것도 처음인데 이상하게 별로 기분이 나쁘지 않았다.

'하긴 맞을 만하긴 했지, 내가……'

탐스러울 만큼 풍만한 데다 만지면 톡 터질 것처럼 잘 여물어 있는 뽀얀 가슴이 떠올랐다. 시선을 뗄 수 없어서 저도 모르게 빤히 바라보다가 뺨을 후려 맞았다. 어디, 그냥 보기만 했는가. 저도 모르게 손을 뻗어보기까지 했으니.

'……더 자세히 보면 안 됩니까?'

그래, 맞을 만했다. 인정해. 무뢰배였지. 첸이 지난밤을 떠올리며 혼자 히죽히죽 웃음을 보이자 곁을 지키고 있던 라이가 이해할 수 없다는 얼굴로 그를 흘겼다.

어젯밤 첸이 가주를 뵙고 나오는 길, 잠시 들린 후원에서 불현듯 사라졌다. 몇 발자국 뒤에 있던 라이가 잠시 한눈을 판 사이에 없어진 것이다. 다행인지 불행인지 첸은 후원 바로 앞에 마련된 별채 2층에 뛰어 올라가 있었다. 멀쩡한 계단과 문을 놔두고 테라스를 이용해 누군가의 방을 방문한 것이다. 그리고 그 방의 주인이 은란이라는 것을 눈치챈 후 라이는 감히 그를 따라 저 방으로 올라갈 용기가 나지 않았다. 그래서 테라스 밑을 지키고 있었더랬지. 한참 후에 살과 살이 부딪치는 소리가 들리더니 우에엑 소리가 들렸다.

깜짝 놀라 올라가 보니 빨갛게 부어오른 뺨을 부여잡은 첸이 토사물에 젖은 옷을 붙잡고 멍하니 서 있었다.

'도대체 위에서 무슨 일이 있었던 걸까?'

라이는 궁금해 미칠 것 같았지만, 물어봐도 첸이 말해주지 않을 것을 빤히 알고 있었다. 그 뒤로 알렌이 서둘러 달려왔고, 첸이 갈아입을 만한 옷을 가져다주었다. 은란은 욕실로 달려가더니 그 후로 보이지 않았다.

'대체, 대체, 대체! 무슨 일이 있었던 거야?'

옆에서 수상한 얼굴로, 히죽거리고 있는 제 주인을 보고 있자니 궁금증은 더욱 증폭되어 갔다.

그때였다. 사방이 오픈되어 있는 채광 좋은 가게 안으로 키가 크고 누가 봐도 다부져 보이는 검은 머리 사내 하나가 들어왔다.

"왜 여기서 보자고 한 거지?"

성큼성큼 안으로 들어선 카잔이 첸과 라이가 서 있는 테이블로 다가와 물었다. 오픈형 카페는 앉아서 식사를 하는 곳보다 서서 먹는 스탠딩 테이블이 더욱 많은 카페였다. 주로 가난한 평민들이 이용하는 카페였고, 첸의 저택에서는 상당히 멀리 떨어져 있는 곳이었기에 카잔이 의아해하며 묻는 게 당연했다.

"여러 가지 이유가 있지. 그것보다 왔으니 먼저 뭘 좀 시키자고."

"별로 배가 고프지 않아."

"걱정 마, 먹는 건 라이가 잘하니까."

"아하하하! 제일 잘하는 건 먹는 거, 그다음은 여자 꼬시기입니다!"

익살스럽게 웃음을 보인 라이가 첸과 카잔이 마실 만한 음료수와 저가 먹을 만한 샌드위치 몇 개를 시켜서 테이블로 들어왔다. 그사이 첸과 카잔은 본론으로 들어갔다.

"왕녀 돌체의 일기, 그건 다 읽어봤겠지?"

카잔의 눈빛이 더욱 냉랭하게 빛났다.

'왕녀 돌체의 일기.'

자르디오에서 첸이 카잔에게 건네줬던 것이었다. 읽고 또 읽으며 이미 여러 차례 그 내용을 숙지한 카잔이 품 안쪽에서 그것을 꺼내 첸에게 돌려주며 고개를 끄덕였다.

"아쉴에겐 짐승을 다루는 힘이 있다는 것과 똑같이 변하는 왕자가 있다는 것, 그리고 그 둘은 운명처럼 사랑에 빠진다는 것까진 알겠어. 또한 아쉴의 여자가 어느 날 갑자기 사라졌다는 것도……. 하지만 이 한 명의 케이스만 가지고 아쉴은 모두 이렇다 속단하기엔 조금 무리가 있지 않나?"

"옳은 말이야. 하지만 누가 그것이 단 한 명의 케이스라고 그랬지? 이렇게 직접적이고 직관적인 관찰지는 이것 하나뿐이지만 자료는 그보다 훨씬 많다고."

"많다?"

"으흠."

첸은 고개를 끄덕이며 머릿속에 담아놨던 몇 가지 기록을 떠올렸다.

"대략 40년에서 50여 년 주기로 백색왕궁의 별궁인 장미궁의 주인이 바뀐다고 해. 성에서 가장 안쪽, 체류 기간은 5년에서 7년까지 다양하지. 그녀들에 대한 기록은 엄격히 금지되어 있지만 그들도 모르는 것이 있어. 바로 왕실 의원 기록, 세금 이용 목록, 그것들을 관리하는 관리들의 일기장. 아주 사소하지만 아주 중요한 자료들이지."

"그것들을…… 다 뒤졌다고."

"으흥."

카잔은 첸의 집착에 가까운 세심함에 혀를 내둘렀다. 물론 본인이 직접 그것들을 하나하나 넘겨보진 않았겠지만 빈틈을 찾아내고, 지시를 내린 것은 그가 아니었겠는가.

"그 어떤 자료도 나의 손에 넘어오지 않는 건 없어. 시간이 걸릴 수는 있어도 포기는 없으니까."

언젠가 첸이 카잔에게 동행을 제의하면서 했던 말이었다. 그때는 별생각 없이 지나쳤던 말이지만, 이제와 보니 그의 말은 진실이었다.

카잔은 문득 리츠 체니오가 그가 생각했던 것보다 훨씬 지독하고 강인한 사내란 생각이 들었다. 하긴 그가 아무리 살기를 보여도 체니오는 물러서는 법이 없었다. 어물쩍 흘려보내기는 했어도, 물러서거나 도망치지 않았다.

"……너도 참 피곤하게 사는군."

카잔은 드물게 체니오를 향해 입꼬리를 말아 올려 웃었다. 그는 눈앞에 선 사내를 인정할 수밖에 없었다. 지독한 놈.

들리지 않게 중얼거렸지만 첸은 카잔의 묵음을 듣기라도 한 듯 씨익 웃음을 보였다.

"칭찬 고맙군."

"하지만 그것들이 사실이라고 하더라도 어쩌라는 거지? 나에게 중요한 것은 '아쉴' 자체가 아니야. 그 아쉴이라는 것 때문에 에일린이 죽느냐 안 죽느냐가 중요하지."

"흠, 그렇지. 그렇지……."

첸은 씁쓸한 입안을 라이가 가져온 싸구려 사탕수수 주스로 축이며 고개를 끄덕였다.

"기록을 보자면 그것이 맞아. 하지만 지금 에일린의 경우는 이제까지의 케이스랑은 조금 달라서 말이야."

"다른 점이라면…… 에일린은 궁에 불려 간 적이 없다는 건가?"

"빙고. 바로 맞혔어. 사라진 여자들은 어렸을 때에 이미 궁에 불려 갔어. 누군가 그녀들을 데리러 왔지. 대부분은 그들의 짝이라고 알려진 차기 왕위 후계자들, 즉 선대 왕들이었어. 그런데 지금 차기 왕위후계자인 사뮤엘 왕자는 왜 에일린을 데리고 가지 않은 걸까?"

"그녀의 존재를 모르는 것 아닐까?"

카잔은 심드렁하게 대답했다. 첸은 고개를 내저었다.

"그럴 수 없다는 걸 당신도 알잖나. 돌체의 일기에서 보면 선대 왕은 아쉴을 꿈에서 가장 먼저 만난다고 쓰여 있어. 그 꿈은 실제의 그녀들과 연결되어 있고. 그래서 그녀들을 찾을 수 있었던 거지."

카잔은 정체도 모르는 사내가 꿈속에서 그녀를 지켜보고 있다고 생각하니 기분이 썩 좋지 않았다. 심지어 그 둘은 '운명의 상대' 어쩌고 저쩌고로 연결되어 있다고까지 하니 더더욱 고깝게만 보였다.

'흥, 돌아가면 더 옆에 붙여놔야겠어.'

자신이 점잖지 못한 질투를 하고 있다는 것도 인지 못한 채 카잔은 돌아가선 에일린을 제 옆에 꼭 붙여놔야겠단 새삼스러운 다짐을 했다.

"그럼 왜 데려가지 않은 거지? 더군다나 꿈에서 그녀를 볼 수 있었다면, 그는 에일린이 그 당시 얼마나 지옥 같은 상황에 갇혀 있었는지도 알았을 텐데?"

"글쎄, 그것까진 나도 알 수 없지. 사뮤엘 왕자를 데리고 와서 물어보지 않는 이상 말이야."

"그럼 그것은 그렇다 치고……. 그렇다면 그 변수로 인해서 에일린이 어떻게 된다는 거지? 왕궁에 있던 여자들이 어느 날 갑자기 사라졌다면, 그녀들은 언제, 어떻게 하다가 사라진 거야? 그리고 여자들은 왜 사라진 거지?"

"미안하지만 어떻게 죽었는지는 나도 알아내지 못했어. 다만 그녀들이 마지막으로 향했다고 하는 곳은 얼추 추측이 가능해."

"그곳이 어디지?"

"왕궁에는 의식의 탑이라는 곳이 있어. 나라에 제사가 있거나 신성한 의식을 치를 때면 열리는 탑이야. 왕궁이 타르카지오에서 그라시아스로 옮겨 오기 전부터 있던 곳이라고 해. '그녀들'이 사라지기 전에 항상 의식의 탑이 열렸다는 기록이 있더군. 아마 그곳이 그녀들이 향했던 마지막 장소가 아닐까 하는 생각이 들더군."

의식의 탑이라니. 뭔가 꺼림칙한 이름이었다. 어딘가 모르게 석연찮은 기분이 들었다. 찝찝하다는 느낌이 더 맞을 것이었다. 그는 텁텁해진 입안을 헹구기 위해 이미 식어버린 맥주잔을 들었다. 탄산이 조금 빠져 있었지만 그래도 여전히 마실 만한 맥주를 목 뒤로 넘기며 무의식중에 힐끗 주변을 살피던 카잔의 고개가 황급히 뒤로 돌아갔다.

"왜 그래?"

"아는 얼굴을 본 듯해서."

"아는 얼굴? 누구?"

"……아냐, 아무것도. 아무래도 잘못 본 것 같군."

카잔은 고개를 흔들며 부정했지만 다시 조금 전 그곳을 힐끔 돌아보고 있었다. 타르카지오의 할멈, 그 할멈이 아직까지 살아 있을 리가 없었다. 그때의 그 모습 그대로, 아직까지 살아 있다면 그 할멈은 정말 산송장인 게 틀림없었으니까.

카잔은 애써 할멈의 잔상을 털어냈다. 마음이 뒤숭숭하니 별의별 것이 다 보이나 보다. 얼른 그라시아스에서 일을 마무리 짓고 당분간은 정말 조용히 살고 싶어졌다. 사람이 드문 곳에서 사냥하며 사는 것도 괜찮을 성싶었다. 에일린과 조용히 하루하루를 그렇게 지낸다면, 지루할 것도 없을 것 같았다.

"싱겁긴. 아무튼 중요한 것은 지금 그게 아니야. 그녀들이 왜, 어떻게 사라지는지, 혹은 죽는지는 모를지라도 대체 언제부터 안 보이는 건지는 알아냈거든."

잠시 돌아갔던 카잔의 시선이 첸에게 고정되었다. 그는 날카로워진 시선으로 말없이 첸을 채근했고 첸은 간결하게 말했다.

"왕이 죽었을 때, 바로 왕자가 왕위를 계승받을 때지. 그런데 말이야."

그리고 첸은 가슴에서 휘갈겨 쓴 종이쪽지 하나를 테이블 위로 내밀었다. 조금 전, 이곳으로 오면서 엑시타로부터 건네받은 급한 전보였다. 쪽지에는 이렇게 쓰여 있었다.

[THE K, TOD 19:42]

"타임 오브 데스(Time of Death). 어젯밤 19시 42분."

첸의 목소리가 작아졌다. 그의 몸이 카잔을 향해 기울어졌다. 딱 그에게만 들릴 정도로 낮고, 조용하게 읊조렸다.

"이 나라의 왕이 죽었다는군."

아무리 둔한 에일린이라도 식탁의 분위기가 심상치 않은 것 정도는 알 수 있었다. 네모나고 기다란 중앙 식탁은 맨 위쪽 상석에 자리한 렉스턴을 필두로 카잔, 에일린, 은란, 첸이 마주 보고 있는 상태였지만 단란하게 대화가 오가고 있진 않았다. 달그락 달그락. 식기 부딪치는 소리만 조용하게 울려 퍼졌다. 갖가지 먹음직스러워 보이는 음식들이 테이블 위에 지천으로 널려 있었고 모두들 그것에 집중한 척을 하고 있었다.

'이건 뭐고, 이건 뭐지.'

하지만 에일린은 그런 척도 하지 못하고 있는 상태였다. 접시 옆으로 주욱 늘어선 나이프와 포크의 행렬이 그녀를 당황하게 했기 때문이었다. 포크 하나를 든 채 제 앞에 놓인 스테이크와 눈싸움을 벌이고 있는 그녀의 접시가 위로 휙 올라왔다.

어어, 접시가 날아간다.

말똥거리는 눈으로 날아가는 접시의 행선지를 보니 카잔의 앞이었다. 그는 정갈하게 썰어놓은 제 스테이크 접시를 에일린의 앞으로 옮겨주고 그녀의 것을 제 앞에 가져다 놨다.

"그거 먹어. 육즙이 다 빠져나가기 전에 먹는 게 좋을 거야."

그러곤 다정한 눈으로 그렇게 설명을 덧붙여줬다. 그것을 시작으로 테이블을 감싸고 있는 경직된 공기가 일순 풀어졌다. 잘게 자른 고기 한 점을 씹으며 렉스턴이 부드럽게 포문을 열었다.

"어젯밤엔 다들 잘 잤는지 모르겠군. 아, 내 손주의 친구들이라니 내가 말을 좀 편하게 해도 될까?"

"예, 얼마든지요."

"환대해주신 덕분에 무척 편안한 밤 되었습니다."

렉스턴은 일행을 보며 부드럽게 웃었다. 하지만 그 부드러운 미소에 첸의 의구심은 더욱 깊어져만 갔다.

'무슨 꿍꿍이지.'

첸이 아는 정보를 렉스턴이 모를 리가 없었다. 사소한 것도 아니고 왕실, 그것도 왕이 죽었다는 내용을 말이다. 그런데 너무 조용하다. 분명히 저 너머에서 무슨 일이 벌어지고 있는데 세상은 아직 아무 일도 없다는 듯 조용했다. 마치 폭풍 전야처럼.

'왜 왕실에선 아직 왕이 죽었다는 내용을 공표하지 않는 걸까?'

국왕의 침실은 아직 닫혀 있다고 했다. 그리고 어젯밤부터 사무엘 왕자의 행방이 묘연하다고 소식통은 전해왔다. 내성의 문은 굳게 닫혀 있었고, 성을 감싸고 있는 수호의 산은 불안한 짐승들의 울음소리로 떠들썩했다.

지금 저 백색 왕궁에선 대체 무슨 일이 벌어지고 있는 것일까? 그리고 대체 무슨 일이, 앞으로 벌어질까?

"그대들이라도 잘 잤다니 다행이군. 난 어제 잠을 한숨도 못 잤거든."

이런 첸의 의문을 풀어주듯 렉스턴이 입을 열었다. 첸의 시선이 천천히 제 혈육을 돌아봤다. 렉스턴은 여전히 뜻 모를 미소로 첸을 잠시 바라보더니 곧 에일린에게 시선을 고정시켰다.

"나라가 뒤집힐 겁니까."

"그게 무슨 말입니까, 할아버지."

"모르는 척하지 마라. 네가 알고 있는 것을 내가 알고, 내가 알고 있다는 것을 네가 알지 않느냐."

"먼저 모르는 척하시지 않았습니까."

"난 그저 아무 말도 하지 않았을 뿐이다. 그것보다 중요한 게 있다. 곧 왕비의 사병들이 이 저택으로 들이닥칠 거란다."

모두의 시선이 가주에게 날아들었다.. 그의 시선은 여전히 저를 빤히 바라보고 있는 신비한 붉은 눈동자에 담담히 꽂혀 있었다.

"아가씨, 그대를 찾고 있거든."

순간 테이블에 긴장감이 짙어졌다. 숨 쉬는 것도 버거울 만큼 팽팽하게 날이 선 공기, 에일린은 놀라 동그래진 눈으로 렉스턴을 바라봤다.

"저를, 왜요?"

"그건 말이지."

그때였다. 다이닝룸을 두드리는 소리와 함께 집사 로빈이 정중한 태도로 안으로 들어섰다. 그는 가볍게 고개를 숙이더니 그들에게 손님이 찾아왔음을 전했다.

"손님?"

로빈의 알림에 렉스턴은 눈썹 한쪽을 스윽 들어 올렸다. 주인의 불편한 심중을 이해한 로빈이 재빨리 설명을 덧붙였다.

"왕궁 쪽에서 오신 분은 아니셨습니다. 다만 꼭 이 자리에 잠시 들렀다 가야 한다고 하셨습니다. 어디의 누구이신지는……. 죄송하지만, 알 수가 없었습니다."

왕궁에서 온 사람은 아니라는 말에 테이블 위로 옅은 안도의 한숨이 오갔다. 지목받은 에일린보다 더 긴장한 듯 보이는 은란의 한

숨이었다. 힐끗 그녀를 바라보던 첸이 은은한 웃음을 지어 보였다. 겉으로는 의연해 보였지만 은란은 지금 생각지도 못한 긴장감에 온몸이 뻣뻣하게 굳어 있는 중이었다. 그럼에도 침착하게 자세와 표정을 유지하고 있었다.

잠시 생각에 잠긴 듯 보이던 렉스턴이 고개를 끄덕였다.

"누군지 궁금하군. 들어오라고 해."

로빈이 손님을 모시러 나간 사이, 첸이 렉스턴을 향해 물었다.

"누군지도 모르는 사람을 왜 들어오라 하는 거죠."

손자의 물음에 렉스턴은 천연덕스러운 미소로 대답해주었다.

"첫째, 그냥 뜨내기였으면 로빈이 먼저 걸러냈을 거라 생각했다. 둘째, 손님은 나를 만나고 싶다 말한 게 아니라 '이 자리'에 들어오고 싶다 했지. 그것은 곧 이 자리에 누가 있는지 알고 있는 사람이라는 말이지 않느냐. 그런데 왕궁 쪽 사람은 아니라 말했으니, 어찌 궁금하지 않을 수 있겠냐. 자, 원하는 대답이 좀 되었느냐."

첸은 저가 생각했던 것과 동일한 대답이 나오자 고개를 끄덕일 수밖에 없었다. 그 자리에 있던 다른 이들도 납득하는 눈치였다.

"하지만 그럼에도 정체도 알 수 없는 수상한 사람을 가주님께서 선뜻 들이시겠다고 하니 의외입니다."

잠자코 있던 은란이 용기를 내어 한마디를 덧붙였다. 가주는 하하 낮게 웃으며 테이블 위로 턱을 괴며 그 자리에 앉은 젊은 친구들을 하나하나 둘러봤다.

"그렇다면 내 묻지. 어디, 지금 이 자리에서 수상하지 않은 사람이 있는가?"

렉스턴의 말에 마주 앉아 있던 은란과, 카잔, 에일린은 서로를 마주 봤다. 그의 말이 맞았다. 카잔, 에일린, 심지어 은란까지도 그리 떳떳하게 자신의 신분이나 처지를 말할 수 있는 사람들이 아니었다. 떠돌이 사냥꾼, 근본 없이 태어난 천민 소녀, 그리고 반란의 죄를 뒤집어쓰고 죽은 몰락귀족의 딸까지.

"그렇게 따지자면 상인도 결코 귀하다 평가받는 직업은 아니죠."

가만히 있던 첸이 덧붙였다. 그의 말에 렉스턴이 순순히 고개를 끄덕이며 수긍했다.

"그래서 '지금 이 자리'라 말하지 않았느냐."

"아아, 그러네요."

"뭐, 지금 이 순간은 신분의 고하가 중요한 게 아니니."

그렇게 잠시 잡담을 나누는 사이, 똑똑 문을 두드리는 소리가 다시 들려왔다. 로빈이 저가 왔음을 알린 후 조용히 문을 열고 안으로 들어섰다. 그의 뒤로 검은 로브를 뒤집어쓴, 등이 굽은 노파가 따라 들어왔다.

"우리를 보고 싶다 말한 사람이 그대인가?"

모두 들고 있던 포크를 내려놓은 채 들어온 노파를 쳐다봤다. 노파는 고개를 끄덕이는 듯했다. 뒤집어쓴 검은 로브 아래로 주름인 입술이 호를 그리며 올라가는 게 보였다.

"무슨 일로 우리를 찾았는가?"

"……말씀드리기에 앞서, 아주 오랜 시간을 기다린 노인에게 시원한 물 한 잔 좀 주시겠습니까."

가래가 끓는 듯 탁한 목소리가 흘러나왔다. 듣기에 아주 불편한 정도는 아니었지만, 묘하게 신경을 거슬리게 하는 목소리였다. 그런데 그 순간 카잔의 얼굴이 눈에 띄게 굳어졌다.

"아주, 아주 긴 이야기를 전해드려야 할 것 같거든요."

노파의 머리 위를 덮고 있던 로브가 떨어졌다. 노파의 얼굴을 확인한 카잔이 벌떡 자리에서 일어났다.

"……!"

눈처럼 새하얀 백발의 노인이 클클클 웃으며 카잔과 에일린을 돌아봤다.

"클클클. 오랜만이구나, 꼬맹이."

카잔에게 처음으로 붉은 운명이라는 말을 들려준 바로 그 노인, 그 수상한 타르카지오의 할멈이 바로 그곳에 서 있었다.

괴상한 할멈의 등장은 그 자리에 있는 모두를 당황케 했지만 그중에서 가장 당황한 이는 당연히 카잔이었다.

"킬킬킬. 그 어리바리한 표정은 그대로구나."

그는 드물게 표정을 숨기지 못한 채 잘게 어깨를 떨며 웃고 있는 할멈을 쳐다봤다.

"쿨럭, 목이 마른데 물 한잔 얻어먹기가 참 힘들구면."

집사 로빈이 재빨리 할멈에게 시원한 물 한 잔을 내밀었다. 목에 두른 수건으로 인해 할멈의 목구멍이 움직이는 것은 보이지 않았지만 꿀꺽꿀꺽, 목울대가 움직이는 소리를 들어보면 꽤나 게걸스럽게 갈증을 해소하는 듯했다.

"히야……! 부잣집에서 먹는 물맛은 과연 다르구면. 달구면, 달어."

입가에 흐르는 물기를 닦으며 할멈은 태연하게 테이블에 남은 자리로 가서 앉았다.

"……할멈, 살아 있었군."

"그럼 죽길 바란 게냐. 에잉, 못돼 처먹은 자식."

"아, 아는 사이야?"

"오! 잘생긴 꼬맹이로군. 낯짝이 그 옛날 왕족이랑 조금 닮아 있는데……. 뭐, 그 피야 모르긴 몰라도 여기저기 많이 섞여 있을 테니. 클클. 그렇게 무섭게 보지 마시오. 이 늙은이가 지금 좀 흥분해 있어서 말이 많은 거니, 그 정돈 이해해줘."

쳰을 흥미롭게 쳐다보던 할멈은 그녀를 바라보고 있는 렉스턴을 향해 손을 휘휘 내저었다.

황당하단 얼굴의 쳰이 힐끗 카잔을 바라봤다. 카잔 또한 딱딱하게 굳은 얼굴로 짧게 설명했다.

"타르카지오에 살았을 때 만났던 할멈이지. 괴상하고, 고약하고, 난폭한……."

"아니, 그런 험준한 곳에서 저런 노인이 살았었다고?"

당황스럽다는 쳰의 말에 카잔은 그저 고개를 끄덕일 수밖에 없었다. 당시엔 카잔의 가족 또한 타르카지오의 중턱에 살고 있었기 때문에 어렸던 그는 할멈에 대해 별다른 생각을 하지 못했지만 조금 지나 그곳을 나와보니 퍽 수상하기까지 한 할멈이었다.

과거의 어느 시점을 회상하는 듯 허공을 응시하던 할멈은 곧 정신을 차린 듯 얼이 빠진 얼굴로 저를 보고 있는 일행을 돌아봤다.

"오, 이러고 있을 때가 아니지."

킬킬 웃던 할멈이 카잔 옆에 앉아 저를 빤히 바라보고 있는 빨간 머리 계집을 쳐다보더니 히죽 웃음을 보인다.

"아가, 너로구나. 이번 아쉴……. 이리 와보렴. 보다시피 이 노인네 다리가 시원찮아서 말이다."

카잔이 잠시 그녀의 팔목을 잡아채 말렸지만, 에일린은 괜찮다는 듯 고개를 끄덕였다. 에일린은 순순히 할멈의 곁으로 다가갔다. 주름진 노인의 손이 매끄러운 에일린의 뺨에 닿았다.

"예쁜 아이구나. 고된 시간을 이겨낸 아이답게 눈빛이 아주 씩씩해."

"할머닌 누구세요?"

노인의 손은 무척이나 차가웠다. 오래된 고목의 그것처럼 온기가 없이 거칠었지만 소름 끼치거나 그러진 않았다.

"할머닌 너희에게 오래된 이야기를 전해주러 온 망령이란다."

"……망령?"

이렇게 생생하게 만져지고, 말을 하고 있지만 그녀는 자신을 망령이라 칭했다. 이상한 것은 노인의 그 단어에서 전혀 위화감이 느껴지지 않는다는 것이었다.

"그래, 나는 망령이다. 살아 있어도 살아 있는 게 아니기 때문이지. 그것보다 아이야, 알고 있느냐? 너는 곧 죽을 운명이란다. 못된 저주가 널 그렇게 만들 거야."

'곧 죽을 운명.'

그 다섯 음절의 언어에 에일린의 가슴이 철렁하고 내려앉았다. 눈에 띄게 굳어진 얼굴로 에일린은 눈살을 찌푸렸다. 대체 운명이 뭐기에 그녀의 삶을 좌지우지하는 걸까. 그 운명을 만드는 이가 누구기에, 이렇게나 그녀를 미워하는 걸까.

"표정을 보아하니 몰랐나 보구나. 클클클. 하긴, 너희들 대부분은 그것을 모르지."

"이쯤 되니 정말 손님의 정체가 궁금하군요."

가만히 지켜보고 있던 렉스턴이 닫혀 있던 입술을 열었다. '아쉴'이란 단어 자체를 아는 인물은 많지 않았다. 렉스턴이 마음만 먹는다면 이 나라에서 모르고 지나칠 비밀은 없었으니, 그 또한 왕궁에서 쉬쉬하고 있는 비밀의 단어를 알고 있었다. 아쉴을 찾지 못해서 왕은 지금 죽지도 살지도 못한 산송장으로 남아 있는 것 역시, 렉스턴은 알고 있었다. 하지만 할멈은 그가 아는 것보다 더 많은 것을 아는 듯했다.

"우리를 그냥 찾아온 것은 아닌 듯한데, 어떤 말을 하고 싶어 오신 겁니까."

할멈은 킬킬킬 웃음을 보였다. 그사이 에일린 곁으로 다가온 카잔이 그녀를 끌어당겨 제 뒤로 숨겼다.

"꼬맹이 너는 알고 있었나 보군. 아쉴이 죽을 거라는 걸."

"……카잔, 이게 무슨 말이에요?"

"자세한 이야기는 나중에 해줄게. 그것보다…… 할멈은 대체 그것을 어떻게 아는 거지?"

"나는 모르는 게 없거든. 내가 아는 이야기를 모두 풀자면 며칠 밤을 새워도 모자라지만 지금은 필요한 이야기만 해주기로 하지."

할멈은 그리 말하며 잠시 호흡을 가다듬었다. 목이 조금 불편한지 스카프를 두른 목을 몇 번 주무르더니 조용히 이야기를 시작했다.

"달빛 아래 붉게 변하는 운명, 아쉴. 그것의 시작은 엑시움의 건국으로 올라가지. 엑시움을 세웠던 초대 왕과 그를 도왔던 왕비의

302

이야기로……. 왕비는 제 모든 것을 걸고 왕을 사랑했고, 그가 바라는 것을 도왔지만 결국 이야기의 끝은 배신이었다. 이 나라는 처음부터 피와 배신으로 세워진 나라인 게야."

신비한 힘을 가졌던 왕비, 그 힘으로 왕을 도와 나라를 세웠지만 차비의 계략에 넘어간 왕은 결국 그녀를 두려워하기 시작했고, 사랑을 나누는 척 그녀의 목을 찔렀다.

하지만 그녀는 죽지 않았고, 피를 흘리며 왕을 저주했다. 너의 핏줄들은 모두 사랑하는 사람을 죽여야만 하는 운명이 될 것이라고. 그것이 아쉴의 시작이었다.

"하지만 난 이해할 수가 없어. 왜 그 왕비는 그런 저주를 걸었던 거지? 나라면 그 저주를 걸 힘으로 왕을 죽였을 텐데 말이야."

카잔이 이상하다는 듯 고개를 저으며 말했다. 피식 웃던 할멈이 대답했다. 그녀의 주름진 손이 계속해서 목 주변을 쓰다듬고 있었다.

"믿고 싶었던 게야. 그 지경이 되었어도……. 그 어리석은 여자는 마지막까지 사랑 따위에 희망을 걸었던 거야. 왕이 차라리 차비를 사랑했기 때문에, 그래서 그녀를 배신했던 거라고. 어찌할 수 없었던 사랑의 격랑 때문에 그녀를 배신했던 거라고. 그 지경이 되도록 사랑 따위를 믿었던 게지. 그렇게 멍청하고 우둔한 남자에게서 뭘 바랐던 건지, 참 나. 그 여잔 정말 어리석었어. 사랑은 이렇게 눈을 멀게 만든다니까. 킬킬킬."

할멈은 정말 웃기다는 듯 허리를 굽히며 웃었다. 하지만 그 자리의 누구도 그녀를 따라 웃을 수 없었다. 그저 씁쓸하게 마른침만 꿀꺽 삼킬 뿐이었다.

"이 저주의 근본은 바로 그거야. 사랑, 희망, 희생……. 하지만 아무도 그것에 관심을 가진 적이 없더군. 왕족은 거만해. 지들 목숨 하나를 위해 다른 사람들 목숨 희생하는 것이 당연한 줄 알지. 그 멍청함이 천 년이나 이어져 올 줄 몰랐는데……. 사랑한다, 사랑한다, 그렇게 속삭여놓고 마지막 순간에는 잘도 단 하나의 사랑이라던 여자들을 죽여버린단 말이야."

그렇게 말하는 할멈의 눈빛은 한층 쓸쓸하고 공허해 보였다. 텅 비어버린 그녀의 눈동자 속에는 아픔조차도 보이지 않았다.

"이 나라는 아쉴의 저주를 꼭 닮아 있다. 막강한 힘, 아름다운 표면 뒤에는 그 힘을 유지하기 위해 추악한 희생과 더러운 욕망이 도사리고 있는 거지. 부강한 왕권, 귀족들 그러나 그 이면에 존재하는 더러움, 추악함, 연민. 그것이 이 나라야. 이 나라의 진실이고, 이 저주의 진짜 모습이지."

"……부정할 수 없군요."

첸은 씁쓸하게 대꾸했다. 그 어떤 귀족도 나라를 부강하게 하고, 민생을 살피는 것에 관심을 두지 않는다. 철옹성의 나라는 위협도 없었고, 긴장감도 없었으니 고인 물처럼 썩어갈 뿐이었다.

"서론이 길었군. 지금의 왕이 죽으면 일주일 안으로 아쉴의 힘을 계승해야 한다. 힘을 계승하는 방법은 제 반려의 심장을 취하는 것. 왕자가 살려면 반려를 죽여야 하고, 그녀가 살려면 왕자가 죽어야 하지."

"그럼 왕자를 죽이면 에일린은 살 수 있나."

할멈은 묘한 웃음을 지어 올렸다. 긍정도 부정도 하지 않은 채 잠시 입을 다물었다. 아무도 그녀의 생각을 읽을 수가 없었다. 할멈은 노쇠한 몸을 일으켜 에일린에게 다가갔다. 거칠한 그녀의 손이 에일린의 뺨을 다시 한 번 쓰다듬었다.

"왕자에게 가거라. 너희 둘이라면 이 지긋지긋한 저주를 없앨 수 있다. 이제, 그만할 때도 되었지."

"저주는 어떻게 없애는 건데요?"

"근본으로 돌아가면 돼. 이 저주가 바라는 것을 들어주면 돼. 아주 간단하지. 하지만 아무도 하지 않았던 것. 그러나 지금의 왕자는, 너는 할 수 있을 게다."

"근본이라면……."

"답은 이미 알고 있지 않느냐."

할멈은 비척거리는 걸음으로 그녀에게서 멀어졌다. 그때까지 팔걸이에 팔을 괸 채 가만히 그녀의 이야기를 듣고 있던 렉스턴이 조용히 읊조리듯 말했다.

"왕자에게 가고 싶어도…… 지금 왕자의 행방이 묘연하다는 게 문제군."

"클클클. 빨리 알아내야 할 거야. 시간이 없거든. 그 천박한 계집이 안달이 나서 말이야."

그렇게 말하며 할멈은 다이닝룸의 테라스로 걸어갔다. 그녀가 테라스의 문을 열자 시원한 바람이 커튼을 가볍게 밀치며 안으로 밀려들어 왔다.

그녀의 시선이 정원 너머를 바라본다 싶더니 정원 너머로부터 불꽃이 달려오는 것이 보였다. 곧 로빈이 다급하게 다이닝룸의 문을 열고 들어왔다.

"가주님."

늙은 집사의 얼굴에 드물게 당황한 기색이 보였다. 그는 재빨리 렉스턴의 귓가에 정문의 경비로부터 받은 알림을 전했다. 렉스턴의 눈썹이 꿈틀거리며 움직였다. 그는 조금 곤란하다는 듯 짧은 한숨을 쉬더니 일행을 향해 짧게 소식을 전했다.

"왕비의 사병들이 쳐들어왔다는군."

지하 감옥에는 피 냄새가 가득했다. 높은 벽 위에 뚫려 있는 창문은 겨우 사내의 손바닥만큼이나 작아 창이라고 부르기도 민망할 정도였다. 환기구. 그래, 환기구라 부르는 게 더 적합할 정도로 조악한 구멍이었다. 그 조악한 구멍 사이로 흐릿하게 비집고 들어오는 달빛이 결박당한 채 벽에 매달려 있는 사내의 흰 뺨을 비췄다.

창백한 달빛에도 희디흰 피부는 빛이 났다. 흰 뺨을 더럽히는 새빨간 핏자국마저도 사내를 치장하는 장식처럼 보일 정도였다.

쿨럭. 마른기침을 쏟아내며 사내는 힘겹게 눈을 떴다. 시간이 어찌 되었지, 가늠하려다 이내 포기하고 말았다. 시간이 무슨 소용이 있겠는가.

힘없이 피식 웃는 사내의 옆으로 붉게 변한 머리카락이 쏟아졌다. 달빛을 받지 않아도 색이 변할 정도로 저주의 시간이 무르익은 것이다.

에일린, 아마 너도 지금은 나와 같은 붉은 머리카락이겠지.

에일린을 떠올린 사뮈엘은 잠시나마 마음이 편안해짐을 느꼈다. 들어본 적도 없는 모진 고문과 고통 속에서도 그는 그가 꾸었던 꿈을 공유하지 않았다. 왕비는 기이한 힘으로 그의 머릿속을 뒤지려 들었지만 사뮈엘의 의지는 그녀의 힘에 저항할 수 있을 정도로 강인했다.

'……반드시 종식시키고 말겠어.'

이제는 의지라는 말보다, 집착이라는 말이 더 어울릴 정도였다.

'어머니, 지켜보십시오. 저는 이 나라를 무너트릴 겁니다. 그녀들의 피로 이어온 이 더러운 왕권을 무너트리고 말 것입니다!'

4살. 아비가 어미를 죽이는 것을 지켜보기엔 너무나도 어린 나이였다. 아비의 칼이 어미의 뽀얀 젖가슴을 가르고 펄떡이는 심장을 쥐어 터트리는 꼴을 보기엔 너무나도 어린 나이였다. 아니, 나이를 떠나 그 어떤 자식이 아비가 어미를 죽이는 모습을 보고 정상적으로 살 수 있을까. 한 나라의 왕이 괴물이 되어 어미를 잡아먹는 꼴을 보는 것을 보고 어찌 정상적으로 살 수 있을까.

불행인지 다행인지 사뮤엘은 그때의 충격으로 잠시간 기억을 잃었었다. 그러다 8살 무렵 한 소녀의 꿈을 꾸기 시작했다. 소녀가 처음 걸었을 때, 소녀가 처음 말했을 때, 소녀가 처음 웃음을 터트렸을 때. 소년은 모든 것을 보고 있었다. 너무도 사랑스러웠고 소년은 소녀를 사랑하지 않을 수 없었다.

……사랑하지 않을 수 없었다.

그때쯤 사뮤엘은 들었다. 저가 아쉴이란 것도, 그리고 아쉴의 꿈엔 반려가 나타난다는 것도. 소년은 그 소녀가 자신의 반려라는 것을 확신했다.

다행히 조심성이 많았던 성격이었던지라 소년은 그때까지 아무에게도 소녀의 이야기를 하지 않았다. 홀로 조용히, 딱 한 사람 그의 부탁에 움직이던 총명하고 눈치 빠른 시녀 리엔나 정도만 알았을 뿐.

겹쳐진 2개의 운명, 사랑으로 시작되어 죽음으로 끝나는 끔찍한 저주의 실체를 알게 되었을 때, 소년의 나이 겨우 10살이었다. 아쉴의 비밀을 알게 되면서 소년의 잔인한 기억도 되살아나고 말았다.

'……나도 그렇게 될 거야. 나도, 그 소녀를 그렇게 죽이게 될 거야.'

끔찍했다. 아쉴이란 것도, 그 아쉴의 힘으로 이어져 온 이 핏줄도 너무나도 끔찍했다. 그때부터 사뮤엘의 목표는 오로지 이 끔찍한 저주의 종식이었다. 그런 사뮤엘의 목적에 방해되는 인물은 딱 한 명, 먼 타국에서 건너왔다던 새 왕비였다.

그녀의 눈은 마치 뱀 같았다. 눈동자 위에 한 꺼풀 덧씌워진 불투명한 각막이 있는 것처럼 왕비의 눈은 진짜 눈이 아니었다. 어쩐 일인지 아무도 그것을 눈치채지 못했지만 사뮤엘만은 그녀의 이상함을 알 수 있었다. 어쩌면 그것 또한 아쉴의 힘 때문이었는지 모르겠다.

하지만 단순히 눈 때문이라고 하기에 사뮤엘은 그녀가 이 왕실에 들어온 순간부터 싫었다. 아름답고 다정해 보이는 거죽을 가지고 있었지만 그런 것에 현혹될 그가 아니었다.

그리고 사뮤엘의 열여덟 생일, 그는 그 이유를 알 수 있었다.

"왕자의 생일이니, 내 그대에게 비밀 하나를 알려주지요."

모두가 먹고, 마시고, 놀고 있는 연회장. 그 상석에 오도카니 앉아 있던 왕비가 무슨 변덕이 난 것인지 왕자에게 말을 걸었다. 왕자는 그녀를 바라보지 않았고, 인형처럼 춤을 추며 떠들고 있는 귀족들을 무심하게 바라보고 있었다.

왕비의 목소리는 즐거운 사담을 나누듯 들떠 있었다.

"나는 사실 15년 전에도 이 왕궁에 있었습니다. 아무도 기억하지 못합니다. 왜냐하면 다른 얼굴이었거든요. 허나, 왕자는 날 기억하고 있는 것 같습니다. 총명한 분이니 그럴 수도 있을 거라 생각합니다."

그제야 왕자의 고개가 왕비를 향해 돌아갔다. 왕비는 싱그럽게 웃으며 왕자에게 말했다.

"나는 왕족의 비밀이 몹시도 궁금했습니다. 이 나라에, 황금의 일족에 이어져 내려온다던 그 힘이 몹시 궁금했거든요. 그날은 그 힘의 실체가 어떻게 이어지는지 확인할 수 있는 날이었지요. 두근거리는 마음으로 의식의 탑으로 향하던 길에, 한 꼬맹이를 만났습니다. 엄마를 찾아 복도를 헤매고 있는 어린 꼬마."

그때 처음으로 왕비의 눈꺼풀에 덮여 있던 각막이 걷혔다. 속이 텅 빈 시커먼 눈, 그 안에는 오로지 어둠뿐이었다. 실체가 없는 오로지 깊고 으슥한 어둠.

"혼자 구경하기엔 심심할 것 같아 데리고 갔지요. 마침 그곳에 그 꼬마가 애타게 찾고 있던 엄마가 있었으니까요."

그녀가 말하는 것이 무엇인지를 깨달은 사뮤엘의 팔 위로 소름이 돋아났다. 그것이 왕비의 진짜 눈을 봐서인지, 혹은 저가 몰랐던 진실을 알아서인지 판단할 수 없었지만, 사뮤엘은 끔찍한 혐오와 경멸, 분노를 조절할 수 없어 그 자리를 뛰쳐나오고 말았다. 나직한 왕비의 비웃음이 그의 뒤를 따라왔다.

'불쌍한 왕자.'

'불쌍해서 어쩌니?'

'불쌍한 것. 불쌍한 것! 도망갈 수 없어. 너도 그렇게 될 거야. 내가 그렇게 만들 거니까!'

절대, 왕비에게만은 들키면 안 돼!

그전에도 왕비를 경계했지만 그 뒤로는 더욱더 철저하게 경계했다. 저 여자는 어떤 짓을 저지를지 모르니, 에일린을 절대 들켜선 안 된다. 설령 에일린이 지금 지옥 속에 살고 있다 할지라도 그가 있는 이곳으로, 이 더럽고 추악한 왕궁으로 그녀를 데려올 순 없었다. 아무리 제 소녀가 보고 싶다 하더라도, 아무리 이 손으로 단 한 번도 어루만져본 적 없는 그녀의 뺨을 쓰다듬어보고 싶더라도. 절대, 절대!

"······아아."

불쌍한 왕자의 뺨을 쓰다듬어주던 달빛마저도 어두운 구름에 가려 사라지고 말았다. 왕비에 의해 억지로 숨만 쉬고 있던 왕은 어젯밤 죽었다. 에일린이 그라시아스에 들어온 것을 알게 된 사뮤엘은 더 이상 기다릴 수 없어 제 손으로 그 비루한 목숨을 거두고 말았다.

"피곤하다."

천벌을 받을 것이다. 죽어서도 평온하지 못할 수도 있었다. 하지만 괜찮다. 이제 이 길고 고단한 삶도 곧 있으면 끝날 테니. 그와 더불어 지독하게 이어져 왔던 붉은 저주 또한.

그래도 마지막엔 너를 볼 수 있으면 좋겠다. 단 한 번이라도. ······에일린. 내 운명의 반려.

완연한 어둠이 내린 늦은 저녁 시간이었다. 수줍은 별빛이 총총 드러나는 밤의 장막에 소란한 말발굽 소리가 침범했다. 다소 명도

가 낮은 등불을 흔들며 나타난 이들은 왕비의 개인 사병들 '퀸즈 나이트'였다.

"이곳에 범죄자들이 있다는 제보를 듣고 찾아왔습니다."

샹들리에가 높은 중앙 로비 안으로 20여 명의 기사가 들이닥쳤다. 무거운 철갑을 두른 그들은 하나같이 딱딱한 표정으로 그들 앞을 가로막고 있는 파비안을 응시했다.

"한낱 제보 하나에 리츠가의 본가 중앙 로비를 흙발로 더럽히시다니…… 아무리 왕비님의 사병이라지만 이 무례함은 참을 수 없군요."

느른하게 내리깐 파비안의 시선은 무덤덤했지만 결코 만만한 기백이 아니었다. 선봉에 선 기사단장은 한낱 집사로 보이는 파비안의 겁 없는 태도에 일순 당황했지만 곧 공손히 무례함을 사죄했다. 눈앞의 사내는 그냥 집사가 아닌 리츠가의 집사였으니까.

"한시가 급한 상황이었기에…… 무례함을 용서하십시오."

"용서하고 말고는 제가 정할 일이 아닙니다. 또한 저희 리츠가에서는 범죄자를 숨기고 있지 않으니 억울하기까지 하군요."

"당당하시다면 저택 수색을 허락해주시지요. 왕비님의 인장을 가지고 왔습니다."

"그 또한 제가 결정할 수 있는 권한이 없습니다."

결코 물러나지 않겠다는 파비안의 태도에 기사단장의 미간에 힘이 들어갔다. 왕비의 기사단을 보고도 눈 하나 깜짝하지 않는 남자의 태도가 기가 막혔고, 한편으로는 저들을 무시하는 것 같아 기분이 언짢았다. 기사단장은 한발 앞으로 나오며 고압적인 목소리로 말했다.

"허면 비키십시오. 일개 집사가 저희들을 막을 수 없습니다."

"죄송합니다. 가주님의 허락 없이는 안으로 들일 수 없습니다."

파비안은 정중하게 고개를 숙였지만 결코 뒤로 물러나진 않았다. 오히려 그의 곁으로 저택의 집사단과 사병들, 그리고 라이, 루이가 붙어 서며 왕비의 사병들과 팽팽히 대립하는 구조가 구축되었다.

"이러시면 무력으로 진압할 수밖에 없습니다."

"그러시면 저희도 무력으로 대응할 수밖에 없습니다."

"저희가 어디 소속인지 깜빡하셨나 봅니다. 저희는……."

"예, 왕비님의 사병들이지요. 알고 있습니다."

"……하!"

파비안의 일관된 태도에 기사단장이 기어코 실소를 터트리고 말았다. 그는 화가 좀 났는지 얼굴이 상기되어갔다. 그의 뒤를 지키고 있는 기사들의 어깨에도 힘이 들어갔다.

"그럼, 어쩔 수 없군요."

채앵!

"무력을 행사할 수밖에!"

섬뜩한 금속성과 함께 샹들리에 불빛 아래로 칼날이 뽑혀 나왔다. 기사단장을 필두로 그의 기사들 모두 검을 빼 들었다. 기어이 사달을 내겠다는 듯 퀸즈나이트 기사들의 눈빛에 날이 서 있었다.

"죄송하지만, 저희 또한 최고의 사병들을 가지고 있습니다."

맞받아치는 파비안의 눈빛에도 날이 서긴 마찬가지였다.

"그러니 그렇게 호락호락 저택을 내어줄 수는 없습니다."

때를 기다렸다는 듯 옆에 선 라이의 눈에 이채가 돌았다. 오랜

312

만에 한바탕 신나게 몸을 풀어보겠구나, 라이의 심장이 흥분한 채 성이 나 있었다.

채앵! 파비안의 손짓 하나에 라이와 루이 형제, 그리고 저택의 사병들 손에서도 검이 뽑혀 나왔다. 왕비의 명령을 받고 들이닥친 기사들에 대항하는 것이지만 집사, 사병, 그리고 하녀들까지 위축됨은커녕 두려움 하나 없었다.

'저택은 우리가 지킨다!'

리츠가는 귀족 집안은 아니었다. 하지만 리츠가가 가지는 영향력은 어지간한 공후작들에 비견할 바가 되지 못했다. 귀족들이야 고작 엑시움, 이 작은 나라 안에서만 가지는 권력이겠지만 온갖 나라와 사업을 하는 리츠가의 영향력은 반도 구석구석에 뻗쳐 있었다. 비록 고용인들이라지만, 리츠가에 몸담고 있는 이들에겐 남다른 프라이드가 있던 것이다.

"비켜라. 불경한 것들!"

"제집을 지키려는 것은 생명을 가진 것들의 당연한 본능입니다."

"종알종알 말이 많군."

"침입자다. 경계를 늦추지 마라!"

날카로운 긴장감이 맴돌았다. 누구 하나 숨이라도 잘못 쉬면 터져버릴 것처럼 바짝 조여오는 공기. 먼저 칼을 빼 들었던 기사단장이 파비안 앞을 가로막고 있는 라이를 향해 도약했다.

2개의 날카로운 검이 공중에서 부딪치기 바로 직전, 묵직한 무언가가 날아와 2개의 검날을 후려쳤다.

퍼억!

"……!"

"……치잇! 뭐야!"

라이의 고개가 신경질적으로 돌덩이가 날아온 방향으로 돌아갔다. 돌덩이라 생각했던 그것은 저택을 장식하고 있던 조각품 중 하나였다. 그 값이 어지간한 지방귀족 한 달 치 생활비와 맞먹지만 그것을 던진 이는 그런 것을 그다지 신경 쓰는 이가 아니었다.

"힉. 카, 카잔 님."

"넌 누구냐! 이 무슨 무례한!"

2층 난간에 선 채 대립하고 있던 두 무리를 바라보고 있던 카잔이 심드렁한 얼굴로 어깨를 으쓱했다. 그리고 한 걸음 옆으로 물러서니 그의 뒤에 서 있던 가주 렉스턴의 모습이 드러났다. 꾹 다물어져 있던 그의 입술이 열리고 쩌렁쩌렁한 사자후가 저택 안에 메아리쳤다.

"이게 대체 무슨 짓인가!"

엄청난 기백과 카리스마였다. 단 한마디로 그 자리에 있던 시종들의 고개가 단숨에 밑으로 내려갔다. 가주의 눈빛을 읽은 그들은 일사불란한 태도로 공격 자세를 거두어들였다.

"누가 감히 내 저택 안에서 피를 흘리려 하는가!"

얼음장처럼 시리고 차가운 눈빛이 왕비의 기사단을 내려다봤다. 선봉에 서 있던 기사단장이 렉스턴의 기세에 밀린 듯 주춤 한 발자국 뒤로 물러섰다. 마치 그에게 다가가듯 렉스턴이 성큼 한 발을 앞으로 내디디며 다시 한 번 씹어뱉듯 내뱉었다.

"……감히 누가!"

기사단장은 처음으로 본 가주의 모습에 간담이 서늘해지는 것을 느꼈다. 아버지의 배경으로 들어온 자리라지만 그 또한 기사 작위를 받은 엄연한 무인이었다. 전투 경험도 있었고, 나름 여러 검술시합에서 상위 자리를 차지한 실력자였는데……. 그런 그가 검사가 아닌 누군가의 기백에 밀려보리라곤 생각도 못 했다. 저택의 하수인들은 바짝 고개를 숙여 경의와 존경을 표하고 있었다.

그 어떤 명령이라도 받들겠다는 태도였다. 왕을 알현하는 귀족들조차도 이런 태도를 취한 적은 없었다. 가주의 카리스마와 그에 대한 존경심을 알 수 있는 순간이었다.

"아무리 왕비의 사병이라고 하나, 이 저택을 더럽힐 수는 없다! 정 내 저택을 더럽히고, 내 손님들에게 무례를 범하고 싶거든 증거 자료와 정식 수사증을 가지고 정중히 방문하라!"

"허나 왕비님께서 급하다 하여……!"

"내 말이 우스운가?"

기사단장은 입술 안쪽의 연한 살을 깨물며 입을 다물고 말았다. 귀족들에게 왕비의 힘은 막강했다. 하나 리츠가의 힘도 그에 만만찮게 강력했다. 아무리 왕족이라도 함부로 건드릴 수 없는 집안이었다. 리츠가가 무너지면 엑시움의 경제가 무너졌다. 또한 상업으로 우호 관계를 유지하고 있던 대외관계도 휘청거릴 수 있었다. 리츠가에 종사하고 있는 민중의 반발도 상당할 것이 당연했다.

그런 리츠에서 이리도 강경하게 대처하니 기사들이 함부로 달려들 수 없었다.

"……알겠습니다. 그럼 내일 다시 찾아뵙도록 하죠."

기사단장은 이를 악물고 물러섰다. 엉거주춤한 자세로 대기하고 있던 기사단이 우르르 밖으로 나왔다. 로비엔 그들의 흙발에 짓

밟힌 지저분한 흔적만 남아 있었다.

멀리서 조마조마한 눈으로 그것을 지켜보고 있던 에일린은 가슴 한쪽을 쓸어내리며 안심했다. 무언가 알 수 없는, 아주 불안한 미래가 저 대문 밖에서 그들을 기다리고 있는 듯했다.

'저 밖에서 무슨 일이 벌어지고 있는 거야.'

그리고 그것은 그녀와 아주 깊은 연관이 있는 듯했다. 아쉴의 운명을 가지고 태어난 자신과 말이다.

경직된 에일린의 어깨를 은란이 다독였다. 단 한 번도 끼어듦 없이 조용히, 그저 조용히 지켜보고 있던 은란은 에일린을 다독이며 끌어안았다.

"다 잘될 거예요, 에일린."

"……그럴까요."

"응, 그럴 거예요. 틀림없이. 당신은 강하니까요."

에일린에겐 없는 확신이, 은란의 눈동자에 있었다. 그리고 그 빛은 마침내 에일린에게까지 전염되어 그녀를 안심시켰다.

그래, 이보다도 훨씬 무서운 고통도 지나쳐 온 저가 아니던가. 운명 따위에, 외부의 힘에 무너지지 않을 것이었다. 이제껏 그래 왔듯 그녀는 끝까지 살아남아, 카잔과 오래오래 행복할 테니.

"내가 막아줄 수 있는 것도 이번 한 번뿐. 고작 하루 혹은 이틀의 시간을 벌었을 뿐이지. 그대들은 그 안에 잡혀가지 않은 채 궁에 침입해 왕자를 찾아낼 방법을 생각해봐야 할 것이네."

돌아온 렉스턴은 카잔과 에일린을, 그리고 제 특별한 손주의 눈의 바라보며 말했다. 할멈은 그들이 다이닝룸에서 나올 때쯤 홀연히 사라져 있었지만 아무도 그것을 입에 담지 않았다.

"지금 궁 안의 경비가 무척이나 삼엄해. 어찌어찌해서 성문 안으로는 들어갈 수 있겠지만 소란 없이 본궁 안으로 들어가는 것은 어려움이 클 거야."

"왕자는 대체 어디 있는 걸까요?"

"내부에 있는 조력자를 시켜서 열심히 뒤져보고 있지만 아직 못 찾은 것 같아. 직접 가서 찾아보면 더 좋을 테지만……."

"저 기사들이 오늘 밤 다시 오진 않겠죠?"

"음, 그렇진 않을 거야. 그것보다 수상한 것은 왕비야. 어떻게 너희들이 이 저택에 있는지 알았던 거지? 그리고 배에서 에일린이 발견한 몽타주. 그것도 그래. 그 배도 왕비의 인장이 찍혀 있었지. 알아본 바로는 왕비의 고향이라고 알려진 그 자그마한 섬나라는 존재하지 않는 곳이더군."

그 순간 일행 사이로 묘한 침묵이 감돌았다. 모두가 속으로 기괴한 위화감을 느끼기 시작했지만 누구 하나 그것을 뭐라 딱 꼬집어 말하기가 힘들었던 것이다. 가만히 지켜보고 있던 렉스턴도 한마디를 거들었다.

"왕비는 이상한 힘을 쓰더군."

"……예?"

"그림자를 자신의 수족처럼 다루고, 누군가를 아프게 만들거나 앓고 있던 누군가를 일으켜 세우기도 하더군. 그 힘으로 귀족들을 매료시키거나, 사로잡아 제 편으로 만들고 다녔다지."

첸은 전혀 몰랐던 사실에 눈살을 찌푸렸다. 저가 몰랐던 사실이 있다는 것이 썩 언짢은 듯했다. 첸의 부루퉁한 얼굴을 보던 렉스턴이 피식 웃음을 보였다.

"일단 한번 그 힘에 취한 자는 모두 왕비의 병졸이 되었으니 발설할 일이 없지. 나도 회유하려 했지만 난 넘어가지 않았어. 난 별로 끌리지 않았지만 의지가 약한 자들은 쉽게 홀려 드나 보더군."

"그랬군요. 이상한 힘을 쓰는 여자였어."

렉스턴의 발언에 카잔은 할멈이 사라지기 전 그의 귓가에 소곤거리고 간 말을 떠올렸다.

'너, 아직도 네 안에 있는 그놈을 거부하는 게냐?'

'역시 할멈 짓이었군.'

'클클클. 조금 지나면 나에게 감사해야 할 게다, 이놈아. 이렇게 오래 살았지만, 정말 인생이라는 건 엄청나. 그때 너에게 늑대 불알을 먹인 게 이렇게 쓰일 줄이야.'

'……'

'수도엔 늑대 종이 씨가 말랐다지? 궁에 사는 기생충 같은 그년이 두려워하는 게 딱 한 가지가 바로……'

카잔은 흰 붕대로 단단하게 감아 놓은 제 오른팔을 내려다봤다.

'바로 늑대거든.'

16. 슬픈 눈의 왕자

"이랴! 가자!"

"이랴!"

성이 난 퀸즈나이트 기사들의 마음처럼 말발굽 소리가 요란하게 땅을 울렸다. 캄캄한 밤이었지만 그들이 흩날리고 간 뿌연 흙먼지가 어두운 길 위로 하얗게 부유했다.

퀸즈나이트가 지나간 철문 옆 우거진 수풀 사이, 멀어지는 퀸즈나이트 기사들을 날카롭게 바라보는 눈동자가 보였다.

'……다행히 잡히진 않은 것 같네.'

리엔나는 조마조마하던 심장을 가볍게 쓸어내리며 기사들의 뒷모습이 완전히 사라질 때까지 바라봤다. 그들이 마침내 점이 되어 사라졌을 때 그녀는 겨우 수풀 밖으로 빠져나올 수 있었다.

왕비의 기사단이 아쉴을 잡아들이려 출발한 것을 알아채자마자 리엔나는 헐레벌떡 그들의 뒤를 쫓아왔다. 왕비가 그녀를 잡아들이면 모든 것은 수포로 돌아간다.

'알았지, 리엔나. 의식의 날, 그녀를 그곳으로 데려와야 해.'

왕의 차가운 심장에 안식을 내려주던 날, 왕자는 리엔나의 손을 붙잡고 다급하게 부탁했다.

'이제 난 왕비에게 끌려갈 거야. 왕비는 날 잡고 있느라 다른 곳에 힘을 쓸 여유가 없어질 테고, 그때 네가 에일린을 왕궁으로 데려와야 해.'

'……왕자님.'

피에 젖은 왕자의 손은 차갑게 질려 있었다. 제 손으로 천륜을 거스른 왕자의 의지는 확고했다. 사뮤엘은 조금 지쳐 있는 눈으로 리엔나를 바라보며 떨리는 미소를 보였다. 시체처럼 차가운 그의 입술이 물기 가득한 리엔나의 눈두덩 위에 살짝 닿았다 떨어졌다.

'부탁해, 리엔나.'

처음이자 마지막 입맞춤이었다. 뜨겁지도, 다정하지도, 향기롭지도 않았다. 하지만 그 차디찬 입술 아래에서 리엔나는 울음을 터트리고 말았다. 터지는 눈물 속엔 그를 향한 미안함, 원망, 야속함이 질척하게 섞여 그녀의 눈을 흐리게 했다.

그녀는 흐르는 눈물을 닦지도 못한 채 성을 빠져나왔다. 그리고 왕궁을 주시하면서 '그녀'가 있는 곳을 알아봤다. 사뮤엘이 '항구'라는 힌트를 건네주었기에 다행히 그들의 거취를 금방 알아낼 수 있었다. 하지만 불행히도 왕비도 알고 만 것이다. 그리고 곧장 퀸즈나이트를 보냈고, 리엔나 또한 그들의 뒤를 따라 리츠가의 본가로 달려왔다.

"……하지만 어떻게 들어가지."

리엔나는 단단히 닫힌 철문을 올려다보며 초조하게 입술을 깨물었다. 하도 잘근거린 탓에 선홍빛 입술 위에 새빨간 딱지가 올라와 있었지만 의식하지 못했다.

'그냥 문을 두드려볼까? 그럼 들여보내줄까? 하지만 과연 저들이 그녀의 말을 믿을까?'

서늘한 금속의 감촉이 리엔나의 손안으로 밀려들어 왔다. 그녀는 철문을 꽉 붙든 채 안으로 들어가는 끝없는 길을 바라봤다.

"누구냐, 넌."

그런데 그때, 인기척 하나 없이 다가온 그림자가 그녀의 가느다란 목선에 칼을 들이댔다.

"할아버지."

어두운 복도를 걷던 렉스턴은 저를 부르는 목소리에 그 자리에 우뚝 멈춰 섰다. 목소리는 익숙한 이의 것이었다. 렉스턴은 왜 그러느냐는 듯 뒤돌아서지 않은 채 비스듬히 고개만 돌려 그를 뒤따라온 손자를 바라봤다.

성큼 그의 곁으로 다가온 첸의 얼굴 위로 주황빛 실내등이 닿았다. 첸의 영민한 눈동자가 고요하게 일렁거렸다.

"무슨 생각이십니까."

"무슨 말인지 모르겠구나."

"왜 저희를 도와주시는 겁니까."

"난 가주로서 당연한 말을 한 것뿐이다."

"조금 전 왕비의 기사단 일만을 말하는 것이 아닙니다. 배를 승

인해주신 것, 저 친구들을 이 저택 안으로 들인 것, 그리고 왕비의 기사단을 물러나게 하고 왕비의 비밀을 말해주신 것. 그 모든 것을 포함하여 묻고 있는 것입니다."

"나 또한 이미 연루가 되어 있기 때문에 도와준 것이다."

"왜 빤히 보이는 거짓말을 하시는 겁니까. 그동안 할아버지께서는 얼마든지 발을 뺄 기회가 있었습니다. 대체 무슨 꿍꿍이이십니까?"

되바라진 첸의 말에도 렉스턴은 화를 내는 법이 없었다. 어두운 그림자가 진 그의 얼굴 위로 희미한 미소가 올라왔다. 그저 입꼬리만 비스듬히 올라가 미소라고 부르기에도 어색할 정도였다.

"첸이오."

"예, 말씀하십시오."

"네 엄마, 그러니까 나의 막내딸 에드리나가 왜 집을 나갔는지 아느냐?"

"아버지를 사랑해서……."

"아니지. 순서가 바뀌었구나. 당시에 어떤 공작 하나가 그녀를 사랑했다. 그는 수시로 나에게 그녀를 자신에게 달라 청했지만, 나는 거절했지. 당시 에드리나는 겨우 17살이었으니까. 그러다 에드리나가 18살이 될 즈음 그 공작에게 내가 큰 빚을 하나 졌단다."

첸은 대체 왜 지금 이 이야기를 하고 있는지 알 수 없다고 생각했다. 그렇다고 그의 이야기를 중간에 끊거나 하진 않고 경청했다.

"그날 밤, 에드리나가 도망갔다."

"예?"

"그 아인 눈치가 기가 막혔거든. 내가 이번에야말로 그 공작의

청을 거절할 수 없을 거라는 걸 알았던 거야. 그렇게 도망가면서 만난 게 도서관 사서였던 네 아비 찰리였지."

"그랬군요."

"내 말의 요지는 이거다."

"……"

"너도 네 엄마를 닮아서 눈치가 기가 막히단 거지. 네놈은 저가 잘나고 똑똑해서 그런 줄 알겠지만 눈치로 때려잡는 것도 많다는 걸 인정해야 할 거다."

첸은 찔끔했지만 모르는 척 입을 다물었다. 하여튼 늙은 구렁이.

"누누이 말했지만 세상에 공짜는 없다. 난 너희를 도와주고 있는 게 아니다. 그런 착각에 빠진다면 너만 손해야. 호의를 받으면 빚을 졌다 생각하는 게 인간들이니까."

"그렇다면……"

"나는 다만 내가 바라는 것을 위해 투자를 한 것뿐. 하지만 그 과정이 너희에게 무척이나 도움이 된 것이지."

투자라는 단어 안에는 바라는 목적이 있다는 뜻이 내포되어 있었다. 할아버지는 어떤 미래를 보고, 무엇을 보고 있기에 이렇게 과감히 투자를 하고 있는 것일까?

"허니 난 내일부터 무척 바쁠 예정이다. 준비해야 할 것이 아주 많거든. 자, 이제부터는 진짜 너희들의 몫이다. 투자자가 성과를 거둘 수 있도록 분주히 뛰어다녀 보려무나."

렉스턴은 후후 웃으며 가던 길을 마저 걸었다. 그러다 몇 걸음 가지 못한 채 그 자리에 서 있는 첸을 향해 빠트린 한마디를 건넸다.

"아 참, 이 모든 일이 끝나며 나와 했던 약속 잊지 말거라."

생각에 빠져 그 자리에 오도카니 서 있던 첸의 얼굴이 단박에 일그러졌다. 역시 잊지 않았군. 하여튼 받을 건 악착같이 받는다니까. 크게 한숨을 내쉰 첸이 씁쓸하게 중얼거리며 구겨진 얼굴을 쓸어내렸다.

"……아아, 정략결혼은 싫다고요."

그의 중얼거림을 들은 듯 복도 한편의 어둠이 크게 들썩였다.

방에 들어설 때까지 카잔과 에일린은 대화가 없었다. 무슨 생각에 빠지기라도 한 듯 에일린은 복잡한 눈을 한 채 말이 없었다. 그런 에일린을 곁눈질로 몇 번 훔쳐보던 카잔은 짧게 숨을 고르다 그녀의 곁으로 가 자리를 잡고 앉았다.

"무슨 생각을 그렇게 하지?"

에일린은 제 뺨을 쓰다듬는 카잔을 빤히 바라보다 바로 물었다.

"카잔은 알고 있었던 거죠? 내가 아쉴이란 거, 그리고 죽을지도 모른다는 거, 모두요."

카잔은 빤히 올려 보는 에일린의 눈동자 앞에서 저 자신이 작아지는 것을 느꼈다. 추궁하듯 묻는 것도 아닌데 어쩐지 에일린에게 크게 잘못이라도 한 것처럼 마음이 불편했다. 그는 머뭇거리다 시인하듯 고개를 끄덕였다.

"왜 나한테 말하지 않은 거예요?"

"그건."

여러 가지 이유가 떠올랐지만 한두 마디의 멋진 말로 정리할 정신이 없었다. 말주변이 없는 탓도 있었지만 에일린을 섭섭하게 만든 것 같아 초조해진 마음 때문에 딱히 좋은 말이 떠오르지 않은 이유가 제일 컸다. 이런저런 말을 떠올리던 카잔은 에일린처럼 솔직하고 직접적으로 말했다.

"네가 불안해할까 봐. 네 어두운 얼굴을 보게 될까 봐. 네가 두려워할까 봐."

에일린의 말간 눈동자는 카잔의 얼굴에서 시선을 떼지 않았다. 마치 그의 감정, 생각을 모조리 읽어내겠다는 듯 날카롭기까지 한 눈빛이었다. 카잔은 다시 한 번 심호흡하며 제 조그마한 연인에게 사죄하듯 읊조렸다.

"그래서 그랬어."

"그랬군요."

"응. 그래서 그랬어."

에일린은 알겠다는 듯 고개를 끄덕였다. 새초롬한 눈동자가 그에게서 벗어나 방 한쪽에 놓여 있는 촛불을 바라봤다.

무슨 생각을 그리 골똘히 하는 걸까? 화가 난 걸까? 섭섭한 걸까? 그러고 보니 미안하단 말을 하지 않았다. 하지만 어쩐지 그 말이 입속에서 맴돌기만 하고 잘 나오지 않았다. 그 말을 내뱉고 나면 정말 저가 '미안할 일'을 해버렸다고 인정하는 것 같기 때문이었다.

카잔은 사실 에일린에게 미안할 일이라고는 생각지는 않았다. 어리석고 오만한 생각일지도 모르겠지만. 그 혼자서 끝낼 수 있는 근심이라면, 걱정이라면 그녀에게까지 넘겨주고 싶은 생각이 없기 때문이었다. 에일린에겐 끝없는 행복, 안심, 안락만을 선물하고 싶었다.

"화났나."

하지만 에일린이 원한다면 미안하다고 사과하려고 했다. 저에게 화를 낼 생각이라면 얼마든지 그것을 받아줄 수 있었다. 하지만 에일린은 고개를 저었다.

"화난 게 아니에요."

"그럼?"

그리고 그녀에게선 뜻밖의 말이 나왔다.

"나와 함께 있을 때도 당신의 마음 한구석에는 내가 모르는 공간이 있었구나 하는 생각에……. 그냥 좀 외로워졌어요. 카잔에게서 소외된 기분이랄까."

"이런! 에일린. 소외되다니. 그런 게 아니야. 그냥 네가 걱정할까 봐, 두려워할까 봐."

"걱정을 좀 하면 어때요. 같이하면 되잖아요. 그리고 무엇보다도 내 일, 내 걱정이잖아요. 근데 왜 난 몰라도 되는 것처럼 말하는 거예요? 난 그냥 당신 곁에서 웃기만 하면 되는 거예요, 카잔?"

카잔은 에일린의 말에 다소 충격을 받은 듯 아무런 말도 하지 못했다. 어쩌면 그녀가 정곡을 찔렀기 때문에 더욱 할 말을 잃었는지도 몰랐다.

"무슨 마음으로 그랬는지 알겠어요. 하지만 그냥, 조금 서운해요. 어쩌면 화가 좀 났는지도 몰라요. 모든 것을 나에게 말하라는 건 아니에요. 그럴 권리도 의무도 없으니까. 하지만 역시 좀 쓸쓸해요. 당신은 당신이 하는 것을 나에겐 못 하게 하는 거니까, 나는 당신과 함께 걱정하고 고민할 권리가 없는 것 같아서……."

"오! 아냐, 에일린. 절대 그런 게 아니야."

카잔은 벌떡 일어나 에일린의 앞으로 가 무릎을 꿇은 채 그녀와 시선을 맞췄다. 그녀의 두 뺨을 손으로 감싸고 눈을 맞추며 마음에서 우러나오는 사과를 건넸다.

"미안해. 내가 생각이 짧았다. 앞으론 절대 숨기지 않을게. 곁에 있어도 쓸쓸하게 만들지 않을게."

"정말요?"

"응. 약속해. 내 마음에 네가 모르는 틈은 없을 거야."

그제야 경직되어 있는 에일린의 얼굴 위로 옅은 미소가 보스스 올라왔다. 못된 왕비가 쳐들어와 그들의 목을 칠지도 모르지만, 이상하게 그런 건 그다지 걱정이 되지 않았다. 그동안 목숨을 위협하는 일이 워낙 많았기 때문에 그런지도 몰랐다. 그럴 때마다 에일린은 참 잘 버텨왔다. 카잔이라는 든든한 창과 방패가 생긴 탓에 더 이상 두려움은 없었다. 죽을지도 모르겠지만, 그렇지만 카잔과 함께라면 괜찮았다. 충분히 이겨낼 수 있을 거란 확신이 있었다.

이마에, 콧등에, 양 뺨에 카잔은 조심스럽게 입을 맞췄다. 그의 목에 팔을 두르며 에일린 또한 그가 주는 뜨겁고 진한 기쁨에 열렬히 환호했다. 카잔은 입술을 맞댄 채 그윽한 목소리로 말했다.

"이 모든 일이 끝나면 너랑 나랑 조용한 곳에서, 조용히 살자. 아무 일도 없었다는 듯이 평화롭게, 오래오래 함께 살자."

"……오래오래, 함께."

듣기만 해도, 소리 내어 읊조리기만 해도 기분 좋아지는 단어들이었다. 에일린은 볼에 홍조를 띤 채 고개를 끄덕였다.

"나는 너의 집이 되어줄 테니, 너는 나의 빛이 되어줘, 에일린."

가장 따뜻한 빛이 되어줄게요. 에일린은 대답하고 싶었지만 그의 입술에 먹혀버려 아무 말도 할 수 없었다. 혀가 뜨겁게 엉켰다. 타액이 섞이고, 서로를 갈망하는 2개의 손이 서로의 육체를 끌어 안으며 쓰다듬었다.

비단 엉키는 것은 입술만이 아니었다. 서로를 갈구하는 두 남녀의 마음까지 뜨겁게, 뜨겁게 엉켜들고 있었다.

나라에 이상한 소문이 돌기 시작했다.

"……세상에, 그게 정말이야?"

"그럼요. 일전에 말씀드렸던 제 동생 친구, 기억나시죠? 왜, 궁에서 10년이나 일했다던……."

"그럼그럼, 기억나지. 그래, 그 애가 그러디?"

"그 친구의 동생의 애인이 궁에서 보초병으로 있는데 말이죠……."

"말도 안 되는 일이야. 오, 세상에!"

각자의 소식통이 발 빠르게 제 지인들에게 소문을 퍼트렸다. 모두 입을 틀어막은 채 믿을 수 없다는 눈으로 수도 어느 방향에서도 보이는 백색 왕궁을 올려다봤다.

'왕이 죽었다. 그것도 왕자의 손에!'

믿을 수 없는 스캔들이었다. 아니, 스캔들이라고 부르기에도 너무나 불경스러운 소문이 아닌가! 다른 제국이나 왕국에서는 왕권을 두고 이런 사달이 간혹 벌어진다는 말을 듣긴 했지만 엑시움에서만은 절대 일어나지 않을 것 같던 일이었다. 엑시움의 왕위 계승자는 확고하니까. 더군다나 사뮤엘 왕자는 이미 왕위 계승을 약속받은 본인 아니던가? 그런데 어째서 왕자는 왕을 죽인 것인가?

소곤거리는 소리가 나라 곳곳을 채웠다. 소문이 거짓이라는 파와 확실하다는 파로 나뉘어 열띤 토론을 나누는 지경이었다. 나라가 뒤집힐 거란 소문 또한 그들의 말꼬리 뒤를 은근히 따라다녔다.

'왕자가 왕을 죽였다. 엑시움에 단 하나 있는 왕위 계승자가 왕을 죽였다.'

왕을 죽였지만 책임을 물을 수도 없었다. 그는 지금 왕국에 남은 단 한 명의 왕족이었으니. 반역이라는 명목도 씌울 수가 없었다. 그렇다면 왕자는 이대로 바로 왕이 되는 것인가?

귀족들, 민간인들 할 것 없이 둘 이상 모이면 입을 모아 그 이야기를 했다. 그리고 마지막엔 항상 이런 의문이 따라붙었다.

'그런데 왜 왕궁에선 아무런 말도 없는 거지? 어째서 이렇게 조용한 거야?'

'글쎄, 곧 무슨 발표가 나겠지. 그것보다……. 이렇게 되면 우리는 어떻게 되는 거야?'

'우리야 뭐, 어제와 별다를 것 있겠어? 다만 귀족들은 이제 똥줄 타는 거지. 왕자의 권위가 치솟을 테니.'

부쩍 나라 안의 분위기가 소란해졌다. 아직 그 어떤 사실 확인이 된 것도 아니건만 매력적인 소문 하나는 이미 기정사실이 되어 사람들을 현혹시켰다. 곧 무슨 일이 터져도 터지겠구나, 하는 은근한 흥분감이 하층민들을 들끓게 했다.

그리고 여기, 소문으로 인해 흥분한 곳이 또 있었다.

"진짜?"

"응, 확실하다니까! 왜, 그때 손님들이 오던 그날 밤 말이야. 그때 루이체가 봤는데 도련님이 그 아가씨 방으로 몰래 들어가더래."

"그, 그래서? 그래서 그날 안 나왔어?"

"나오긴 나왔는데…….."

"나왔는데?"

"세상에, 그 방 안에서 옷을 갈아입으셨더라고! 그 안에서 씻기까지 하시고! 그 정도면 말 다 한 거 아니야!"

"오! 안 돼! 나의 도련님!"

이야기를 듣고 있던 짧은 머리 하녀는 기어이 입을 틀어막은 채 밖으로 뛰쳐나갔다.

그녀에게 이 흥미진진한 스캔들을 전해주던 갈색 머리 하녀가 뛰쳐나가는 제 친구를 바라보며 아쉬운 듯 입을 쩝쩝 다셨다.

"아직 하이라이트가 남았는데…….."

"하이라이트? 그게 뭐야?"

곁에 남아 있던 또 다른 하녀가 궁금함을 이기지 못하고 물어봤다. 갈색 머리 하녀가 남아 있는 청중을 향해 음흉하게 눈을 반짝였다. 평소에 주목받기 좋아하고, 이야기 퍼트리는 것을 좋아하는 그녀였기에 지금 이 상황이 재미있어 죽을 지경이었던 것이다. 그녀는 치즈를 찾아 나온 생쥐처럼 주변을 재빨리 훑어보더니 제 곁에 남아 있는 또 다른 소문메이커의 귀에 저가 들은 것을 소곤거렸다.

몇 초 후, 그녀에게서 이야기를 전해 들은 하녀의 입이 더 이상 벌어지지 않을 만큼 벌어졌고, 동공은 팽창될 수 있을 만큼 팽창되었다.

"오, 마이, 갓!"

얼굴을 붉게 물들인 하녀가 꺄아 소리를 지르며 발을 동동거렸다. 흥미를 느낀 몇몇이 그녀들의 곁으로 모이려 들자 하녀장이 나와 속닥거리며 떠들고 있는 그녀들을 와해시켰다. 하녀들의 아침 조회 시간은 저택 스캔들로 떠들썩하게 마무리됐다.

조회를 끝내고 하녀 몇 명이 배정되어 있는 손님방을 청소하러 총총총 복도를 걸어갈 때였다. 때마침 스캔들의 주인공인 첸이 이른 아침을 먹으러 밖으로 나오고 있었다.

"……킥킥킥."

"어우야."

첸과 눈이 마주치자마자 하녀들은 얼굴을 붉히며 저들끼리 웃음을 터트렸다.

'뭐지?'

보통 저택의 하녀들이 그를 보면 수줍게 얼굴을 붉히는 것은 워낙 흔한 일이었다. 하지만 오늘 그녀들의 홍조는 평소와 조금 달랐다. 거기다 킥킥거리며 서둘러 지나쳐 가는 것도 이상했다.

"……뭐야? 내 얼굴에 뭐라도 묻은 건가?"

뭔가 꺼림칙함을 느낀 첸이 말끔하게 면도한 턱을 문지르며 힐끗 뒤를 돌아봤다. 아무리 봐도 이상하다는 듯 고개를 갸웃거리던 그는 곧 저를 기다리고 있는 일행을 떠올리며 서둘러 발걸음을 옮겼다. 라이와 루이가 흥미로운 것을 포획해 온 듯했다.

"흐음?"

어젯밤, 왕비의 기사단이 떠난 후 라이와 루이 형제는 경비 차 저택을 돌고 있었다. 이상한 힘을 쓴다던 왕비이기에 더더욱 촉각을 세운 채 주변을 둘러보던 중, 정문 앞을 서성거리는 수상한 여자를 잡아 온 것이었다.

그리고 잡혀 온 여자가 말하길 자신은 사뮤엘 왕자의 전속 시녀라는 것이었다. 누더기 차림에 몰골은 말이 아니었기에 사기꾼이라며 내쫓아 내려는 것을 루이가 내일 아침 주인님께 보여야 한다며 지하 감옥에 구금시켜놓았다가 아침 일찍 첸에게 이 사실을 알린 것이었다.

"정말 당신이 왕자의 시녀라는 겁니까?"

"미, 믿어주세요. 저는 왕자의 전속 시녀 리엔나입니다. 왕자님이 4살 때부터 지금까지 제가 돌봐드렸습니다!"

리엔나의 절박한 외침에도 첸은 아직 완전히 의심을 거둘 수가 없었다. 사안이 사안인지라 더 신중해야 하는 까닭도 있었다.

"흐음. 증거가 있습니까?"

"증거는……."

창백해진 얼굴로 고개를 떨어뜨린 리엔나가 마른 입술만 잘근잘근 깨물었다. 급하게 나온다고 아무런 증빙서류를 챙겨 나오지 못했다. 이들이 믿을 수 없어 하는 것도 당연했으니, 믿어달라고 우기는 수밖에 없었다.

"믿어주세요. 정말입니다."

시간은 없고 마음은 급했다. 이들을 설득하지 않으면 모든 일이 엉망으로 끝날지도 모른다. 그렇게 되면 왕자가 고통과 외로움 속에서 평생을 인내한 것이 말짱 헛일이 된다. 그렇게 둘 수는 없었다. 리엔나는 차가운 바닥에 넙죽 엎드렸다. 그러자 그녀의 목에 걸고 있던 차가운 펜던트가 턱 아래로 덜렁거리며 빠져나왔다.

'그래, 이거! 이거라면…….'

벌떡 일어난 리엔나는 지푸라기라도 잡는 심정으로 펜던트 안에 있는 자그마한 사진을 꺼내 보였다. 그 안에는 어린 사뮤엘을 끌어안고 있는 어린 리엔나가 있었다. 리엔나의 오래된 보물이었다.

"여, 여기, 여기 이분이 사뮤엘 왕자님이십니다. 그리고 이게 저구요. 제발 믿어주세요. 시간이 얼마 없습니다."

첸은 아무 말 없이 리엔나의 사진을 내려다봤다. 사진 속의 인물은 틀림없이 사뮤엘과 리엔나였다. 하지만 고작 사진 하나를 증거로 치기에는 너무나 빈약했다. 하지만 그녀의 절박한 눈동자에 거짓이 없어 보였으니 첸은 갈등하고 있는 것이었다. 그러는 사이 뒤늦게 이 소식을 전해 들은 에일린과 카잔이 방으로 들어왔다.

달칵, 조용히 문이 열리고 조심스러운 걸음으로 안으로 들어서던 에일린과 바짝 바닥에 엎드려 있던 리엔나가 서로를 마주 봤다.

"어머……."

"……!"

리엔나는 저도 모르게 멍하니 다가오는 에일린을 쳐다봤다.

'저분이다. 저분이 틀림없어.'

은가루를 뿌려놓은 듯 아름답게 반짝거리는 붉은 머리카락, 핏빛보다 영롱하고 노을보다 선명한 붉은 눈동자, 그리고 어딘가 모르게 이 세상의 것이 아닌 듯한 나른한 분위기까지.

그녀였다. 그녀의 왕자님이 평생을 그리워하고 그리워하던 그녀. 꿈에서도 아까워 다가가지 못했던 그녀. 제 목숨을 바쳐서라도 지켜주려고 하는 그녀.

"……에일린."

리엔나는 저도 모르게 그녀의 이름을 소리 내어 부르고 말았다. 처음으로 소리 내어 불러본 이름이었다. 이상한 감정이 왈칵 치솟아 올랐다. 리엔나에게는 언제나 '그분'이었던 에일린. 감히 입에도 담지 못했던 그 이름이었다. 소리 내어 발음하면 말캉거리는 구슬이 입안을 구르는 것 같다며 사뮤엘은 그녀의 이름을 가끔 혼잣말하듯 중얼거렸다. 그 이름 한 자를 소리 내어 부르는 것만으로 사뮤엘은 미소를 띠며 좋아했었다. 고작 이름을 부르는 것뿐이었는데.

그런 그녀를, 그런 에일린, 그분보다도 저가 먼저 보게 된 것이다. 같은 공간, 같은 공기를 마시는 이곳에서. 미안한 마음이 가슴을 찔렀다. 저가 순서를 가로챈 듯 그저 한없이 미안했다.

"나, 이분 알아요. 언제나 꿈속의 왕자와 같이 있던…… 그분이에요."

"그럼 왕자의 시녀가 맞다는 말이군."

아아, 당신께서도 꿈속에서 왕자님을 보셨군요. 그리고 그 곁을 지키는 나도 보셨군요. 리엔나는 울컥 뜨거운 눈물이 차올라 고개를 바짝 내리고 주먹을 움켜쥐고 말았다. 사뮤엘을 통해서 너무 많은 이야기를 전해 들은 탓인지, 리엔나마저도 에일린을 아는 느낌이었다.

만나면 그래도 조금 미운 마음이 들지 않을까 했는데, 세상에, 전혀 그런 마음은 들지 않았다. 오히려 그리운 이를 만난 듯 막연한 감격만이 그녀를 감쌌을 뿐…….

리엔나는 떨리는 마음을 진정시키며 자리에서 일어나, 다가온 에일린을 향해 예를 갖춰 인사를 건넸다. 살짝 구부린 무릎, 코와

이마가 보이도록 슬며시 기울인 머리, 우아함이 느껴질 정도의 적당한 속도의 인사.

"사뮤엘 왕자님의 시녀, 리엔나입니다."

제가, 제가 꼭 만나게 해드리겠습니다, 왕자님.

"당신을 모시러 왔습니다."

탑의 지하 감옥은 정말 신기하게도 햇빛은 들지 않지만 달빛만은 안으로 풍족하게 스며들었다. 덕분에 은빛 달의 신기루에 반짝이는 왕자의 붉은 머리카락이 질척한 어둠 속에서 더욱 선명하게 보였다.

"……으, 으."

이를 하도 악문 탓에 턱이 빠질 듯이 아팠다. 두개골이 반으로 쪼개지는 고통을 이겨내려 눈을 질끈 감고 호흡에 집중하지만 머리통을 비집고 들어오는 전류에 사뮤엘의 호흡은 여지없이 흐트러졌다.

"말하라니까요, 왕자."

깨끗한 실크 드레스를 걸친 왕비가 팔짱을 낀 채 신음하는 왕자를 지그시 바라보며 말했다. 벽에 매달린 채 괴로워하는 왕자를 보는 모습이 마치 하나의 예술품을 감상하는 듯 천연덕스러웠다.

"고집부릴 시간이 없어요. 그이가 죽은 지도 벌써 40시간이 지났습니다. 24시간 안에 그 계집을 죽이지 않으면 왕자마저도 죽고, 그대들이 지켜왔던 이 천 년 왕가마저도 무너질지 모릅니다. 왜 이리 어리석게 구나요."

"흐……."

왕비는 정말 안타깝다는 목소리로 말했다. 꽉 감겨 있던 눈을 떠 힐끗 왕비를 쳐다본 왕자는 희미한 비웃음을 흘려보냈다. 누가 들었다면 왕비가 정말 그와 이 나라를 걱정해 그러는 줄 알 것이다. 하지만 유리알 같은 왕비의 눈에 걱정과 연민 같은 인간적인 감정이라곤 하나도 담겨 있지 않았다. 가면이라도 하나 둘러쓴 듯 인형 같은 얼굴로 기계적인 말을 중얼거릴 뿐이었다.

"하, 하하하하!"

사뮤엘은 왕비가 들을 수 있도록 마지막 힘을 쥐어짜 웃음을 터트려 보였다.

"정녕 내가 그런 것들을 걱정하고 있으리라 생각하는 겁니까?"

왕자의 대꾸에 왕비는 한심하다는 듯 한숨을 쉬었다. 그러더니 짜증스럽게 얼굴을 구긴 후 왕자의 뺨을 후려쳤다. 짜악! 그녀는 이제 이따위 연극마저도 지겨워졌다. 이제 진짜 시간이 없었으니까. 왕비는 왕자에게 한 걸음 다가가 그의 귓가에 대고 소름 끼치도록 낮은 목소리로 소곤거렸다.

"지독한 놈. 어디 네놈이 이기나 내가 이기나 마지막까지 겨뤄봐야 하겠구나. 난 절대 놓치지 않아. 반드시 그 계집을 찾아내 네 손으로 그 계집의 심장을 터트리게 만들 거다. 그러곤 네놈을 머리부터 발끝까지 잘근잘근 먹어치워 버릴 거야. 그 힘은 내 거야. 네놈이 그것을 없애도록 두지 않아."

왕비의 고문은 계속되었다. 왕자의 입에서 계집을 가지고 무엇을 하려는지 말할 때까지, 그리고 그 계집이 지금 어디에 있는 말할 때까지, 그녀는 사뮤엘의 육체와 정신에 상상도 못 할 공격을 쏟아부었다.

"으, 으아아아아!"

리츠가의 본가로 그 계집이 들어갔다는 제보를 받고 서둘러 기사들을 보냈지만 그들은 아무런 성과를 가지고 오지 못했다. 왕비가 길길이 날뛰며 다음 날 아침 다시 기사들을 보냈지만 그때는 이미 아쉴 계집은 온데간데없이 사라지고 난 후였다.

"흐, 으, 으아악!"

사뮤엘의 입에서 다시 고통에 찬 비명이 터졌다. 하지만 왕비가 원하는 그 어떤 단어도 그의 입을 통해 듣는 일은 없었다.

크아아아왕!

성에서 왕자가 비명을 내지르면 성 밖에선 그의 고통에 동조하는 성난 짐승들이 몰려왔다. 머랭, 미크론, 차우론 할 것 없이 온갖 괴수가 땅을 구르며 성문을 흔들어댔다. 벽을 타고 올라와 성을 공격했고, 경비들을 찢어 죽여놓았기에 그것들을 막느라 왕궁 경비대도 매일이 전쟁이었다.

그들을 지켜주던 괴수들이 아니던가. 나라의 평화를, 왕가를 수호해주던 짐승들이 아니던가.

귀족들은 불길하다 술렁거렸고, 하나같이 왕비에게 그 고귀한 힘으로 이 문제를 해결해달라 생떼를 썼다.

'한심한 것들! 내가 정말 이 나라를 위해 뭐라도 해줄 거라 생각하는 건가. 하!'

뿌연 연기가 가득한 제 방으로 돌아온 왕비는 짜증스럽게 입술을 물어뜯었다. 하늘거리는 커튼을 신경질적으로 찢어버린 그녀는 방 안을 서성이며 생각에 잠겼다. 정말 오랜만에 골치가 아팠다. 왕자 또한 이 저주의 끝을 오랜 시간 기다려왔지만, 왕비 또한 만만찮게 오랜 시간을 기다려왔다.

'그것만, 그 힘만 있으면 난 이제 무서울 게 없단 말이다!'

왕비의 진짜 이름은 유리아. 서쪽의 섬에서 나고 자라난 마녀였다. 그녀가 어렸을 적, 몇 날 며칠 배를 주린 늑대에게 물려 죽을 뻔한 적이 있었다. 그저 목을 물어 뜯겼다면 그 짐승을 이렇게 두려워하지도 않았을 것이었다.

늑대는 그녀의 목을 물고, 흔들어 숨통을 끊어놓더니 제 우리로 생명이 꺼진 그녀의 시체를 끌고 가 제 자식들에게 그녀의 살점을 씹어주었다. 그녀는 마녀였고, 목이 잘려도 죽지는 않았다. 늑대들은 그녀가 죽은 줄 알았겠지만 그녀는 그때까지도 살아 있었다. 거의 죽은 거나 마찬가지이긴 했겠지만…….

어쨌든 그녀는 그때 새끼 늑대에게 눈알이 먹혔고, 배와 엉덩이 살을 뜯기고 말았다. 저가 어떻게 거기서 살아 나왔는지 기억도 나지 않았다. 아마 마력이 폭주했거나 했지만.

다만 제 살을 쩝쩝대며 씹고 있던 늑대의 이빨 소리와 비릿하고 역했던 늑대들의 냄새가 영혼에 각인된 듯 지워지지 않았다. 그 뒤로 그녀는 늑대의 울음소리만 들어도 경기를 일으켰다. 짐승이라면 딱 질색이었고, 몸이 얼어붙어버렸다. 그것을 아는 마녀들은 가끔 그녀와 마주치면 부러 늑대로 변신하곤 했다.

'망할 것들. 내 언젠가 그것들을 모두 죽여버리고 말 거야.'

그런 그녀였으니, 짐승과 괴수들을 지배하는 힘은 절대적으로 필요한 것이었다. 왕자는 이 저주를 저주했다. 그가 이 힘을 없애고 싶어 하는 것을 알고 있었다.

"하지만 어떻게……? 그것도 그 계집도 없이?"

초조하게 방 안을 서성이던 왕비는 뭔가 떠오른 듯 우뚝 걸음을 멈췄다.

"그래, 저대로 죽을 왕자가 아니지. 뭔가 저지르긴 할 거란 말이지……."

곧 뭔가 떠오른 듯 왕비의 유리알 같은 눈에 이채가 돌았다. 생각을 마친 그녀는 기이하게 입을 찢어 웃음을 보였다.

에일린과 카잔, 그리고 리엔나는 첸이 마련해준 왕궁 근처의 임시거처에 있었다.

어제 아침, 식사를 마치자마자 첸은 마차를 준비시키더니 그들을 어떤 사내의 집으로 보냈다. 머리가 길고, 안경을 꼈으며 약간은 해쓱한 인상에 길고 하얀 손이 인상적인 사내였다. 사내는 저를 코헬이라 소개했다. 리엔나가 곧 그를 알아봤다. 왕궁 도서관을 책임, 관리하는 사내였다.

"저희는 나가 있겠습니다. 어차피 일을 가야 할 시간이라. 곧 체니오 님께서 오실 겁니다. 식사는 테이블 위에 마련해놓았으니, 마음껏 드십시오."

"배려해주셔서 감사합니다."

"아닙니다. 저희야말로 진짜 아쉴 님을 뵙게 되어서 영광입니다."

코헬은 엑시타에서 아쉴의 자료를 수집, 정리했던 중추인물이었다. 그의 특기는 속독이었고, 그의 머릿속에는 이제껏 그가 읽었던 수만 권의 책이 들어 있었다. 정적이었지만 변화를 두려워하지 않았고, 조용하지만 빠르게 혁신하는 인물이었기에 첸은 그를 매우 아꼈다.

코헬과 그의 제자 라울은 잠시 감격에 젖은 눈으로 에일린을 바라봤다. 에일린은 그들의 눈빛이 부담스러운 듯 짧아진 머리카락을 만지작거리며 어색한 웃음을 보였다. 가슴 위까지 제법 길어 있던 그 머리카락은 귀밑에서 사랑스럽게 찰랑거렸다. 어젯밤 리엔나의 요청으로 머리카락을 잘라주었던 탓에 머리가 짧아져 있었다.

코헬 일행이 나간 후 얼마 안 있어 오랜만에 깨끗한 차림새를 갖춘 리엔나가 에일린과 카잔이 있는 거실로 내려왔다.

"이제 16시간밖에 남지 않았어요. 정말 시간이 얼마 없습니다."

리엔나는 짧게 심호흡한 후 지금 그들의 상황을 설명해주었다.

"왕이 죽은 후 72시간 안에 왕위 계승자가 의식의 탑에 들어갑니다. 그리고 필요한 의식과 제사를 치르죠. 원래라면 오늘 밤 10시가 정확히 72시간이 되는 날입니다. 이 시기를 놓치면 왕자님과 에일린 님 모두 죽습니다. 저주에 잡아먹히는 거죠."

에일린은 굳은 얼굴로 고개를 끄덕였다. 카잔이 곁에서 그녀의 어깨를 잡아주지 않았더라면 바보같이 비틀거렸을 게 틀림없었다. 제 어깨를 감싸는 카잔의 손이 든든했다.

에일린은 한결 편해진 얼굴로 리엔나에게 계속 말해보라는 제스처를 취했다.

"그렇게 되면 모든 게 끝입니다. 또한 역사에 딱 한 번, 시기를 놓쳐버렸던 이 같은 일이 있었습니다. 아쉴의 저주는 다음 해의 아쉴에게 이어졌고, 그 아쉴이 성장할 때까지, 나라는 통제되지 않은 괴수들로 많은 이가 다치거나 죽었습니다. 왕자님께서는 이 저주가 반드시 자신의 차례에서 없어지길 바라십니다. 더 이상 이 저주로 인해 비극적인 죽음이 생기지 않기를 바라셨기에, 그랬기에 에일린 님을 찾지 못하신 겁니다. 이제까지 다른 왕자들이 그러했듯 당신을 제 손으로 죽이지 않기 위해서."

리엔나의 말을 들으며 에일린은 꿈속의 사내를 떠올렸다. 아름답고 슬픈 눈의 왕자. 저를 멀찍이 떨어져서 바라만 봤던 그 사내. 손을 뻗으면 닿을 거리에 있었음에도 그저 눈으로 그녀를 쓰다듬듯 바라만 봤던, 영롱한 호박색 눈동자의 왕자를…….

사랑해야 하는 운명이었다지? 하지만 에일린은 그를 사랑하지 않았다. 그녀의 마음에는 그저 온통 카잔뿐이었고 앞으로도 카잔만이 그녀의 심장을 움켜쥘 거란 생각은 변함이 없었다. 하지만 그왕자가 그녀를 얼마나 애틋한 눈으로, 얼마나 사랑스러운 눈으로 바라보고 있는지는 알고 있었다. 그래서 그런 걸까, 아주 약간은 그에게 미안한 감정이 들었다.

'당신의 그 사랑을 되돌려주지 못해서, 그 귀한 사랑에 응해주지 못해서, 미안해요.'

"그럼 이제 우리는 어떻게 해야 하는 거죠? 그것을 말해줘요."

에일린은 비장하게 마음을 다잡으며 리엔나를 응시했다. 이 빌어먹을 저주에서 반드시 벗어날 것이었다. 반드시.

"오늘 저녁 우리는 성으로 들어갑니다. 비밀의 통로로 제가 안내하겠습니다."

리엔나는 침착하게 통로의 위치와 방향을 설명했다. 그때 문을 두드리는 소리가 들렸다. 카잔이 밖에 선 이의 기척을 읽어내곤 문을 열어 그를 안으로 들였다.

첸과 라이였다. 밤새 또 잠을 자지 못한 듯 첸의 얼굴이 퀭하게 늙어 있었다.

"조금 늦었지? 미안해. 나라 안의 장인들을 닦달하느라 말이야. 어휴, 그래도 간신히 시간 안에 만들었다. 자, 리엔나. 당신이 요청했던 것."

첸이 건네주는 봉투를 받은 리엔나가 안에 있는 물건을 확인하곤 고개를 끄덕였다. 그러는 사이 리엔나에게 들은 설명을 카잔이 첸에게 전달해줬다. 이야기를 전해 들은 첸은 곧 이상하다는 듯 고개를 흔들었다.

"하지만 왕비는 이상한 힘을 쓰고 있다 하지 않았나? 비밀통로를 이용해 성으로 들어간다 해도 들키는 것은 시간문제일 텐데?"

"그것에 대한 방법이 있습니다. 첸 님께서 만들어주신 이것과, 그리고 이것."

리엔나가 품 안에 숨겨두었던 작은 유리병을 꺼내 테이블 위에 올려놨다. 유리병 안에는 반짝이는 푸른 모래가 들어 있었는데 첸도 카잔도 처음 보는 종류의 모래였다.

"이게 대체 뭐지?"

첸이 유리병을 집어 들며 수상하단 목소리로 물었다. 빙긋 웃음을 보인 리엔나가 대답했다.

"모든 것의 흔적을 지우는 가루. 저희 할머니의 할머니에게서부터 물려받은 신비한 가루입니다."

리엔나의 설명에 첸이 놀랍다는 얼굴로 가루를 쳐다봤다. 카잔은 믿을 수 없다는 눈초리였다.

"믿기 어려우시다면 보여드릴게요. 잠깐 밖에 나갔다 들어오시겠어요?"

떨떠름한 얼굴로 리엔나를 바라보던 카잔이 밖으로 나갔다. 그리고 그녀가 들어오라는 소리에 맞춰 다시 안으로 들어섰다. 그러자 놀라운 일이 벌어졌다.

"카잔 님은 추격이 특기라고 하셨죠. 어때요? 에일린 님의 흔적을 찾을 수 있으시겠어요?"

리엔나는 문 앞에 선 카잔을 향해 자신만만하게 물었다. 카잔은 그 자리에 굳은 듯 서 있었다. 정말 묘한 경험이었다. 분명 그의 눈에 에일린이 보이긴 했지만 그녀가 그곳에 있다는 느낌은 들지 않았다. 그녀의 체취, 그림자, 존재감이 말끔하게 지워져 있었던 것이다. 마치 에일린의 모형을 본뜬 인형이 서 있는 듯 그녀가 있지만 그녀는 거기에 없었다.

"이거 정말 묘하군."

카잔은 가루의 기묘한 힘을 인정하지 않을 수 없었다. 리엔나는 에일린의 머리카락 위에 뿌려놓았던 가루를 털어냈다. 물론 털어내도 일정 시간은 위화감을 가지고 있을 테지만 곧 사라질 위력이었다.

"유용하게 쓰이기는 하는데 단점이 있습니다. 유효시간이 그렇게 길지 않아요. 고작 1시간 정도. 그러니 신속하게 움직여야 합니다."

리엔나의 말에 그곳에 있던 일행은 모두 한마음으로 동조했다. 세부사항을 조정하고, 모든 일을 벌인 후에 벌어질 일들까지 2차, 3차 계획을 세우고 나니 어느새 어둑어둑한 노을이 내려왔다.

모두 저녁은 먹지 않았다. 긴장감이 그들의 위를 바짝 조여왔기 때문이었다.

검은 로브를 뒤집어쓴 에일린과 카잔, 그리고 리엔나가 코헬의

집을 나왔을 때는 이미 날이 완전히 어두워진 저녁 8시쯤이었다.

"가자."

"네."

"모두 조심해."

"다녀올게요."

날 선 긴장감을 등에 업은 채, 세 남녀는 서둘러 성으로 출발했다.

발을 재게 놀려야 했다. 워낙에 넓은 궁이었기에 한참을 뛰어야만 그들은 겨우 시간 안에 본궁 안에 다다를 수 있었다.

"힘들면 내가 안고 갈게."

카잔은 에일린이 지칠까 걱정되는지 손을 내밀었다. 그의 속도라면 벌써 목적지에 도착하고도 남았지만 에일린과 리엔나의 속도에 맞춰준다고 평소보다 조금 느리게 뛰고 있었다. 에일린은 그가 내민 손을 맞잡으며 고개를 저었다.

"알잖아요, 카잔. 나 잘 뛰어요. 뛰는 건 내 특기인걸요."

계부의 오두막집을 박차고 나온 날부터, 그녀는 항상 달려왔다. 놓쳐버린 카잔을 붙잡기 위해 산을 뛰어내려 왔듯 완전히 새로운 세상에 적응하기 위해 에일린은 매일을 전투하듯 달려들었다.

그녀는 달릴 수 있음에 감사했다. 숨이 턱까지 차서 혀끝에서는 비릿한 피 맛이 감돌지만 괜찮다. 자유는 이처럼 고통과 달콤함을 동반했다. 이번에도 그녀는 저주로부터 완전한 자유를 위해 제 튼튼한 두 다리로 부단히 달리는 중이었다. 괜찮다. 아직 달릴 수 있었다. 자유를 얻기 위해 에일린은 다시 한 번 열심히 달리고 있었다.

카잔은 그런 그녀가 아주 대견스럽다는 듯 맞잡은 손에 힘을 줘 끌어당겼다. 덕분에 달리는 걸음이 한결 가벼워졌다. 맞닿은 두 손가락 사이사이로 열기가 엉켜 있었다.

으슥한 밤이었다. 이상하다 싶을 만큼 궁 안의 경비는 허술했고, 듬성듬성 걸려 있는 등에는 불빛이 어두웠다.

낮은 수풀을 지나던 리엔나가 문득 한 동상 앞에서 걸음을 멈췄다. 깊게 눌러쓴 로브 아래로 그윽하게 반들거리는 눈동자가 한 여자의 동상을 깊이 빨아들이듯 고요하게 바라봤다.

"쉴라 님의 동상이에요."

"……쉴라요?"

"네, 선대 아쉴 님이죠. 사뮤엘 왕자님의 어머니."

이곳은 사뮤엘의 정원이었다. 아쉴이 들어오면 쓰이는 별궁 바로 뒤, 왕자의 궁 바로 옆에 있는 그 정원에 사뮤엘은 자신이 기억하고 있는 어머니의 모습을 그대로 본떠 동상을 만들었다. 이 동상이 세워진 이후로 왕은, 선대 왕은 단 한 번도 왕자의 정원에 들르지 않았다. 가슴이 아파서 그랬는지 혹은 떠올리기 싫은 그날이 떠올라 그런 것인지, 그것도 아니면 정말, 마지막 남은 양심이 찔려 그랬는지는 아무도 모를 일이었지만, 어찌 되었든 가끔 들르던 그의 발걸음이 뚝 끊겼다. 사뮤엘은 그다지 아쉬워하지 않았다.

동상의 여자는 손끝을 들어 올렸고, 그 손가락 위에는 작은 새가 올라와 있었다. 작은 새가 지저귀는 모습을 사랑스럽다는 듯 바라보고 있는 것처럼 보였지만, 실상은 여자의 손끝이 가리키는 것은 따로 있었다.

"저기가 바로……."

리엔나는 뒤돌아서서 동상이 가리키는 것을 일행에게 짚어주며 말했다.

"쉴라 님이 돌아가신 곳."

스산한 바람이 불었다. 로브 사이로 빛나는 리엔나의 눈빛에 감추지 못한 결의가 빛났다. 에일린도, 카잔도 그녀가 가리키는 고색창연한 회색 원탑을 바라봤다.

"저희들이 가고 있는 의식의 탑입니다."

마치 그대들을 기다리고 있었노라고 말하는 듯, 탑의 꼭대기에 환영의 불이 일렁이고 있었다.

아우우!

늑대의 울음소리가 성벽 밖에서부터 길게 울려 퍼졌다. 몇십 년 동안 수도에서는 씨가 말라 있던 늑대의 울음소리였다. 그것도 한두 마리의 것이 아니라 수십 마리의 울음소리에 성 안은 패닉에 빠졌다.

"저것들이 성벽을 타고 올라온다! 안으로 들어오게 두어선 안 돼! 모두 죽여!"

"젠장! 어, 어디서 온 녀석들이야!"

"도망가지 마라! 짐승일 뿐이다! 성을 지키고, 주민들을 지켜!"

"정신 똑바로 차려! 이것들은 북방의 늑대들이다!"

경비대는 매일매일이 전쟁이었다. 진짜 전쟁은 거의 치러본 적 없던 하급 귀족의 자제들이거나, 실력 없는 기사들로 구성되어 있던 왕궁 경비대는 요 며칠 사이 그 수가 반으로 뚝 줄어버렸다. 죽거나, 다친 이들 말고도 저택에 숨어서 나오지 않는 한심한 기사들이 있기 때문이었다.

그런데 그 모자란 숫자를 리츠가의 검사들이 채워주고 있었다. 하나같이 용맹하고 실력 있는 자들이었다. 리츠의 가주가 양성한 실력자들을 직접 보내어 그들을 보호하고 지켜주고 있는 것이었다.

성벽을 지키러 달려가는 기사들의 발소리가 지적을 울렸다. 오늘도 몰려든 괴수들과 한바탕 전쟁을 치르기 위해 정신이 없는 왕궁이었다. 갑작스럽게 나타난 거대한 늑대 무리에 평소보다 더더욱 큰 혼란이 궁 안을 채웠다.

그사이, 에일린 일행은 의식의 탑 앞에 도착해 있었다. 앞에 도달한 세 사람은 바로 탑의 꼭대기로 직행하지 않았다. 대신 그들은 지하의 감옥을 향해 내달렸다.

"들어가기 전에 우선 이것부터."

탑으로 들어가기 직전, 리엔나는 남아 있는 신비한 가루를 에일린과 카잔의 머리에 탈탈 털어주었다. 왜 당신은 하지 않느냐 묻는 에일린을 향해 리엔나는 그저 수줍게 웃으며 대답을 미뤘다.

어두운 지하 계단, 층층이 쌓여 있는 돌계단을 내려가면서도 일행은 발소리 하나 내지 않았다. 불빛 하나 없는 곳이었기에 어둠에 눈이 밝은 카잔이 앞에 섰다. 형형히 빛나는 그의 눈동자가 면밀히 주변을 살피더니 굳게 닫혀 있는 철문 앞에 멈춰 섰다.

차랑. 두꺼운 자물쇠를 잠시 살펴본 카잔이 허리에 차고 있던 검을 꺼내 들었다. 본래 그의 것은 아니었고, 첸의 저택에 있던 것을 하나 빌려 온 것이었다.

"물러서."

그의 경고에 에일린이 리엔나를 보호하듯 제 등 뒤로 막아 세우며 두어 발자국 뒤로 물러났다. 잠시 거리를 가늠하던 카잔이 검에 날을 세워 힘껏 휘둘렀다. 바람을 찢는 소리가 들릴 만큼 빠르고 힘이 넘치는 검이었다. 곧 쨍- 하는 소리와 함께 두꺼운 쇠뭉치가 반으로 쪼개졌다. 깔끔하게 떨어지는 자물쇠를 확인한 카잔이 닫혀 있는 철문을 열었다.

끼이익- 습기로 녹이 슬어 있던 철문이 시끄러운 소리를 내며 열렸다. 철문 안의 감옥은 복도와는 다르게 달빛으로 인해 제법 환하게 밝았다. 덕분에 벽에 매달려 있는 안타까운 형상의 왕자가 고스란히 일행의 눈에 들어왔다.

"……!"

놀란 리엔나가 숨을 헉 하고 들이켠 채 사뮤엘을 향해 달려갔다. 하지만 두꺼운 쇠사슬을 그녀의 힘으로 풀어내는 것은 불가능했다.

"이, 이것 좀 풀어주세요. 빨리요!"

리엔나가 발을 동동 구르며 카잔에게 애원했다. 카잔이 칼등으로 쇠사슬을 때려 부수자 축 늘어져 있던 왕자의 몸이 털썩 바닥으로 떨어졌다. 아주 잠시 의식을 잃었던 사뮤엘이 그제야 정신을 차리고 눈을 떴다.

"왕, 왕자님! 괜찮으세요? 저 리엔나입니다."

"……리엔나."

그녀를 알아본 사뮤엘이 희미하게 웃으며 고개를 끄덕였다. 크게 다친 곳은 없었지만 정신적인 고문을 오랫동안 당해왔던 탓에 얼굴이 해쓱하고 파리하게 질려 있었다.

"네가 왔다는 것은……."

사뮤엘은 말을 잇지 못한 채 그저 떨리는 눈을 돌려 옆을 돌아봤다. 가장 먼저 보인 것은 감정 없는 눈으로 그를 바라보고 있는 잿빛 눈의 사내였다.

"당신이로군."

그와 눈이 마주치자 사뮤엘은 가만히 누워 있을 수가 없었다. 오랫동안 매달려 있던 탓에 온몸이 저리고 아파왔지만, 사뮤엘은 꼿꼿하게 몸을 일으켜 카잔을 바라봤다. 달빛에 반사된 붉은 눈이 제 앞에 태산처럼 서 있는 사내를 말끄러미 바라보고 있었다.

카잔은 에일린과 똑같이 붉은색으로 변해버린 왕자의 눈을 복잡한 심경으로 응시했다.

'이자인가…….'

에일린은 카잔의 것이었다. 카잔이 그녀의 것인 것처럼 두 사람은 서로에게 철저히 자신을 내어주고, 소유했다. 마음을 섞고, 살을 섞고, 매일 밤 온기를 나눴다. 하지만 그가 소유하지 못한 단 하나의 것, 그녀의 꿈에 사뮤엘이 들어섰다.

씁쓸했지만 카잔은 옹졸하게 그것을 질투하지 않기로 했다. 이 사내 또한 그녀의 꿈에서 마냥 행복하지 않았을 테니……. 더군다나 그가 감수한 그 모든 고통은 에일린을 위한 것이지 않은가. 이 왕자에게 카잔이 해줄 수 있는 유일한 것은 무관심이었고, 그랬기에 카잔은 일부러 평소보다도 더욱 무덤덤한 모습을 가장했다.

"……."

"……."

두 사내에게는 그 어떤 대화도 필요하지 않았다. 그저 잠시 복잡한 눈으로 서로를 응시할 뿐이었다.

거대한 카잔의 그림자 뒤로 스르륵 자그마한 뒤통수가 튀어나온 것은 그 순간이었다. 붉은 머리카락을 귀밑으로 자른 동그란 단발머리, 호기심과 두려움이 짙게 깔려 있는 타는 듯한 두 눈동자가 사뮤엘을 바라봤다.

"아……."

눈이 마주친 순간, 사뮤엘은 저도 모르게 입술을 벌려 신음 섞인 한숨을 흘렸다. 그러곤 차마 눈을 떠 바라볼 수 없는 태양을 보듯 질끈 눈을 감았다. 감은 눈두덩이 위로 방금 보았던 에일린이 영상이 빙글빙글 돌며 선명해졌다. 가슴이 지끈지끈 아파왔다.

그러는 사이 망설이던 에일린은 사뮤엘을 향해 한 걸음 성큼 다가섰다.

"괜찮아요?"

그녀가 다가온 만큼 그녀의 향기가 사뮤엘에게로 생생하게 밀려들어 왔다. 꿈도, 환상도, 환영도 아닌 살아 있는 진짜 그녀의 향기였다.

이제껏 왕비가 그를 고문하려 했던 그 어떤 정신적 고문보다 더욱 극심한 통증이 그의 가슴을 관통했다. 숨을 쉬기 어려울 정도의 격통이었다. 바라왔던 그녀는 그가 그려왔던 것보다 수 배, 수천 배 사랑스러웠다. 발그레하게 물이 든 저 흰 뺨은 만지지 않아도 보드라울 것이었고, 바람에 결결이 흩날리는 머리카락은 분명 손가락 사이를 빠져나가는 고운 모래처럼 환상적인 촉감을 가지고 있겠지. 눈동자 위에 차양을 드리운 속눈썹은 어떤가. 눈을 감았다 뜰 때면, 웃을 때면 파르르 떨려 숨이 막히도록 황홀한 그림자를 만들어내지 않겠는가.

"에일린, 드디어 너를 만났구나."

하지만 그 모든 게 그의 것이 아니었다.

"……드디어 너를."

그는 멀리서, 아주 멀리서 그녀에게 드리워졌던 제 삶을 비켜주기를 선택했다. 곁에서 그녀를 지켜주기로 한 것이 아닌 자신의 뜻을, 그리고 그녀의 미래를 지켜주기로 선택한 것이다. 그러니 그녀의 실체는 제 것이 아니었다. 그것을 인정하며 사뮤엘은 미소를 띠었다.

빼앗겼지만 빼앗지 않았고, 내어주었지만 내어주지 않았다. 에일린, 너는 나의 실체 없는 연인이다.

"우리, 만났었죠?"

에일린이 먼저 용기를 내어 왕자를 향해 물었다. 왕자는 긍정도 부정도 아닌 모호한 미소로 그녀를 바라보기만 했다. 가만히 바라보기만 하던 사뮤엘은 용기를 내어 손을 뻗었다.

그 갑작스러운 손길에 에일린이 움찔 놀라는 기색을 보였다. 에일린의 뺨을 향해 가는가 싶던 사뮤엘의 손끝은 짧아진 그녀의 머리카락을 살짝 매만지다 힘없이 떨어져 내렸다.

"잘랐네. 길어서 예뻤는데."

사뮤엘은 아무렇지 않은 듯 중얼거렸지만 에일은 잘게 떨리는 그의 눈동자를 보고 말았다. 살짝 미안한 마음이 들었다. 그래서 저도 모르게 밑으로 떨어진 왕자의 손을 잡아주었다.

"아, 저기."

사뮤엘은 놀란 얼굴로 그녀를 바라봤다. 뒤통수에 꽂히는 카잔의 눈길도 느껴졌다.

내가 이 손을 왜 잡은 거지?

딱히 그 손으로 무엇을 하려는 것은 아니었다. 그냥, 그 손을 잠시 잡아주고 싶었을 뿐이었다. 에일린이 뭐라 할 말을 찾아 허둥거리자 당황한 그녀의 마음을 눈치챈 사뮤엘이 먼저 그녀의 손을 놓았다.

"고맙다."

다 알고 있다는 듯, 네가 무슨 마음인지 알고 있다는 듯 그는 아름다운 미소로 화답해주었다.

"지금 그렇게 감상에 젖어 청승을 떨 때가 아닐 텐데, 왕자?"

그때였다. 캄캄한 어둠 속에서 누군가 불쑥 튀어나와 감옥 안의 정적을 깨트렸다.

어둠을 응시하던 카잔은 신음을 흘리며 이마를 짚었다.

"할멈, 당신이 어떻게 여기에……."

타르카지오의 할멈이 어둠 속에서 형형한 눈을 빛내며 나타난 것이었다. 비단 놀란 것은 카잔뿐이 아니었다. 그보다도 훨씬 놀란 듯한 사뮤엘이 잔뜩 굳은 얼굴로 할멈을 노려봤다.

"당신은 그때."

"지금 내가 누구이고, 어떻게 여기 있는지는 별로 중요한 게 아니야. 그것보다 네놈들을 찢어 죽이기 위해 달려오는 계집을 어떻게 막는지가 중요한 게지."

"……왕비가 오고 있나."

사뮤엘은 왕비를 떠올리자 피곤한 듯 마른 얼굴을 쓸어내렸다.

"자, 이러고 있을 시간이 없어. 얼른 움직이거라. 여기서 잡히면 너도, 에일린도 끝이야!"

매서운 으름장을 놓으며 할멈은 다시 어둠 속으로 사라졌다. 그녀의 정체에 대한 의구심이 다시 한 번 카잔을 괴롭혔지만 그는 지금 제 의구심에 응답해줄 시간이 없었다.

"가자."

카잔은 에일린의 손을 잡고 달렸다. 사뮤엘도 지친 몸을 이끌고 그들의 뒤를 바짝 따라붙었다. 이제 진짜 마지막이 다가오고 있는 것이다. 이 고단한 삶도, 저주도, 사랑도 조금만 있으면 깨끗하게 정리할 수 있었다.

'조금만, 조금만……'

사뮤엘은 에일린의 뒷모습에서 눈을 떼지 못한 채 부단히 제 미련을 깎아내고 깎아냈다. 그래서 그랬던 것일까. 그는 어느 순간 제 곁에서 스윽 사라진 그 존재를 조금 늦게 눈치채고 말았다.

지하를 빠져나와 나선형 탑의 계단을 따라 위로 오르던 그가 우뚝 멈춰 섰다. 곁이 허전했다. 있어야 하는 그 사람이 없었다. 앞서가는 것인가 싶어 앞을 보고, 뒤처지는가 싶어 뒤를 돌아봤지만 그녀는 거기에 없었다.

"리엔나? ……리엔나!"

사뮤엘은 난간을 붙잡고 계단 아래를 내려다봤다. 계단 아래 밖으로 나가는 문을 향해 뛰어가는 자그마한 몸뚱이가 보였다. 그것은 당연히 리엔나였다.

"리엔나! 거기 서! 어디 가는 거야!"

"먼저 가세요, 왕자님. 곧 뒤따라갈게요! 제가 왕비를 유인하겠습니다. 조금이라도 시간을 벌어드릴게요. 꼭, 꼭 위로 올라가세요!"

"그게 무슨 소리야! 안 돼. 안 돼. 리엔나! 너무 위험해!"

사뮤엘은 리엔나를 향해 손을 뻗으며 소리쳤지만 그녀는 이미 문밖으로 나간 후였다.

"후, 후후."

밖을 향해 뛰쳐나가면서도 리엔나는 지금 몹시도 기뻤다. 마치 타들어갈 것을 알면서도 뛰어 들어가는 불나방처럼 그녀는 지금, 이곳에서 제 죽음을 직감했음에도 기꺼이 불구덩이 아래로 뛰어들었다.

어쩔 수 없는 선택 따위가 아니었다. 기꺼이, 기꺼이 당신을 위해 이 한 목숨을 내어드리기로 이미 수년 전부터 결심해왔던 일이기에 가능했다. 사뮤엘이 죽으면 그녀의 삶도 거기서 끝이었다. 그가 태어난 날부터 평생을 함께했고, 평생을 제 손으로 지켜낸 왕자였다.

마지막까지 이 몸이 당신을 위해 쓰일 수 있다면 기껍게 죽음을 향해 뛰어들 수 있었다. 리엔나는 뒤집어쓰고 있던 로브를 벗어 던졌다. 눈이 부신 붉은 머리카락이 달빛 아래 쏟아져 나왔다. 마치 정말 자신의 머리카락인 것처럼 그녀의 눈앞을 가리고 드는 그것에 그녀는 감히 배덕한 기쁨으로 몸서리쳤다.

거짓으로나마 사뮤엘의 운명의 짝이 되어보고 싶었다. 단 한 번도 소리 내어 토해본 적 없는, 항상 숨겨왔던 이 마음에 마지막 보상을 내리고 싶었다. 비록 거짓이라도, 찰나일 뿐이라도 나 또한 당신의 반려이고 싶었으니까.

힐끗 돌아본 리엔나의 눈에 왕비가 달려오는 게 보였다. 리엔나의 입에서 불만 섞인 한숨이 쏟아졌다.

아아, 너무 짧잖아. 조금 더 누리고 싶었는데.

검은 말을 타고 왕비가 달려오는 게 보였다. 리엔나는 뒤돌아서서 탑 위로 높이 솟구쳐 오른 거대한 달을 바라봤다. 마치 달이 그녀에게 말을 거는 듯 그녀의 시선을 압도하며 일렁였다. 그 언젠가 아주 먼 옛날, 저주가 시작되었던 날도 저렇게 거대한 달이 탑에 걸려 있었다고 했더랬지. 그 빌어먹을 저주가 종결되기 딱 좋은 밤이라 생각하며 그녀는 조용히 눈을 감았다.

리엔나가 뛰쳐나간 후 사뮤엘은 서둘러 벽면에 자그마하게 뚫려 있는 창문을 향해 뛰어갔다. 탑 밖으로 훨훨 뛰어가는 리엔나가 보였다. 그녀는 뒤집어쓰고 있던 검은 로브를 벗어젖혔다. 그러자 눈이 부신 붉은 머리카락이 달빛 아래 찬란하게 드러났다.

"설마……."

사뮤엘의 눈동자가 급격하게 팽창되었다. 단 며칠 사이에 짧아진 에일린의 머리카락……. 유인…….

"에일린의 머리카락으로 가발을 만들어달라 하더니, 이런 이유였군."

"……리엔나."

카잔과 에일린은 당황한 얼굴로 멀어지는 리엔나를 바라보고 있었다. 마치 그녀의 것인 양, 에일린의 머리카락을 제 머리 위에 눌러쓴 채 리엔나는 기쁜 듯이 뛰어가고 있었다. 한 치의 망설임도 없이, 뒤돌아봄도 없이 그렇게 죽음을 향해 기쁜 듯이 달려가고 있었다. 때마침 저 멀리서 사병들을 끌고 달려오는 왕비가 보였다.

"저 계집을…… 잡아!"

달려가는 리엔나를 발견한 왕비가 소리쳤다. 저 멀리 있는 리엔나를 잡기에 병사들의 걸음은 터무니없이 굼떴다. 결국 왕비가 움직였다. 그녀는 검은 그림자를 말처럼 타고 멀어져 가는 리엔나를 순식간에 따라잡았다.

사뮤엘은 눈을 질끈 감은 채 뒤돌아섰다. 이미 리엔나는 멀어졌고 그들에겐 시간이 없었다. 여기서 망연히 그녀가 희생되는 것을 지켜보고 있기만 한다면 리엔나의 용기가, 결심이, 희생이 한낱 구경거리로 전락해버리고 마는 것이었다.

"……갑시다."

망설이는 에일린을 이끌고 사뮤엘은 발걸음을 재촉했다. 부러 창밖을 더욱 보지 않았다. 귀를 막고, 눈을 막고, 그녀가 잘못되는 모습은 보지 않았다.

공기처럼, 따듯한 차 한 잔처럼, 유모처럼, 여동생처럼, 친구처럼, 충직한 신하처럼 리엔나는 그에게 필요한 모든 것을 주었다. 그는 그녀가 필요로 했던, 간절히 원했던 단 한 가지도 주지 못했는데…….

'곧 따라갈게, 리엔나.'

사뮤엘은 탑의 꼭대기를 향해 숨도 쉬지 않고 달렸다.

탑의 꼭대기는 폐쇄되어 있지 않았다. 원형의 방을 둘러싸고 있는 수많은 기둥과 그 위를 덮고 있는 지붕만이 있을 뿐이었다. 본래 기둥 사이로 벽이 있었지만 부서지고 무너져 아예 없애버렸다.

기둥과 기둥 사이로 수많은 커튼이 안개처럼 흩날리고 있었다. 만월의 달이 빛을 쏟아부었고 그 빛이 고스란히 탑에 비치되어 있는 거대한 침상 위를 빛내고 있었다.

무엇을 위한 이부자리인지는 모르겠으나 깨끗하고 반듯하게 깔려 있는 이부자리 위로 에일린의 팔뚝만 한 단검이 덩그러니 놓여 있었다. 작고 아름다운 칼이었다. 하지만 칼에서부터 섬뜩한 한기가 느껴졌다.

'이상해.'

에일린은 탑의 꼭대기에 올라오자마자 심장이 요란하게 뛰어대는 것을 느꼈다. 사랑하는 이를 보거나, 달리기를 심하게 했을 때처럼 뛰는 게 아니었다. 심장은 불안하게 뛰어댔다. 마치 이곳에서 어떤 끔찍한 일이 벌어졌는지를 아는 것처럼 심장이 먼저 반응하며 그녀에게 이곳에서 벗어날 것을 종용하고 있었다.

'하지만…… 난 도망가지 않을 거야.'

에일린은 마른 입술을 바짝 힘주어 주먹을 쥐었다. 에일린의 불안한 마음을 알기라도 하는 듯 뒤에서부터 그녀를 감싸는 따스한 온기가 느껴졌다.

"걱정하지 마. 무슨 일이 있어도 내가 널 지켜줄 테니."

항상 들어왔던 말이었고, 언제나 믿어 의심치 않는 말이었다. 하지만 새삼스럽게 마음이 안정되어 가는 것을 느끼며 에일린은 제 어깨를 감싸는 그의 손등에 가만히 입을 맞췄다.

세 사람 사이로 가볍게 숨을 고르는 침묵이 지나갔다. 먼저 침대 위로 다가가 단검을 집어 든 사뮈엘이 에일린을 가까이로 불러들였다. 에일린은 침착한 걸음으로 사뮈엘에게 다가갔고, 카잔은 한 걸음 뒤로 물러서 그들을 지켜봤다. 이 저주의 주인공은 저 두 사람이기에, 두 사람의 시간이 필요했음을 그는 잘 알고 있었다.

"에일린."

"네."

저가 부르면 에일린이 대답한다는 것이 이토록 감격스러운 일 일 줄이야. 사뮤엘은 씁쓸한 미소를 삼키며 들고 있던 단검을 에일 린의 손에 쥐여주었다. 그에게 칼을 건네받은 에일린의 손은 차갑 게 질린 채 살짝 떨고 있었다.

"괜찮아. 떨지 마."

사뮤엘이 에일린을 안심시켰다. 에일린은 저와 같은 사뮤엘의 붉은 눈동자를 들여다보며 물었다.

"……무서워요. 당신은 무섭지 않은가요?"

"뭐가 무섭지? 나에게 무서운 건 이 저주에 휘말려 너를 죽이는 일이야. 그리고 그 끔찍한 힘이 이후에도 계속 이어져 끝없이 같은 실수를 반복하는 것이야."

"억울하지 않나요?"

"전혀. 이 순간만을 기다려 왔어. 나의 죽음은 나의 선조가 저지 른 끔찍한 실수의 죗값으로 바쳐질 거야. 그리고 그 고귀한 대가로 나는 사랑하는 너를 살릴 수 있는 것이지."

탑을 올라오는 요란한 발소리가 들렸다. 왕비의 쇳소리 섞인 비 명도 들려왔다. 카잔은 꼭대기 방으로 들어서는 문을 닫은 채 막아 섰다. 두 사람의 대화는 아직 끝나지 않았으니.

"널 정말 사랑했다. 에일린."

"……."

그의 눈은 진실되었다. 그랬기에 되돌려줄 수 없는 그의 사랑이 그저 미안하기만 했다. 사뮤엘은 그런 에일린의 마음을 고스란히 읽을 수 있었다.

"날 사랑하지 않는 널, 난 참 많이 사랑했다."

"……미안해요."

"아니야. 전혀 미안해하지 마. 지금 와서 생각해보니 네가 날 사랑하지 않아 얼마나 다행인지 모르겠다."

사랑하는 사람을 죽이게 만드는, 그런 잔인한 일을 하지 않아도 되잖아.

쿵! 쿵! 쿵! 문이 흔들렸다. 카잔이 문을 막아섰지만 거센 폭풍처럼 흔들리는 문이 부서지는 것은 시간문제였다. 시간이 정말 얼마 남지 않았다. 하지만 카잔은 저 두 사람을 재촉할 수 없었다.

"……이 저주를 끝내는 마지막 키워드는 희생. 오만하고 거만한 황금의 일족이 자신의 모든 것을 포기하고 그 삶마저 사랑하는 여인에게 내어주고 홀로 죽을 수 있는 희생."

사뮤엘은 에일린의 손에 들린 칼을 제 심장 위로 바짝 들이밀었다. 날카롭고 예리한 검 끝이 박동하는 그의 심장을 향해 조금씩 전진했다.

"아, 아아. 흑……."

에일린은 기어이 울음을 터트렸다. 제 의지라고 하기엔 사뮤엘의 힘이 더 많이 작용하고 있었다. 그는 그녀의 손을 잡고 기꺼이 자신의 심장을 가르고 있는 중이었다.

"드디어 이 저주에서 해방될 수 있어."

"나, 난 못 하겠어요. 못 하겠어요, 사뮤엘."

그의 가슴 아래로 피가 흘렀다. 덜덜덜 떨리는 에일린의 손 위로 겹쳐진 사뮤엘의 손에 더욱 큰 힘이 실렸다.

쿨럭. 아름다운 왕자의 얼굴에 기쁨의 고통이 어려 있었다. 칼에 찔린 것은 그이건만 왜 에일린 손에서 점점 힘이 빠지는 것일까.

"망설이지 마. 날 오래도록 아프게 하지 마. 단숨에, 아주…… 단숨에 날 죽여줘야지."

"흑, 흑……. 흐윽."

점점 힘이 떨어지는 사뮤엘의 목소리에 에일린은 정신을 번쩍 차렸다. 이미 검은 그의 살을 가르고, 피를 마시고 있었다. 여기서 그녀가 주춤한다면 그는 더욱 오랜 시간을 괴로워할 뿐이었다. 그녀는 눈물을 뚝뚝 흘리며 입술을 앙다물었다. 그리고 저를 다정한 눈으로 바라보고 있는 사내의 가슴을 단번에 꿰뚫었다.

푸욱!

"……흡!"

아주 잠시 그의 동공이 팽창되었다. 상상해보지 못한, 상상할 수 없는 극심한 뜨거움에 정신이 흐릿해졌지만 마지막 힘을 쥐어짜 에일린을 향해 미소 지었다.

잘했다는 듯 그녀를 향해 다정한 미소를 보이는 사내. 마지막까지, 정말 마지막까지 그녀를 미안하게 만드는 사내.

그의 이름은 사뮤엘, 엑시움 왕국의 마지막 왕자였다.

17. 백색 왕궁(WHITE PALACE)의 붕괴

칼을 휘둘러본 적이 있는가? 그 칼로 살아 있는 누군가의 뼈와 살을 갈라본 적 있는가? 그 가슴에서부터 용솟음치는 새빨간 피의 뜨거움을, 그것을 느껴본 적 있는가? 그 피의 주인이 조용히, 아주 오랫동안 자신을 사랑하던 남자의 피라는 게 너무나도 끔찍하고 슬픈 일이라는 것을 아는가.

살이 찢겼다. 마음이 찢겼다. 세찬 바람에 붉은 머리카락이 바람에 흩날렸다.

털썩, 사뮤엘의 고개가 그녀의 어깨 위로 떨어졌다. 어깨 위에 닿은 그의 얼굴은 아직 살아 있는 것처럼 부드럽고 따스하기만 했다.

"흐……. 아아……."

에일린은 가눌 수 없는 눈물을 후드득 흘려보냈다. 마지막까지 자신을 보며 웃던 사뮤엘의 미소가 떠나지 않고 눈앞을 어른거렸다. 가슴 한구석이 터져버린 듯 저릿저릿하게 아파왔다.

"아아아!"

에일린의 비명 섞인 울음소리가 공간을 쩌렁쩌렁 울렸다. 온몸이 뜨거워지면서 머리가 타들어갈 듯 아파왔다. 피가 모두 기화되어 하늘로 날아가버릴 듯 절절 끓는 열에 그녀는 지금 제대로 호흡할 수조차 없었다.

"아아악!"

울컥 치솟는 억울함이, 분노에 에일린은 정신을 차릴 수가 없었다.

'왜, 왜 죽어야 해. 왜! 왜!'

우리는 잘못한 것이 없었다. 우리는 죽을 만큼, 서로를 죽여야 할 만큼 잘못한 것이 없었다.

"왜에에……!"

그녀의 악에 받친 비명에 세상이 공명했다. 그러자 신묘한 일이 벌어졌다. 사뮤엘과 에일린의 주변으로 반딧불이를 닮은 붉은 빛이 송골송골 피어올라 왔다. 그러더니 잘게 쪼개져 빛의 가루가 되었고 바람을 타고 주변으로 끝도 없이 퍼져 나갔다.

카잔은 그 경이로운 광경을 눈 한 번 깜빡이지 않고 모두 지켜봤다. 그의 작은 에일린이 저주받은 운명의 손에서 빠져나오는 그 광경을 그는 단 한순간도 놓치고 싶지 않았다.

쿠오오오오! 곧 그들이 서 있는 탑이 흔들릴 만큼 땅이 진동했다. 카잔은 지진이라도 일어나는 건가 잠시 착각했지만 곧 사방에서 들려오는 괴수들의 포효에 땅울림의 정체를 파악했다.

탑 꼭대기에 있던 탓에 주변이 훤히 보였다. 하얀 먼지와 소란한 숲의 움직임 뒤로 수천 마리의 괴수가 몰려오고 있었다.

몰려들어오는 괴수와 짐승들의 무리에 수도가 혼란에 빠진 것이 느껴졌다. 불길이 치솟았고, 사람들의 비명이 왕궁까지 전해졌으니까.

에일린의 극심한 분노와 사뮤엘의 죽음에 의한 충격이 괴수들을 미쳐 날뛰게 만들고 있는 듯했다. 카잔은 만약의 사태를 위해 긴장감을 극으로 끌어 올려놓았다. 무슨 일이 있어도 그녀를 지켜야 했으니까.

"에일린."

하염없이 눈물을 흘리고 있는 에일린의 모습에 카잔은 제 가슴이 더 아파왔다. 다른 사내를 끌어안고 저리도 우는 모습이 씁쓸했지만 그것보다도 더 그를 아프게 하는 것은 그녀가 슬피 흐느낀다는 것, 그 자체였다.

사나운 운명에 할퀸 에일린이 그저 한없이 안타까웠다. 그는 두 팔을 활짝 열어 그녀를 힘껏 안아주었다.

"안 돼에에에에!"

쾅 소리가 들린다 싶더니 두꺼운 철문이 열리고 새하얗게 질린 얼굴의 왕비가 나타났다. 그녀는 부들부들 떨리는 손가락을 들어 피칠갑을 한 채 쓰러진 사뮤엘을 가리키며 중얼거렸다.

"주, 죽었어? 죽은 거야? 하! 말도 안 돼!"

카잔은 여자의 상태가 심상치 않다고 느꼈다. 아마 저 여자가 이상한 힘을 쓰던 그 왕비 같았다. 번들거리는 눈동자에 광기를 머금은 채 왕비가 비틀비틀 다가왔다. 뭔가 심상찮았다.

카잔은 재빨리 에일린을 안아 들고 뒤로 물러났다. 그녀의 품에서 떨어진 사뮤엘의 몸이 바닥을 향해 힘없이 무너져 내렸다. 사뮤엘의 주검 앞에 선 왕비가 새된 목소리로 소리쳤다.

"진짜 죽어버렸잖아! 내, 내가 몇 년을 기다려왔는데……. 내가, 내가 이 몸을 가지려고!"

왕비의 얼굴이 참혹하게 일그러졌다. 그녀는 분노를 참을 수가 없는 듯 길게 기른 손톱으로 제 머리카락을 쥐어뜯었다. 그 괴기스러운 모습에 카잔은 눈살을 찌푸리고 말았다.

이를 바득바득 갈며 씩씩대던 왕비의 고개가 에일린을 향해 휙 돌아섰다. 에일린의 몸 주변으로 부유하고 있는 붉은 빛의 가루들이 무엇을 뜻하는지 왕비는 알아챘다.

"네년이 망쳤구나! 네년이 기어이, 기어이 일을 망쳤어!"

분노를 참을 수 없던 왕비는 몸을 부들부들 떨더니 매서운 속도로 에일린을 향해 달려들었다. 길게 뻗어 나온 날카로운 손톱이 에일린의 목을 잘라버릴 듯 무섭게 달려들었다.

챙! 하지만 그녀의 공격은 에일린에게 닿기 한참 전에 막혀버렸다.

"여기서부터는 나의 몫인 것 같군."

카잔의 검이 그녀의 손톱을 단숨에 비껴 친 것이다. 왕비는 제 앞을 가로막은 사내를 보며 헛웃음을 내보였다. 겨우 인간 검사 하나가 그녀를 막으려 하다니! 분수를 몰라도 한참 모르는 것 같았다.

"날 막을 수 있을 것 같아? 하! 너부터 죽여주지!"

왕비의 그림자가 촉수가 되어 카잔을 덮쳤다. 하지만 그림자의 움직임보다 카잔의 움직임이 압도적일 만큼 빨랐다. 그는 재빨리 왕비의 뒤로 가 검을 길게 내리그었다. 하지만 겨우 그런 것에 당할 왕비가 아니었다.

"흥! 빠른 것은 인정해주지! 하지만 그따위 것으로 날 절대 죽일 수 없어!"

분명히 그의 검이 그녀의 복부를 찌르고 지나갔지만 왕비는 전혀 타격을 받은 것 같지 않았다. 도리어 그녀는 촉수를 이용해 카잔의 목덜미를 칭칭 감아 들어 올렸다. 강인한 힘이 카잔의 목을 부러트릴 듯 억세게 휘감았다.

"……큭!"

이를 악물며 버티던 카잔은 들고 있던 검을 왕비의 어깨를 향해 던졌고, 왕비는 어깨에 검을 꽂은 채 그대로 뒤로 주욱 밀려났다.

"크윽, 후우, 후우!"

정신 똑바로 차려야겠어. 결코 만만치 않아. 카잔은 숨을 몰아쉬며 비틀거리는 왕비를 응시했다. 어깨에서 거치적거리는 카잔의 검을 뽑아 던진 왕비가 히죽 웃으며 다시 카잔을 몰아붙이기 시작했다.

쾅! 쿠웅! 쾅! 카잔과 왕비의 격돌로 탑의 기둥이 곳곳에서 부서졌다. 왕비를 따라 위로 올라왔던 병사들은 두 사람의 엄청난 전투에 주춤 뒤로 물러나고 말았다.

저 둘은 그들이 감당할 수 있는 인물이 아니었다. 저 둘의 전투만으로도 탑이 무너질 거 같은데 밑에서는 괴수와 짐승들이 몰려와 땅이 흔들리고 있었다. 왕궁의 숲이 흔들리고 있었다. 괴수들의 목적지는 의식의 탑인 듯했다.

"이, 이쪽으로 오는 것 같은데?"

"……도망가자!"

병사들은 헐레벌떡 그 자리를 도망쳤고, 그곳엔 이제 싸우고 있는 카잔과 왕비, 기절 직전의 에일린과 사뮤엘의 주검만이 남아 있었다.

 카잔은 숨을 고르며 왕비와 자신의 힘을 가늠해봤다. 이렇게 버거운 상대는 처음이었다. 인정하긴 싫었지만 자신이 조금 밀리고 있는 상황은 변명할 수 없었다.

 "에잉……. 그렇게 해선 안 돼, 이놈아! 실컷 약점을 알려줬는데 써먹지도 못하고 개죽음을 당할 작정이냐."

 그즈음 되자 익숙한 목소리가 카잔을 향해 호통쳤다. 여느 때처럼 불쑥 나타난 할멈이 왕비를 손가락질하며 혀를 차고 있었다.

 "저년이 두려워하는 것은 늑대라고 내가 몇 번을 말해!"

 "아악! 저 망할 망령이!"

 왕비의 손톱이 할멈을 향해 뻗어 나왔다. 손톱의 공격에 할멈의 몸이 흐릿하게 사라졌다 다시 나타났다.

 할멈은 낄낄낄 웃더니 순식간에 제 몸을 늑대로 변하게 만들었다. 순간 반사적으로 왕비의 몸이 굳어졌지만 곧 정신을 차리고 할멈의 환영을 할퀴었다. 그러나 실체가 없는 그녀의 몸은 왕비의 공격에 타격을 입지 않았다.

 지척에서 땅이 울렸다. 성벽을 넘은 짐승들이 탑 근처까지 다와 있었다. 이대로 있다면 탑이 무너지든가, 수천 마리의 괴수에 꼼짝없이 파묻히게 생겼다.

 할멈의 말대로 이대로는 있을 수 없었다. 이를 악문 카잔은 칭칭 감아놨던 팔의 붕대를 풀어버렸다. 저가 먼저 제 안의 통제를 끊어낸 것은 처음이라 잘될지 장담할 수 없었다.

'하지만 해야 돼.'

평생을 도망치고 숨기려 했던 광폭한 짐승, 그것을 스스로 불러 내야 하는 날이 올 줄이야. 카잔은 잠시 숨을 고르며 차분히 힘을 끌어 올렸다. 온몸의 혈관이 터질 듯이 끓어올랐다. 심장이 비정상적으로 뛰는 것이 느껴질 때 그의 두 눈이 번쩍 떠졌다.

"……!"

'이익! 저, 저건 또 뭐야?'

왕비는 당황한 눈으로 변해가는 카잔의 모습을 쳐다봤다. 부풀어 오르는 근육, 날카로운 이빨, 거대한 발톱이 완성되었을 즈음 그는 반인반수의 모습으로 변해 있었다.

"웨, 웨어 울프?"

하지만 그녀가 알고 있던 수인과는 조금 다른 모습이었다. 인간의 몸에 꼬리와 귀만 있는 수인들과는 달리 눈앞의 사내는 완벽한 늑대의 공격성과 기백이 느껴졌다. 사람의 늑대화가 아닌, 늑대의 사람화라는 느낌이 더 강렬했다.

변해버린 카잔과 눈이 마주친 순간, 왕비는 본능적인 두려움에 몸을 떨었다. 그것은 그녀가 어찌할 수 없는 영혼에 새겨진 두려움이었다. 기질적인 힘은 그녀가 더 셀지 몰라도 그녀에게 늑대는 저를 한번 먹어치웠던 절대적인 두려움의 대상이었다.

크르르.

높이 뛰어오른 카잔이 날렵한 몸놀림으로 왕비를 몰아붙였다. 이미 한 차례 기싸움에서 밀린지라 왕비는 주춤주춤 뒤로 밀려나고 있었다. 더군다나 그의 손톱은 정말 늑대의 그것과 같아서 한번 당할 때마다 그녀에게 치명상을 안겨주었다.

'아, 안 돼. 이러다간 당하겠어. 이렇게 개죽음을 당할 순 없다고!'

궁지에 몰린 왕비는 기력이 다해 한쪽에 기대어 쓰러져 있는 에일린을 발견했다.

정신과 육체에 전해진 충격 때문인지 에일린은 반쯤 넋이 나가 있는 상태였고, 그녀의 주변으로는 희미하지만 여전히 붉은 기류가 흐르고 있었다. 그 순간 왕비의 눈이 번쩍 뜨였다.

'저거라도 흡수해야겠다!'

비록 빠져나가는 힘일지라도, 저 저주의 힘을 먹어치우면 이 패닉 상태는 벗어날 수 있을지 몰랐다. 왕비는 즉시 몸을 틀어 에일린을 향해 손을 뻗었다. 감겨 있던 에일린의 눈이 스르륵 떠지며 저를 향해 다가오는 왕비를 무감정한 눈으로 바라봤다. 지쳐 있는 눈동자는 허무해 보였지만 또한 놀라거나 두려워하는 기색도 없었다.

찰나의 순간, 왕비는 뭔가 이상함을 느꼈다. 그리고 그 기묘함의 정체는 제 등을 꿰뚫고 얼어붙어 있는 그녀의 심장을 쥐어 터트리는 무지막지한 손길을 느끼는 그때 알아차릴 수 있었다.

"……크흑!"

저년은 자신이 죽지 않는다는 것을 알고 있었던 것이다. 저를 덮쳐오는 내가 자신을 죽일 수 없다는 것을 알고 있었던 것이다. 저는 살고, 내가 죽을 거라는 걸 알고 있었기 때문에 두려워하는 기색이 없었던 것이었다!

심장이 터진 왕비는 그 자리에 털썩 쓰러져 차가운 피를 콸콸 흘려댔다.

"캬악……! 나, 난, 죽지 않아. 절대 안 죽어……!"

두 번이나 늑대에게 당할 수 없었다. 두 번이나 늑대에게 죽을 수는 없었다!

심장이 터져버려 당장은 움직일 수가 없었지만 몇 시간만 있어도 터진 심장은 회복할 수 있었다. 하지만 그럴 수 있는 시간이 없다는 게 그녀가 생각하지 못한 문제였다.

카잔은 손에 쥐고 있는 마녀의 심장을 으스러트린 채 탑 밖으로 멀리 던져버렸다. 그러곤 쓰러져 있는 에일린을 향해 피로 얼룩진 늑대의 손을 내밀었다.

"……이제 가자."

"……."

"가야 해."

몰려든 괴수들이 탑을 올라오고 있었다. 벽을 타고 올라오는 것들도 있었다. 저주받은 아쉴의 힘이 사라지고 있는 지금, 에일린은 저것들을 통제할 힘이 없었다.

에일린은 피투성이 카잔의 손을 바라봤다. 무시무시한 손톱이 올라와 있었고, 평소보다 조금 더 부풀어 오르기도 했다.

사뮤엘도, 카잔도, 심지어 저 자신도 필사적으로 이 목숨을 살리려고 노력하고 있었다.

그래, 그러니 끝까지 버둥거려 살아보자. 카잔의 말마따나 조용히, 오래오래 함께 행복하게 살아보자.

카잔이 내민 손을 바라보던 에일린은 문득 벌떡 자리에서 일어난 사뮤엘의 주검을 향해 뛰어갔다. 온기는 사라지고 냉기가 올라오고 있는 그의 아름다운 주검을 바라보며 에일린은 마지막 인사를 건넸다.

"고마워요. 살게 해줘서……."

그는 이미 들을 수 없는 인사를 귓가에 속삭인 에일린은 창백한 그의 이마 위에 입맞춤했다.

"그리고 미안해요, 나 혼자 살아서."

더 열심히, 최선을 다해 살게요. 그러니 그대 가는 길에 안녕과 평화가 있기를…….

인사를 마친 에일린은 저를 기다리고 있는 거칠고 투박한 카잔의 손을 힘껏 맞잡았다.

"이제 가요, 카잔."

"……그래, 우리 이제 가자."

카잔은 그녀를 안아 올렸다. 두 팔로 단단히 그녀를 끌어안고선 탑 밖을 향해 힘차게 도약했다. 높은 하늘이, 바람이 느껴지는 속도가 두려울 만도 하건만 에일린은 두 눈을 감지 않았다.

그들은 이제 진짜 세상 밖으로 가는 것일 테니…….

별조차도 품에 숨긴 밤하늘이 무거웠던 짐을 모두 내려놓은 연인마저도 제 품으로 끌어안았다. 그 날은 새로운 해가 뜨기 전, 엑시움의 가장 어두운 밤이었다.

폐허가 된 무너진 옛 왕궁의 터 위에도 따사로운 햇볕은 차별 없이 아름답게 흩뿌려졌다. 덕분에 날이 밝아올수록 어둠에 가려져 있던 처참한 왕궁의 모습이 가감 없이 드러나고 있었다.

하얀 벽과 기둥으로 지어져 백색 왕궁이라 불렸던 엑시움의 아름다웠던 옛 궁전은 괴수들의 시체 조각과 짐승들의 피로 검고 붉은 죽음의 터가 되어버렸고, 그로 인해 시체를 먹는다는 검은 새들이 날아들어 펼쳐진 식사 자리에 흥겹게 날개를 퍼덕거리고 있었다.

이틀 전, 그러니까 왕궁이 무너지던 날 밤, 눈을 뒤집은 채 달려온 괴수들의 무리는 일제히 왕궁으로 몰려왔다.

'저것들이 미쳐서 날뛰는구나! 우리를 공격하는구나!' 싶어 겁에 질려 도망가던 사람들은 곧 자신들을 지나쳐 정신없이 달려가는 괴수들의 무리에 기함하며 뒤로 자빠졌다.

'아니, 저것들이 왜 하나같이 궁전으로 가는 거야?'

수백, 수천의 괴수들은 마치 모두 하나의 주술에 걸린 것처럼 단 하나의 지점으로 몰려들었고, 곧 10층짜리 탑에 저들끼리 몸을 쌓고 쌓아서 위로 올라갔다. 의식의 탑은 곧 괴수들의 뭉개진 시체에 둘러싸여 무너졌고, 그 순간 새벽을 찢는 엄청난 하울링과 함께 괴수들의 전투가 시작되었다.

크르르!

크아아아!

흐악!

서로를 물어뜯고 먹어치우며 괴수들은 포효했다. 그 우렁우렁한 비명에 사람들은 모두 이불을 뒤집어쓴 채 이 끔찍한 밤이 지나기만을 기도했다.

우둔한 백성들은 저 왕궁에서 무슨 일이 벌어지고 있는지 감히 상상도 하지 못했다. 아니, 상상도 하고 싶지 않았다. 그저 저 먼 왕궁에서부터 흘러 들어오는 피 냄새가 제발 저희의 것들이 아니기를 빌고 또 비는 밤을 지냈을 뿐이었다.

영원할 것 같은 밤이 지나고 새벽이 올 때쯤, 왕궁에서부터 들려오던 비명이 조금씩 잦아들기 시작했다. 하지만 그때까지도 겁에 질려 있던 사람들은 완전히 해가 뜨고 나서야 겨우 밖으로 나올 수 있었다.

그런데 이상한 일이었다. 아침이 한참 지난 시간임에도 하늘이 까맸던 탓이었다.

'……까마귀다. 까마귀의 무리야.'

누군가 중얼거린 그 말처럼 하늘을 덮은 것은 까마귀의 무리였다. 까마귀는 왕궁으로 날아와 사체의 조각을 허겁지겁 먹어치웠다. 밖으로 나온 사람들은 그 광경을 홀린 듯 멍하니 바라봤다.

'도대체 저 안에선 무슨 일이 벌어졌던 것일까. 이 엄청난 광경은 과연 무엇을 뜻하는 것일까.'

사람들은 두려워했고, 한편으로 경외감을 가졌으며, 또 한편으로는 묘한 기대감에 몸을 떨었다.

왕궁이 무너졌다. 그 말인즉, 엑시움을 천 년이나 지배하고 이끌어왔던 천 년 왕조가 드디어 무너져내린 것이다!

'……왕궁이 무너졌어요. 왕궁이!'

지난밤, 몰려드는 괴수들의 발을 피할 길 없이 지붕 아래 서로의 몸을 감싸 안고 벌벌 떨고 있던 아이들이 가장 먼저 소리를 질렀다. 왕궁의 혜택을 단 한 번도 받지 못했던 길 위의 아이들은 새하얀 왕궁이 무너진 모습에 그저 신이 날 뿐이었다.

하지만 감히 누구도 무너진 왕궁의 터에 가볼 생각은 하지 못했다. 두려움이 그들의 발걸음을 붙잡고 있던 탓이었다.

바스락. 아무도 없이 폐허가 되어버린 그곳, 그 땅 위에 낡은 옷자락이 휘날렸다. 날개를 퍼덕거리던 까마귀들도 그녀의 등장에 서둘러 자리를 비켜줬다.

스윽, 스윽. 할멈은 느린 걸음으로 폐허 속을 걸었다. 한 걸음,

한 걸음. 그녀가 발을 옮길 때마다 구부정했던 등이 펴지며 노인의 것이라 볼 수 없는 꼿꼿하고 늘씬한 자태가 드러났다. 탑의 자리쯤 왔을 때 그녀의 발걸음이 우뚝 멈췄다.

새하얀 먼지 아래 손바닥만 한 심장의 조각이 미약하게 박동하며 뛰고 있는 게 보였다. 쯧, 혓소리가 할멈의 입술 아래를 비집고 나왔다.

"남은 육체는 하나도 없으면서 참 질기게도 뛰어대는구나."

그녀는 발을 들어 미약하게 뛰고 있는 심장을 밟아 터트렸다. 산산이 조각이 나서 뭉개질 때까지 지르밟은 그녀는 손가락을 들어 근처를 휘돌고 있는 새의 무리를 불러들였다. 다가온 까마귀들이 허겁지겁 심장 조각을 쪼아 먹었다.

왕비의 시체는 수백 마리의 짐승들이 갈가리 찢어서 씹어 삼켰다. 뼛조각 하나 남지 않을 정도로 남김없이 씹어 먹어 없애버린 덕에 왕비는 이 세상에 흔적조차 남지 않고 사라졌다. 할멈은 영롱한 호박색 눈을 들어 새로운 태양이 뜨고 있는 하늘을 올려다봤다.

'드디어 끝이로구나.'

고단함이 가득했던 얼굴에 안식이 찾아왔다. 죽어서도 죽지 못했고, 놓아주고 싶어도 놓지 못했던 이 생을 드디어 마칠 수 있었다.

"⋯⋯잘 가거라, 엑시움."

그녀는 감정이 짙어진 목소리로 중얼거렸다.

'네 시작과 끝에 내가 있었구나.'

세찬 바람이 그녀를 쓰다듬고 지나갔다. 그녀의 목에 둘러져 있던 스카프가 그 바람결에 풀어져 스르륵 하늘 위로 날아갔다. 스카프가 사라진 가느다란 목 위로 길게 베인 듯한 상처가 드러났다.

그리고 주름이 가득했던 할멈의 얼굴 위로 그 언젠가 왕의 사랑을 받았던 아름다운 왕비의 얼굴이 어리다가 사라졌다.

'부디 이 땅에는 축복이 가득하기를……. 내 어리석음에 흘려보낸 시간만큼, 흘린 피만큼, 아니 그보다 더 큰 축복이 이 땅에 내리기를.'

그녀는 피투성이 탑의 폐허 속으로 품에 안고 있던 씨앗 하나를 던지고 사라졌다. 돌무더기 아래로 마른 씨앗이 데굴데굴 굴러 들어갔다.

후에 그 씨앗은 자라나 사시사철 녹음이 우거지고 1년에 두 번씩 달콤한 과실을 맺는 거대한 나무가 되었다. 나무의 그늘은 집이 없는 이들을 보살폈고, 그 과육은 배고픈 이들의 허기짐을 달래주었다.

그리고 나무는 그들의 새로운 나라, '라티플'의 상징이 된다.

"무너진 외벽 공사가 먼저입니다. 주민들이 불안을 호소하고 있습니다. 거기다 아직 넘나드는 짐승들도 있는지라……."

"외벽도 외벽이지만 성 주민 말고 외부에 살고 있던 주민들의 피해가 만만찮습니다. 괴수들의 개체수가 엄청나게 줄어들었지만 그와 더불어 사냥꾼들이 사냥할 수 있는 사냥물들의 수도 줄어들었습니다. 서둘러 파견을……."

"귀족들은 어떻게 처리할까요? 일부 귀족들이 반발하고 나서는 듯한데……."

"타르페 가문은 견제가 아니라 협력으로 가야 합니다. 나라 복구의 재정적인 문제를 저희 쪽에서 모두 충당하긴 어렵습니다. 타르페의 협력을 받든가, 과거 권력 구조를 개선하여 나라의 재산을 돌려받아야……."

회의실 안은 시끄러웠다. 정확히 말하자면 '그날' 이후로 이곳은 단 하루도 조용할 날이 없었다. 그 중심에는 이 모든 것을 이끌고 있는 가주 렉스턴과 그를 보좌하고 있는 체니오가 있었다.

회의의 안건은 끊임이 없었고, 렉스턴과 체니오가 결정을 내려야 하는 일은 더더욱 끝이 없었다. 결국 두 사람 모두 일주일 내내 거의 한숨도 자지 못한 채 나라 안의 일을 처리했다.

권력만 있었지 그에 따르는 능력이나 경험이 없던 무능한 귀족들을 대신하여 리츠가는 모든 것을 처리했다. 피해 주민들을 위한 구호활동을 했으며, 이 틈에 나라는 엿보는 타국을 견제하는 것까지 모두 리츠 가문의 주도하에 빠르게 마무리되어 있었다.

"……타임, 나 한 시간만 자자."

체니오는 혈액이 돌지 않아 핑 돌기 시작한 관자놀이를 누르며 자리에서 일어났다. 눈이 뻑뻑하고 머리가 아파와서 도무지 집중할 수가 없었다.

"최고기록입니다. 36시간 만에 주무시는 거예요. 가주님조차도 30시간을 넘기신 적이 없는데."

체니오의 곁에서 그를 보좌하며 업무를 처리하던 파비안이 첸을 따라 자리를 일어나며 혀를 내둘렀다. 피식 웃던 첸이 뻐근한 목 뒤를 주무르며 복도로 나왔다.

"그 괴물 같은 노친네를 이겼다니. 퍽 기분이 좋네."

"하지만 1시간 휴식 후 바로 업무로 돌아가셨다 합니다."

"어련히 바쁘시겠지, 왕으로 추대되고 있다는데."

모든 것을 내다봤던 것인지 렉스턴은 곧바로 임시왕정을 수립했고, 적극적으로 무너지기 시작하는 나라의 내, 외부를 제 지휘 아래 두었다. 덕분에 빠른 시간 안에 나라가 안정되어가고 있긴 했지만 이거 원, 저 늙은 구렁이의 입으로 먹이를 가져다 바치고 있는 꼴이 된 듯해서 체니오는 영 입맛이 씁쓸했다.

"……노친네 야망이 왕좌일 줄은 몰랐는데 말이야."

"사실 그동안은 좀 지루해 보였으니까요. 그분은 태생이 맹수입니다. 먹이사슬의 최상을 차지하지 않으면 성이 차지 않는 분이시죠. 헌데 그동안은 더 올라갈 자리도, 저를 위협하는 그 무엇도 보이지 않았으니 꽤 지루하셨을 법도 하죠."

"하아, 이게 과연 잘하는 짓인지 모르겠군. 뭐, 이 혼란한 틈에 어중이떠중이가 나라를 거둬가는 것도 달갑지 않지만."

체니오는 피곤으로 수척해진 얼굴을 쓸어 넘기며 한숨을 쉬었다. 마음이 상당히 복잡했다.

"바라지 않으셨습니까. 이 나라가, 아니 그 나라가 붕괴되는 것을."

"생각했던 것보다 너무 빨랐어. 거기가 내가 생각했던 다음 왕좌의 주인은 내 할아버지가 아니란 말이다."

불만 섞인 체니오의 투덜거림에 파비안은 가만히 웃음을 지었다.

'하지만 그 자리에 그분보다 더 잘 어울리는 분은 없는걸요.'

차마 그 말을 할 수는 없었기에 웃음으로 삼킬 수밖에 없었던 것이다. 거기다 수많은 후계자 후보들을 내버려두고 제 오른쪽에 체니오를 두고 있는 렉스턴의 저의 또한 너무나 명백하지 않은가. 그것을 눈치채지 못할 체니오가 모르지 않기에 지금 머릿속이 복잡한 것이었다.

질겁하고 도망가야 하는 판이지만 해야 할 일이 많으니 도망갈 수조차 없다. 렉스턴은 체니오 안에 있는 열정을 알고 있는 게 분명했다. 또한 쓸데없이 출중한 책임감과 정의감 또한.

그랬기에 지금 3일 밤낮 동안 나라의 안정을 위해 제 한 몸을 바치고 있는 것이 아닌가. 하지만 이렇게 헌신을 하고 있는 체니오의 모습을 아니꼽게 보고 있는 자들이 있었다. 누군가 능력이 특출하고 그에 맞는 대우를 받기 시작하면 눈엣가시처럼 보이게 마련이었다. 특히, 능력이 없고 질투심만 많은 욕심쟁이들에게 말이다.

"여어, 이게 누구야? 뻐꾸기 자식 아니야?"

"……크리스."

원수는 외나무다리에서 만난다더니, 이 넓은 저택에서 하필 이 좁은 복도에서 체니오와 크리스가 마주쳤다. 크리스는 '원래라면' 체니오보다 훨씬 높은 서열 순위를 가진 자였지만 수완이 별로 좋지 않고, 낭비벽이 심해 그다지 가주의 사랑을 받지는 못하더니 지금은 거의 눈 밖으로 밀려났다.

더군다나 파비안의 계략(?)에 휘말려 타르페 가문의 미망인 마리아와 정략결혼을 앞두고 있었다.

"할아버지는 도대체 어떻게 구워삶은 거지? 아니, 그것보다 지금 쉬러 가는 건가? 미쳤군. 나는 여기까지 3일 밤낮을 달려와서 단 한숨도 자지 못한 채 나라 건립에 힘을 쏟고 있는데, 네놈은 잠이 온다, 이 말이야? 역시 기량이 안 되는 놈이 자리를 차지하고 있으면 안 되는데 말이야. 한심하군!"

체니오는 크리스가 떠들어대는 적당히 받아쳐줄까 했다가 그마저도 귀찮아졌다. 하도 잠을 자서 퉁퉁 부은 얼굴을 하고 있으면서 저가 무슨 일을 했다고.

한심하다는 듯 옅은 한숨을 내쉰 체니오가 별말 없이 그를 지나쳐 지나갔다. 그러자 열이 받은 크리스가 체니오의 어깨를 잡아채 돌렸다.

"더러운 천민의 자식이! 네놈 머릿속에 든 생각을 내가 모를 줄 알아? 어디서 네놈이 내 자리를 꿰차려고 지랄이야? 어렸을 때처럼 채찍질을 당해봐야 네가 정신을 차리지?"

크리스의 발언에 체니오의 시선을 사늘해졌다. 멍청하게도, 이쪽에서 적당히 봐줄 때가 바로 그만둬야 할 때라는 것을 모르는 모양이었다.

지금 설령 체니오가 크리스를 불구로 만든다고 해도 렉스턴은 신경도 쓰지 않을 것이었다. 권력의 구도와 형태가 바뀌는 모양도 모르고 설치고 다니다니. 체니오가 독설을 한가득 품고 입을 열려는 찰나였다.

"죄송합니다. 좀 비켜주시겠어요?"

구슬이 굴러가는 듯 낭랑한 목소리가 두 사내의 긴장감을 가르며 나타났다. 익숙한 목소리에 첸의 고개가 저도 모르게 그쪽으로 향해 돌아갔다. 은란이 두 사내를 빤히 바라보며 다시 말했다.

"지나가겠습니다."

그렇게 좁은 복도는 아니었다. 두 사람을 비켜서 얼마든지 지나칠 수 있었고, 조금 돌아가자면 얼마든지 돌아갈 수 있는 곳이기도 했건만 은란은 기어이 저 두 남자 사이를 가르고 이 사이로 가야겠다는 얼굴이었다.

"저쪽으로 돌아 가시지요."

"저는 꼭 이쪽으로 가야 합니다."

"그럼 좀 기다리십시오."

"한시가 급한지라."

한마디도 지지 않는 은란의 대꾸에 크리스가 떨떠름한 얼굴로 체니오에게서 떨어졌다. 그에 은란이 우아하지만 절도 있는 걸음으로 두 사람을 사이를 지나쳐 갔다. 그런데 그때였다.

"아악!"

크리스가 있는 목청껏 비명을 질러냈다. 은란이 지나가는 걸음으로 크리스의 발등을 있는 힘껏 밟아버렸기 때문이었다.

"오, 이런. 죄송합니다. 빈혈 때문에……."

"아니, ……아악! 또, 또 밟았잖습니까!"

"어머, 이런 실수를……."

뒷걸음을 치는 척 은란이 다시 한 번 크리스의 발등을 찍었다. 크리스가 이러지도 저러지도 못한 채 두 발을 동동 굴러댔다. 구두의 굽으로 야무지게 밟은 탓에 발가락이 부러진 듯한 고통이 밀려왔다.

"아악! 악!"

"저런, 많이 아프신가 보네요? 의사를 불러드릴게요. 알렌! 알렌! 알렌 어디 있지!"

"예, 저 여기 있습니다!"

대기하고 있던 알렌이 냉큼 튀어나와 절뚝거리는 크리스를 붙들어 섰다. 은란이 눈치로 그를 어서 이 자리에서 치워버리라고 명령하자 엄청난 힘으로 크리스를 질질 끌고 나가기 시작했다.

"아악! 자, 잠깐! 다른 고용인들은 어디 갔어? 아니, 으악!"

물론 그 와중에 틈틈이 크리스의 발등을 이리저리 찍게 만드는 것을 잊지 않으면서.

"뭐 해요?"

크리스의 그 소란한 퇴장을 지켜보고 있던 은란이 옆에서 저를 뚫어져라 보고 있는 첸을 향해 고개를 까닥 흔들며 말했다.

"얼른 들어가서 쉬지 않고."

"……내가 처리할 수 있었는데."

은란을 바라보는 첸의 눈빛이 묘하게 변했다. 지난밤을 떠올리게 만드는 그 눈빛에 은란이 흠칫 놀라며 뒤로 물러났다.

"착각하지 말아요. 난 그냥 지나가는 길이었을 뿐이니까."

"흐음."

"……파비안. 얼른 이 사람 데리고 가세요."

은란이 뺨 한쪽을 붉히며 서둘러 그 자리를 벗어났다. 그런데 그녀가 지나가야겠다는 길이 아닌 정반대 쪽의 길로 뛰어가는 것이었다. 가만히 그녀의 뒷모습을 지켜보던 첸의 입가에 씨익 미소가 올라갔다. 36시간의 고된 피로가 누군가의 등장으로 말끔하게 씻겨 내려가는 기분이었다. 잠보다 더 그를 상쾌하게 만드는 여자였다. 첸은 머릿속이 가뿐해진 것을 느끼며 발걸음을 돌렸다.

"잠자는 것은 패스. 그것보다 거기로 가자."

"어디 가시려고요?"

"어디긴 어디야, 이 사달의 주인공을 만나러 가야지."

첸이 36시간하고도 10시간 만에 에일린과 카잔을 만나러 걸음을 옮겼다.

"이 정도면 되겠지?"

에일린과 카잔의 짐을 모두 챙겨도 한 짐이 되지 않았다. 단출하기만 한 가방을 한 손으로 들었다 내리며 무게를 가늠하는 그의 곁으로 에일린이 고개를 끄덕이며 웃었다.

"빠트린 건 없는 거야?"

카잔의 질문에 에일린은 확실하다는 듯 단호하게 고개를 저었다. 그녀의 고갯짓을 따라 가느다란 갈색 머리카락이 귀밑에서 찰랑거렸다. 낙엽을 닮은 갈색 머리카락이 찰랑거린다.

햇살을 받을 때면 언뜻 붉은색이 비치기도 하지만 현재 에일린의 머리카락 색은 본래 그녀의 것이었던 따뜻한 갈색이었다.

본래 그녀의 색. 카잔은 이 특별할 것 없는 갈색 머리카락이 좋았다. 코를 묻으면 햇살 냄새가 묻어 나올 것 같기도 했고, 늦은 밤 화롯불 옆에서 맡을 수 있는 장작 냄새가 날 것 같기도 한 따뜻한 갈색이 에일린과 썩 잘 어울린다고 생각했다.

"고개로만 대답하지 말고 목소리를 들려줘. 또 말이 안 나오는 걸까 봐 가슴이 철렁하니까."

"……네."

한숨 섞인 그의 부탁에 에일린은 포스스 웃으며 목소리를 들려주었다. 그날의 충격 때문인지 에일린은 이틀간 말을 할 수 없었다. 그날은 기운이 모두 빠져 그랬나 보다 했지만 그다음 날이 되어도 목소리가 나오지 않자 카잔은 몹시 당황했고 또 불안해했다. 백방으로 뛰어다니며 목에 좋다는 온갖 것을 가져다 바치는 그의 정성 때문이었는지 다행히 며칠이 지나고 에일린은 그녀의 목소리로 카잔의 이름을 불러주었다.

카잔의 걱정과는 달리 에일린은 제법 괜찮아 보였다. 밥도 잘

먹었고 잠도 잘 잤다. 가끔 무엇을 생각하는지 알 수 없는 눈동자로 하늘을 멍하니 바라볼 때도 있었지만 대체로 잘 지냈다.

"난 괜찮아요. 정말로요."

의심을 거두지 못하는 카잔을 향해 에일린이 먼저 웃음을 보였다. 그러곤 자신이 정말 괜찮아야만 하는 이유를 조심스럽게 말해주었다.

"더 잘 살 거예요. 열심히, 잘 살 거예요. 카잔이 지켜주고, 그 사람이 양보해준 삶이니까. 나는 내 목숨을, 삶을 소중하게 여기며 잘 살 거예요."

……에일린은 강했다. 그 언젠가 학대로부터 필사적으로 도망쳤던 어리고 순진하기만 한 소녀는 이젠 '삶'이라는 단어를 입에 머금어도 전혀 어울리지 않을 만큼 원숙하고 성숙해졌다.

아니, 어쩌면 에일린은 처음부터 강했었는지도 몰랐다. 잔인한 운명에 굴복하지 않고 구르고 깨지면서도 자유를 찾아 몇 번이나 도망칠 수 있었던 용기를 가지고 있었던 소녀. 처음부터 약했던 적이 없던 것이 분명했다.

카잔은 처음 자신을 졸졸 쫓아왔던 에일린의 모습을 떠올렸다. 어리고 순진한 눈망울에 은근히 깔려 있는 고집. 그것이 퍽 재미있기도 했고 그의 호기심을 자극하기도 했었다.

저가 버리고 갔음에도 다시 그녀를 찾아 돌아갔던 그 순간부터 카잔은 그녀에게서 벗어날 수 없는 운명이 되어버린 것이다. 혹은 달빛 아래 붉게 번지는 신비한 모습을 봤을 때부터일지도 몰랐다. 아니, 그냥 처음 제 바짓단을 잡은 채 저를 보라며 똑바로 그를 쳐다보던, 강단 있는 그 모습을 봤을 때부터였던 것 같기도 했다.

아아. 모르겠다. 그냥 처음부터였던 것 같다. 그냥, 에일린을 처음 봤을 때부터 카잔은 에일린에게 얽혀 들어가 다시는 빠져나오지 못했던 것이다.

"왜 그렇게 봐요?"

"예뻐서."

가감 없는 카잔의 발언에 에일린의 뺨이 수줍게 붉어졌다. 그녀는 아랫입술을 지그시 깨물며 카잔의 어깨에 살며시 머리를 기댔다.

"우리 조용한 곳으로 가요. 여기는 너무 정신이 없어요. 그리고 당분간 여기엔 있고 싶지도 않고요."

"그래, 그러자. 가자, 아주 멀리 가자. 내가 네가 보지 못했던 곳을 보여줄게."

카잔은 손을 들어 에일린의 머리카락을 쓸어 넘겨주며 혈색이 돌아온 그녀의 뺨에 부드럽게 입맞춤했다. 따뜻한 우유를 머금은 듯 달콤하고 부드러웠다.

카잔은 조금 더 욕심을 냈다. 그는 고개를 틀고 그녀의 뺨을 잡아 돌려 탐스럽게 부풀어 오른 입술을 머금었다. 있는 힘껏, 마음껏 에일린의 입술 사이를 비집고 들어 그녀를 먹어치웠다. 아무리 머금고 머금어도 성에 차지 않았다.

할 수만 있다면 입안에 몽땅 집어넣고 온종일 맛보고, 느끼고 싶었다. 깊이 파고든 그의 혀가 그런 주인의 욕심을 표출하듯 조금 거칠게 그녀의 입안을 휘젓고 돌아다녔다. 어느새 그의 손은 에일린의 허리를 단단히 끌어안아 제 무릎 위로 올려놓았고 두 사람의 몸은 한 치의 틈도 없이 바짝 밀착되었다.

숨을 헐떡거리던 에일린은 그의 목을 꽉 끌어안으며 중얼거렸다.

"우리 나가야 해요."

"……조금 늦어도 돼. 어차피 우리가 가는 줄도 모르니까."

"그래도 첸이랑 은란에게 인사하러 가야죠."

"괜찮아. 그것도 이따가 하면 되니까."

그의 손은 에일린의 동그란 엉덩이를 타고 내려가 매끄러운 허벅지를 쓰다듬었다. 날씨가 더워진 탓에 얇아진 치마 아래로 그의 손이 슬그머니 숨어들어 갔다.

"그래도……. 음, 이러면 애써 정리해놓은……."

"괜찮아. 괜찮다니까. 쉬이. 괜찮아."

"아, 음……."

카잔의 입맞춤이 더욱 집요해졌다. 에일린은 이럴 때의 카잔은 말릴 수 없다는 것을 매우 잘 알고 있었다. 그에게 익숙해진 그녀 또한 그의 농밀한 입맞춤이 그저 따스하고 반갑기만 했다. 카잔의 손길은 언제나 그녀를 안정시켰다. 흥분됐지만 동시에 안정감을 주었다.

내가 누군가에게 이토록 간절한 사람이구나, 라는 생각이 들면서 온몸에 열기가 차오르고 머리가 뜨거워졌다. 그래서 에일린은 그의 손길을 언제나 거부할 수가 없었다. 거부하고자 하는 마음이 들지 않았다.

똑똑.

-미안한데 말이야, 나 좀 들어가야 될 것 같은데?

그 어떤 방해에도 깨질 것 같지 않던 후끈한 열기가 누군가의 노크 소리에 단박에 와해되었다. 우뚝 멈춰 선 카잔이 잔뜩 인상을 찌푸리며 이를 갈았다.

"며칠째 코빼기도 안 보이던 자식이 왜 하필 지금……."

에일린은 카잔의 입에서 나오는 옅은 욕지거리를 들으며 작게 웃음을 터트렸다. 허벅지가 훤히 드러나도록 올라간 치맛자락을 내린 그녀가 문밖을 향해 외쳤다.

"들어와요, 첸."

"아니, 말도 없이 떠나려고 했어?"

"아니에요. 말하려고 했어요."

"이미 짐을 이렇게나 싸놨으면서?"

첸이 섭섭하다는 어투에 에일린이 미안하단 듯 미소를 보였다. 그런 에일린의 어깨를 감싸 안으며 카잔이 시큰둥한 목소리로 덧붙였다.

"말을 하고 싶어도 어디 자리에 붙어 있어야 말을 하지. 지금은 용케 시간이 났나 보군."

"내 금쪽같은 휴식 시간을 빼서 이리 온 거야. 근데 안 와봤으면 큰일 날 뻔했네."

"그것참 고맙군."

"그래도 조금 더 머물렀다 가지그래. 에일린도 조금 더 기력을 보충하고 가면 좋을 텐데."

"아니에요. 저 괜찮아요. 수도는 너무 시끄러워서 정신이 없어요. 조금 조용한 곳으로 가고 싶어요."

"그럼 어디 갈 곳은 정했나?"

"그건 아니지만 일단 배를 탈까 생각 중이지."

"여기서 조금 먼 곳으로 가고 싶어요."

에일린의 말에 첸은 잠시 고민에 빠진 듯 말끔하게 면도한 턱을 문질렀다. 그러더니 곧 의미심장한 얼굴로 두 사람을 보며 한 가지 제안을 내놓았다.

"마침 잘됐네. 그럼 내 부탁도 들어줄 겸 가줬으면 하는 곳이 있는데 그곳으로 가는 게 어때?"

"싫다."

카잔은 무심한 얼굴로 단칼에 그의 제안을 거절했다.

'하여튼 끝까지 싸가지.'

카잔은 오직 에일린에게만 다정했고, 에일린에게만 순한 양이었다. 그 외에는 여전히 불친절하고 불퉁하며 딱딱하기만 한 남자였다. 하지만 첸도 그냥 물러나고 싶지 않았다. 더군다나 이 남자는 '에일린'을 위해서 저에게 신세를 몇 번이나 지지 않았나? 첸의 입술이 못된 호를 그리며 올라갔다.

"흐응, 누구는 누구들이 무너트린 나라를 수습한다고 몸이 바스러져라 일하고 있는데 당사자들은 모든 것을 훌훌 털고 그냥 떠나시겠다? 으흥. 그래, 그러시겠다?"

첸의 발언에 에일린의 얼굴에 미안함이 짙게 깔리기 시작했다. 그는 어쩌지 하는 얼굴로 카잔을 올려다봤다. 카잔이 첸을 말없이 노려보자 첸은 잊고 있던 카잔의 빚을 상기시켜주며 말했다.

"내가 누구를 위해서 할아버지한테 억지 약점까지 잡혀가며 배를 빌려 왔더라."

하하. 카잔의 입에서 짧고 간결한 한숨이 새어 나왔다. 그는 피곤하다는 듯 손으로 얼굴을 쓸어내리며 말했다.

"……부탁이 뭐야?"

"별건 아니고."

빙긋 웃음을 보인 첸이 말했다.

"타르카지오에 가줘."

에일린과 카잔은 체니오가 힘써준 덕에 그날 바로 타르카지오로 출발할 수 있었다. 두 사람의 성격을 아는지라 그럴 리는 없다 생각했지만, 원래 완벽주의자라는 것은 만일의, 만일의, 만일까지 준비하는 사람들이라 첸은 타르카지오로 향하는 직항의 배로 두 사람을 태워서 보내버렸다.

멀리서나마 떠나는 배를 배웅하던 체니오 곁에서 파비안이 조금 늦은 질문을 던졌다.

"왜 타르카지오로 보내신 겁니까? 척박하고 아무것도 없는 땅인데."

"그 척박함도 원래는 짐승들과 괴수들 때문이었지. 그런데 그것들의 반 이상이 사라진 그곳은 이제 그렇게 척박한 곳이 아니게 될 거야."

"그렇다면 이쪽에서 사람들을 보내 관리하면 될 것을 왜 저 두 분을……."

"이제 그 땅에도 사람들이 모일 거야. 아마 갈 곳이 없고 버림받거나 도망쳐 온 이들이 대다수겠지. 아무것도 없는 그 황무지에서 희망을 찾으러 오는 사람들. 저 두 사람과 잘 어울리지 않아? 더군다나 그곳은 저 남자의 고향이라고 하더군. 저 남자만큼 그곳을 잘 아는 사람도 없으니 일석이조고 에일린이 바랐던 조용하고 한적한 곳이기도 하니 썩 나쁘진 않을 거야."

파비안은 구구절절 맞는 첸의 말을 듣고도 여전히 석연치 않단 얼굴이었다. 이유가 그것만은 아닐 것 같았다. 그런 파비안의 마음을 읽은 첸이 피식 웃다 마지못해 입을 열었다.

"……그냥, 이대로 저 둘을 보내버리면 이대로 끝이 날 것 같아서 말이야. 헌데 난 저들과의 인연을 이렇게 끝내고 싶지 않거든. 만날 순 없더라도 가끔씩 소식을 전해 들을 수 있는 곳에 있으면 했어. 완전히 헤어지고 싶지 않거든."

"그사이 정이 좀 붙으셨나 봅니다."

"뭐, 정도 정이지만……."

"체니오 님! 가주님께서 부르십니다!"

다급히 찾아온 전령의 말에 첸은 말을 다 잇지 못한 채 어깨만 으쓱했다. 전령을 따라 뒤돌아서려던 그가 다시 고개를 돌려 멀어지는 한 척의 배를 바라봤다.

정도 정이지만 첸은 그냥 듣고 싶은 것이었다. 저 두 사람의 희망이, 행복이 끝까지 오래도록 이어지는 소식을……. 운명을 바꿔버린 두 사람이 끝까지 행복하게 사는 이야기를…….

그래서 가끔 앞이 깜깜할 때면 두 사람을 떠올리며 가끔 미소 지으며 내일의 희망을 다시 또 노래할 수 있기를 체니오는 바라고 있는 것이다.

'또 보자.'

체니오는 제 갈 길을 향해 뒤돌아서며 미소 지었다. 과거를 바꾼 그들의 미래는 이제, 시작이었다.

에필로그 : 폐허 속에서도 꽃은 핀다

"응애, 응애애!"

우렁찬 아기의 울음소리가 설거지거리가 산더미처럼 쌓여 있는 주방 한편에서부터 쩌렁쩌렁하게 울려댔다. 한 품에 안길 만큼 작고 사랑스러운 아이는 뭐가 그렇게 서러운지 목청을 한껏 높여 길고 긴 울음을 서럽게 토해내는 중이었다.

"……우, 울지 마. 착하지? 응? 제발 울지 마."

"으아앙! 아앙! 앙앙!"

"미, 미안해! 미안해, 아가야. 내가 미안해. 울지 마, 제발. 응?"

곤란한 것은 아이를 안고 있던 에일린이었다. 그녀는 자리에서 벌떡 일어나 미안하단 말만 연신 쏟아내며 엉거주춤 몸을 흔들었다. 하지만 그것이 더욱 아이를 불편하게 했는지 울음소리만 더욱 거세졌다.

"아유, 좀 잘 달래봐요, 마님. 그러다 애기 잡겠어요."

"에이, 아기 달래는 게 어디 쉽나? 얼른 설거지들이나 끝내고 마님 도와드리자고!"

"그래, 이러다 젠타 목소리 나가겠어. 아니다, 우리 귀가 먼저 떨어지겠네."

"아이참, 그렇게 웃지만 말고 얼른 도와줘요."

곤란해하는 에일린을 향해 부인들이 짓궂게 농담을 던지며 깔깔깔 웃음을 터트렸다. 에일린은 이 영지를 관리하고 통솔하는 영주의 부인이었지만 그녀를 대하는 그들의 태도에 스스럼이나 어려움은 없어 보였다. 그도 그럴 것이 지난 3년 반의 시간 동안 이 척박한 땅에서 영주와 그의 부인, 그리고 백여 명도 되지 않던 주민들이 매일같이 부대껴가며 생활했다. 이 땅의 주인으로 온 카잔과 에일린은 상위 계급이라고 주민들을 박해한 적도 없었고 착취하지도 않았다. 하기야 아무것도 없는 이 휑휑한 땅에서는 착취할 것도, 빼앗아 갈 것도 마땅찮기는 했다.

그러나 저 두 사람은 이 땅의 주인이었고 이곳에 자리를 잡은 영주민들은 그들의 토지와 영역에 빌어 살고 있는 것이었다. 얼마든 그에 합당한 대가를 요구할 수도 있었고 더 이상 갈 곳이 없는 영주민들은 그들이 부당한 착취를 한다고 해도 군소리 하나 낼 수 없을 것이었다.

하지만 아니었다. 저 둘은 단 한 번도 그들을 그리 모질게 대한 적이 없었다. 겨울이면 같이 굶주렸고, 함께 이 척박한 땅을 일궜으며, 여름이면 더운 땀으로 대지 위에 뿌리내린 푸른 곡식을 함께 일궈냈다.

모두가 고개를 내젓는 척박한 땅 타르카지오. 괴수들의 나라, 인간이 살 수 없는 곳, 죽음의 땅이라 불리던 이곳. 그러나 지금 이곳에 살고 있는 이들에겐 그 어떤 곳보다 평화롭고 영광스러운 땅이었다. 그러다 보니 이런 평화를 이끌어주는 영주 내외를 향한 주민들의 애정이 남다를 수밖에 없었다.

"그러지들 말고 얼른 아기 좀 달래줘요……. 헬레나, 아기가 어디 잘못된 거 아닐까요? 제가 어딜 잘못 건드렸다거나……."

"괜찮아요, 마님. 아기들은 생각보다 강해요. 그렇게 겁내지 않으셔도 돼요."

안절부절못하던 에일린은 아이의 엄마인 헬레나에게 달려가 도움을 청했다. 하지만 손에 거품이 잔뜩 묻어 있는 헬레나는 아이를 받을 수가 없다며 고개를 저었다.

"잠이 와서 보채는 거예요. 품에 안고 잘 안아주시면 돼요."

"내가 불편한 것 같은데……. 차라리 내가 설거지를 할게요."

"어휴, 그러면 영주님한테 저희가 혼나요. 예전에 설거지 도와주신다고 그릇 깨트려서 손 찢어지신 적 있잖아요. 그때 이후로 영주님이 얼마나 주의를 주셨는데요."

"하지만……."

"안아주세요. 꼬옥. 괜찮다니까요."

헬레나는 불안해하는 에일린을 안심시켰다. 부인들이 성의 살림으로 일이 바쁠 때면 에일린이 가끔 아이들을 돌봐주곤 했었는데 이제까지 네, 다섯 살의 아이들이라 큰 어려움이 없이 잘해왔다. 하지만 헬레나의 아이는 겨우 100일이 지난 갓난아이. 이렇게 작고 연약한 아기는 처음 돌봐주는 거라 에일린은 부인들이 일하는 곳까지 쫓아와 이리 안절부절못하고 있는 것이었다.

에일린은 제 품에서 목이 터져라 울고 있는 아이를 내려다봤다. 울다 지친것인지 조금 전보다는 한결 누그러진 울음소리였지만 여전히 서럽게 울고 있었다. 미안한 마음에 에일린은 아이를 더욱 품에 가깝게 끌어안고 노래를 불러줬다. 어디서나 흔하게 들을 수 있는 오래된 자장가였다.

꿈을 꾸는 아이에게 축복을
하늘의 별을 따다 너의 눈에 넣어줄게
새하얀 구름으로 너의 침대를 만들어 줄게
잘 자라 우리 아가, 잘 자라, 우리 아가
꿈을 꾸는 아이에 축복을

신기하게도 흥얼거리는 에일린의 목소리를 따라 아이의 흐느낌이 점점 잦아들었다. 안아드는 솜씨는 서툴렀지만 정성 들여 불러주는 자장가의 효과는 톡톡히 보고 있었다. 소록소록 잠이 드려는 아이를 보고 있자니 기분이 이상했다. 향기로운 젖 냄새가 아이의 머리카락과 뺨에 흥건히 묻어 나왔다. 제 아이도 아니건만 이 작고 어린 생명체가 그저 사랑스럽고 소중하게 느껴져다.

"……흐에엥."

하지만 그 마음도 잠시. 노래 소리가 멈춘 것이 언짢은 것인지 다시 아이가 칭얼거리기 시작했고 에일린의 진땀도 다시 흐르기 시작했다.

"미안, 미안. 알았어, 불러줄게, 울지 마렴, 제발."

초조해진 에일린이 아이를 얼싸안고 달래려 들었지만 소용없었다. 꼬물꼬물 움직이던 아기가 발을 구르고 몸을 뒤척거리더니 다시 또 빼액 울음을 터트렸다.

"흐애애앵!"

"히익!"

에일린은 식은땀을 줄줄 흘렸다. 아기 한 명을 보는 게 이렇게 힘든 일일 줄이야.

'아아, 어쩌면 좋아. 내가 또 울리고 말았어.'

이젠 그녀도 아이를 따라 울고 싶어졌다. 갑자기 저 안에서 일하고 있는 부인들이 위대하게 느껴졌다. 아이가 둘, 셋씩 있는 집도 있던데 어떻게 이 고된 육아와 일을 함께할 수 있는 걸까. 에일린이 그녀들의 수당을 올려주든가, 휴식 시간을 더 자주 주든가 해야겠단 생각 따위를 하고 있을 때였다.

"같이 울 것 같은 얼굴 하지 말고, 이리 줘봐."

머리 위로 그늘이 진다 싶더니 누군가 불쑥 그녀의 손에서 아이를 데려갔다. 그림자만 봐도 알 수 있었고, 목소리만 들어도 알 수 있었다. 지쳐 있던 에일린의 얼굴에 미소가 환하게 번졌다.

"카잔! 언제 왔어요? 산맥에 올라갔다 온다 했잖아요. 내일이나 올 줄 알았는데."

"비가 온다고 해서 일찍 내려왔어. 나는 괜찮은데 같이 간 일행이 다칠까 봐."

카잔은 먼저 에일린의 뺨과 이마에 자잘한 입맞춤을 퍼부어주고 품으로 데려온 아이를 어르기 시작했다. 들과 바람의 향이 그녀의 뺨과 이마에 스며들었다.

"쉬이. 착하지. 그래, 착하구나. 아주 착한 아이야……."

카잔이 아이를 다루는 솜씨는 아주 놀라웠다. 어깨에 아이의 머리를 올려두고 커다란 손으로 작은 등을 쓰다듬으며 몇 번 그 자리를 서성이니 금세 아이는 울음을 그쳤고 어느새 잠에 빠져 있었다. 그녀는 한 시간 동안 성공하지 못한 것을 카잔은 단 몇 초 만에 성공시킨 것이었다.

"영주님이 아이를 아주 잘 보시네요."

일을 마친 헬레나가 뛰어와 아이를 받아 들었다. 카잔은 대단한 것이라도 보는 것처럼 눈을 반짝이는 에일린과 헬레나를 향해 별 거 아니라는 듯 어깨를 으쓱했다.

"우린 올라가지. 그럼 모두 수고해줘."

"네, 올라가세요."

영주 내외가 사라졌다. 헬레나는 잠든 아이를 다독이며 설거지 거리를 건조시키고 있는 동료들 곁으로 갔다. 그러곤 단골 대화 주제인 영주 내외의 이야기를 조잘거렸다.

"언제 봐도 정말 사이가 참 좋으시네요. 겉모습만 보면 영주님은 조금 무서울 것 같은데 마님을 보는 눈은 전혀 아니에요."

"그치, 저래 봬도 마님이 아주 꽉 잡고 사시잖아. 어디 다녀왔다 싶으면 선물 사오시고, 조금 무리한다 싶으시면 꼬박꼬박 건강 챙겨주시고, 마님이 해달라는 것은 다 해주시고!"

"아니, 저번 날은 마님이 계곡에 가고 싶다고 하셨는데 말이 안 들어가는 곳이었대. 근데 거기를 영주님이 안고 들어가신 거 있지? 세상에 한 시간을 넘게 마님을 안고 산을 오르신 거야."

"그것뿐인 줄 알아? 저기 산등성이에만 나는 야생딸기 알지? 마님이 그걸 그렇게 좋아하시더라고. 그래서 산에 갈 때마다 영주님이 직접 따오시잖아."

"어머! 로맨틱해라!"

헬레나는 타르카지오에 들어온 지 겨우 넉 달이 되었을 뿐이었다. 몸을 풀고 성의 일을 봐준 지는 겨우 한 달. 그러다 보니 그녀는 영주 내외의 이야기가 매번 매우 흥미롭고 재미났고 그녀의 곁에는 영주 내외의 이야기를 해줄 동료들이 넘쳐났다.

"아니, 그리고 며칠 전에는 말이지……."

"네네, 며칠 전에는요?"

일하는 중에 하는 얘기 중 제일이 윗사람 이야기라고, 카잔과 에일린이 떠난 자리에도 한동안 두 사람의 이름이 꽤나 오랜 시간 바쁘게 오르내리고 있었다.

카잔이 오면 에일린은 온전히 카잔의 것이었다. 그전까지는 그는 그의 일을 했고 에일린은 에일린의 시간을 가진다. 하지만 고된 일상이 끝난 이후부터 두 사람은 부부만의 시간을 가졌다.

"아니, 그런데, 전에 애 본 적 있어요? 어떻게 그 갓난애를 그렇게 잘 봐요?"

산에 다녀왔던지라 몸을 씻어야 했던 카잔은 욕조에 물을 받아 안으로 들어갔다. 물론 혼자 들어가진 않았다. 따뜻한 물속, 그보다 훨씬 따뜻한 카잔의 품에 안긴 에일린이 그를 돌아보며 신기하단 눈빛으로 보였다. 물방울이 맺혀 있는 그녀의 눈꺼풀 위를 빨아들이듯 입맞춤 한 카잔이 대답했다.

"쉬워. 당신을 안는 것처럼 안으면 되니까."

"⋯⋯네?"

그게 무슨 말이냐는 듯 눈을 동그랗게 뜨는 에일린을 보던 잿빛 눈동자에 웃음이 담겼다. 그는 조금 전 아이를 안듯 그녀를 돌려 안았고, 그녀의 뺨을 제 어깨에 기대게 한 채 마른 그녀의 등을 세심하게 쓸어내렸다.

"그래, 옳지 착하다. 착하다. 착하다, 나의 부인."

"⋯⋯장난치는 거죠?"

기대고 있던 그의 어깨 위에서 벌떡 일어난 에일린이 카잔을 보며 눈을 흘겼다. 젖은 욕실 공기 사이로 카잔의 웃는 소리가 나지막이 울려 퍼졌다. 그 근사한 미소를 보며 어떻게 더 눈을 흘길 수 있을까. 입술을 한번 삐죽인 에일린은 이내 그의 품에 다시 안겨들었다.

"장난치는 게 아니야, 언제나 난 항상 당신을 이렇게 안는다고. 부서질까 혹여 다치진 않을까, 언제나 조심조심. 느껴지지 않는 건가?"

그의 손길은 언제나처럼 부드럽게 에일린을 감싸 안았다. 느끼지 못할 리가 없었다. 5년 전, 카잔이 그녀를 구원해주었던 그때부터 지금까지 남편은 변함없이 부드럽고 따스했다.

"느껴요. 당신이 날 얼마나 소중하게 대하는지, 항상 느끼고 있어요."

에일린이 대답이 만족스러운 듯 카잔은 조용히 그녀의 정수리에 입을 맞췄다. 부둥켜안은 그의 손길이 둥그런 어깨를 쓰다듬다가 점점 그 아래로, 아래로 미끄러져 내려갔다. 늘씬한 배를 지나 봉긋하게 솟아오른 가슴을 한 손에 몽땅 감싸 안았다. 말캉한 그것이 카잔의 손바닥 안을 가득 채웠고 꼿꼿하게 솟아나온 유두가 그의 손가락 사이로 삐죽 튀어나왔다.

"아, 응……."

익숙한 신음이 젖은 입술 사이로 새어 나왔다. 어느새 빳빳하게 일어난 그의 중신이 그녀의 엉덩이를 쿡쿡 쑤셔댔다. 부르르 몸을 떤 에일린이 빙글 몸을 돌려 카잔을 감싸 안았다.

"또 시작이시네요. 아침에도 실컷 괴롭히다 갔으면서……."

"아침을 먹었다고 저녁을 굶을 수 있나."

"치, 만날 그 핑계."

삐죽 튀어나온 입술을 카잔은 욕심껏 입에 담았다. 먹어도, 먹어도 언제나 허기가 졌다. 그녀를 그의 안에 담아내고 또 담아내도 충분하단 생각이 들지 않았다. 그녀 안에 저를 매일같이 토해냄에도 부족했다.

"으음, 하……."

카잔의 혀가 그녀의 입안을 휘돌아다니더니 기어이 숨을 몰아쉬게 했다. 발그레 올라오는 홍조가 그의 눈에 여전히 사랑스럽다.

찰박찰박, 두 사람의 움직임에 맞춰 수면이 흔들렸다. 카잔은 에일린의 엉덩이를 실컷 주무르다 그녀의 허벅지를 잡고 제 중심에 맞춰 들어 올렸다.

"아!"

딱딱하게 솟은 그 끝이 그녀의 입구를 쿡쿡 찔러댔다. 에일린이 움찔거리며 몸을 움츠리려 하자 카잔이 그녀의 가슴골에 입을 맞추며 저지했다. 분홍빛 유륜 주변을 빈틈없이 핥으며 애무했다. 혀끝으로 빙글빙글 돌다가 유혹적으로 튀어나온 그것을 입에 머금고 빨아댔다.

"으응, 읏! 가, 간지러워요."

"맛있어. 계속 맛보고 싶어."

"아응. 카잔, 잠깐…… 아, 아아! 윽!"

에일린이 방심하고 있던 차에 묵직하고 뜨거운 그것이 그녀 안을 꿰뚫고 들어왔다. 허리가 튕겨지듯 펴지고 가슴 앞에 있는 카잔의 얼굴을 두 팔로 힘주어 끌어안았다. 이 꼿꼿한 침입자는 그녀의 안을 마치 제 것인 것처럼 휘저으며 소유권을 주장하고 있었다.

찰박찰박, 물이 흘러넘쳤다고, 참지 못한 에일린의 신음이 작은 욕실을 가득 메우고 있었다. 카잔의 것을 물고 빨아들이는 그녀의 흡입력에 카잔 또한 까무러칠 지경이었다. 5년이면 익숙해질 만도 하건만 에일린을 안는 것은 언제나 그를 흥분의 끝으로 몰아붙였다.

"아, 아아! 카잔, 읏! 카잔! 사랑해요!"

"에일린, 에일린……!"

사랑한다 외칠 때마다 에일린의 그것이 그의 성기를 바짝 조였다. 저 또한 사랑한다 말하고 싶은데 조이고 풀어주는 그녀의 내부가 그를 컨트롤하고 있었다. 에일린이 안겨주는 쾌락에 몇 번이나 그는 굴복당했다. 부드럽고 따뜻한 그녀 안에서 환희를 느끼던 그가 마침내 절정의 끝에 다다랐다. 이를 악문 카잔이 에일린의 안으로 제 것을 뿌리 끝까지 밀어 넣었다.

"흐윽! 윽!"

울컥, 뜨겁게 제 안을 채우는 그의 정액을 하나도 놓치지 않을 것처럼 에일린은 힘주어 그를 끌어안았다. 부르르 떨리는 카잔이 느껴졌다. 강인한 그가 그녀 안에서 몸을 떠는 것을 느낄 때면 묘한 쾌락이 그녀를 자극했다. 그를 받아들이는 것이 힘에 겨우면서도 그와 한 몸이 된다는 것은 언제고 그녀의 기쁨이 되기도 했다.

"……치, 당신 때문에 매번 힘들어요."

물론 그것을 티 내지는 않았지만 말이다. 노곤하게 그의 몸에 기댄 에일린을 카잔이 안아 들었다.

"내가 닦아줄게."

이때쯤 에일린은 잠이 드는 척을 해야 했다. 아니면 이이는 어느샌가 또 슬그머니 그녀의 몸을 어루만지며 발동을 걸려 할 테니까.

하아암. 에일린은 살그머니 입을 벌려 하품을 했다. 자는 척을 하려고 했는데 정말 나른해지고 있었다. 푹신한 침대에 눕혀 진 채 보송보송한 수건이 그녀의 몸 구석구석을 감싸자 에일린의 눈은 이미 까무룩 감겨버렸다.

"잠들었네."

소록소록 고운 숨을 내쉬는 에일린을 카잔은 잔잔히 미소 지으며 바라봤다. 사랑스러운 그의 아내가 무사함에 감사했다. 감사하고 감사한 날들의 연속이었다. 카잔은 그녀를 품에 안고 다시 올 내일을 위해 기도했다.

"감기?"

집무실에서 서류를 보고 있던 카잔은 에일린이 몸져누웠다는 소식에 벌떡 자리에서 일어났다. 슬슬 겨울로 접어드는 환절기였는데 에일린이 여지없이 계절을 타고 있는 모양이었다.

"주치의가 조금 전에 올라갔습니다. 기침은 없었고 열이 조금

나는 모양이시더라고요."

"식사는?"

"점심은 영 입맛이 없다고 거르셨습니다. 목이 아프신 듯해서 따뜻한 과일차만 올려 보냈습니다."

"그거 가지곤 안 되지. 따듯하게 구운 빵이랑 수프를 좀 가져 와."

카잔의 명령에 집사가 재빨리 식당으로 뛰어갔다. 카잔은 에일린의 방으로 직행했다. 도란도란 들리는 말소리에 들어간다는 말도 없이 벌컥 문을 열었다.

"몸살이 난 건가?"

"카잔."

침대에 기대어 누워 있던 에일린이 몸을 일으키려 들었다. 한걸음에 달려온 카잔이 그런 에일린을 저지하고 들었다.

"어딜 일어나. 누워 있어. 그것보다 몸살? 감기?"

성급한 그의 질문에 주치의가 허허 웃음을 보였다. 1년에 두어 번 몸져눕는 안주인이었건만 매번 이렇게 한걸음에 달려오는 영주가 매번 신기했다.

"감기 기운이 있는 몸살이죠. 마님께서 약은 싫다고 하셔서 허브차만 몇 가지 일러주었습니다. 다행히 기침이나 코막힘 같은 증상은 없어서요."

카잔은 다행이라는 듯 고개를 끄덕이나 꾸중하듯 에일린을 엄히 바라봤다.

"몸이 안 좋을 때는 더 잘 챙겨 먹으라고 하지 않았나? 점심을 걸렀다고?"

"영 입맛이 안 도는걸요. 억지로 먹으면 체한다고 더 안 좋다고 했어요. 그쵸, 선생님?"

에일린이 도움을 구하듯 주치의를 간절히 바라봤다. 주치의는 엄격한 주인 대신 사랑스러운 안주인의 편을 들어주었다.

"몸살에 체기라도 올라오면 마님 고생만 더 심해지십니다. 입맛이 없다 싶으시면 과일이랑 차만 충분히 드셔주셔도 괜찮습니다."

작당을 한 두 사람을 어이가 없다는 듯 바라보자 주치의가 슬그머니 자리를 비켰다. 편은 들어줬지만 불똥이 튀는 것은 사양이었다.

"그럼 전 이만."

재빨리 사라지는 주치의 뒤로 문이 닫히자 에일린이 카잔의 옷자락을 쥐며 헤헤 웃음을 보인다.

"괜찮다잖아요. 그렇게 무서운 얼굴 하지 말고 옆에 앉아요. 당신이 안아주면 금방 나을 것 같아요."

이거 봐라. 아주 여우가 다 됐다. 카잔은 홍조 띤 얼굴로 저를 채근하는 에일린을 흘기다가, 졌다는 듯 그 옆으로 가 자리를 잡고 앉았다. 손으로 이마를 짚어보니 미지근한 열 기운이 느껴졌다.

"오늘 내일은 꼼짝없이 침대에서 내려오지 마. 당신 열 올라오면 며칠은 가니까."

"네, 알겠어요. 걱정 말아요. 잠 잘 자면 괜찮아질 거예요."

말 잘 듣는 어린아이처럼 고분고분 대답한 에일린은 카잔의 어깨에 머리를 기대고 누웠다. 온몸이 노곤노곤했고 머리는 안개가 낀 것처럼 멍했다.

"따뜻한 차를 마셨더니 너무 졸리네요. 나 좀 자도 돼요, 카잔?"

"자고 싶을 때까지 실컷 자. 저녁 먹을 때 깨울 테니까. 아 참, 저녁은 먹을 거지?"

"……네, 배가 고프면요."

토를 다는 그녀의 말에 카잔이 눈을 부라렸지만, 이미 에일린의 두 눈은 꼬옥 감긴 후였다. 그리고 정말 피곤했는지 바로 잠이 든 숨소리가 들렸다. 곧 집사가 따뜻한 빵과 수프를 들고 왔지만 그대로 다시 들고 나가야 했다.

며칠이 더 지났다. 하지만 에일린은 여전히 침대 위에서 내려올 수가 없었다. 여전히 기침도 없었고 목감기나, 코감기도 없었지만 미열은 떨어지지 않았고 참을 수 없는 졸음도 여전히 그녀를 괴롭혔다.

덕분에 카잔도 며칠 내내 바깥 업무를 중지하고 성 내에만 머물렀지만 갑작스럽게 변방 외적의 침입에 떨어지지 않는 발길로 억지로 나가야 했다. 그것이 바로 어제 일이었다.

아침을 먹고 곧바로 잠이 든 에일린이 눈을 뜬 것은 늦은 점심때쯤 찾아온 주치의 때문이었다. 멍해지는 정신을 다잡고 에일린은 부스스 자리에 일어나 주치의를 맞이했다. 다가온 그의 얼굴이 자못 심각했다.

"왜 그러세요, 선생님?"

"마님께 전해드릴 말이 있습니다. 쉽지 않은 말이라 제가 다 떨리는군요."

주치의는 쉽사리 입을 열지 않았다. 다만 한참 동안 그녀를 바라보더니 목을 가다듬었다. 뭔가 심상치 않아 보이는 그의 모습에

402

에일린도 덩달아 긴장한 얼굴로 그의 다음 말을 기다렸다.

"금슬이 좋으신 두 분께서 몇 년이나 아이 소식이 없기에 저는 두 분 중 한 분이 아이를 가지기에 어려운 조건을 가지고 있는 거라 판단했습니다. 마님의 몸이 매우 약한 것도 이유 중에 하나일거라고 생각했고요."

뜬금없이 이게 무슨 말일까? 에일린은 이유를 알 수 없어 어리둥절한 얼굴로 그를 말갛게 바라봤다. 숨을 크게 들이마셨다가 내쉰 주치의가 이내 활짝 웃더니 깜짝 놀랄 말을 전해주었다.

"그런데 이렇게 떡하니 아기를 가지시다니! 축하드립니다! 귀한 아기씨가 오셨습니다!

"네에?"

정신이 번쩍 들었다. 그녀를 괴롭히던 졸음기가 단박에 사라졌다. 입이 다물어지지 않아 두 손으로 입을 틀어막은 채 두 눈만 동그랗게 뜨자 주치의가 그녀 곁으로 이것저것 주의사항을 불러줬다. 하지만 하나도 귀에 들어오지 않았다.

아이라니! 내가, 내가, 아이를 가졌다니!

한참을 떠들어대던 주치의가 나갔다. 그때까지도 그저 멍하니 자리를 지키고 앉아 있던 에일린이 벌떡 자리에서 일어났다. 뭐가 뭔지 하나도 정신이 없었다. 다만 그냥 가만히 있을 수가 없었다.

"……카잔, 카잔에게 알려줘야 해!"

단단히 옷을 여며 입으며 분주하게 움직이던 에일린이 그 자리에서 털썩 주저앉았다. 정말 아이라고? 아이가 생긴 거라고? 좋은 건지 나쁜 건지 알 수 없었다. 머리가 온통 혼란스러웠다. 카잔은 좋아할까? 혹시 싫어하면 어쩌지? 별의별 마음이 다 들었다.

옷을 입은 채로 방 안을 서성거리기도 하다가 주저앉기도 했다가, 그리고 또다시 제자리를 맴돌기도 했다. 갈피를 잡지 못한 에일린의 불안한 움직임은 카잔이 돌아온 그날 늦은 밤까지 계속되었다.

타박타박! 집으로 돌아온 카잔의 발걸음이 빨라졌다. 밤이 늦은 시간에서야 겨우 성에 도착한 그를 집사가 뛰어나와 반겼다. 그러고는 상상도 해보지 못한 소식을 그에게 전했다. 그는 씻는 것도, 옷을 갈아입는 것도 마다하고 그대로 에일린이 있는 안방으로 뛰어갔다.

"에일린!"

여지없이 벌컥 문을 열고 들어갔는데 안에 있어야 할 에일린이 보이지 않았다. 오늘 내내 마님이 밖으로 나온 것을 본 적이 없다는 집사의 말에 카잔이 다시 방으로 뛰어 들어와 그녀를 찾았다. 산만한 감각을 집중시키니 그녀가 있는 곳이 단박에 나왔다. 옷방 한구석, 꽉 닫혀 있는 장롱의 문을 잡아 여니 공처럼 몸을 말아 웅크린 자그마한 몸뚱이가 보였다.

"왜 숨어 있는 거야, 에일린?"

"무서워서요."

"뭐가?"

카잔은 그녀에게 손을 내밀며 물었다. 한참을 머뭇거리던 에일린이 겨우 손끝으로만 그의 손을 잡았다. 조심스럽게 그녀를 끌어당긴 그가 품에 안은 채 다시 물었다.

"뭐가 그렇게 무섭다는 거지? 아이를 가진 거?"

정곡을 찌르고 들어오는 그의 질문에 에일린은 입술을 깨물다 고개를 끄덕였다.

"네, 그거요. 카잔, 나 아이를 가졌대요. 내가, 아이를 가졌대요."

그녀는 혼란스러운 듯 그를 쳐다봤다. 그녀의 말에 카잔이 가볍게 한숨을 쉬더니 동그란 이마에 제 이마를 쿵 내려찧고는 말을 정정해줬다.

"틀렸어. 당신이 가진 게 아니라, 우리가, 우리가 아이를 가진 거야. 당신과 내가, 에일린 너와 내가 아이를 가진 거라고."

"우리 아이……."

"그래, 우리 아이. 우리의 아이."

카잔은 힘주어 말했다. 우리의 아이라고. 그 말에 그녀를 꽁꽁 얼어붙게 만들었던 긴장감이 일순간 풀어졌다. 그녀는 쓰러지듯 그의 품에 안긴 채 울음을 터트렸다.

"카잔, 아이를 가졌대요. 아이가 생겼대요. 당신과 나의 아이가 생겼대요. 나, 나……."

"그래, 에일린 말해."

"나 너무 기뻐요. 너무 기뻐서 실감이 안 나요. 너무 기뻐서 무서워요."

괴물이라 생각하고 살았던 지난 10년, 그리고 한 사람의 아내로 살아왔던 4년. 하늘은 그들에게 아이를 주지 않을 거라 생각했다. 괴물이었던 그녀였기에 아이를 가지기엔 자격이 없는 건 아닐까, 항상 불안하고 죄스러운 마음이었다.

그 누구보다 가족이 그리웠고, 그 누구보다 가족을 열망했던 그녀였지만 감히 소원해본 적도 없는 아이였다. 몇 년을 시도해도 오지 않는 아이였기에 그녀에겐 자격도, 기회도 없을 거라 생각했는데. 드디어 아이가 생겼다니 믿을 수가 없었고 도리어 무서웠다.

"뭐가 무서워. 내가 있잖아. 우리가 있잖아. 내가 함께할 텐데 뭐가 무서운 거야."

카잔은 부드럽게 에일린을 안아주었다.

"당신도 기쁜가요? 당신도…… 기쁜 거죠?"

울먹이는 그녀의 입술 위로 카잔은 제 입술을 비볐다. 에일린은 언뜻 카잔의 입술이 떨리는 것을 느꼈다.

"기뻐. 당신만큼이나 기뻐. 그리고 무척이나 행복해."

그의 입에서 나오기 무척이나 어려운 말이었다. 행복하다니, 그 말을 듣고 있는 에일린의 가슴이 더 벅차올랐다. 그녀는 울음과 웃음이 한데 섞여 있는 얼굴로 그에게 매달렸다. 서로의 숨결을 나눠 주듯 한참 입술을 머금던 그녀가 해사하게 웃었다.

"저도요. 행복해요, 카잔. 너무너무. 너무 행복해요."

언제나 따스한 눈빛으로 저를 바라보고 있는 그녀의 사내. 그녀의 남편. 나의 카잔……. 그리고 이제 만날 수 있는 우리의 아이.

아아, 그때 당신을 붙잡았던 것은 정말 잘한 일이었던 것 같아요.

"……사랑해, 에일린."

내가 더 많이, 더 오래도록 사랑할게요.

사이드 스토리 : 그날 밤, 그들에겐 무슨 일이?

4년 전, 첸의 저택.

"그 소문 들었어?"

"무슨 소문?"

"체니오 도련님과 그 여자분 이야기 말이야."

"그 보라색 머리 여자분?"

"그래! 그 여자분! 아, 글쎄, 그 두 사람이 말이야⋯⋯."

세탁실에 모여앉아 빨래를 개키고 있던 젊은 여자들의 손이 멈췄다. 아무래도 일하는 중간중간 떠들어대는 수다가 꿀맛이었으니, 다들 눈을 반짝이며 입과 귀를 모았다.

"그날, 마리아가 손님방에서 체니오 도련님이 나오는 것을 봤대. 그것도 새벽 3시가 넘어서 말이야!"

"그냥 이야기 길어진 거 아닐까요? 체니오 도련님 한번 대화를 트면 새벽이고 아침까지고 하시니까……."

첸을 동경하고 있던 어린 하녀 리사가 슬그머니 소문을 부정하려 들었다. 하지만 득달같이 달려드는 언니들의 성난 목소리에 입을 다물어야 했다.

"어머, 얘는! 그것뿐이면 이렇게 말을 안 했겠지! 왜, 그날 누가 세탁을 담당했더라? 아무튼 그날 체니오 도련님이 목욕을 마치고 입고 나왔던 셔츠는 하얀색 바탕에 파란 줄무늬가 소매 있는 그거였어. 마담 보바리의 것이었지. 근데 말이지, 그 손님방에서 나왔을 때는 전혀 다른 옷을 입고 있었다더라고! 까만 셔츠!"

"그, 그렇다는 것은 그 안에서 옷을 갈아입었다는 말인데……!"

"바로 그 말이지. 그리고 말이야, 너희 우리 체니오 도련님께서 이제껏 여자 손님한테 이렇게 신경 쓰는 거 봤니?"

"못 봤지!"

"그치? 수상한 게 한두 가지가 아니야. 그리고 이건 나도 들은 말인데. 그 여자분 말이야, 저택에 들어오고 나서 계속 틀어박혀 지내시고, 몸도 안 좋고……."

이야기를 주도하고 있던 엘리의 목소리가 조금 더 은밀해졌다.

여섯 쌍의 귀가 쫑긋 서더니 한데 모여들기 시작했다. 엘리는 누가 볼세라 이리저리 주변을 살피더니 그녀들을 향해 소곤소곤 제 추측을 떠들었다. 그러자 곧 모여 있던 젊은 여자들의 눈이 동시에 크게 떠졌다.

"뭐어어어? 말도 안 돼!"

얼굴을 빨갛게 물든 그녀들이 꺅꺅 소리를 질렀다. 그날 대체,

그들에겐 무슨 일이 있었던 걸까?

'아아, 여전히 속이 좋지 않아.'

은란은 울렁거리는 위장을 움켜쥔 채 힘없이 침대에 널브러져 있었다. 육지에 도착한 지 이틀이 지났는데도 이 지독한 멀미 증세는 가실 줄을 몰랐다. 알렌의 설명으론 지독한 멀미에다가 오랜 여행의 여독, 거기다 체력의 고갈로 이렇게 골골대고 있는 것 같다고 했다.

"약해 빠진 몸뚱이 같으니."

입술을 삐죽이던 은란은 도무지 안 되겠다 싶어 무딘 몸을 일으켰다. 끙 소리가 절로 나왔지만 신선한 공기가 필요했다. 정원이라도 걸어볼까 싶던 그녀는 테라스에서 바람이나 쐬기로 마음을 바꿨다.

"하아. 그래도 이제 좀 살 거 같네."

구름에 가린 달빛이 흐드러지게 정원을 비췄다. 운 좋게도 가장 정원에서 가까운 방을 받은 그녀는 밤이 되어 더욱 진한 향기가 피어오른 바깥 공기를 흠뻑 들이마셨다. 아무것도 먹지 못한 몸이지만 달콤한 장미 향이 그녀를 채워주는 듯했다.

'그나저나 난 언제까지 여기 있어야 하는 거지? 아무리 생각해도 내가 할 일은 없는데……. 마냥 저들에게 빚을 지고 있는 것도 찜찜하고.'

남의 신세 지는 것을 워낙 싫어하는 성격이었던지라, 공짜 밥과 공짜 이부자리가 영 찜찜했다. 하지만 그와 동시에 그녀를 붙잡는 푸른 눈동자가 마음에 걸렸다. 이대로 헤어지면 그는 분명 이제 다시는 손에 닿지 않는 곳에 가겠지.

"정신 차려. 나랑은 친구로도 어울리지 않는 사람이야. 네가 아 쉬워하면 어쩔 건데? 유혹이라도 하게?"

"누굴 유혹한다는 말입니까?"

불쑥 생각지도 못한 목소리가 끼어들었다. 목소리의 진원지는 그녀의 바로 발밑이었다.

"⋯⋯!"

깜짝 놀란 그녀가 테라스 아래에서 저를 뚫어져라 바라보고 있 는 첸을 바라봤다. 달빛에 흐드러진 것은 꽃만이 아니었다. 사내의 금발이 태양 아래보다 더욱 아름답게 반짝였다. 세상에! 대체 언제 부터 저기 있었던 거야!

"힉! 어, 언제부터 거기 있던 거예요?"

"글쎄요. 한 5분? 10분? 말을 바로 하자면 제가 먼저 이 근처를 산책하고 있었고 당신이 나중에 나와서 날 놀라게 했다고나 할 까."

첸은 능청스럽게 대꾸하며 흐트러진 잠옷차림의 은란을 뚫어져 라 바라봤다. 불빛을 뒤로한 채 어두운 달빛 아래 있으니 그녀의 아름다운 보랏빛 머리칼이 신비한 흑빛으로 변해 있었다.

마치 이 저택에 원래 살고 있던 사람처럼 은란은 이 화려하고도 아름다운 풍경과 무척이나 잘 어울렸다. 귀족으로 태어난 그 태생 탓일까? 특유의 기품과 우아함이 그녀에게 짙게 배어 있었다.

'반쪽짜리 귀족인 나와는 달리 말이야.'

바람이 불자 잠자리 날개옷 같은 얇은 잠옷이 펄럭였다. 늘씬한 다리가 펄럭거리는 옷자락 사이로 언뜻언뜻 희게 빛나며 그를 유혹했다. 첸은 잠깐 그 모습에 시선을 빼앗겼다가 다시 말을 이었다.

"그러니까 누굴 유혹하고 싶다는 겁니까?"

"그건……. 그건 그냥 혼잣말이었어요. 그리고 그것을 당신이 알 필요는 없지 않을까요?"

"그렇긴 하죠. 그런데 말입니다."

새초롬한 은란의 대꾸에 첸이 개구지게 웃음을 보였다. 그러더니 그가 주변에 지형을 이용해 날렵하게 몸을 움직여 어느새 은란이 있는 2층 테라스에 훌쩍 올라와 있었다.

"……!"

놀란 은란이 헉 하고 숨을 들이켜며 주춤주춤 뒤로 물러서려는 찰나였다. 첸의 푸른 눈이 으슥하게 빛나더니 물러나려는 그녀의 허리춤을 강하게 끌어당겨 제 안으로 가둬들였다. 곧 그의 얼굴이 바짝 밀착했다.

'당한다!'

놀란 은란이 질끈 눈을 감고 몸을 움츠리는 찰나, 귓가에 미풍이 부는 듯 첸의 목소리가 나지막이 귓불을 간질였다.

"내가 너무 알고 싶거든요. 당신이 누굴 유혹하고 싶어 하는지, 그게 혹시……."

"……."

"나는 아닐지."

그의 말에 은란은 속마음을 들킨 것만 같아 얼굴이 화악 달아올랐다. 이렇게나 당황하는 일이 드문 그녀였건만 지금은 어딘가로 숨고 싶을 만큼 당황스러웠다. 하지만 단단하게 허리를 붙잡고 있는 첸의 손 때문에 도망갈 수도 없었다. 그녀가 움직일라치면 허리를 옭아맨 그의 손이 더욱 그녀를 자신에게 밀착시켰다. 이젠 그의 뜨거운 체온이 얇은 잠옷 너머로 다 느껴질 정도로 가까워졌다.

아랫입술을 깨문 채 은란이 눈을 치켜떴다. 그녀는 지기 싫어 부러 그의 눈을 똑바로 바라보았지만 호수처럼 맑은 사내의 푸른 눈동자는 그녀를 빨아들이는 것만 같았다.

"대답이 없는 걸 보니, 내가 정답을 말한 건가요?"

"아니에요."

"진짜 아닙니까?"

"……아니에요. 당신이 아니라고요."

은란은 고집스럽게 아니라 말했지만 흔들리는 그녀의 눈동자는 다른 대답을 하고 있었다. 휙 고개를 돌린 은란이 도망을 가려 시도했지만 곧바로 다시 잡히고 말았다. 잡힌 손목이 시큰하다 싶을 때쯤 그가 그녀를 벽으로 몰아세우며 다가왔다. 그러곤 아차 할 새도 없이 고집스러운 턱을 붙잡고 제 입술을 밀어붙였다. 깜짝 놀란 은란이 첸의 뺨을 그대로 올려붙였다.

짜악! 피부가 마찰하는 소리가 경쾌했다. 이런, 너무 세게 때렸는데? 저가 때리고도 놀란 은란이 맞은 뺨을 문지르는 첸을 향해 주춤 다가갔다. 그는 아픈 듯 한쪽 미간을 찡그리고 있었고 도리어 은란이 사과를 했다.

"미안해요, 너무 놀라서."

"괜찮습니다. 하지만 다른 쪽 뺨까지 맞기는 싫네요."

"네?"

"그러니까 미리 양해를 구하겠습니다. 마저 해도 되겠습니까?

아니면 지금 도망가세요."

첸의 능청스러운 말에 은란은 순간 헛웃음이 터져 나왔다. 어이가 없는 동시에 도무지 싫지 않은 그런 이중적인 마음이었다. 그것을 예스로 알아들은 첸이 서슴없이 그녀를 향해 성큼 다가왔다.

그리고 다시 시작이었다. 사내의 물컹하고 뜨거운 혀가 그녀 안으로 들이닥쳤다. 그러곤 정신없이 그녀를 취했다. 먹은 게 하나도 없어 힘이 없는 은란의 몸이 그의 기세에 휘청거렸다. 첸은 그녀를 가두고 있던 두 팔을 거둬 그녀를 안아 들었다. 입술은 여전히 떼지 않은 상태였다.

어느새 은란은 테라스의 난관에 앉은 채 첸에게 매달리고 있었다. 조금만 뒤로 몸을 빼면 아래로 떨어지고 말 것이었다. 그것을 핑계 삼아 그녀는 그의 목에 팔을 두른 채 그에게 몸을 의지했다.

혀와 혀가 엉켰고 입술은 겹쳐지고 떨어지길 반복했다. 달콤한 사탕을 핥아먹듯 첸은 그녀의 입술이 주는 맛에 흠뻑 빠져 있었다. 몇 번이나 이 입술에 시선을 빼앗겼던가. 몇 번이나 이 머리카락에 손을 집어넣고 싶었던가. 몇 번이나, 몇 번이나 이 여자를 궁금해 했던가…….

"음, 하아……. 그, 그만."

"안 돼요. 멈출 수가 없습니다."

"아니, 잠깐…… 그만해야……."

은란은 다급하게 그를 멈추려 들었지만 첸은 그녀에게서 떨어지고 싶지 않았다. 세상만사에 해박한 그였지만 오직 여자는 등한시하고 살아왔었다. 사내들의 치기에 만났던 여자가 몇 있었지만 한 달을 가지 못했다. 여자는 재미없었다. 궁금하지도 않았다. 그런데 이 여잔 아니었다. 처음 봤던 그 순간부터, 그의 마음을 헤집고 들어오더니 기묘한 카리스마로 그를 흔들어댔다.

'조금만, 조금만 더……'

더 맛보고 싶었다. 이런 갈증은 처음 느껴봤다. 첸은 물러나려는 그녀의 허리를 휘감아 자신에게 밀착시켰다. 아찔한 굴곡이 그의 피부 아래로 고스란히 느껴졌다. 바로 그때였다.

"……우욱!"

퍽 소리와 함께 한발 밀려난 그의 앞으로 은란이 그대로 토사물을 쏟아냈다. 첸의 얇은 셔츠 위로 뜨뜻한 뭔가가 스며드는 게 느껴졌다.

"다신 눈을 뜨고 싶지 않아. 알렌, 나 이대로 그냥 죽을까?"

"……토 한 번 했다고 세상 죽을 것까지야 있겠습니까."

그냥 토를 한 게 아니라, 키스를 하고 있다 토한 게 문제잖아.

은란은 차마 입 밖으로 할 수 없는 말을 구시렁대며 이불 안으로 머리를 집어넣었다. 창피해서 죽을 것만 같았다. 세상에, 키스를 하고 있는 도중에 토하는 여자라니! 창피해 죽겠다! 죽을 것 같아! 으악!

퍽퍽! 퍼억! 은란의 발길질에 이불이 들썩거렸다. 쯔쯧 혀를 차던 알렌이 창문을 열어 뽀얗게 일어난 먼지를 환기시켰다.

"그래도 그분, 아가씨가 당황할까 봐 아무렇지 않은 척하던데요? 자신은 정말 괜찮다고 오히려 아가씨 걱정을 잔뜩 하고 나갔어요. 그리고 주치의 선생님도 붙여주시고, 아까도 아가씨 괜찮은 거냐고 물으러 오셨잖아요."

"알아. 알고 있어. 하지만 그래도 창피한 게 사라지는 건 아니야."

"그래도 적당히 하세요. 이미 일어난 일 어떡하겠어요? 그나저나 그 시간에 첸 도련님은 왜 여기 계셨던 거예요?"

이번 질문에 대한 대답은 돌아오지 않았다. 누에고치처럼 둥글게 말려 있는 은란의 이불무덤을 바라보던 알렌이 알겠다는 듯 흐응흐응 콧소리를 냈다. 심상치 않은 기류를 뿜어댄다 싶더니 저 두 사람 일내려나 보다.

방을 정리하던 알렌의 입꼬리가 빙그레 올라갔다.

'나쁘지 않지. 아니, 오히려 아주 좋아. 이 정도 거물이라면 아가씨와 우리 가문을 충분히 일으키고도 남지.'

알렌은 수상한 미소를 입에 걸더니 슬그머니 밖으로 나갔다. 하지만 며칠 전 복도에서 들었던 '정략결혼'이란 말이 조금 걸렸다. 첸이 만약 그 정략결혼이란 걸 하게 되면 아가씨의 입지가 뒤로 밀릴 게 분명했다. 아니, 뒤로 밀리기만 하면 다행이지. 쓰다 버린 정부 취급을 당할 가능성도 배제할 수 없었다.

"……흐음, 이런 기회를 놓칠 수 없는데."

무엇보다도 저 남녀가 서로 좋다지 않은가. 두 사람의 사이를 억지로 끊어내는 것은 비극이었다. 자, 그렇다면 어떻게 하지?

"그게 정말이야? 우와, 장난 아니다!"

"나도 놀랐다니까! 그래서 엘리샤가 바로 그 집으로 시집을 갔잖아. 그 뒤론 아주 안방마님이지, 뭐."

"어머나, 세상에! 하긴 그 계집애 예쁘장하게 생기긴 했어!"

일하는 사람들이 쓰는 식당 앞을 지나갈 때였다. 수다스러운 그녀들의 목소리를 듣고 있던 알렌의 머리 위로 반짝 빛이 올라왔다. 알렌은 가던 발걸음을 돌려 식당 안으로 들어갔다. 그러곤 근심 가득한 목소리로 물었다.

"저기, 여러분 혹시 신선한 과일을 얻으려면 누구한테 가야 하는지 아시나요?"

"그건 주방장님께 물어봐야 할 텐데……. 아! 근데 과일은 왜요? 후식이라면 아까 다 올려드렸는데?"

알렌이 곤란하다는 얼굴로 한참을 머뭇거리다 그녀들에게만 일러준다는 듯 조용한 목소리로 속삭였다.

"실은 저희 아가씨가 입덧을 시작해서……."

"이, 입덧이요? 그, 그럼 임신을 했다는 말이에요?"

"쉬잇- 비밀이에요. 주인어른께서 아시면 큰일 나요."

"주, 주인어른한테 왜……. 서, 설마!"

자, 여기까지.

알렌은 눈을 동그랗게 뜨고 서로를 바라보며 호들갑을 떠는 그녀들을 두고 조용히 그곳을 빠져나왔다.

그리고 그로부터 딱 하루.

은란이 첸의 아이를 임신했다는 소문이 돌기까지는 불과 24시간이 걸리지 않았고, 그녀는 그 이후로 쭉 첸의 저택을 떠날 수 없었다나 어쩐다나.

-마침-